hänssler

Die Erbin von Stonewycke

MICHAEL PHILLIPS
JUDITH PELLA

Hänssler-Taschenbuch
Bestell-Nr. 393.853
ISBN 3-7751-3853-6

Published by Bethany House Publishers, Minneapolis, Minnesota
Originaltitel: The Heather Hills of Stonewycke
Übersetzt von Tanni Bluth

Internet: www.haenssler.de
E-Mail: info@haenssler.de
(Dieser Titel erschien zuvor als gebundene Ausgabe mit der Bestell-Nr. 391.556.)
Umschlaggestaltung: Mehrblick Grafik & Design
Titelbild: Photodisc (»Loch Awe from Kilchurn Castle«, Colin Paterson)
Druck und Bindung: Ebner & Spiegel GmbH
Printed in Germany

Für Brenda Scott
für ihre Freundschaft, Hilfe
und Ermunterung

HISTORISCHE EINFÜHRUNG

Wie der Rauch verfliegt, vergehen Generationen von Menschen. Leben bringt neues Leben hervor und löst das alte ab. Träume und Hoffnungen werden geboren, Familien, Stämme und Völker entstehen und gehen unter. Jeder Mensch kehrt zur Erde zurück, von der er genommen wurde. Nur das Land bleibt – die einzige bleibende Realität unter dem ewigen Auge des Himmels. Ja, das Land bleibt bestehen, während die Geschichte unaufhaltsam ihren Lauf nimmt – von Mann zu Mann, von Frau zu Frau, von Kind zu Kind.

In ihren frühen Tagen blieben die Britischen Inseln von den kriegerischen Horden, die über Asien und Europa hinwegjagten, verschont. Aber im Laufe der Zeit lernte man, größere Schiffe zu bauen, und der Drang zu weiterer Expansion nahm zu. Diese Entwicklung brachte es mit sich, daß der Ärmelkanal, der Britannien von dem europäischen Festland trennt, nicht länger als ein Hindernis von denen empfunden wurde, die ihn überqueren und die Insel einnehmen wollten. Das Land war frisch und grün, der Boden fruchtbar. Das Klima, wenn auch nicht besonders warm, war gleichmäßig und gesund. Im ersten Jahrhundert v. Chr. überwanden die Römer unter der Führung von Gajus Julius Cäsar ihre angeborene Abneigung der See gegenüber, segelten über den Kanal, unterwarfen sich im Laufe des Jahrhunderts die verstreuten britischen Stämme und vereinigten sie alle zur *Britannia Romana.*

Verschiedene Stämme versuchten der römischen Herrschaft in Gallien und Südbritannien zu entfliehen und wanderten nordwärts zu dem Hochland und den Tiefebenen Schottlands. In diesen Gebieten, im äußersten Norden der Insel, geschützt durch die Unwegsamkeit des Terrains und das äußerst rauhe Klima, siedelten sich diese Stämme, die Pikten, an. Mehrere Könige, die einander auf dem Thron folgten, vereinigten schließlich die Stämme der Pikten zu einem Königreich und beherrschten gegen Anfang des sechsten Jahrhunderts das Territorium nördlich der Linie zwischen Firth of Forth und Loch Linnhe.

Die Pikten entdeckten auch als erste die Anhäufung massiver Granitbrocken, etwa vier Meilen von der nördlichen Küste entfernt. Es waren fünf gewaltige Felsblöcke, wie zufällig auf- und übereinandergetürmt, eine »Ordnung«, die sich durch die prähistorischen Erschütterungen der Erde ergeben hatte. In den frühen Tagen der Landbesiedlung wurden die Riesensteine als eine Wegmarke für den Felsengrat benutzt, der an ein fruchtbares Tal angrenzte. Möglicherweise war es ein spielendes Kind gewesen, das den engen Durchgang zwischen zwei Felsen entdeckte, der unter den dritten und von dort in eine kleine, von der Außenwelt abgeschlossene Höhle führte, die man von keiner Stelle der umgebenden Moorlandschaft aus sehen konnte. Durch dieses stone wicket, das Türchen zwischen den Steinen, wie man es bald nannte, war wohl so manches Piktenkind geklettert, um sich vor seinen Gespielen zu verstecken.

Im Laufe der Zeit wurden Briten, Angeln und ein keltischer Stamm, genannt Schotten, in den Gebieten nördlich des Solway Firth und im Cheviotgebirge, neben den bereits dort lebenden Pikten ansässig. Alle vier Völkerstämme hatten ihre eigenständige Entwicklung und Geschichte durchgemacht – dies erklärt wohl auch, warum sich keine natürliche Gemeinsamkeit unter ihnen ergab. Und so war es unvermeidbar, daß sich die Pikten in einem ständigen Konflikt mit den anderen drei Stämmen befanden, die langsam immer mehr nach Norden vorrückten, immer näher an die Grenzen des Königreichs, das die Pikten gegründet hatten.

In dieser spannungsvollen Balance lebten die Völker Schottlands bis zum neunten Jahrhundert. Dann eroberte der mächtigste der Piktenkönige, Oengus, das schottische Königreich Dalriada, und es hatte ganz den Anschein, als könnten die Pikten alle übrigen Stämme unter sich vereinen und eine permanente Herrschaft über das nördliche Drittel der Britischen Inseln aufrichten.

Doch dann kam von der See her eine mörderische Horde nordischer Seeräuber – erbarmungslos, getrieben nicht etwa von der Not oder harten Lebensbedingungen oder dem Mangel an ausreichendem Lebensraum, sondern von der nackten Lust am Rauben und Plündern. So wie der Grund für das Vorgehen der Wikinger in dem unstillbaren Durst nach Abenteuern zu suchen war, so stellten auch ihre Schiffe die Natur ihrer Unternehmungen symbolisch dar: schlangenglatt, lang und pfeilschnell, infernalisch leuchtend in grellen Farben, mit kunstvoll geschnitzten Drachenköpfen am Bug und mit hohem geschwungenen Heck, die Seitenbänke besetzt mit brutalen skandinavischen Ruderern, die Ruder fertig zum Schlag, die Schwerter gezückt, lange Reihen von Schilden außen an den Schiffswänden befestigt.

Der Ansturm der Wikinger setzte 835 mit Brachialgewalt ein. Riesige Flotten von drei- bis vierhundert Schiffen begannen die Städte und Dörfer entlang der Küste zu plündern und die Flüsse Englands hinaufzurudern. Das Blut der Pikten floß in Strömen bei dem verzweifelten Versuch, die Eindringlinge von den Gebieten im Norden fernzuhalten. Die erwähnten großen Granitblöcke wurden mit gewaltsam vergossenem Blut befleckt. Nicht einmal ein Kind schaffte es, sich hinter dem Steintürchen zu verstecken. Doch wenn die Krieger der Wikinger gekommen waren um einen Schatz zu heben, von dem sie gehört hatten, dann wurden sie enttäuscht.

Das politische Gleichgewicht im Norden wurde durch die norwegische Invasion völlig zerstört, und das Reich der Pikten brach allmählich zusammen. Sie hatten alle ihre Kräfte darauf konzentriert, sich gegen den Feind zu verteidigen, der von der See her kam, und hatten darüber versäumt, die wachsende Bedrohung durch die Schotten an der südlichen Grenze wahrzunehmen. Zu jener Zeit drang eine Gruppe von schottischen Siedlern bis zu der Stelle vor, wo ein Dorf der Pikten mit Namen Steenbuaic gelegen hatte. Nur ein Haufen Ruinen war davon übriggeblieben, ein schauriges Denkmal der blutigen Vernichtung einer nichtsahnenden Dorfgemeinschaft durch die plündernden Wikinger. Nun konnten die Kinder der Schotten die kleine Tür unter den mächtigen Granitpfeilern neu entdecken, die gegen die mörderischen Eindringlinge aus dem Norden keinen Schutz geboten hatte. Den Einritzungen auf den Granitblöcken konnten die neuen Bewohner den alten Namen des Dorfes entnehmen. Sie wandelten ihn in das angelsächsische Stanweoc um. Danach bezeichnete man mit diesem Namen das Heideland südlich des schottischen Dorfes Straithland, das an der Küste lag, wo einst die Pikten gelebt hatten.

Das alte Königreich der Pikten ging in den Kriegswirren des neunten Jahrhunderts unter, und während der nächsten hundert Jahre wurden die Pikten völlig von den Schotten verdrängt, die aufgrund ihres Sieges das Land als ihr Eigentum beanspruchten. Die Pikten, die noch übriggeblieben waren, verloren ihren Einfluß und ihre völkische und kulturelle Eigenständigkeit und verschmolzen im Laufe der Zeit mit dem schottischen Volk.

In der Zwischenzeit entwickelten die dänischen und norwegischen Piraten die Tendenz, ihrer Heimat jedes Jahr länger fernzubleiben. Jeden Sommer verließen die räuberischen Flotten ihre

Heimathäfen, um zu plündern und zu zerstören. Aber immer lieber blieben sie etwas länger in dem angenehmeren südlichen Klima. Schließlich begannen die Krieger, ihre Frauen und Kinder mitzubringen. Manche von ihnen heirateten auch Mädchen aus den Dörfern, die sie geplündert hatten. Die Landschaft und das Klima des dünnbesiedelten Schottlands sagte ihnen besonders zu, weil es den Bedingungen, die sie von ihrer Heimat her gewohnt waren, am ähnlichsten war. Und wie die Schotten die Pikten assimiliert hatten, so wurden auch die kolonisierenden Wikinger von ihnen absorbiert. Zusammen mit den Basken, den Kelten, den Pikten, den Angelsachsen und den Briten, die vor ihnen da waren, wurden sie zu den Vorfahren der heutigen Schotten.

Die Vorherrschaft der Wikinger auf der Insel dauerte weniger als hundert Jahre. 1066 segelten die Normannen, die selbst von den Wikingern abstammten, von der französischen Küste aus über den Kanal und fielen, angeführt von William dem Eroberer, in England ein. Im Norden konnten die Schotten, trotz der vielen verschiedenen Familienclans, ihre politische Einheit bewahren. Der anglo-normannische Clan Ramsaidh gewann im dreizehnten Jahrhundert viel Ansehen und Einfluß, nachdem König David I. Simon de Ramsay Land in Lithian, in der Nähe von Glasgow, verliehen hatte. Gleichzeitig wurde dem Anführer des nördlichen Zweiges dieses Clans, Adam de Ramsay, der Titel des Barons von Banff verliehen, während sich die anderen aus seiner Familie, die seine Wappen trugen, in Strathy niederließen, einer Siedlung in einem Tal, das ein wenig weiter östlich lag.

In den nachfolgenden Jahrhunderten zeichneten sich die Ramsays durch ihr Engagement in den Grenzkriegen mit England aus. Andrew Ramsay wurde 1539 für seine große Tapferkeit im Dienste des Königs James V. von Schottland das Marquisat Stonewycke verliehen. Das Anwesen Stonewycke gewährte Aussicht auf das fruchtbare Tal Strathy, östlich von Banff. Die Granitpfeiler befanden sich auf dem Boden des Anwesens, etwa drei Meilen nach Süden mitten auf einem heidebewachsenen Felsengrat, seit Jahrhunderten als *Branuaic* bekannt. Aber zur Zeit Andrew Ramsays verschwendete niemand auch nur einen Gedanken an die öde Moorlandschaft. Statt dessen konzentrierte sich die Aufmerksamkeit aller auf das großartige Schloß, das Andrew zu bauen anfing. Sir James Hamilton, der Architekt des Königs persönlich, hatte sein Können der Aufgabe gewidmet, ein prachtvolles Gebäude zu errichten, dessen Bau fast sieben Jahre dauerte. Als es vollendet war, wurde das stolze Schloß auf dem schönen, grünen Berg als das Juwel der nördlichen Küste berühmt. Und wenn es abends, von vielen Kerzen und Laternen erleuchtet, in wunderbarem Licht erstrahlte, verzauberte sein Anblick manch einen Fischer, der von seinem Boot aus voller Ehrfurcht hinüberschaute.

Aber etwa hundertfünfzig Jahre später verlor das Juwel seine Leuchtkraft, als Iver Ramsay zu viel Geld in die Darien-Gesellschaft investierte, die bald darauf Konkurs machte. Er verlor sein ganzes Vermögen und es gelang ihm gerade noch mit knapper Not, sein Anwesen zu behalten. Das Schloß verlor all seinen Glanz, und nach einiger Zeit verließ Iver Strathy es für immer. Man erzählte, daß er sich in einem schlichten Stadthaus in Edinburgh einmietete. Die nächsten zwanzig Jahre diente der Herrensitz der Ramsay-Dynastie nur noch Mäusen, Spinnen und sonstigem Ungeziefer als Bleibe. Alles verfiel, die leeren Gemächer, die der verzweifelte Lord ihrer Ausstattung beraubt hatte, erinnerten nur noch andeutungsweise an die vergangene Pracht. Staub und Spinnweben hingen an den vergoldeten Kaminsimsen und kunstvollen Balustraden und verliehen dem Schloß ein geisterhaftes Aussehen.

Während Stonewycke seinen Dornröschenschlaf schlief, wurde Schottland von politischen Unruhen und militärischen Konflikten mit den Engländern erschüttert, wobei es den Schotten darum ging, die endgültige Herrschaft über ihr geliebtes herrliches, wildes Land, sowie dessen politische Unabhängigkeit zu erlangen. Thomas Ramsay, der Sohn von Iver, machte gemeinsame Sache mit den Jakobiten (schottische Dissidenten, die sich nach dem König Jakob II Stuart benannten, Anm. d. Übers.), da er den Engländern die Schuld an dem finanziellen Ruin seines Vaters zuschrieb. Er änderte die Schreibweise seines Namens in Ramsey – ein willkürlicher Akt von ihm – und setzte sich zum Ziel, den Glanz und das Prestige, die sein Erbbesitz Stonewycke einmal besessen hatte, wiederherzustellen. Und so kehrte wieder Leben in die Türme und Gemächer, die Ballsäle und Korridore, die Stallungen und das Schloßgelände ein. Aber Thomas Ramsey starb sechs Jahre bevor sein Traum – ein Aufstand der Jakobiten gegen die Engländer – realisiert werden konnte. Sein Vermächtnis an seinen Sohn Colin war die leidenschaftliche Liebe zu seiner Heimat und deren Sache. Colin war unter den ersten, die sich auf die Seite des Bonnie Prince Charlie stellten, als er, seinen hochfliegenden Plänen folgend, sich 1745 auf den Thron setzen wollte. Colin fiel auf dem Feld von Culloden, als er verzweifelt versuchte, den Prinzen vor einem tödlichen Streich zu beschützen.

Um die Treue ihres Mannes zu ehren, nahm Christina Ramsey den flüchtigen jungen Thronprätendenten eine Zeitlang bei sich auf. Und auf Stonewycke entrann Prinz Charles Edward nur mit knapper Not dem Zugriff der Engländer. Ein Trupp englischer Soldaten stürmte, auf das Wort eines Denunzianten hin, das Schloß. Aber sie konnten den flüchtigen Prinzen nirgendwo entdecken, so sehr sie auch suchten. Denn der kleine Bobby Ramsey hatte den Prinzen zu der Stelle geführt, wo sich die Nachfahren der Piktenkinder immer noch vor ihren Spielkameraden zu verstecken pflegten. Und für den Zeitraum von einigen Tagen waren die strengen Granitblöcke, die von allen Seiten von einer kleinen Mulde umschlossen wurden und über denen die riesigen Pfeiler Wache hielten, das seltsame Schloß des Mannes gewesen, der davon geträumt hatte, König zu werden.

Schließlich, vierzig Jahre nachdem die schottischen Rebellen am Culloden Moor vernichtend geschlagen worden waren, gab König Georg III. den Erben der schottischen Clan-Anführer den früheren Landbesitz ihrer Väter zurück, als eine Geste der Einigkeit und des guten Willens.

Robert Ramsey, der Sohn von Colin Ramsey und Nachkomme der Barone Adam de Ramsay und Andrew Ramsay, bekam 1784 das Anwesen Stonewycke, das zur Zeit des Aufstandes seinem Vater gehört hatte. Er lebte noch weitere zwanzig Jahre, und nach ihm wurde sein Sohn Anson der Laird des weiten und fruchtbaren Strathy-Tales an der Nordküste Schottlands. Hochverehrt und geliebt von seinen Leuten, verwaltete Anson sein Anwesen nur zwölf Jahre lang, bevor er plötzlich tödlich verunglückte. Seine beiden Söhne waren leider nicht nach ihrem Vater geraten. Ihre Wünsche waren mehr auf Geld und Reichtum gerichtet als auf das Wohlergehen ihrer Untergebenen. Die Geschichte von dem legendären Schatz der alten Pikten kursierte immer noch unter dem Volk. Und die ehrgeizigen Söhne, voll Furcht, daß sie enterbt werden und so die Chance verlieren könnten, an den Schatz heranzukommen, entfremdeten sich immer mehr von ihrem Vater, bis schließlich ein mysteriöser Jagdunfall Ansons Leben jäh beendete. Anson hatte in weiser Voraussicht Vorkehrungen getroffen, um das Land, das er liebte, zu schützen. Aber nach seinem Tode wurden diese nicht realisiert. Sein skrupelloser Sohn Talmud trat die Erbfolge an.

Aber das Land blieb und überdauerte allen Wechsel. Generationen seiner Bewohner kamen und gingen mit dem Strom der Geschichte. Nach wie vor wurde es bestellt, und die Bauern bauten ihre Häuser an den Hängen der Berge. Aber man richtete nur noch selten sein Augenmerk auf die öde Heide, wo die ersten Bewohner ganze Felsbrocken herausgraben mußten, bevor sie den widerspenstigen Boden bearbeiten konnten. Aber ob man sich darum kümmerte oder nicht, noch immer stand unveränderlich über dem Moor die Festung aus Granit mit ihrem engen Steintürchen – ein stummes Denkmal des alten Volkes, das als erstes dieses rauhe Land des Nordens bevölkert hatte.

DER STREIT

Die warme Nachmittagssonne hatte den Zenit bereits überschritten und neigte sich langsam dem Westen zu. Maggie war heute überhaupt noch nicht draußen gewesen. Für die Dreizehnjährige, die ihre schottische Heimat über alles liebte, war dies völlig ungewöhnlich. Doch sie fühlte sich schon den ganzen Tag irgendwie bedrückt. Sonst ein lebensfrohes und energiegeladenes junges Mädchen, hatte sie heute fast den ganzen Tag damit zugebracht, gedankenverloren durch die einsamen Korridore und unbenutzten Räume des großen herrschaftlichen Hauses zu streifen, in dem sie mit ihrer Familie lebte.

Am späten Nachmittag gelangte sie schließlich in die Bibliothek, mehr oder wenig zufällig, nicht etwa weil sie besondere Lust verspürte zu lesen, sondern weil ihr alle anderen Ideen ausgegangen waren und sie nicht wußte, was sie sonst noch mit sich anfangen sollte.

Sie ließ ihre Augen über die endlosen Bücherreihen schweifen, nahm sich dann ein Buch heraus und setzte sich damit auf das Sofa. Müßig blätterte sie die Seiten um, während ihre Augenlider schwer wurden und sie schließlich einnickte.

Plötzlich fuhr sie hoch. Wie lange hatte sie geschlummert? Stimmen hörte sie, ganz in der Nähe, laut und zornig, in hitzigem Wortwechsel.

»Wie kannst du es wagen, an so etwas auch nur zu denken?«

»Aber ich versichere dir, ich wollte doch lediglich ...«

»Und dazu noch hinter meinem Rücken!« unterbrach die Frauenstimme, von der Maggie nun wußte, daß sie ihrer Mutter gehörte. Sehr zornig, sehr aufgebracht klang sie, Maggie konnte es förmlich sehen, wie Mutters dunkle Augen zornig sprühten.

»Ich wollte dich nur nicht damit belästigen«, verteidigte sich Maggies Vater. Er war der zweite in dieser heftigen Auseinandersetzung. Doch die Mutter schnitt ihm wieder das Wort ab.

»Aber natürlich! Du wolltest mein Frauenköpfchen nicht mit solch langweiligen Dingen wie einem Landverkauf quälen. Wolltest du das etwa sagen?«

»Gewiß, meine Liebe«, versuchte James einzulenken. Er war auf eine so heftige Reaktion seitens seiner Frau nicht gefaßt und hoffte nun, sie würde sich mit ein paar guten Worten besänftigen lassen.

»Das wäre ja noch schöner!« brauste Atlanta auf. »Und du hättest tatsächlich versucht, Braenock Ridge ohne mein Wissen und meine Zustimmung zu verkaufen?« setzte sie mit bitterem Sarkasmus hinzu.

»Du weißt genausogut wie ich, daß wir das Geld brauchen, das wir dafür bekommen können. Mir ist ein sehr günstiger Preis geboten worden.«

»Du meinst wohl, du brauchst das Geld! Du bist entschlossen, diese Brauerei zu kaufen, ganz gleich was es das Anwesen kosten wird.«

»Ich habe sehr günstige Bedingungen ausgehandelt«, meinte James voller Optimismus.

»Du würdest unseren ganzen Besitz Stück für Stück verkaufen, nur um das Geld flüssig zu machen!« Atlantas Stimme bebte vor Erregung. »Aber ich werde nicht zulassen, daß du das Herzblut vieler Generationen von Ramseys einfach verschleuderst ...« Sie brach ab, um nicht in Tränen auszubrechen.

James spürte, wie Zorn in ihm hochstieg. Er fühlte sich in seiner Ehre gekränkt. Was bildete sich seine Frau eigentlich ein?

»Nicht zulassen?« schnaubte er wütend, und sah ihr voll ins Gesicht. »Nicht zulassen! Was du nicht sagst! Du würdest es wagen, mir in meine Geschäfte hineinzureden?«

»Du hast vergessen«, erwiderte Atlanta mit eiskalter Stimme, bemüht, ihre Selbstbeherrschung zu bewahren, »daß das Land mir gehört und nicht dir. Alles, was damit geschieht, ist meine Angelegenheit. Du kannst ohne meine Zustimmung überhaupt nichts unternehmen.«

»Und du sorgst auch dafür, daß ich es ja nie vergesse, nicht wahr, Atlanta?«

Sie gab keine Antwort.

Vor Entsetzen wie gelähmt, kauerte Maggie hinter der Sofalehne, voll Angst, ihre Eltern könnten denken, sie hätte sie mit Absicht belauscht. Wie konnte sie auch nur so einfach einschlafen! Wie hätte sie sich gewünscht, unbemerkt entwischen zu können, nachdem ihre Eltern eingetreten waren! Nun lag sie wie erstarrt da und wagte kaum zu atmen.

Ihre Eltern hatten oft Meinungsverschiedenheiten. Maggie spürte die Spannung, die innere Distanz, die immer zwischen ihnen bestand, selbst wenn ihre Worte einen höflichen Klang hatten.

Aber diese Auseinandersetzung war viel schlimmer als gewöhnlich, der Konflikt viel schmerzlicher, weil sie heimlich mit anhören mußte, was ganz allein für die Ohren ihrer Eltern bestimmt war.

Die eisige Kälte im Ton ihres Vaters ließ Maggie erschauern, als er wieder zu sprechen anfing.

»Wir werden es ja sehen«, sagte er, »mein Rechtsanwalt ist gerade dabei, Schriftstücke im Hinblick auf Braenock abzufassen. Es ist alles juristisch einwandfrei, laß dir das gesagt sein. Die Besitzurkunden des Anwesens sind sowohl auf meinen als auch auf deinen Namen ausgestellt.«

Atlanta blickte ihren Mann einige Sekunden lang wortlos an. Ihr Blick, ohne jede Emotion, verriet nichts von der Feindseligkeit gegen ihn, die in ihrem Herzen brodelte. Was jemals an Liebe zwischen diesen beiden Menschen existiert haben mochte, in diesem Augenblick war nicht die geringste Spur davon zu bemerken. Beide waren starke Persönlichkeiten und wußten genau, was sie wollten. Während der letzten Jahre hatte es zwischen ihnen immer häufiger Zusammenstöße gegeben, wenn es sich um die Zukunft des Guts handelte, da James in seinen geschäftlichen Bestrebungen immer ehrgeiziger wurde.

»Ich warne dich, James«, sagte Atlanta schließlich beherrscht, aber mit Nachdruck, »unterschätze mich nicht. Ich habe immer noch mehr zu bestimmen, als du annehmen magst.«

»Wir werden ja sehen!«

»James, treibe es nicht zu weit. Ich werde unter keinen Umständen meine Einwilligung geben. Du wirst Braenock nicht verkaufen.«

»Wenn du denkst, du kannst mich einschüchtern, Atlanta, dann spare dir nur die Mühe! Ich werde das tun, was ich aus zwingenden Gründen tun muß – gerade weil ich helfen will, das Anwesen zu erhalten.«

»Es wird niemand Nutzen bringen, wenn wir unseren Pächtern ihr Land wegnehmen«, gab Atlanta zurück. »Und was soll aus unseren Kindern werden? Wenn wir das täten, was du vorhast, bliebe für sie überhaupt nichts mehr übrig. Ihr ganzer Grundbesitz würde ihnen damit genommen.«

»Sie werden mir applaudieren für den Reichtum und das hohe Ansehen, das ich ihnen verschaffen werde!«

»Nicht Margaret. Dein ganzes Geld wird ihr nichts bedeuten. Sie wird niemals einer Sache Beifall spenden, die unser Gut zum Ruin ...«

»Mit Margaret werde ich schon fertig. Und versuche ja nicht, mir da ins Handwerk zu pfuschen. Sie ist auch meine Tochter.«

»Ja, aber eine, die weiß, was sie will.«

»Eben! Und wenn du sie nicht mit allen möglichen Lügen über mich vollstopfst, wird sie sich schon richtig entscheiden. Aber was soll das! Ich bin ja ihr Vater, und sie liebt mich. Sie wird das tun, was ich ihr sage!«

Atlanta gab keine Antwort.

Maggie, verdeckt von der Sofalehne und einigen Bücherregalen, hörte, wie sich die Schritte ihres Vaters entfernten. Die Tür wurde zugeschlagen. Sie stellte sich jetzt vor, wie ihre schlanke, stolze Mutter regungslos dastand und wie sie ihrem Ehemann wortlos nachstarrte, umgeben von den Tausenden verstaubter, ledergebundener Folianten, die, so nahm sie es wenigstens an, die einzigen Zeugen dessen waren, was sich zwischen den Eheleuten abgespielt hatte. Maggie rührte sich nicht, und nach einigen Augenblicken hörte sie, wie die Tür leise auf- und zugeklinkt wurde. Sie hatte nicht einmal die Schritte ihrer Mutter gehört.

Schließlich wagte das Mädchen sich zu bewegen, spähte schüchtern über die Sofalehne, ungewiß, ob sie jetzt wirklich allein war. Zitternd glitt sie vom Sofa hinunter und richtete sich auf. Eine Träne rollte ihre Wange hinunter, und sie biß sich auf die Unterlippe, um das verräterische Zucken in den Mundwinkeln zu unterdrücken. Was sollte das Ganze nur bedeuten?

Wie konnte ihr Vater nur so häßlich zu Mutter reden? Maggie hatte immer gedacht, er sei ein so liebevoller und selbstloser Mensch. Und sie hatte er doch auch lieb, oder? Als seine einzige Tochter, die ihn vergötterte und so stolz auf ihn war, empfand sie für ihn eine fast ehrfürchtige Verehrung. Wie sehr sehnte sie sich danach, sich von ihm geliebt zu wissen.

War es wirklich derselbe Mann, dessen Stimme sie gerade eben gehört hatte? Streitigkeiten hatte es ja schon früher gegeben, aber nie war es so schlimm wie diesmal gewesen. Und was hatte er eigentlich damit gemeint, als er sagte, er würde mit ihr, Maggie, schon fertig werden?

Ihre Gedanken überstürzten sich. Völlige Verwirrung überkam sie. Ihr Gesicht glühte, und Tränen strömten ihr erneut aus den Augen. Sie mußte hinaus, nur hinaus aus dem Haus, weit, weit hinausreiten und alles vergessen. Wenn sie dann nach Hause käme, würde die Sache vielleicht schon ganz anders aussehen.

Maggie schlich leise zur Treppe und lief auf Zehenspitzen hinunter. Doch ihr Herz hämmerte so laut, daß sie es auf dem halben Wege nicht mehr aushielt und, so schnell die Beine sie trugen, zum Pferdestall rannte.

CINDER

Maggie lenkte ihre anthrazitgraue Stute Cinder nordwärts zur Landstraße und dann den Berg hinunter in Richtung Port Strathy. Sie wollte irgendwohin, wo sie ungehindert und schnell reiten konnte, und der Strand westlich der Stadt gehörte zu ihren Lieblingsstrecken.

In letzter Zeit hatten sich ihre Eltern sehr viel gestritten. Und obwohl sie nur hin und wieder etwas davon mitbekam, war es jedesmal peinlich und schmerzlich für sie. Sie verspürte dann immer einen unwiderstehlichen Drang zur Flucht, besonders wenn es bei den Konflikten, die in Verbindung mit dem Landbesitz standen, in irgendeiner Weise um sie selbst ging.

Sie und ihre Mutter standen sich sehr nahe, doch der Vater hatte schon immer einen ganz besonderen Platz in ihrem Herzen eingenommen. Die Worte der Zuneigung, die er seinem Töchterlein während seiner frühen Kindheitsjahre immer wieder zuflüsterte, hatten tiefe Wurzeln geschlagen, und Maggie empfand eine tiefe Verehrung für ihren Vater. Er hatte ihr ja auch nie Anlaß gegeben, an seiner Zuneigung zu zweifeln. Zugegeben, sie verbrachten recht wenig Zeit miteinander. Oft bat sie ihn, doch mit ihr auszureiten, aber meistens hatte er viel zu tun. Aber das unbeschwerte Kind nahm sich nie die Zeit, darüber nachzudenken, daß ihre Beziehung zu ihrem Vater vielleicht etwas einseitig war, daß ihr Vater – während sie ihm ihr empfindsames Kinderherz voller Vertrauen ganz hingab – sich eigentlich viel mehr für andere, ihm wichtiger erscheinende Dinge interessierte, die in seinem Denken den ersten Platz einnahmen. Sie nahm ohne Bedenken an, seine väterliche Liebe sei genau so stark wie ihre Liebe zu ihm. Es wäre ihr nicht im Traum eingefallen, dies in Frage zu stellen. Wie sollte auch ein so junger Mensch begreifen, welche Macht und Faszination die Welt des Mammon auf einen Mann wie ihren Vater ausüben konnte!

»Braenock Ridge«, dachte Maggie, »was mag an diesem Stück Land so Besonderes sein?« Das große Anwesen Stonewycke war Atlantas Erbe. Im Norden von Schottland gelegen, erstreckte sich dieses viele Hektar große fruchtbare Weide- und Ackerland, das noch dazu eine Küste mit Strand einschloß, die im Norden des

Schottischen Hochlandes nur selten vorkommt. Im Jahre 1860 war es tatsächlich ein Marquisat gewesen, das in Großbritannien ein nicht geringes Ansehen genoß. James Duncan hatte in reichen Adel eingeheiratet, und sich auf einem Anwesen von einem derartigen Wert stets als Außenseiter gefühlt. Ob die vielen Streitereien zwischen ihrem Vater und ihrer Mutter hier ihren Ursprung hatten, war schwer zu sagen.

Maggie fühlte sich immer mehr durch diese Streitigkeiten hin- und hergerissen.

Sie ritt an dem kleinen Fischerdorf Port Strathy vorbei und erreichte schließlich den Meeresstrand im westlichen Teil des Hafens. Die Ebbe hatte einen langen Streifen Sand freigegeben, breit und hart, gerade richtig für einen Galopp, nach dem es Maggie verlangte. Sie trieb die Stute an und schwenkte westwärts.

Cinder sprang vorwärts und stürmte über den feuchten Sand der Nachmittagssonne entgegen. In wenigen Sekunden verschmolzen Pferd und Reiterin zu einem bloßen Flecken, der am Strand entlangraste. Kein Beobachter am Pier hätte sie erkennen können. Aber schließlich, in der Nähe der Felsklippen, die an die weite Sandfläche westlich angrenzten, nahm der verschwommene Fleck wieder Gestalt an, wurde immer erkennbarer, und man konnte das Pferd und das Mädchen wieder deutlich sehen.

Aber immer noch trieb Maggie die Stute an, als könnte sie ihre eigenen aufgewühlten Gefühle durch die Erschöpfung des starken Tieres abreagieren. Cinder galoppierte am Wasser entlang und schleuderte mit ihren Hufen einen Hagel loser Sandklumpen in die Luft. Die Vorderhufe ließen Schaumfetzen hochfliegen, die von der hereinkommenden Flut angeschwemmt wurden. Dann, auf halbem Weg über den Strand, riß Maggie plötzlich die Stute herum und stürmte Hals über Kopf ins Wasser. Zuerst mußte das Pferd gegen das Wasser hart ankämpfen, aber die Reiterin war leicht, und als sie ins tiefe Wasser kamen, schwamm Cinder kräftig, den Kopf über dem Wasser. Nichts hätte Maggies inneren Aufruhr besser zur Ruhe bringen können als die Kühle des Seewassers. Und obwohl das Pferd so stark gegen die Flut ankämpfen mußte, daß es um sein Leben zu kämpfen schien, kannte doch Maggie ihr Tier gut genug, um zu wissen, daß auch Cinder nach ihrem schnellen Ritt das kalte Wasser genoß.

Als Maggie das Gefühl hatte, das Tier sei genug geschwommen, lenkte sie zum Ufer zurück. Sie kamen aus den Wellen heraus, die Stute mit der ungewöhnlichen anthrazitgrauen Färbung und ihre kleine, aber sichere Herrin auf dem triefenden Rücken. Dabei flogen die Schaumfetzen nach allen Seiten im hohen Bogen, als Cinder mit einem mächtigen Sprung das Land wieder erreichte. Maggie war entzückt. Ihre roten Locken flogen im Wind, als Cinder erneut zum Galopp ansetzte.

Maggie lenkte Cinder geradeaus über die weite Sandfläche und die sanft ansteigende, grasbewachsene Düne hinauf. Pferd und Reiterin stürmten über den losen Sand, nach dem sonnendurchflutenden Tanz der spritzenden Wellen nun in eine dichte Wolke hellgrauen Sandes gehüllt, den Cinders schlagende Hufe aufwirbelten.

Als sie schließlich eine kleine Anhöhe erreicht hatten, zog Maggie die Zügel an. Cinder blieb stehen, die mächtigen Flanken hoben und senkten sich, als ihre große Lunge in tiefen Zügen die Luft einsog und aus geweiteten Nüstern dampfenden Atem ausstieß.

Maggie saß regungslos auf dem Tier, erschöpft von der Anstrengung des Ritts. Die Gedanken und Gefühle, die sie so in Aufruhr versetzt hatten, waren zur Ruhe gekommen, und ihr Kopf war wieder klar. Das war genau das, was sie brauchte, wenn das Leben zu Hause zu entnervend wurde: auf dem Rücken ihres temperamentvollen Pferdes zu sitzen und zu reiten. Sie seufzte tief, tätschelte zärtlich den dunklen Kopf der Stute, beugte sich vor und flüsterte ihr ein paar liebe Worte ins Ohr. Dann lenkte sie sie langsam auf der anderen Seite des Sandhügels hinunter.

»Komm, wir reiten jetzt zum Braenock, Cinder!« rief sie.

Der Nachmittag war warm. So jung Maggie war, kannte sie sich in der Gegend doch genauso gut aus wie jeder alte Farmer. Auf Cinders Rücken hatte sie längst jedes kleine Eckchen zwischen Rossachs Kyle und dem Dormin-Wald genau untersucht. Durch die Felder zu reiten, durch plätschernde Bäche und über rauhe Hügel und an der nördlichen Seeküste ihrer schottischen Heimat entlang, war Maggies größte Freude.

Die Bauern und die Fischer mochten ihre junge Lady Margaret gut leiden. Zwar war sie eine Duncan und lebte in dem stattlichen herrschaftlichen Haus von Stonewycke, aber ihr Herz – ihr Herz schien an dem geliebten heimatlichen Land genauso zu hängen, wie ihrer aller Herz an diesem Fleckchen Erde hing, so rauh und streng es auch war. Und das war etwas, was die Bauern und Fischer nur selten mit den adligen Besitzern dieses Landes gemeinsam hatten.

Sie ritt weiter über die Dünen, und dann öffnete sich plötzlich vor ihr das flache Weideland, das sich weit in die Ferne erstreckte. Dieses breite, fruchtbare Tal, von dem Port Strathy seinen Namen hatte, war stellenweise mit Häuschen übersät, in denen die Kleinbauern lebten. Sie bearbeiteten den Boden des Duncan'schen Besitzes, und Maggie war der älteste Nachkomme der Duncans. Als sie weiterritt, wurden zu ihrer Rechten, etwa drei Kilometer entfernt, dichte Gruppen von Kiefern und Fichten sichtbar, die an den Fluß Lindow angrenzten, der sich gemächlich seinen Weg aus dem gebirgigen Süden in die Nordsee bahnte. Links von ihr bildete das ansteigende Gelände, das in eine Reihe höherer Berge überging, die Grenze des Tales. Der Strathy Summit war der am nächsten gelegene Berg, und sie konnte das Herrenhaus sehen, das sich mit seinen langgezogenen Mauern und alten Türmen zwischen den Fichten an den Berg schmiegte. In der Ferne in Richtung Süden stiegen die Berge langsam zu hohen Gipfeln an, die noch bis vor kurzem weiße Schneekappen getragen hatten.

Maggie ritt durch das Tal. Links und rechts lagen kleine Bauernhöfe – nicht besonders wohlhabend und doch nett und freundlich: Gemüsegärten, zur Hälfte mit Kartoffeln bepflanzt, ein paar Dutzend in der Erde scharrende Hühner, ein oder zwei Kühe. Wie hätten die Bauern auch ohne die reichlichen Kartoffeln und die »Familienkuh« die langen, harten Wintermonate überstehen sollen? »Wie schön wäre es, wenn man noch ein paar Blumen da und dort in den Vorgärten pflanzte«, dachte Maggie, »dann sähen die Häuschen gleich viel frischer aus.«

Sie lehnte sich wieder über Cinders noch feuchten Hals, flüsterte ihr ein paar Worte zu und schwenkte zur Straße, die von Port Strathy landeinwärts zum nächsten Dorf Culden führte, etwa zwanzig Kilometer in südwestlicher Richtung. Nachdem sie die Straße erreicht hatte, ritt sie etwa zwei Kilometer auf ihr entlang und bog dann nach links ab.

Maggie hatte fast zur gleichen Zeit reiten und laufen gelernt, aber so weite Ausflüge ins Land machte sie erst seit vier Jahren – seit sie Cinder geschenkt bekam. Vaters Stallknecht Digory hatte sie ihr geschenkt, damals noch ein Fohlen, kaum drei Wochen alt. Ein Bauer, einer der ärmsten, aber auch einer der geachtetsten Männer im ganzen Tal, hatte Digory gebeten, beim Fohlen seiner Stute zu helfen. Es hatte Komplikationen gegeben, das ganze hatte sich bis weit in die Nacht hingezogen, und ohne Digorys sachkundige Hilfe hätte wohl weder das Fohlen noch die Stute überlebt. Der Bauer, voll Dank, daß sein Tier gerettet war, schenkte Digory das neugeborene Füllen. »Sie ist kein Vollblut, das steht fest«, meinte der alte Mann, »und doch sind Pferde ihres Stammbaumes schon vor zehn Generationen in Port Strathy gezüchtet worden.« Und sie war auch ein Tier von auffallender Schönheit. Der anthrazitfarbene Leib mit dem tiefschwarzen Kopf sah hinreißend aus. Dieses Pferd hätte selbst neben den besten Vollblütern bestehen können.

Digory nahm dankbar an und schenkte das Füllen der jungen Lady des Hauses, in dessen Dienst er stand. Es war Liebe auf den ersten Blick: Maggie und das Füllen wurden unzertrennliche Freunde.

Maggie ritt immer weiter, immer dichter wurde das Gebüsch und das Gelände steiler und felsiger. Zu ihrer Rechten konnte sie den Gipfel von Marbrae sehen, hinter dem die Sonne unterging. Er schien Wache zu halten über dem friedlichen Strathy-Tal, das sich nordwärts erstreckte. Maggie lenkte Cinder behutsam den steilen Felsabhang hinunter in die trockene Schlucht und dann wieder auf der gegenüberliegenden Seite hinauf. Dann standen sie, fast drei Meilen südlich vom Schloß entfernt, auf dem Hochmoor, bekannt als Braenock Ridge.

Einige Bauernhäuser lagen auch hier verstreut über die Hochebene, aber man sah deutlich, daß der Boden karg war, verglichen mit dem üppigen, grünen Tal. Die Bauern benutzten ihn hauptsächlich als Weideland. Man weidete hier schon seit undenklichen Zeiten Schafherden und Ziegen.

Das Land war also weder der schönste noch der reichste Teil des Marquisats. Warum bestand dann ihre Mutter so unnachgiebig darauf, daß es nicht verkauft werden sollte? Aber andererseits, weshalb sollte jemand es kaufen wollen? Solange die Grenzen von Stonewycke östlich von Rossachs Kyle und westlich vom Lindow und das Land um Braenock in Duncans Besitz blieben, wer konnte da etwas mit dieser eingeschlossenen Parzelle dürren, buschbewachsenen Heidelandes anfangen können?

Ganz in Gedanken versunken, hatte Maggie gar nicht gehört, daß der junge Mackinaw mit seiner Herde hinter ihr den Abhang hinaufgestiegen war. Sie hörte das Scheppern der Schafglocken im gleichen Augenblick, als eine Stimme sie anredete.

»Guten Tag, Miss Duncan.«

Maggie wirbelte im Sattel herum.

»Stevie! Du bist es! Ich dachte, ich sei hier allein«, rief sie. »Weidest du die Schafe heute ganz allein?«

Der Junge schien so alt wie Maggie zu sein, doch in Wirklichkeit war er zwei Jahre jünger. Seine schlaksige Gestalt, hager und linkisch, zeigte die ersten Anzeichen des Erwachsenwerdens. In seinem Gesicht deuteten sich bereits die harten Linien an, die sich mit den Jahren noch schärfer einprägen würden durch das ständige Ausgesetztsein in der rauhen Witterung des Nordens. Seine braune, ledrige Haut ließ ihn älter erscheinen, als er war. Nur eins wirkte an ihm unverkennbar jungenhaft: Der nicht zu bändigende Schopf drahtiger, roter Haare, die von seinem Kopf in alle Richtungen standen.

»Ja, seit das Wetter wieder schön ist, bin ich mit ihnen draußen«, erwiderte er. »Mein Vater ist nicht mehr so gut zu Fuß, um die Gegend hier nach Gras für die Schafe abzusuchen.«

»Das tut mir aber leid, Stevie. Geht es deiner Mutter gut? Ich bin schon lange nicht mehr hier draußen gewesen.«

»So einigermaßen, Miss. Der kalte Winter hat ihr zu schaffen gemacht. Manchmal ist der Wind hier richtig eiskalt.«

»Aber ihr macht doch immer Feuer an?«

»Ja, Miss«, meinte Stevie, »aber Torf gibt nicht so viel Wärme ab, und wenn einer krank ist ... Aber jetzt scheint ja die Sonne wieder, und da geht es uns wieder gut, Miss.«

Während sie miteinander sprachen, kamen die Schafe, ihrem Hirten folgend, über die Anhöhe. Auf einmal waren sie von allen Seiten von der Herde umringt. Cinder stampfte nervös mit dem Fuß, doch Maggie hielt die Zügel stramm.

»Also, sag deinen Eltern, ich würde dieser Tage einmal vorbeikommen.«

»Da werden sie sich aber sehr freuen, Miss«, sagte er und schaute verlegen zur Seite, als müsse er nach den Schafen sehen. »Danke schön auch, Miss«, setzte er noch hinzu. »Und einen recht guten Tag!«

Maggie winkte ihm zu und lenkte Cinder aus der Herde heraus. Dann trieb sie die Stute zu einem langsamen Galopp an und machte sich auf den Rückweg zum Haus am Berg.

DIGORY

Der Himmel leuchtete in rosa und orange, als Maggie sich ihrem Elternhaus näherte. Sie liebte die hellen Sommerabende sehr. In diesen Regionen nahe dem Polarkreis senkte sich die Dunkelheit für wenige Stunden herab, und Maggie hatte deshalb viel mehr Zeit, durch die Gegend zu streifen. Sie ritt von der südlichen Seite an die Ställe heran, und ohne gesehen zu werden, stieg sie ab und führte ihre Stute hinein.

»Na, meine Kleine«, ertönte eine alte Stimme aus dem Halbdunkel des Stalles, »ich habe mich schon gefragt, wann wir dich wohl wiedersehen werden.«

Überrascht starrte Maggie hinein, bis sich ihre Augen an die Dunkelheit gewöhnt hatten. Schließlich sah sie den alten Stallknecht auf einem dreibeinigen, wackligen Hocker sitzen.

»Digory!« gab sie zurück, »was meinst du damit?«

»Na ja, es gab eine Menge Aufregung im Haus.«

»Aber ich bin doch nur ausgeritten!«

»O ja! Und das sehr lange! Aber sie haben sich noch nicht so gut wie ich an das gewöhnt, was du so machst.«

»Hat es Wirbel gegeben?«

»Nicht der Rede wert, meine Kleine. Man hat mich geschickt, nach dir zu suchen. Aber als ich Cinders leere Box sah, da wußte ich, daß ihr zwei zusammen unterwegs seid und es keinen Sinn hat, daß ich überallhin renne und euch suche.«

»Hoffentlich kriegst du meinetwegen keinen Ärger«, meinte Maggie.

»Ach was«, lachte er krächzend, »da mußt du schon mehr anstellen als das. Du bist zwar noch ein kleines Mädel, aber du reitest schon lange genug, so weit du willst. Da bin ich mir ganz sicher, daß du weißt, was du tust.«

»Ich hatte eigentlich nicht vor, so lange wegzubleiben, es war nur ... ich mußte einfach ...«

Sie schaute ihn mit ihren aufrichtigen Augen an und versuchte mit aller Gewalt, die Tränen zurückzuhalten, die ihr beim Gedanken an das, was sie veranlaßt hatte, aus dem Haus zu fliehen, aufstiegen.

Digory richtete sich langsam und mühselig auf. Sanft legte er seine knochige Hand auf Maggies Schulter. »Ich weiß, daß du nichts Schlimmes vorhattest«, sagte er, ging zu Maggies Pferd und nahm behutsam die Zügel in die Hand. »Na, und du, mein Mädchen, hast auch einiges hinter dich gebracht, wie ich sehen kann!«

Er führte Cinder zu ihrem Platz, schnallte den Sattel ab und flüstere leise auf sie ein, während er sie mit der freien Hand streichelte. Maggie konnte die gälischen Worte nicht verstehen, mit denen er sich mit den Pferden unterhielt, die er so sehr liebte, aber sie hatte sich schon lange daran gewöhnt.

Schweigend sah sie zu, wie er das Pferd versorgte. Normalerweise rieb sie die Stute selber gern ab, der Knecht beobachtete sie mit stillem Stolz, denn alles, was sie über die Pflege eines Pferdes wußte, hatte er ihr beigebracht. Aber heute genügte es Maggie, dabeizusitzen und zuzusehen. Digorys Handgriffe kamen ihr so natürlich wie essen, lachen oder atmen vor. Obgleich seine Schultern gebeugt waren und deutlich verrieten, daß er schon ein alter Mann war, waren seine Bewegungen liebevoll und zart. Seine arthritischen Hände glichen beim Striegeln des herrlichen, anthrazitgrauen Fells das, was ihnen an Wendigkeit fehlte, durch Sanftheit wieder aus. Manchmal, besonders wenn sich mitten im Winter Schneewehen haushoch gegen die Nordwand des Stalles türmten, taten ihm die Hände so weh, daß er die Striegelbürste nicht mehr halten konnte. Und selbst dann noch zeugte seine sehnige Gestalt vom zähen schottischen Durchhaltevermögen und gab ein viel beredteres Zeugnis von seinem Charakter ab, als seine schlichte Redeweise es je vermocht hätte. Seine schroffen Gesichtszüge hatten Maggie, als sie noch ein kleines Mädchen war, Angst eingejagt. Aber als sie größer wurde und mehr Zeit mit den Pferden verbrachte, die Digory für ihren Vater versorgte, verschwand ihre Zurückhaltung. Der sanfte Klang seiner Stimme und der starke schottische Akzent wurden für das heranwachsende Mädchen zur Quelle der Freude und der Geborgenheit. Und obwohl sie ihre erste Bekanntschaft mit dem Gebet am Familientisch bei James und Atlanta gemacht hatte, blieben doch derlei Segnungen innerhalb der Familie immer etwas formell und steif. Es war die sanfte Stimme des Stallknechts gewesen, die ihr zum erstenmal erklärt hatte, daß Gott ein zärtlich liebender und mitfühlender Vater sei.

»Digory«, brach Maggie nach einigen Augenblicken die Stille, »du bist ja hier schon so lange ...« Ihre Stimme brach ab, als wisse sie nicht genau, was sie sagen wollte.

»Ja, das bin ich«, erwiderte er. »Dein Opa und ich haben zusammen auf den großen Wiesen gespielt, als wir beide noch kleine Knirpse waren.«

»Bist du denn auch hier geboren?«

»So ist es. Mein Papa hat deinem Urgroßvater Anson gedient. Ein großer Laird war er, dein Urgroßvater. Nicht daß dein Papa nicht auch ein guter Laird wäre ... wenn du verstehst, was ich meine.«

»Ich weiß nicht sehr viel von meinem Urgroßvater.«

»Der Laird Anson Ramsey war ein ganz besonderer Mann, so hat jedenfalls mein Vater immer gesagt. Er ist sein ganzes Leben lang auf Stonewycke geblieben. Kein Haus in der Stadt, wie es so die meisten haben. Er sorgte für die Leute auf seinem Land, sogar für die armen Fischer und die Kleinbauern. Mischte sich immer unters Volk. Und die Leute, die liebten ihn auch. Es ist ein Jammer, daß er so jung starb, und sein Sohn in so jungem Alter Laird werden mußte. Ich hätte nie gedacht, daß ich deinen Großvater überleben würde. Er war ein harter Mann, überhaupt nicht wie sein Vater.«

»Wie hieß er?«

»Talmud ... Talmud Ramsey. Ein harter Mann.«

»Digory«, fragte Maggie. »Was ist so Besonderes an Braenock Ridge?«

»Braenock ...« Digory dachte einen Augenblick nach und sprach dann langsam weiter: »Man kann sich eigentlich kein trostloseres Fleckchen Erde vorstellen. Wie einer dort überhaupt leben kann, ist nicht zu begreifen. Aber sie leben halt, die Ziegen, die Schafe und auch die Menschen. Und die können schon einiges aushalten, das sage ich dir, die sind einfach nicht unterzukriegen. Vielleicht ist es deshalb so besonders. Ich habe gehört, wie manch einer sagte, dieses Land sei gottverlassen. Aber ich glaube das nicht: Der Herr verläßt nichts von dem, was er geschaffen hat. Denke daran, Kind, wenn du größer bist und vielleicht selbst einmal meinst, Gott habe dich verlassen. Er ist immer da. Und vielleicht hat gerade so eine Gegend wie Braenock Ridge einen besonderen Platz in seinem Herzen, einfach weil die Menschen dort nie aufgeben. Eisige Winde fegen ständig über das Moor, und doch kannst du dort im Frühling immer ein Primelchen oder ein winziges Gänseblümchen finden, das zwischen den Felsbrocken hervorlugt.«

»Mein Vater will Braenock verkaufen«, sagte Maggie.

»Ist das so?« murmelte Digory und schüttelte nachdenklich den Kopf. »Na ja, er ist der Herr, er wird es am besten wissen. Aber«, fuhr er fort in einem Ton, der zeigte, daß der Zweifel, den er fühlte, für ihn nicht neu war, »es ist schon traurig, zu sehen, wie hier und dort Parzellen an allen Ecken des Guts verkauft werden. Aber das geht mich nichts an.«

»Ich bin heute dort gewesen«, sagte Maggie. »Ich habe Stevie Mackinaw mit seiner Schafherde getroffen.«

»Einige Familien leben noch dort«, meinte der Knecht. »Sie können nicht viel mit dem Land anfangen. Aber das ist so ziemlich das einzige, was sich manche von ihnen noch leisten können.«

»Was würde mit ihnen geschehen, wenn ... wenn Papa das Land verkaufte?«

»Wer weiß das schon?« erwiderte der Knecht. »Die Mackinaws und auch die anderen dort, sie sind wie das Land – zäh und entschlossen zu überleben.«

»Mrs. Mackinaw ist nicht gesund«, sagte Maggie, »ich hoffe, Papa wird es nicht verkaufen.«

Digory schwieg. Es blickte auf das Mädchen herab und lächelte. Er hatte sie lieb wie eine Tochter, und erst recht deshalb, weil er keine eigene besaß. *Sie ist eine Ramsey, das steht fest,* dachte er bei sich selbst. *Sie wird eines Tages eine Lady sein. Wenn einer das Land so liebt wie sie ... Anson und, wer weiß, vielleicht sogar auch der hartgesottene Talmud, wären stolz auf sie.*

»Gut, daß dir die Leute so am Herzen liegen, meine Kleine«, sagte er schließlich. »Das ist es, was Stonewycke und alle, die darauf leben, zusammenhält.«

MUTTER UND TOCHTER

Die Sonne war schon fast untergegangen, als Maggie langsam zum Haus schlenderte. Die mächtigen Steinmauern des alten Gebäudes erhoben sich vor ihr wie geisterhafte Schatten. Der graue Stein war stellenweise mit Efeu überwuchert und wirkte kalt und streng gegen die anheimelnde Atmosphäre der Pferdeställe, die sie gerade verlassen hatte. Stonewycke, rauh und schmucklos, wie sein Name es schon andeutete, war kein sehr einladender Ort. Aber es war ihr Zuhause, und man gewöhnt sich an die Umgebung, in der man lebt, und liebt sie dann meistens sogar.

Natürlich brachten der Reichtum und die einflußreiche Stellung ihrer Familie manche Annehmlichkeiten mit sich, aber Maggie war noch zu jung, um danach zu fragen oder es auch nur wahrzunehmen. Sie fand Stonewycke aus einem anderen Grund ehrfurchtgebietend: Oft mußte sie über all die Menschen nachdenken, die vor ihr in diesen Mauern gelebt hatten. In ihren Träumereien versuchte sie sich vorzustellen, was für Menschen ihre Vorfahren gewesen waren. Was hatten sie getan, als sie noch Kinder gewesen waren? Ritten sie, spielten sie im Heu auf dem Heuboden, kletterten sie auf Bäume? Oder wurden sie von strengen Nannys und finster dreinschauenden Lehrern immer nur im Haus gehalten? Waren sie, wie Maggie selbst, durch das endlose Labyrinth der Räume gewandert, auf der Suche nach einer spannenden Beschäftigung, die sie schließlich erst in der Scheune oder in den Pferdeställen fanden?

Maggie drehte den Türgriff der großen Tür aus massivem Eichenholz, die sich daraufhin geräuschlos öffnete.

Sie trat ein. Einen Augenblick stand sie still und nahm ihre innere Kraft zusammen, um ihren Eltern entgegentreten zu können. Sie konnten ja nicht ahnen, was sie dazu veranlaßt hatte, den langen Ritt an diesem Abend zu machen, und doch fühlte sie sich schuldig, weil sie um den Streit wußte. Sie blickte hoch, und ihre Augen fielen auf die reich verzierten Säulen und die prachtvolle Treppe, die vom unteren Stockwerk in einem eleganten Schwung zu den Räumen der oberen Stockwerke führte. Das prunkvolle Geländer, das sich bis in die oberen Gemächer schwang, eignete sich hervorragend für einen atemberaubenden Rutsch nach unten (freilich nur, wenn keiner der Erwachsenen in Sichtweite war). Links von der Treppe führten mehrere massive Türen aus der Eingangshalle und einem kleineren Speisesaal, in dem die Familie gewöhnlich ihre Mahlzeiten einnahm. Weiter im hinteren Teil des Hauses, durch einige Korridore verbunden, befanden sich die Küche, Wohnräume für die Dienerschaft und eine Menge zusätzliche Zimmer und Flure, mit vielen reizvollen Schlupfwinkeln und Verstecken, die Maggie noch nicht alle bekannt waren.

Rechts von der Treppe befand sich der große Ballsaal. Maggie fand es durchweg viel schöner, draußen mit Cinder durch die Gegend zu streifen, als in irgendeinem dieser vielen Gemächer des Haues zu sitzen, vielleicht mit Ausnahme der Bibliothek. Doch den großen Ballsaal – den fand sie wirklich aufregend. Zartlila Blüten mit goldenen Rändern und Nußbaum-Täfelung zierten die Wände. Prachtvolle Samtvorhänge in tiefem Violett, mit goldenen Schnüren zusammengehalten, umrahmten die Fenster. Und der Fußboden erst! Stets auf Hochglanz poliert, glich er einem riesigen Spiegel. Aber das Phantastischste war der Kronleuchter, aus Hunderten von Kristallteilchen zusammengesetzt. Wenn das Sonnenlicht durch die Fenster hereinflutete und sich in den zahllosen bleigefaßten Kristallen spiegelte, ergossen sich ganze Kaskaden tanzenden, farbigen Lichts über den Raum.

Maggie konnte sich nur an ein einziges Fest erinnern, das vor etwa fünf Jahren gegeben worden war, noch zu Lebzeiten ihres Großvaters. Sie war damals noch zu jung, als daß sie es recht hätte würdigen können. Alles, was sie noch von diesem Abend in Erinnerung hatte, außer den wunderschönen Kleidern der Ladys, war, daß man sie in größter Eile zu Bett gebracht hatte, während die Gäste bereits eintrafen.

Sie öffnete die Tür einen Spalt und spähte einen Augenblick lang in den Ballsaal. Dies war einer der wenigen Räume, die sie ohne Erlaubnis nicht betreten durfte. Sie wandte sich wieder ab und zog die Tür leise zu. Da hörte sie die Schritte ihrer Mutter, die gerade die Treppe herunterkam.

»Ah, da bist du ja, Maggie«, sagte Atlanta mit jener Schärfe in der Stimme, die oft mit starker Besorgnis einhergeht.

»Hallo, Mutter«, erwiderte Maggie ein wenig nervös, »ich war ausgeritten. Ich ... ich habe gar nicht auf die Zeit geachtet.«

»Ich war sehr besorgt, Kind. Ich habe Digory geschickt, nach dir zu suchen. Du wirst in Zukunft Bescheid sagen müssen, wohin du reitest, wenn du diese langen Ausflüge auch weiterhin machen willst.«

»Entschuldige bitte, Mutter.«

»Nun gut, jetzt bist du ja wieder da – gesund und munter. Komm und iß dein Abendbrot. Ich habe der Küche gesagt, sie sollen es für dich warmhalten.«

Atlanta ging voraus zum Eßzimmer, wo auf ihren Befehl hin die Reste des kürzlich beendeten Abendessens noch einmal aufgetragen wurden. Maggie blickte rasch umher und stellte mit einem Seufzer der Erleichterung fest, daß ihr Vater nicht anwesend war. Gerade jetzt war sie froh, nicht ihnen beiden gleichzeitig entgegentreten zu müssen. Sie wollte nicht, daß man sie fragte, wo sie gewesen sei und sich dann anschließend Gedanken machte, wieso sie sich so plötzlich für Braenock Ridge interessierte.

Ihr jüngerer Bruder Alastair saß immer noch am Tisch und löffelte unlustig an seinem Karamelpudding. Er schaute sittsam auf sein Essen hinunter und tat so, als bemerke er nicht, daß seine Mutter und Schwester hereintraten. Aber er brachte es dennoch fertig, Maggie frech anzugrinsen. Der jüngste Sproß der Duncans hatte immer eine ganz besondere Wonne an den Mißgeschicken seiner Schwester. Und da er es jetzt miterlebt hatte, wie sich die Sorge um ihre lange Abwesenheit immer mehr gesteigert hatte, je später der Abend wurde, rechnete der Knabe Alastair mit irgendeiner disziplinarischen Maßnahme. Obwohl er gerade erst zehn Jahre alt geworden war, verfügte er bereits über ein schier unerschöpfliches Repertoire von Tricks, mit denen er seine Eltern manipulierte – weit geschickter, als seine Schwester es je vermocht hätte. Er konnte sich hervorragend als Musterkind in Szene setzen – wohlerzogen und rücksichtsvoll bis ins kleinste Detail. Dabei kam ihm äußerst gelegen, daß es meistens Maggie war, die mit Schlamm an den Schuhen den Teppich betrat, ein Stück wertvolles Porzellan umstieß oder mit Schmutzspuren im Gesicht zu Tisch erschien. Und wenn es tatsächlich einmal vorkam, daß Alastair bei einer seiner Missetaten erwischt wurde, machte er stets ein Gesicht wie ein kleiner Engel, so rührend und voller Reue, daß er gewöhnlich der Strafe entging.

Maggie aß schweigend. Später bemerkte Atlanta, oben brenne ein schönes Feuer im Kamin. Alastair rannte auf sein Zimmer, sobald er die Erlaubnis bekam, vom Tisch aufzustehen. Maggie folgte Atlanta die Treppe hinauf ins gemütliche Wohnzimmer, wo sich die Familie meistens abends versammelte. Das Feuer loderte im Kamin und strahlte eine wunderbare Wärme aus. Maggie machte es sich auf einem der niedrigen Sofas bequem, während Atlanta sich auf einen Stuhl ihr gegenüber setzte, aus ihrem Handarbeitskorb eine angefangene Stickerei herausnahm und zu sticken anfing. Mit präzisen, gleichmäßigen Bewegungen hantierte sie mit Nadel und Faden.

Atlanta war keine Schönheit. Ihre Züge wirkten zu streng, um schön zu sein. Aber ihre würdevolle, schwanengleiche Anmut machte sofort einen tiefen Eindruck auf jeden, der sie sah, und ließ ihn ihre äußere Schlichtheit vergessen. Ihr Haar war golden gewesen, als sie jung war, eine Erinnerung an ihre angelsächsische Abstammung. Aber jetzt, mit vierzig, war ihr Haar mit grauen Strähnen durchzogen und hatte sein Leuchten verloren. Sie pflegte es fest nach hinten zu kämmen und legte es im Nacken zu einem Knoten zusammen. Sie trug tagein, tagaus Kleider aus schwarzem Taft, als wäre sie ständig in Trauer. Das sanfte Rascheln ihrer Röcke, das jede ihrer Bewegungen begleitete, hatte Maggie schon immer als etwas Wohltuendes und Tröstliches empfunden, ein Ersatz für die lieben Worte, die ihre Mutter nicht imstande war auszusprechen.

Maggie blickte verstohlen auf Atlanta. Sie sah so gern zu, wenn sie handarbeitete und mit ihren behenden Fingern komplizierte Muster in den Stoff einstickte. Atlanta saß vollkommen gerade und aufrecht. Die Würde ihrer Haltung erinnerte an die Normannen und Wikinger, die früher das Land bevölkert hatten, deren Nachkomme sie war. Sie saß auf ihrem Mahagonistuhl mit hoher Lehne, ohne auch nur für einen Augenblick ihre disziplinierte Haltung zu verändern. Und ihre flinken Hände flogen über die Arbeit, mühelos, unermüdlich, ohne Fehler zu machen.

»Der Herr ist mein Hirte, mir wird nichts mangeln«, murmelte sie und schaute zu ihrer Tochter hinüber. »Das habe ich durch die Heilige Schrift als Kind gelernt, Maggie. Ich habe es in den Stoff eingestickt. Mein Vater hatte immer eine geringschätzige Meinung von der Religion. Sie sei etwas, was man am besten den Frauen überläßt, dachte er. Aber ich glaube, wenigstens eines spricht dafür, daß er unrecht hatte: Er starb als ein unglücklicher Mensch. Doch andererseits«, sie seufzte und richtete ihre Augen wieder auf die Arbeit, die vor ihr lag, »vielleicht sind wir alle in einem gewissen Sinne zu diesem Schicksal verurteilt. Ich wünschte, ich hätte etwas Dauerhafteres, was ich an dich weitergeben könnte, als nur Bibelverse auf Leinen gestickt.«

»Aber du hast mich viele gute Dinge gelehrt, Mutter«, versuchte Maggie zu widersprechen, nicht ganz sicher, wie sie auf Mutters ungewohnte Offenheit reagieren sollte.

»Nicht annähernd genug, fürchte ich.«

»Digory sagt, derjenige, der einem Religion am besten beibringen kann, sei Gott selbst«, meinte Maggie.

»Ach du lieber Himmel, ich hoffe, du bekommst deine religiöse Erziehung nicht von unserem Stallknecht erteilt!« erwiderte Atlanta, mehr belustigt als erschrocken und wandte sich von ihren ernsten Gedanken wieder ab. »Wir zahlen Graham gutes Gehalt, damit er seine Aufgabe als Lehrer voll erfüllt. Ich habe angenommen, er würde Religion in seinen Stundenplan einbeziehen.«

Nicht nur angenommen, gehofft hatte sie darauf, dachte Atlanta. Viel mehr sogar, als sie ihrer Tochter – oder jemand anders – gegenüber zuzugeben bereit gewesen wäre. Denn im Laufe der Jahre war ihr immer bewußter geworden, daß ihre Beziehung zu Gott viel zu wünschen übrig ließ. Die Zusammenstöße mit James – die auch ihre eigenen inneren Konflikte zutage brachten – ließen sie zunehmend erkennen, wie wichtig diese Beziehung wäre. Sie zwang sich, ihre Aufmerksamkeit wieder ihrer Tochter zuzuwenden, die immer noch sprach.

»Mr. Graham kennt sich in Geschichte und Mathematik aus«, sagte Maggie, »aber es ist so ganz anders, wenn ich Digory helfe, die Ställe zu reinigen, oder er mir hilft, Cinder zu striegeln. Er weiß so viel über ... na ja, einfach über das normale Leben. Heute hat er gesagt ...« Sie schwieg erschrocken. Um ein Haar hätte sie zu viel verraten!

»Was hat er gesagt?« wollte Atlanta wissen und zog die linke Augenbraue fragend hoch.

»Och, nichts Besonderes«, gab Maggie zurück, freilich mit einem leichten Schwanken in der Stimme.

»Es muß wichtig genug gewesen sein, wenn du dich daran erinnert hast«, beharrte Atlanta.

»Nein, wirklich nicht!« Maggie spürte, wie die Röte ihr heiß in die Wangen und in den Nacken stieg.

»Maggie«, sagte Atlanta ungeduldig, »ich möchte wissen, was unser Stallknecht dir erzählt hat.«

Maggie schwieg.

»Er hat gesagt ...« brachte sie schließlich heraus, unfähig, dem drängenden Blick ihrer Mutter standzuhalten, »er hat gesagt, Braenock Ridge sei nicht gottverlassen, auch wenn manche es so nennen.«

Sie schluckte.

»Und?« sagte die Mutter. »War das alles?«

»Er hat gesagt, er glaube, daß solche Gegenden einen besonderen Platz im Herzen Gottes hätten, weil die Menschen da so stark und zäh sind und niemals aufgeben. Als er so sprach, konnte man fast denken, Braenock Ridge sei noch besser als das Tal.«

»Wieso sprach er über Braenock Ridge?« Atlanta sprach jetzt vorsichtig, als müsse sie sich zwingen, diese Frage zu stellen. Sie waren beide zu nah an dieses heikle und schmerzliche Gebiet herangekommen.

»Ich ... ich habe ihn danach gefragt«, sagte Maggie.

Was Maggie dazu veranlaßt hatte, sich für Braenock Ridge zu interessieren, konnte Atlanta nicht einmal ahnen. Sie spürte, daß ihr Kind sehr zurückhaltend sprach, was früher nie der Fall gewesen war. Doch Atlanta brachte es einfach nicht fertig, noch mehr in sie zu dringen. Fühlte sie sich selbst zu verletzt? Sie wäre nicht bereit gewesen, es zuzugeben. Aber hier waren Kräfte am Werk, die ihr Leben aus der Bahn zu werfen drohten. Sie hatte Angst um ihren Besitz, sie hatte Angst davor, was James damit anstellen würde. Aber noch mehr machte sie sich Sorgen um ihre Tochter, die schnell heranwuchs, und Atlanta fürchtete, sie durch die Auseinandersetzungen mit dem Ehemann zu verlieren. Doch sie hatte es früh gelernt, daß eine Lady niemals eine Szene macht, nie in der Öffentlichkeit weint, nie ihre Gefühle außer Kontrolle geraten läßt. So schloß sie sich hinter ihrer wohlbeherrschten Fassade wie in einer Gruft ein und sagte nichts mehr.

Und als Maggie ihre Mutter wieder anschaute, sah sie nur ihre würdevolle Anmut, nur ihre noble Haltung. Wie wenig konnten ihre jungen Sinne etwas von den Kämpfen erahnen, die im Herzen ihrer stolzen schottischen Mutter tobten! Sie nahm nur die äußere Erscheinung der Gefaßtheit und inneren Kraft wahr und deutete sie als Zeichen dafür, daß alles in Ordnung sei. Schließlich kam sie zu der Überzeugung, daß die Worte, die sie in der Bibliothek gehört hatte, nichts weiter zu bedeuten hätten, und daß sie sich umsonst so geängstigt hatte.

»Es wird spät«, sagte Atlanta nach längerem Schweigen. »Du hast einen langen Tag gehabt, mein Kind. Es ist Zeit für dich, zu Bett zu gehen.«

»Ja, Mutter.«

Maggie verließ das Wohnzimmer und ging den Korridor entlang, der jetzt nur schwach beleuchtet und im Laufe des Abends kühl geworden war. An der Treppe angekommen, fiel ihr plötzlich ein, daß sie gänzlich vergessen hatte, nach ihrem Vater zu fragen.

STONEWYCKE

Die Nadel stach tief in Maggies Fleisch ein. Blitzschnell steckte sie den gestochenen Finger in den Mund – das hätte ihr gerade noch gefehlt: ein Blutfleck auf dem schneeweißen Leinen!

»Daß mir das aber auch passieren muß!« schalt sie sich selbst.

Sie saß ganz allein in dem Tagesraum im dritten Stock des großen Hauses. Dies war eines der Gemächer, in denen sie sich am liebsten während der frühen Morgenstunden aufhielt, weil seine Fenster nach Osten gingen und die ganze gleißende Pracht der aufgehenden Sonne einfingen. Aber, und das war ihr fast noch wichtiger, auch deshalb, weil sich selten jemand, der zu dem großen Haushalt gehörte, hierher verirrte, und Maggie wußte, daß sie hier ungestört war.

Gewöhnlich zog sie sich mit einem Waverley-Roman hierher zurück – oder vielleicht auch mit Shakespeare, wenn sie Mr. Graham besonders beeindrucken wollte. Doch heute hatte sie sich statt dessen ihre Handarbeit vorgenommen. Sie hatte diese Stickerei schon vor vielen Wochen begonnen, und allmählich war sie ihr lästig geworden. Draußen kam der Sommer in all seiner Herrlichkeit ins Land, und das strahlende Wetter war wie geschaffen für lange Ausritte. Maggie brachte es kaum fertig, sich etwas anderem zu widmen.

Sie breitete ihre Arbeit aus, um das bereits Geschaffte zu begutachten. Eine farbenfrohe Bordüre aus Schlüsselblumen und Vergißmeinnicht war schon fertig, und sie mußte es selbst bewundern, wie gut sie ihr gelungen war.

Aber die langweilige Arbeit, die noch vor ihr lag, waren die schier endlosen Namen, die anfangs ihr Interesse an der Stickerei entfacht hatten. Auf dem Stoff verschwammen sie zu einem Wirrwarr von Linien. Atlanta hatte sie damals gewarnt, daß sie sich etwas zu Schweres ausgesucht habe. Aber Maggie war fest entschlossen, die große Tapisserie mit dem Stammbaum ihrer Familie, die in dem Kinderzimmer hing, das sie als Baby bewohnt hatte, unbedingt nachzuarbeiten. Atlanta hatte ihr dann geholfen, das Muster zu vereinfachen, aber lange Reihen von Namen und Daten der vielen Generationen ihrer Vorfahren – was konnte da schon vereinfacht werden? Maggie mußte sie alle sauber und sorgfältig Stich um Stich nachsticken.

Sie zog den Finger wieder aus dem Mund und vergewisserte sich, daß kein Blut mehr herauskam und der Stoff nicht beschmutzt werden konnte. Maggie stellte hohe Anforderungen an sich selbst und wollte, daß alle Buchstaben gleich und exakt erscheinen sollten, um so mehr, weil die Originaltapisserie von Atlanta gestickt worden war. Obgleich ihre Mutter bereits neunzehn gewesen war, als sie diese Arbeit fertigstellte, hoffte Maggie, daß ihr Werk wenigstens annähernd so schön sein würde wie das Original.

R-o-b-e-r-t R-a-m-s-e-y ...

Im Augenblick machte ihr das »y« ganz besondere Schwierigkeiten.

Ihre Gedanken gingen um einige Jahre zurück zu dem Tag, als sie zum erstenmal die Tapisserie wirklich bewußt gesehen hatte. Zuerst waren es die leuchtenden Farben gewesen, die ihre Aufmerksamkeit auf sich gezogen hatten. Dann hatte sie langsam andere Einzelheiten wahrgenommen.

»Mutter«, hatte sie gefragt, »was sind das alles für Namen?«

»Das ist deine Familie, Margaret«, war Atlantas Antwort gewesen. Und obgleich Maggie damals nicht älter als sieben oder acht Jahre gewesen sein konnte, war ihr der Stolz in der Stimme ihrer Mutter keineswegs entgangen.

»Leben sie alle in London? Ich kann mich an niemand erinnern, der so heißt.«

»Sie leben alle überhaupt nicht mehr«, erwiderte Atlanta. »Bis auf deinen Vater und mich. Dies sind deine Vorfahren – die Lairds und Ladys von Stonewycke. Aber das sind natürlich nicht alle. Ich habe den Stammbaum erst mit Robert Ramsey begonnen.«

»Warum ausgerechnet mit ihm?«

»Ihm wurde das Land zurückgegeben nach der Revolution der Jakobiten«, erklärte Atlanta. »Es war für uns Schotten eine sehr wichtige Zeit, als König Georg III. in der Zeit nach 1780 uns unsere Ländereien zurückgab.«*

* Nach dem Tode König Charles II von England im Jahre 1685 wurde Jakob II. König über das nur lose vereinigte England und Schottland. Aber er legte wenig Einsicht und Verständnis an den Tag und wurde zunehmend unpopulärer. Das hatte zur Folge, daß die leitenden Männer des Englischen Parlaments im Jahre

Maggies Augen wurden groß vor Begeisterung. »O Mutter, hat denn Robert Ramsey den König persönlich gekannt?«

Atlanta lachte. »Das weiß ich nicht, Kind.«

»Ich möchte es so gern wissen!« rief Maggie.

»Er war mein Urgroßvater«, sagte Atlanta nachdenklich und überlegte. »Dieser Stammbaum erfaßt nur hundert Jahre unserer Familiengeschichte«, sagte sie schließlich, »aber die Ramseys lebten auf Stonewycke schon zweihundert Jahre davor.«

»Ich würde so gern alles darüber erfahren!« rief Maggie eifrig. »Und was ist denn mit den Duncans, Mutter?«

»Das ist die Familie deines Vaters«, sagte Atlanta mit einer gewissen Schärfe. Sie schwieg kurz und setzte sanfter hinzu: »Die meisten von ihnen leben in London. Sie haben einen eigenen

1688 Wilhelm III. von Oranien riefen und ihn baten, die Regierung in England und Schottland zu übernehmen. Jakob trat zurück und flüchtete nach Frankreich. Aber Wilhelm war in Schottland nicht so beliebt wie in England. Die schottischen Dissidenten, die immer noch Anhänger der Stuart-Dynastie waren, deren Vertreter Jakob II. war, schlossen sich zusammen und wurden als die »Jakobiten« bekannt. 1715 folgten sie dem Earl von Mar in dem mißlungenen Versuch, den Sohn Jakobs II, oder, wie sie ihn nannten, den »Thronprätendenten«, auf den Thron zu erheben.

Eine Generation später waren die Jakobiten immer noch aktiv. Und als Prinz Charles Edward Stuart, der Sohn des Thronprätendenten und Enkel Jakobs II., 1745 ins schottische Hochland kam, um für seinen Anspruch auf den Thron Unterstützung zu gewinnen, schlossen sie sich erneut zusammen. Der »Bonnie Prince Charlie« war ein tapferer Führer und gab Grund zu berechtigten Hoffnungen. Bald hatte er die Mehrheit der Clan-Anführer Schottlands auf seiner Seite.

Die Hochländer marschierten nach Edinburgh, wo sich der Prinz zum König ausrufen ließ. Dann zogen sie mit einem Heer von sechstausend Mann durch Schottland und in Richtung England. Doch als die englische Armee ihnen entgegen nach Norden vordrang, sahen sich die Hochländer gezwungen, zurückzuweichen. Als sie wieder in Schottland waren, brannte die Begeisterung nicht mehr so lichterloh, und viele verließen das improvisierte Heer. Der Rückzug ging durch Glasgow und weiter nach Norden in Richtung Inverness. Die englische Armee verfolgte »Bonnie Prince Charlie« und holte das Heer der Dissidenten am 16. April 1746 bei Culloden Moor östlich von Inverness ein. Die Streitmacht der Rebellen, die aus etwa fünftausend Mann bestand, wurde vollkommen aufgerieben und zersprengt. Wie durch ein Wunder konnte der Prinz entkommen und wanderte monatelang als ein Flüchtling umher, auf dessen Kopf die Engländer eine Belohnung ausgesetzt hatten.

König Georg II. nutzte die Rebellion von 1745 als Gelegenheit, Schottland für seinen Mangel an Unterordnung zu demütigen und nahm den Jakobiten ihre Ländereien weg. Vierzig Jahre später jedoch, als der Zorn gegen die Jakobiten abgeebbt war, setzte der König Georg III. die Clan-Anführer in die Position ihrer Väter wieder ein und gab ihnen ihr Land zurück.

Stammbaum. Vielleicht solltest du deinen Vater nach diesem Zweig deiner Familie fragen.«

»Wird es denn jetzt keine Ramseys mehr auf Stonewycke geben?« fragte Maggie mit kindlicher Naivität.

Atlanta zuckte zusammen, hatte sich aber sofort wieder in der Gewalt, bevor ihre Tochter etwas bemerkt hatte.

»Du bist eine Ramsey«, erwiderte sie schließlich. »Mein Vater hatte nur eine Tochter – statt des Sohnes, den er sich gewünscht hatte. Aber Stonewycke wird nicht darunter leiden müssen, daß ich jetzt den Namen Duncan trage. Das Blut der Ramseys fließt in deinen Adern, und solange du Stonewycke von ganzem Herzen liebst, so wie ich, wird alles gut gehen.«

»Ich liebe es auch, Mutter«, sagte die junge Lady Margaret, sich kaum darüber im klaren, was sie da, hingerissen von der leidenschaftlichen Beredtsamkeit ihrer Mutter, aussprach.

»Denke immer daran, meine Tochter, daß es nicht das Land allein ist, das du liebst. Die Lebenskraft des Landes kommt von den Menschen – nicht nur von den Namen, die du hier vor dir siehst, sondern von all denen, die unter unserem Schutz leben und das Land bewirtschaften. Solange du sie liebst, wird es Stonewycke gut gehen ... ganz gleich, welchen Namen du später einmal tragen wirst.«

Maggies Gedanken kehrten langsam in die Gegenwart zurück, und sie richtete ihren Blick auf die Namen auf dem Stoff. Wie sehr wünschte sie, Mutter würde öfter von den Dingen der Vergangenheit erzählen. Aber seit jenem Tag hatte sie nie wieder über ihre Familie oder über die Liebe für Stonewycke, die sie tief in ihrem Herzen trug, gesprochen.

Maggie seufzte und wandte ihre Aufmerksamkeit wieder dem kniffligen »y« in »Ramsey« zu. Genau zu diesem Zeitpunkt klopfte es laut an der Tür.

VATER UND TOCHTER

Maggie hatte nicht bemerkt, wie schnell die Zeit verflogen war, aber als sie die Augen erhob, sah sie, daß die Sonne bereits hoch am Himmel stand. Sie wunderte sich auch, daß einer sie hier, in den oberen Gemächern des Hauses, gefunden hatte. *Wer mag das wohl sein?* dachte sie.

Die Tür ging auf, und James trat ein. »Da bist du ja, Margaret«, sagte er. »Ich hoffe, du hast nichts dagegen, daß ich dich kurz störe.«

»Natürlich nicht, Vater«, erwiderte sie. Obgleich sie ihm gegenüber stets eine gewisse Scheu empfand, war Maggie immer froh, ihren Vater zu sehen. Wie die meisten empfindsamen jungen Mädchen war sie stolz auf ihn und lebte für den Augenblick, da sie sich in seinem flüchtigen Lächeln oder im Glück eines lobenden Wortes von ihm sonnen konnte. Der einzige Ehrgeiz, den sie hatte, war, ihn zu erfreuen. Zu wissen, daß er sie liebte, daß auch er ihr einen Widerschein der vertrauensvollen, begeisterten Zuneigung ihres kindlichen Herzens entgegenbrachte, bedeutete ihr alles. Doch nun, mit beinahe vierzehn Jahren, war Maggie schüchtern und eher verschlossen und konnte sich ihrem Vater gegenüber nicht öffnen, denn James hatte nichts unternommen, um eine innige Beziehung zu seiner Tochter aufzubauen. Es kam so gut wie nie vor, daß er kam, einfach nur um mit ihr zu reden oder mit ihr zusammenzusein. Wenn er sie aufsuchte, hatte es immer einen ganz bestimmten Zweck.

James machte die Türe hinter sich zu und stand einen Augenblick unentschlossen, die Arme verschränkt, in der Mitte des Raumes. Maggie legte ihre Handarbeit zur Seite, saß mit den Händen im Schoß da und blickte angestrengt auf das Muster des Perserteppichs, der auf dem Fußboden lag. James räusperte sich.

»Es überrascht mich, daß du heute nicht ausgeritten bist«, bemerkte er schließlich.

»Cinder hat ein Hufeisen verloren, und Digory muß es erst reparieren.« Maggie schaute kurz auf und richtete ihre Augen wieder auf den Fußboden.

James verzog seine Lippen zu einem etwas gezwungenen Lächeln. Er durchquerte den Raum und trat ans Fenster. Spannung lag in der Luft, und er wollte nicht alles noch schwieriger machen dadurch, daß er sich setzte. *Sie ist verflixt schnell groß geworden, dachte er. Man weiß nicht, wie man mit ihr umgehen soll. Eben ist sie noch wie ein kleines Kind, und im nächsten Moment wirkt sie fast wie eine junge Dame.* James fühlte sich immer ein wenig verlegen, wenn er versuchte, sich mit Maggie zu unterhalten. Denn obgleich sie seine einzige Tochter war, kannte er sie eigentlich kaum.

James gab keine besonders imposante Figur ab. Knapp einen Meter siebzig groß, war er kleiner als seine Frau. Aber er hatte die zackige Haltung eines Armeeoffiziers: Schultern zurück, Rücken gerade wie ein Eisenstab. Seine dunklen Augen blickten durchdringend auf sein Gegenüber, und er war immer besonders stolz darauf, daß es ihm stets gelang, den anderen zu zwingen, seinen Blick zuerst abzuwenden. Leider trat diese Fähigkeit nicht nur dann in Aktion, wenn er mit einem seiner Geschäftspartner verhandelte, sondern auch, wenn er sich mit seiner jungen Tochter unterhielt. Inzwischen hatte Maggie gelernt, ihm nach Möglichkeit nicht ins Gesicht zu schauen. Und so etwas wirkt sich normalerweise nicht gerade günstig auf ein Gespräch aus.

»Ich habe mir sagen lassen, daß du eine sehr gute Reiterin geworden bist«, sagte James und schaute aus dem Fenster. »Es ist schon eine ganze Zeit her, seit wir zusammen ausgeritten sind. Wir sollten es wieder einmal tun.«

»Das wäre schön, Vater«, sagte Maggie.

»Wohin reitest du am liebsten?«

»Oh, ich reite überall gern hin. Sehr gern reite ich am Strand entlang oder durch das Tal.«

»Ach ja?« sagte er nachdenklich. »Also gut, dann werden wir beide dieser Tage einmal dorthin reiten.«

»Vielleicht könnten wir ...«, fing Maggie unsicher an, verlor dann plötzlich wieder den Mut und sprach nicht weiter.

»Vielleicht was, Margaret?«

»Ich dachte nur ... Ich meinte, ich wollte bald zu Mackinaws reiten, um sie zu besuchen ...«

»Wozu denn das?« James wandte sich vom Fenster ab und blickte seiner Tochter voll ins Gesicht. Seine Stimme nahm einen härteren Klang an.

»Ich bin vor ein paar Tagen Stevie begegnet. Seine Mutter ist krank. Er sagte, es sei ein sehr kalter Winter gewesen.«

James lachte belustigt. »Meine Liebe, du hast noch viel zu

lernen darüber, wie man mit Kleinbauern umgehen muß. Diese Pächter werden so gut wie alles tun, um unser Mitleid zu erwekken. Sie gehen sogar so weit, daß sie ihre Kinder anweisen, an das empfindsame Herz der Tochter ihres Lairds zu appellieren. Du mußt lernen, streng mit ihnen zu sein, sonst werden sie dich nach Strich und Faden ausnutzen!«

»Sie haben ihm aber nicht gesagt, er solle mit mir reden«, protestierte Maggie verwirrt.

»Natürlich sieht das niemals so aus, als stecke Absicht dahinter, aber du darfst dich nicht so leicht an der Nase herumführen lassen! Meine liebe, kleine Margaret«, James wurde auf einmal sehr väterlich – »eines Tages wirst du vielleicht die Herrin des Guts sein. Es wäre dann deine Pflicht, es mit Weisheit zu verwalten. Diese Habenichtse werden allen Respekt vor dir verlieren, wenn du nicht ganz fest bist. Und, Margaret, ihren Respekt mußt du dir unbedingt erhalten.«

»Ja, aber ...«

»Kein aber, Margaret. Nachzugeben, wenn sie sich beklagen, wäre ganz gewiß ein Zeichen von Schwäche. Sie werden dich dafür geringschätzen.«

»Ja, Sir«, sagte Maggie mit einem Seufzer, den ihr Vater vorzog, nicht zu bemerken, und heftete ihren Blick erneut auf den Teppich.

»Nun, warum ich mit dir eigentlich sprechen wollte«, begann James in einem anderen Ton, »morgen werden wir einen ganz besonderen Gast hier auf Stonewycke haben. Und ich wünsche, daß du dich – was Benehmen anbelangt – von deiner besten Seite zeigst: kein Herumtoben im Haus oder dergleichen. Lord Browhurst ist ein sehr wichtiger Bekannter von mir. Er und ich werden bedeutende geschäftliche Dinge zu bereden haben, und ich möchte, daß er von Schottland und von unserer Familie den besten Eindruck bekommt.«

»Ich werde mir ganz große Mühe geben, Vater«, versprach Maggie, eifrig bemüht, ihn zufriedenzustellen, besonders, nachdem er ihr gerade so deutlich zu verstehen gegeben hatte, daß er ihr Interesse an den Mackinaws mißbilligte. Und doch konnte sie nicht anders, als entmutigt und enttäuscht zu sein über die Art, wie er mit ihr redete. Er behandelte sie immer noch wie ein kleines Mädchen, genauso, wie er zu Alastair sprach. Sie wünschte sich so sehr, er nähme einmal Notiz davon, daß sie im Begriff war, eine attraktive junge Dame zu werden.

»Na gut, na gut.« James registrierte nicht das Geringste von den inneren Konflikten seiner jungen Tochter. Er übersah auch völlig den Ausdruck der Hoffnung in ihren Augen, daß sie mit dieser Haltung seine Zustimmung geerntet hätte – und nahm auch ihre Enttäuschung über seinen herablassenden Ton nicht wahr. James konnte mit Maggies zarten Empfindungen und ihrer Sehnsucht nach Anerkennung genausowenig anfangen, wie sie mit den geschäftlichen Erwägungen und Problemen, die ihn umtrieben. Er drehte sich auf dem Absatz um und verließ das Zimmer ohne ein weiteres Wort.

Maggies Augen folgten ihm, als er hinausging, und ihr junges Gesicht bekam einen traurigen Ausdruck. Wie sehr wünschte sie, er hätte etwas mehr Zeit mit ihr verbracht. *Wie war das damals noch so schön, als sie klein war,* dachte sie bekümmert. *Da war alles noch irgendwie einfacher und schöner gewesen.* Ein Teil in ihr sehnte sich kindlich danach, auf seinen Schoß zu klettern und sich am Ende des Tages in seine Arme schmiegen zu dürfen. Oh, nur wieder einen richtigen Papa zu haben! Aber diesen Papa, wie sie ihn sich wünschte, von dem ihr Herz so voll war, hatte sie eigentlich nie gehabt. Der Vater, den sie statt dessen hatte, war oft von zu Hause weg, und seine geschäftlichen Interessen bedeuteten ihm viel mehr als seine heranwachsende Tochter.

Als seine Schritte verhallt waren, erhob sich Maggie und verließ das Haus über einen anderen Korridor. Bei Gelegenheiten wie dieser war Cinder immer bereit, eine Ecke ihres Lebensraumes als Zuflucht für das einsame Kind abzutreten. Um Digory aus dem Weg zu gehen, kroch Maggie leise zum hinteren Eingang der Ställe hinein, stahl sich zu Cinders Box, öffnete den verrosteten Riegel, schlüpfte hinein und schloß die Pforte hinter sich zu. Die Futterkrippe war voll mit frischgeschnittenem Gras, und Cinder machte sich gerade an dem Trog mit Hafer und frischem Heu zu schaffen. Sie wandte den Kopf, um zu sehen, wer sie da besuchen käme, und schnaubte freundlich zur Begrüßung, als Maggie näher trat und den Kopf und die Nase der Stute streichelte.

»Du bist ein gutes Pferd, meine Cinder«, flüsterte sie.

Sie schlang die Arme um Cinders Hals, drückte sie an sich und zog sich dann in eine Ecke zurück. Es war dunkel und kühl im Stall. Maggie tat es so wohl, bei Cinder zu sein. Sie flüchtete sich oft hierher zu ihrem Pferd, das sie für ihren besten Freund auf der ganzen Welt hielt.

Sie setzte sich in der Nähe von Cinders Kopf auf einen Haufen frisches Stroh. Digory hatte offensichtlich den Stall gerade saubergemacht. Allmählich begannen die Tränen zu fließen, die Maggie bis jetzt hatte zurückhalten können. Und als sich einige Zeit später die Tränenflut erschöpft hatte, schlief Maggie fest ein.

Cinder, die mit ihrem feinen Instinkt spürte, daß ihre junge Herrin bekümmert war, beugte den langen Hals hinunter und leckte mit ihrer warmen, feuchten Zunge das im Schlaf entspannte Gesicht. Dann wandte sie sich wieder ihrem Hafer zu.

JAMES DUNCAN

James zog die Wohnzimmertür hinter sich zu und ging raschen Schrittes den Korridor entlang. An der Treppe angelangt, begann er zufrieden eine kleine Melodie zu summen. *Vielleicht kann ich Braenock nicht haben,* dachte er, *da hat Atlanta schon dafür gesorgt, aber meine Kinder habe ich noch unter Kontrolle. Am Ende wird alles so kommen, wie ich es will.* Es war ihm besonders wichtig, die Loyalität der Kinder zu sichern, um so mehr, weil die kühle Distanz zwischen ihm und Atlanta sich jetzt deutlicher denn je abzeichnete. Margaret war für ihn ein unerläßliches Werkzeug für die Macht über Stonewycke, die er sich für die Zukunft vorstellte.

Natürlich war sie nicht das einzige Bindeglied. James lächelte selbstgefällig. *Soll Atlanta nur ihr Braenock behalten. Es ist sowieso völlig wertlos.* Er würde trotz allem seine Brauerei bekommen. Deswegen kam ja schließlich Lord Browhurst zu ihm. Und James war entschlossen dafür zu sorgen, daß alles bestens klappte.

Er trug Adligen gegenüber stets eine sichere und selbstbewußte Haltung zur Schau. Aber wenn er so darüber nachdachte, dann mußte er zugeben, daß es Anlässe gab, wo es sich als äußerst nützlich erweisen würde, wenn er selbst einen Adelstitel aufzuweisen hätte. Und er meinte, es sei nur selbstverständlich, daß er hin und wieder genau die richtigen Tricks gebrauche, um den einen oder anderen Geschäftspartner zu beeindrucken, sozusagen, um den Nachteil seiner bürgerlichen Abstammung auszugleichen. »Die Räder des Geschäfts ölen«, wie er es nannte, war schon lange sein ungeschriebenes Motto. James war besonders darauf stolz, daß er diese »Kunst« so geschickt verschleiern konnte, daß jemand von seinen Kollegen nur selten gewahr wurde, daß er manipuliert worden war. So brilliant brachte James es fertig, sich bei ihnen allen mit Schmeicheleien, Vergünstigungen, Versprechen und Gefälligkeiten aller Art beliebt zu machen.

Browhurst lag bereits – so meinte James – wie eine reife Frucht in seiner Hand. Doch wenn es ihm gelänge, noch irgendeinen schwachen Punkt bei dem alten Mann zu entdecken, oder andererseits vielleicht eine geheime Sehnsucht, einen Wunsch, den er ihm erfüllen könnte, dann wäre er absolut sicher, daß der Handel zustande kommen würde. *Ich muß ihn mir genau unter die Lupe nehmen, wenn er erst einmal hier ist,* beschloß James.

Unten angekommen, ging er weiter am Speisesaal vorbei und mehrere Korridore entlang, bis er schließlich in den östlichen Flügel des Hauses gelangte. In diesem selten benutzten Teil des weitläufigen schloßähnlichen Komplexes hatte er sich ein diskretes Privatbüro eingerichtet. Die Räume hier waren klein und einfach und wurden nicht so gepflegt wie der Rest des Hauses. In alten Zeiten waren sie als Unterbringung für Soldaten benutzt worden, und es gab in der Familie Berichte, die nicht auszurotten waren, nach denen der »Bonnie Prince Charlie« nach seiner Niederlage bei Culloden Moor mehrere Wochen hier verbracht haben sollte. Doch einer der Diener habe seinen Aufenthalt dem Herzog von Cumberland verraten, und der junge Thronbewerber mußte Hals über Kopf aufs europäische Festland fliehen. James hatte sich noch nie die Mühe gemacht, darüber nachzudenken, ob an solchen Berichten etwas Wahres dran sei. Er konnte Aberglauben und jede Art von »Ammenmärchen« nicht ausstehen und hielt die Geschichte von Prinz Charles' Aufenthalt auf Stonewycke für eine Mischung von Legende und dummem Zeug. Aber wie die Geschichte auch gewesen sein mochte, die Räume standen jetzt zum größten Teil leer, bis auf einige wenige, die als Lagerräume benutzt wurden.

James öffnete eine Tür, stieg eine schmale Treppe hinunter und blieb vor einer weiteren Tür kurz stehen. Der Raum, den er nun betrat, war kaum größer als eine Mönchszelle, mit einem einzigen Fenster, das nach der Rückseite des Gebäudes hinausging. An einer Wand standen einige Regale mit Stapeln von Büchern darauf, selten gebraucht, zumeist technische Nachschlagewerke, juristische Gutachten und eine Reihe Folianten über das Gesetz des Altertums, die Ledereinbände brüchig und voller Risse, an denen schon manche Ecke abgebröckelt war. Die meisten Bücher waren während der Zeit von Anson Ramsey angeschafft worden, und James hatte sie noch nie angesehen. An der gegenüberliegenden Wand hing eine Anzahl alter Waffen: reich geschmückte Schwerter, eines davon in einer Scheide aus Leder, die genauso brüchig war wie die alten Bucheinbände; ein Dolch mit einem juwelenbesetzten Griff; zwei Pistolen; ein runder Schild mit seltsamen eingravierten Figuren. Jedes Stück hatte offenbar seine eigene Geschichte und hatte bei vielen spannenden Begebenheiten eine Rolle gespielt.

James konzentrierte seine Aufmerksamkeit auf den Schreibtisch, der unter dem Fenster stand. Der Deckel war hochgerollt. Die Schreibplatte war so sehr mit allen möglichen Dingen beladen, daß es unmöglich war, ihn wieder zu schließen. Ein Haufen alter, verstaubter Zeitungen, Zeitschriften und Bilanzunterlagen türmte sich in scheinbarem Durcheinander hoch. Ein altersschwacher lederbespannter Eichenstuhl, das Leder an einem Dutzend Stellen geborsten, so daß die Roßhaarfüllung herausquoll, stand an dem Schreibtisch. Auf den ersten Blick erschien dieser Raum, als Büro für einen Mann wie James mit seinen hochtrabenden Plänen und Ambitionen, völlig unpassend. Aber er war genau das, was James haben wollte.

Natürlich unterhielt er in einem der oberen Stockwerke noch ein »richtiges« Studierzimmer mit kostbaren Wandschränken aus Eiche, wohin er seine Freunde und Geschäftspartner auf ein Glas Brandy einlud. Dort stand ihm auch ein tüchtiger Sekretär zu Diensten. Aber dies hier was sein Reich, der Ort, an den er sich zurückzog, um seine Strategien bei wirklich bedeutsamen Geschäftsunternehmen zu planen und auszuarbeiten.

Atlanta wußte ohne Zweifel von der Existenz dieses Raumes. Sie war schließlich in diesem Haus aufgewachsen und kannte sich aus. Aber sie hatte bislang nie versucht, in den privaten Bereich ihres Ehemannes einzudringen. *Selbst sie weiß, daß es gewisse Grenzen gibt,* dachte James. Beide waren stark und unbeugsam auf ihre eigene Weise, und so hatten James und Atlanta im Laufe der Jahre deutliche Kampfgebietsgrenzen abgesteckt, und keiner der beiden wagte es, sie zu überschreiten.

James schob eins der Hauptbücher beiseite und warf dabei um ein Haar ein Tintenfaß um. Durch einen Stapel Papiere blätternd fand er schließlich das Schriftstück, das er suchte, und betrachtete es mit offenkundiger Befriedigung.

»Ja«, murmelte er vor sich hin, »ja, das ist genau das richtige. Alles tiptop.«

James Duncan hatte schon als er ganz jung war, gewußt, was er wollte. Er lechzte nach Macht und Prestige, deren er durch die Mißwirtschaft seines Vaters beraubt worden war. Seine Familie hatte im Gebiet von East Lothian große Ländereien besessen, aber Glücksspiel und wiederholte Fehlinvestitionen hatten Lawrence Duncan schließlich gezwungen, den Besitz zu verkaufen, um seine Schulden zu bezahlen. Am Ende war der Familie nichts weiter geblieben als ein dürftiger Überrest von jenen Privilegien, die man besitzt, weil man zu den oberen Zehntausend gehört. Selbst der leibliche Bruder von Lawrence, der reiche Earl von Landsbury, hatte nichts mit ihm zu tun haben wollen und weigerte sich, ihm auch nur mit einem Shilling unter die Arme zu greifen.

Lawrence Duncan war in dieser Situation viel schneller gealtert, als seine Jahre es rechtfertigten, und hatte sich zu einem von allen möglichen eingebildeten Leiden geplagten Einzelgänger entwickelt. Der junge James war gezwungen gewesen zu arbeiten, um das wenige, das die Familie noch hatte, zu erhalten und instandhalten zu können. James liebte den Lebensstil der Aristokratie und besaß eine ausgesprochene Vorliebe für Feines und Kostbares. Deshalb empfand er bitteren Groll gegen seinen Vater, der ihn zu einem gewöhnlichen Geldverdiener »degradiert« hatte. Mit nur zwei Jahren an der Universität von Edingburgh war es für ihn nicht leicht gewesen, eine Beschäftigung zu finden, die eines Gentlemans würdig war, denn als einen solchen betrachtete er sich selbst. Aber er besaß eine schnelle Auffassungsgabe, konnte mit Zahlen umgehen und bekam nach einiger Zeit eine feste Anstellung in einer mittelgroßen Londoner Bank.

Wenn er diese Tätigkeit auch als »erniedrigend« empfand, so bot sie ihm doch zahlreiche Gelegenheiten, mit wichtigen Persönlichkeiten – und was noch bedeutsamer war, mit Leuten, die sehr reich waren – auf Tuchfühlung zu kommen. James brauchte nicht lange, um die Gunst des Bankiers zu gewinnen. Und obwohl er innerhalb der Belegschaft ganz unten stand, wurde der ehrgeizige James bald zur rechten Hand des Bankiers und wußte sich so günstig ins Licht zu setzen, daß er viel schneller befördert wurde, als es unter normalen Umständen möglich gewesen wäre.

James lernte Talmud Ramsey, den elften Marquis von Stonewycke, kennen, als Ramsey einmal verschiedene Bankgeschäfte in Edinburgh zu erledigen hatte. Der ältere Mann war von James so eingenommen, daß seine lobenden Worte die bereits positive Meinung, die der Bankier von James hatte, noch steigerten. Es dauerte nicht lange, da wurde James, kaum vierunddreißigjährig, in eine leitende Position befördert, was einen nicht geringen Aufruhr unter den Kollegen hervorrief, die schon länger in der Bank gearbeitet hatten und über mehr Erfahrung verfügten.

Aber noch wichtiger als der berufliche Aufstieg waren für James die Vorteile, die daraus erwuchsen, daß seine Beziehungen zu den Ramseys sich zunehmend vertieften. Der Marquis lud ihn ein, ihn in London zu besuchen, so oft er im Süden Englands geschäftlich zu tun hätte. Auf diese Weise wurde James in die begehrte Gesellschaft des wohlhabenden, einflußreichen englischen Adels wieder eingeführt, die sein Vater verlassen mußte.

Die Tochter des Marquis verließ so gut wie nie das Ramsey-Anwesen in Nordschottland, obgleich ihr Vater sechs- bis achtmal im Jahr nach London reiste und dort ein Haus mit vollem Dienstpersonal unterhielt. Aber einmal ergab es sich doch, daß die dreiundzwanzigjährige Atlanta auf einer dieser Reisen ihren Vater begleitete. James Duncan war auch gerade zufällig in London, und die beiden begegneten sich zum ersten Mal.

James stellte fest, daß Atlanta keine Schönheit war. Doch sie war auch keineswegs unansehnlich, und für James waren Äußerlichkeiten von geringem Interesse. Seine Ansichten über die Bedeutung von ehelichen und sonstigen Beziehungen waren dafür viel zu pragmatisch. Atlanta war die Tochter des Marquis von Stonewycke und vor allem die Erbin des Grundbesitzes. Sie war ohne Zweifel äußerst kultiviert und hatte tadellose Manieren. Er fand sie diesbezüglich einfach umwerfend. Und so fiel es ihm nicht besonders schwer, sie zu mögen. Nicht daß er Liebe für unbedingt notwendig hielt, aber sie wirkte doch wie ein verschönerndes Element für seine anderen, wesentlich praktischeren Absichten.

Atlanta ihrerseits war es bereits nahegelegt worden, eine Heirat ernstlich zu erwägen, und sie fand James für eine Eheverbindung bestens geeignet. Da sie weder lebende Brüder noch Onkel hatte, war es ihr schon seit langer Zeit klar, daß sie eines Tages alle Ländereien erben würde. Obwohl James elf Jahre älter war als sie, trug er keinen Titel. Wenn sie ihn also heiratete, wäre sie in der Lage, Stonewycke unter ihrer Kontrolle zu halten und so zu verhindern, daß es von den Besitztümern ihres Ehegatten verschlungen würde, wie es bei einem einflußreicheren und mächtigeren Anwärter auf ihre Hand leicht der Fall hätte sein können. Wenn James ihr zur Nachkommenschaft verhelfen würde, der sie ihr Leben widmen, der sie ihren Besitz und ihr Vermächtnis weitergeben könnte, wäre sie zufrieden. Liebe und romantische Gefühle bedeuteten Atlanta wenig, verglichen mit der Gefahr, Stonewycke zu verlieren. Sie könnte jede Art von Ehe auf sich nehmen, dachte sie, wenn sie dadurch erreichen konnte, das Land ihres Vaters und das Erbe der Ramseys in ihrer Hand zu behalten. Und sie mußte zugeben, daß James tatsächlich gut aussah. Er war ein sehr anziehender Mann, dessen charmante Worte ihre Wirkung bei der jungen Erbin nicht verfehlten. Und der alte Talmud selbst meinte, es könne ihm überhaupt nichts Besseres passieren, als daß die beiden heirateten.

So fand jeder von ihnen in dieser Verbindung etwas, was man sich wünschte. Vielleicht, ja, ganz bestimmt sogar, hatte jeder mehr erwartet und war im Laufe der Jahre enttäuscht worden. Aber betrogen? Nein, betrogen fühlte sich keiner der beiden, denn Glück war es nicht gewesen, wonach sie gesucht hatten. Und selbst jetzt suchten sie nicht danach. Sollte im stillen bei ihnen tatsächlich die Reue darüber aufgekommen sein, daß sie vor fünfzehn Jahren nach falschen Werten gegriffen hatten, so waren sie doch viel zu stolz und zu starrköpfig gewesen, es zuzugeben.

Die Geburt ihres ersten Kindes brachte einen freudigen Lichtschein und etwas Optimismus in ihre Ehe. In diesen ersten Jahren begann sich sogar eine gewisse eheliche Zärtlichkeit zwischen Atlanta und James zu entwickeln. Aber sie erfuhren nie, ob daraus ein tieferes Band der Liebe erwachsen wäre, denn alles wurde viel zu plötzlich durch den Tod von Atlantas Vater ins Wanken gebracht. Als das Anwesen an Atlanta überging, empfand James es als besonders schmerzlich, fast als eine Enteignung. Natürlich besaß er als Ehemann gewisse Rechte durch seine Stellung als Gemahl der Erbin, aber er kam sich dennoch wie ein adoptiertes Waisenkind vor.

Die Ehe wäre vielleicht trotzdem gutgegangen, hätte nicht sein verborgener Groll darüber, was sein Vater ihm angetan hatte, ein Groll, der durch den Tod von Talmud plötzlich neu entfacht wurde, ihn zu einem verhängnisvollen Seitensprung verleitet. Hinterher wußte er selbst nicht, wie er so töricht gewesen sein konnte. Sein Zorn auf sich selbst wurde noch gesteigert durch den Umstand, daß Atlanta die ganze Sache sehr verständnisvoll, fast gütig behandelte. Ein Kind, als Ergebnis einer sinnlosen Affäre, war schon schlimm genug, aber das hätte er noch mit etwas Geschick vertuschen können. Als aber die Mutter des Kindes starb, wurde James mit einer unbequemen Pflicht konfrontiert. Das Kind war ein Sohn, und da es inzwischen feststand, daß Atlanta keine Kinder mehr bekommen konnte, wollte James nicht auf ihn verzichten. Er fragte sich, ob er Atlanta nicht dazu bewegen könne, das Kind zu akzeptieren und – um des Besitzes willen – ihn an Kindes Statt anzunehmen. Atlanta nahm das Kind an, wandte sich aber in der folgenden Zeit ganz von dem Vater ab.

Es war keineswegs Atlantas Absicht gewesen, James mit ihrer dominierenden Stellung zu ärgern. Anfangs war ihr kaum bewußt, daß er auf ihre Macht eifersüchtig war. Eigentlich schwelte in seinem Herzen ein bitterer Haß auf alle privilegierten Menschen überhaupt, die Rang, Titel, Reichtum und Einfluß besaßen – alles Dinge, auf die er meinte, ein Anrecht zu haben, die ihm aber entrissen worden waren. Als Atlanta tieferen Einblick in diese seine Einstellung gewonnen hatte, wurde ihr klar, daß sie nicht gewillt war, einem Außenseiter (und sie hielt ihn für einen Außenseiter) zu gestatten, der Herr des Anwesens zu sein, auch wenn sie mit ihm verheiratet war. Stonewycke war ihr Lebensinhalt, und sie konnte ihren Unmut kaum verbergen, wenn James in ihrer Gegenwart als der Laird bezeichnet wurde.

Doch James gab sich keineswegs stillschweigend damit zufrieden, die zweite Geige zu spielen. Er weigerte sich, von einer Frau beherrscht zu werden, die elf Jahre jünger war als er, möge ihr Mädchenname lauten, wie er wollte. Er übernahm die Funktion und den Titel des Lairds mit kühler Entschlossenheit. Und so waren die vielen Konflikte unvermeidbar, da jeder dem anderen mit absoluter Unbeugsamkeit entgegentrat.

Der kürzliche Streit über Braenock Ridge war lediglich ein Geplänkel im Rahmen der allgemeinen Kämpfe gewesen, eine kleine Schlacht, bei der sich James grollend geschlagen geben mußte. Doch er hätte seine Niederlage nicht so leicht hingenommen, hätte er nicht bereits einen anderen Weg gefunden, um sein Ziel zu erreichen.

Das Schriftstück, das er nun in den Händen hielt, war das Entscheidende, und er würde es Lord Browhurst zu gegebener Zeit vorlegen.

DER HANDEL

Lord Browhurst beugte sich tief beim Aussteigen, um nicht den Kopf an der Wagentür anzustoßen. Er war ein Mann von hohem Wuchs und sagte oft, die Kutschenbauer müßten eine ganz besondere Gehässigkeit gegen hochgewachsene Leute hegen. Doch diesmal ging es ohne Mißgeschick ab. Er stieg unbeschadet aus, und richtete seine Augen zum ersten Mal auf das ehrwürdige Bauwerk, das als Stonewycke bekannt war.

Diese schottischen Schlösser sehen immer so trist aus, dachte er. Weiter in seinen Überlegungen kam er jedoch nicht, denn sein Gastgeber war bereits aus der Tür getreten, um ihn zu begrüßen.

»Wie schön von Ihnen, daß Sie kommen!« rief James mit Enthusiasmus und streckte seinem Gast die Hand entgegen.

»Es wäre mir nicht im Traum eingefallen, Ihre freundliche Einladung auszuschlagen«, sagte Browhurst etwas distanziert, »zumal Port Strathy eine so bequeme Anlegestelle für meine Jacht bot.«

»Ich hoffe, Sie hatten viel Freude beim Segeln.«

»O ja. Günstiger Wind und klarer Himmel – was kann man sich mehr wünschen?« erwiderte er mit tiefer, wohlklingender Stimme. Neunundfünfzig Jahre alt, mit grauen Augen, braungebrannter Haut und silbrigem Haar, sah Browhurst ausgesprochen gut aus. Seine hohe, ursprünglich schlanke Gestalt hatte allerdings in letzter Zeit einige Pfunde zuviel angesetzt, besonders um die Taille herum und unter dem Kinn.

James stellte seine Familie vor. Lord Browhurst streckte Atlanta seine Hand entgegen und grüßte sie mit einer kühlen Höflichkeit, die an Desinteresse grenzte. Atlantas Lächeln wirkte etwas starr, aber auch sie streckte dem Gast ihre Hand entgegen. Sie war gewiß, daß dieser Besuch nicht aus rein gesellschaftlichen Gründen stattfand, aber sie hatte nicht herausfinden können, an welcher Teufelei James gerade braute.

Auf die beiden Kinder, die schweigend neben ihrer Mutter standen, warf Browhurst nur einen flüchtigen Blick.

In seinem Studierzimmer ließ James dem Gast einige Erfrischungen servieren, und die beiden begaben sich anschließend nach draußen auf einen kleinen Spaziergang. Denn James war stolz auf Stonewycke, wenn er selbst auch nur ein aufgepfropfter Zweig an dem Familienbaum war, dessen Generationen Stonewycke zu dem gemacht hatten, was es jetzt darstellte. Die Großartigkeit des Anwesens, die wilde Schönheit der riesigen Ländereien erfüllten ihn mit einem Gefühl tiefer Befriedigung. Er war doch schließlich der Laird dieses mächtigen Marquisats, und das warf auch auf seine Person einen positiven Glanz.

»Ich habe gehört, Sie hätten sich als hervorragender Reiter einen Namen gemacht«, bemerkte James, als sich die beiden den Ställen näherten.

»Ja, in meiner Jugend wurde ich ein wenig wegen meiner Anstrengungen im Kunstreiten bekannt«, erwiderte Browhurst im scheinheiligen Bemühen, demütig zu wirken.

»Dann sollten Sie unter allen Umständen über unsere Hochlandpfade reiten. Es ist ein Erlebnis, das man nicht so schnell vergißt.«

»Ich verlasse mich da ganz auf Ihr Urteil!« sagte Browhurst mit einem gutmütigen Lachen.

Sie erreichten die Ställe, wo Digory gerade seine gewöhnliche Arbeit verrichtete. Der Gast schlenderte an den Boxen entlang und bewunderte jedes einzelne Pferd der Reihe nach.

»Ich muß schon sagen, Duncan, was Sie hier an Tierbestand haben, ist beeindruckend!«

»Ach, wissen Sie, ich habe Pferdezucht zu meiner Nebenbeschäftigung gemacht«, meinte James bescheiden, aber inzwischen zu der sicheren Überzeugung gelangt, daß der andere einer unbändigen Leidenschaft für edle Pferde verfallen war.

»Nun, mein Freund, Sie haben damit bewundenswerte Erfolge erzielt.«

»Digory!« rief James, »sattle den Braunen und den Wallach. Wir reiten sofort aus.«

Digory setzte seinen Eimer ab und schlurfte zu einer der Boxen. Er hob einen Sattel hoch und wollte ihn schon dem Braunen auflegen, als die Stimme von Browhurst erneut ertönte:

»Gibt es einen Grund, warum ich diesen Grauen nicht nehmen sollte?«

Er ging zu der Box von Cinder und sah das Pferd voller Bewunderung an, als glaube er jetzt, dieses Schottland sei vielleicht doch noch zu etwas nütze.

»Sie lahmte gestern ein wenig, my Lord«, sagte Digory. »Vielleicht sollte sie heute lieber ruhen.«

»Unsinn!« warf James dazwischen, »Du hast ihr doch ein neues Hufeisen verpaßt, oder? Sie müßte völlig in Ordnung sein. Sattle sie!«

»Aber, my Lord«, beharrte Digory. »Ich würde sie ungern übermüden ...«

James wandte sich zu dem alten Stallknecht. Seine schwarzen Augen sprühten vor Zorn.

»Jetzt ist es aber genug! Tu, was ich sage, oder ich lasse dich meine Peitsche spüren!« Er wandte sich zu Browhurst und meinte: »Sie kennen sich mit Pferden außerordentlich gut aus. Cinder ist ein schottisches Vollblut mit einem langen Stammbaum. Sie sieht nicht nur einzigartig aus, sondern ist auch ausdauernd und sicher auf den Beinen wie kaum ein anderes Pferd, das ich gesehen habe.«

»Ich werde es ja bald beurteilen können«, gab Browhurst trocken zurück.

»Die Lieblingsstute meiner Tochter.«

»Einzigartige Zeichnung. Ich weiß nicht, ob ich diese unglaubliche Kombination von Schwarz und Grau je gesehen habe. Sie sieht einfach hinreißend schön aus.«

Digory zog tief die Luft ein, um sich ein wenig zu beruhigen und wandte sich gehorsam der Aufgabe zu, Maggies Stute zu satteln. Als er damit fertig war, warf er noch einen Blick auf den einen Vorderhuf, der gestern das Lahmen verursacht hatte. Sanft hob er ihren Fuß an, aber selbst sein aufmerksames Auge konnte keinen Schaden mehr entdecken. Dennoch gefiel ihm der Gedanke gar nicht, daß »dieser Engländer« auf dem Pferd seiner kleinen Lady reiten sollte.

Als die beiden Männer später von ihrem Ritt zurückkehrten, war Browhurst erhitzt vor Anstrengung und Vergnügen. Er hatte Cinder mehrmals ordentlich galoppieren lassen und mußte feststellen, daß James sie nicht umsonst gelobt hatte.

»Phantastisches Tier!« rief er aus. »Einfach phantastisch!«

»Habe ich's nicht gesagt?« erwiderte James stolz. Sie stiegen ab, übergaben die Pferde Digorys Obhut, der sich sofort fürsorglich an Cinder zu schaffen machte, und begaben sich zurück ins Haus.

»Sie würde in London Furore machen«, murmelte Browhurst, als rede er zu sich selbst. Laut fügte er hinzu: »Ich bin einfach hingerissen von der Farbe ihres Fells... Habe nie so etwas Schönes gesehen.«

»Ich habe selbst schon daran gedacht«, sagte James, »aber für ein Pferd ist es eine ziemlich weite Wegstrecke bis nach London, und sie ist noch jung.«

»Hören Sie mal, Duncan!« rief Browhurst plötzlich entschlossen aus. »Was wollen Sie für sie haben?«

»Haben?« fragte James verwundert. »Ich verstehe nicht, was Sie meinen.« In Wirklichkeit verstand er nur allzu gut.

»Ja ... Wieviel? Jeder Mann hat seinen Preis.«

«Nun, was soll ich da sagen ... Sie meinen, Sie möchten gern ...«

»Ach kommen Sie, Mann!« unterbrach ihn Browhurst ungeduldig. »Ich will das Pferd kaufen!«

»Ich habe nie daran gedacht, sie zu verkaufen«, widersprach James bedächtig.

»Ich will nicht um sie feilschen. Ich zahle Ihnen, was Sie verlangen.«

»Na ja, sie ist gewiß einiges wert ... Aber ich könnte für ein so herrliches Tier unmöglich Geld nehmen ...«

»Seien Sie doch nicht so zimperlich, Duncan!« schnauzte Browhurst ihn an.

»Wie ich schon sagte«, fuhr James fort, ohne von der Bemerkung Notiz zu nehmen, »ich könnte sie niemals für Geld weggeben. Aber ...« Er machte eine lange Pause, um seinen Worten die größtmögliche Wirkung zu verleihen.

»... aber«, fuhr er schließlich fort, »ich würde mich freuen, sie Ihnen zu schenken – als Zeichen der schottischen Gastfreundschaft.«

Darauf war Browhurst nicht gefaßt. Die heftigen Worte, die ihm schon auf der Zunge lagen, um James zu überreden, fielen in sich zusammen, während er hilflos nach einer passenden Erwiderung suchte.

»Also«, begann er, als er sich von der Überraschung erholt hatte, »ich ... ich weiß überhaupt nicht, was ich sagen soll ... daß Sie das tun würden – damit habe ich nicht im Entferntesten gerechnet. Ich ... ich stehe für immer in Ihrer Schuld.«

James nahm seine Dankesworte mit äußerlich bescheidener Geste entgegen. Er war über die Maße mit sich zufrieden. Was hatte doch sein Gast gesagt? Jeder Mann habe seinen Preis. Und James beglückwünschte sich dazu, daß er offensichtlich herausgefunden hatte, was Browhursts Preis war.

Später am Abend, nach dem Dinner, konnte James seinen

Plan zum Abschluß bringen. Er und Browhurst kehrten in die behagliche Atmosphäre des Studierzimmers zurück, tranken teuren Brandy und plauderten. Als ihre Unterhaltung allmählich auf das Geschäftliche kam, hatte James keine Schwierigkeiten, das Thema auf die Brauerei zu lenken. Er hatte aus verläßlichen Quellen bereits erfahren, daß Browhurst die Möglichkeit erwog, seine finanzielle Basis zu erweitern und daß er sogar bei seinen Teilhabern schon inoffiziell vorgefühlt habe, wer von ihnen daran interessiert wäre, in neue Brauereien und Brennereien zu investieren, die er zu den vier, die er gegenwärtig in England besaß, noch hinzufügen wolle.

Äußerst geschickt und jedes Drängen sorgsam vermeidend, legte James alle Details seiner Absicht dar, schottisches Bier von hoher Qualität herzustellen, das auch in England im Laufe der Zeit zu den bestverkauften Bieren gehören sollte. Er repräsentierte dies derart überzeugend, daß Browhurst restlos begeistert war und zweifellos zu einer Fusion bereit gewesen wäre, auch ohne daß James ihm die Stute geschenkt hätte. Aber James bereute seine Geste nicht, denn Cinder war es, die das Geschäft erst richtig ins Rollen gebracht hatte. Und als Lord Browhurst den Vertrag unterzeichnete, konnte James sein Entzücken nur mit Mühe verbergen.

Aber auch Browhurst war mit dem Handel nicht wenig zufrieden. Er war sich voll bewußt gewesen, daß das großzügige Geschenk mit gewissen Gegenleistungen verknüpft sein würde. Das lag in der Natur der Dinge. Aber er hatte James genau unter die Lupe genommen. Er wußte, daß er ein Geschäftsmann war, der genau rechnen konnte und der seine Angelegenheiten zu nutzen verstand. Als der schottische Laird ihn eingeladen hatte, war es ihm von Anfang an klar gewesen, daß Absichten dahintersteckten. Aber die Verbindung mit diesem Mann stellte ihn zufrieden, unabhängig von dem, was der andere sich davon erhoffte. Er besaß jetzt nicht nur ein Prachtexemplar von Pferd, sondern er hatte sein Geld auch in eine recht vernünftige Sache investiert, die sich zu einem äußerst lukrativen Unternehmen zu entwickeln versprach.

DER BITTERE VERLUST

James war den ganzen Morgen unterwegs gewesen, um alles Notwendige für den Transport des Pferdes nach London zu arrangieren. Browhursts Jacht, eines der größten Schiffe, die der Hafen von Strathy in letzter Zeit gesehen hatte, würde ihre Fahrt nach Süden mit dem Beginn der Abendflut fortsetzen. Und bis dahin sollte ein für Cinder geeigneter Verschlag erstellt werden. James hatte zu diesem Zweck zwei von den ortsansässigen Schreinern angeheuert. Browhurst überwachte die Arbeiten und strahlte schon vor Vorfreude bei dem Gedanken an den Neid seiner Kollegen bei seiner Ankunft in London.

James hatte mit Maggie noch nicht gesprochen, und so traf es sie umso vernichtender, als die schreckliche Nachricht ihr durch den hänselnden Singsang von Alastair überbracht wurde: »Ätsch! Papa hat dein Pferd verschenkt! Ätsch! Papa hat dein Pferd verschenkt!«

Maggie glaubte ihrem Bruder nicht, und doch erfüllten seine Worte sie mit Panik, und so gab sie Alastair keine Antwort, sondern rannte sofort zu den Ställen, um nach Cinder zu sehen. Zu ihrer großen Erleichterung stand Cinder in ihrer Box und kaute seelenruhig frisches Heu aus ihrem Futtertrog. Aber die Erleichterung, die sie fühlte, war von kurzer Dauer, denn auch Digory war da und machte sich an etwas zu schaffen, was ganz nach ominösen Vorbereitungen für eine Reise aussah – mit Futtersack und besonderem Geschirr, das, wie Maggie wußte, nur benutzt wurde, wenn eines der Pferde irgendwohin transportiert werden sollte.

»Digory«, fragte Maggie erschrocken, »will Vater auf Reisen gehen?«

»Nein, Kind«, erwiderte er mit einer Stimme, die eigenartig zitterte, »ich glaube nicht.«

»Aber warum machst du dann eins der Pferde fertig für die Reise?«

Er fuhr fort mit seiner Arbeit und gab ihr keine Antwort. Er war doch sonst nicht so niedergeschlagen ... Heiße Angst stieg in ihr auf und schnürte ihr die Kehle zu. Sie sah ihn mit weit aufgerissenen Augen an, drehte sich um und rannte hinaus. Digory hob den Kopf und sah sie gerade noch aus der Tür verschwinden.

»Kind ...«, rief er ihr nach, doch sie kam nicht zurück. Er blieb stehen und sah ihr nach. Eine stille Träne rollte über seine Wange, er wischte mit seiner rauhen Hand darüber und machte sich wieder an die verabscheuungswürdige Arbeit, die ihm vor einer Stunden aufgetragen worden war. Niemand konnte besser verstehen als er, welche Zerstörung der Verlust des Pferdes in der Seele des aufgeweckten und zartfühlenden Mädchens anrichten würde. Er weinte, aber nicht allein um sie, sondern auch um seinen Herrn. Denn es war zu bezweifeln, ob James Duncan, nach dem, was heute geschehen war, jemals wieder den Weg zu dem Herzen seiner Tochter finden würde. Er wußte, daß dieses Kind, das er von ganzem Herzen liebte, sich von seinem Vater abwenden und dadurch schweren Schaden nehmen würde.

»O Gott«, betete er leise, »bewahre das Kind vor Verbitterung über diesen Verlust. Laß es ihr nicht das Herz brechen. Lege deine liebenden Arme um sie!«

Unfähig, die schreckliche Wahrheit zu fassen, rannte Maggie ins Haus und begann nach Atlanta zu suchen. Der schmerzliche Ausdruck auf ihrem Gesicht spornte den Dämon der Grausamkeit in Alastair zu weiterem Gespött.

»Du warst schon immer neidisch darauf, daß ich Cinder habe!« schrie Maggie ihn an und rannte die Treppe hinauf zu Atlanta.

»Mutter ... Mutter ...«, rief sie und brach in unkontrolliertes Schluchzen aus.

Atlanta sagte nichts. Sie ging mit offenen Armen auf ihr unglückliches Kind zu. Ihre Hände waren zu Fäusten geballt, doch sie öffnete ihre Hände und tat den Zorn, den sie gegen James empfand, beiseite, um ihre Tochter zu trösten. Denn sie fühlte sich durch seine egoistische Tat am schmerzlichsten getroffen. Sie zog Maggie an ihre Brust und streichelte ihr Haar. Maggie weinte und weinte. Schließlich löste Atlanta die Umarmung.

»Geh, leg dich ein wenig hin, du wirst dich besser fühlen, wenn du geruht hast«, sagte sie, von einem tiefen Gefühl der Hilflosigkeit durchdrungen.

Doch Maggie konnte keine Ruhe finden. Nichts konnte den namenlosen Schmerz in ihrem Innern stillen. Sie wollte nur eines: mit ihrem Freund zusammensein, dem einzigen Freund, den sie hatte, und den man jetzt von ihr wegriß. Schließlich rannte sie wieder aus ihrem Zimmer, die Treppen hinunter, zur Türe hinaus, zu den Ställen. Digory war nicht da. Behutsam betrat sie Cinders

Box. Nichts ahnend von all den Machenschaften, in deren Mittelpunkt sie stand, gab Cinder ein kurzes, glückliches Wiehern von sich, um ihre junge Herrin zu begrüßen. Maggie ging auf sie zu, schlang die Arme um den langen, grauen Pferdehals und barg ihr Gesicht in der haarigen Mähne. Einige Zeit verharrte sie so, dann sank sie zu Boden und brach wieder in Tränen aus.

Als keine Tränen mehr kamen, blickte Maggie zu dem Pferd hinauf, das eifrig weiterfraß, als wäre sein Futter die einzige Realität dieser Welt, als wären ihr neuer Besitzer und die Reise nach London nichts als eine Phantasie.

Doch ein zukünftiger Zeitpunkt ist irgendwann mit einem Mal genauso da wie der nächste Augenblick, und Maggies zeitweilige Ruhe in Cinders Nähe konnte es nicht verhindern, daß die Minuten kamen, wo die schreckliche Wahrheit über sie beide hereinbrach. Maggie saß immer noch auf dem Boden in Cinders Box, als sie plötzlich Schritte hörte. Dann wurde der Riegel hochgehoben, und zu ihrem Entsetzen sah sie zwei Männer hereinkommen, die sie nicht kannte, und die sie überhaupt nicht beachteten. Sie banden Cinder los und führten sie aus dem Stall.

Maggie sprang auf, warf sich gegen das verblüffte Paar und hämmerte mit ihren kleinen Fäusten auf sie ein.

»Gemeine Diebe!« schrie sie.

Einer der Männer hielt sie mit festen Griffen zurück und versuchte sie mit freundlichen Worten zu beruhigen. Als Maggie merkte, daß sie gegen die beiden machtlos war, gab sie den Kampf auf. Fast blind vor Tränen stand sie wie erstarrt in der Box und sah ihnen nach.

Als sie ihre Umgebung wieder wahrnahm, eilte sie aus den Ställen über den Hof zurück in das düstere Haus, das für sie keine Verheißung des Trostes mehr in sich trug. Sie rannte die Treppen hinauf zu ihrem Zimmer, warf sich auf das Bett, wühlte ihr Gesicht in die Kissen und weinte sich, überwältigt von ihrem Schmerz, in den Schlaf.

Sie rührte sich nicht, als James um etwa vier Uhr nachmittags leise an ihre Tür klopfte. Als keine Antwort kam, wollte er schon wieder gehen, um es später noch einmal zu versuchen. Aber eine Empfindung, die er nicht so recht identifizieren konnte, – da er ja mit einem Begriff wie Gewissensbisse nicht allzu sehr vertraut war – zwang ihn, einzutreten. Er drehte am Türgriff, öffnete die Tür und ging hinein.

Nachmittagsschatten lagen über dem Zimmer.

»Maggie, mein Liebes«, flüsterte er.

Vom Bett her kam keine Antwort. Er hüstelte und überlegte, was er als nächstes sagen sollte. »Deine Mutter sagte mir, du seist so unglücklich über das Pferd«, machte er einen schwachen Versuch, mitfühlend zu erscheinen. »Das verstehe ich nicht ... das heißt, ich hatte keine Ahnung, daß dieses Pferd dir so viel bedeutet.«

Maggie drehte sich um und sah ihn an. Plötzliche wilde Hoffnung schoß ihr durchs Herz. Das war bestimmt alles nur ein Mißverständnis gewesen!

»Du ... du wirst Cinder zurückholen?« fragte sie voller Erwartung.

»Ich fürchte, dies wird nicht möglich sein«, gab ihr Vater zurück. »Die Jacht ist bereits unterwegs.«

»Jacht?« schluchzte Maggie verzweifelt auf. »Vater, wie konntest du nur!«

Sie warf sich zurück in die Kissen und weinte herzzerreißend.

»Du mußt es verstehen, meine Liebe«, versuchte er mit der Logik eines Geschäftsmannes, »ein Pferd zu verlieren ist doch nur ein kleines Opfer, wenn man bedenkt, daß es zum Besten der Familie und unserer finanziellen Zukunft ist.«

»Was könnte so viel wert sein, daß es sich lohnt, dafür Cinder herzugeben!« schrie Maggie und wurde von neuem von Schluchzen geschüttelt.

»Es ist doch nur ein Pferd, Kind«, redete James auf sie ein, »du bekommst ein anderes. Als ich letztens in London war, hat dort eine wunderbare Vollblutstute ein herrliches braunes Fohlen bekommen. Der Mann, dem sie gehörte, wußte, daß ich mich dafür interessiere. Ich bin sicher, daß das Fohlen noch zu haben ist.« Er zwang sich, fröhlich zu sprechen, um so überzeugend wie möglich zu klingen. »Ich werde noch heute an ihn schreiben. Das soll dein eigenes Pferd sein, durch und durch Vollblut!«

»Ich will nicht dein dummes Pferd aus London!« schrie Maggie wütend. »Ich mache mir nichts aus Vollblütern. Cinder ist das einzige Pferd, aus dem ich mir je etwas machen werde!«

»Margaret, sei doch vernünftig«, sagte James, dessen Ton seine wachsende Frustration verriet. Er versuchte doch wirklich, sie für den Verlust des Pferdes zu entschädigen! Er hatte natürlich gewußt, daß sie die Stute gern gemocht hatte. Aber diese übermäßige Zuneigung zu einem Tier konnte er nicht tolerieren.

»Cinder war der einzige Freund, den ich hatte!«

»Das ist dummes Zeug!« rief James. Ihm riß allmählich die Geduld, und der aufsteigende Zorn drängte seine mühsam aufrechterhaltene Selbstbeherrschung beiseite. »Du hast deine Mutter und mich! Und natürlich Alastair.«

Maggies einzige Antwort war ein erneuter heftiger Weinkrampf, jedoch durch die Kissen gedämpft.

»Also gut.« Er riß sich wieder zusammen und gab ein Lächeln von sich, in dem Bemühen, die Atmosphäre ein wenig zu entspannen. »Du wirst anders denken, wenn du das neue Pferd gesehen hast. Ehe du dich versiehst, wirst du schon vergessen haben, daß Cinder überhaupt existiert hat!«

»Ich werde Cinder nie, nie vergessen!«

»Du wirst es ja sehen«, erwiderte er.

Maggie reagierte nicht.

James drehte sich um und verließ das Zimmer. Gerade als er die Tür zumachte, hörte er, daß seine Tochter wieder sprach. Doch diesmal waren ihre Worte kalt und unpersönlich, kein Ausbruch kindlichen Zorns mehr, sondern eher ein feierlicher Schwur: »Und ich werde nie vergessen, was du mir heute angetan hast.«

Er hielt einen Augenblick inne, kehrte aber nicht um. Dann sagte er sich selbst, er habe alles Menschenmögliche getan, um die Sache richtigzustellen und ging den Korridor entlang zur Treppe.

Schließlich, argumentierte er, als er die Treppen hinunterstieg, war er der Herr dieses Hauses und der Laird des Duncan-Anwesens. Was für ein Mann wäre er, wenn er es zuließe, daß Frauen – nicht zu reden von seinen eigenen Kindern – ihn herumkommandierten! Er mußte das tun, was vom geschäftlichen Standpunkt aus das Beste war, das Beste für ihn und das Beste für das Anwesen. *Diese verflixten Weiber! Jetzt fängt Margaret auch noch an, sich wie Atlanta zu benehmen! Was bilden sie sich eigentlich ein? Daß sie mir vorschreiben können, was ich zu tun und zu lassen habe?* Er hatte genau das Richtige getan, James war sich da ganz sicher. Browhurst war ein Mann von Format. Er würde ein so großartiges Geschenk zu schätzen wissen und sich erkenntlich zeigen. Ja ... sie alle würden ihm noch eines Tages für sein kluges Handeln dankbar sein.

Maggie kam den ganzen Nachmittag nicht mehr aus ihrem Zimmer heraus. Auch am Abend tauchte sie nicht auf. Atlanta ließ ihr etwas zu essen hinaufbringen, aber es blieb unberührt auf dem Tisch stehen.

DAS ENDE DER KINDHEIT

Digory streckte sich und rieb sein schmerzendes Kreuz. Wie gut, daß die warme Zeit begonnen hatte, wenn auch die langen, sonnigen Tage nicht verhindern konnten, daß er älter wurde.

»Na ja«, krächzte er, während er einen Sattel auf seine Arbeitsbank hievte. »Ich preise dich, Herr! Ich denke, ich werde bald bei dir sein.«

Er bückte sich, griff nach einem schmutzigen Lappen, schöpfte eine Handvoll von einer braunen, öligen Schmiermasse aus einem Blecheimer und begann sie in den Sattel einzureiben. Andere gebrauchten dafür das, was sie Sattelseife nannten, doch Digory schwor auf die Mischung, deren Geheimrezept er von seinem Vater geerbt hatte. Sie roch streng und färbte für mindestens drei Tage die Hände braun. Aber etwa ein halbes Dutzend echt schottischer Ingredienzien machten selbst das härteste Leder wunderbar geschmeidig und bildeten darauf eine Schutzschicht, wie es kein anderes Mittel zustande brachte. Digory hatte diese Arbeit schon so unzählige Male getan, daß er gar keine Gedanken darauf verwendete, besonders heute nicht, da seine Gedanken mit seiner jungen Herrin beschäftigt waren. In den drei Wochen, seit Cinder fort war, hatte er Maggie nur zwei- oder dreimal kurz zu Gesicht bekommen, und das auch nur von ferne. Die trübe Atmosphäre im Haus und seiner Umgebung zeugte klar davon – die Familie (mit der möglichen Ausnahme von Maggies Vater) ebenso wie die Dienerschaft, wußten es –, daß etwas in dem einst so heiteren Mädchen zerbrochen war. Während dieser Zeit hatte Digory sie mit niemandem reden sehen. Er sah nur, wie sie langsam und ziellos umherging, mit leeren Augen, als wäre sie innerlich irgendwo weit weg. Ihre Augen waren nicht mehr rot vom Weinen. Statt dessen wirkten sie hart, als sei sie entschlossen, sich nie wieder einen solchen Schmerz zufügen zu lassen. Digory betete für sie bald Tag und Nacht, voller Angst, daß der Egoismus des Vaters auch sein, Digorys Verhältnis zu Maggie, zerstören könnte, daß Maggie auch ihn aus ihrem Inneren aussperrte wie sie es bei allen anderen getan hatte.

Der Stallknecht war so in seine Gedanken über seine nun

fast vierzehnjährige Freundin versunken, so konzentriert auf die Fürbitte für sie, daß er gar nicht bemerkte, wie Maggie den Stall betrat. Der weiche Erdboden, mit Sägespänen bestreut, schluckte das Geräusch ihrer Schritte, und er hörte sie nicht, selbst als sie näher kam. Eine aromatische Mischung aus Heu und anderem Futter erfüllte diesen vertrauten Ort mit einem besonderen Duft, vermischt mit einer gelegentlichen Brise vom Misthaufen im hinteren Teil des Stalles. Strahlendes Sonnenlicht drang durch die Ritzen der Holzlatten an der östlichen Wand des Stalles, und Millionen funkelnder Stäubchen tanzten in den schmalen Schäften der Sonnenstrahlen. Da und dort schnaubte ein Pferd, doch die meisten machten sich eifrig an dem Frühstück zu schaffen, das Digory ihnen gerade serviert hatte.

»Hallo, Digory«, sagte Maggie leise.

Er schaute von seiner Arbeit auf, und die Andeutung eines Lächelns erschien auf seinen Lippen. Wenn ihr plötzliches Auftauchen ihn erschreckt hatte, dann ließ er es sich zumindest nicht anmerken.

»Guten Morgen, meine Kleine«, sagte er. Seine Stimme klang so alltäglich, wie er es nur fertigbrachte, und verriet nichts von der Freude, die in seinem Herzen aufstieg, daß Maggie sich wieder im Stall blicken ließ. »Wie ist das, soll ich für dich ein Pferd satteln?«

»Nein, danke. Heute nicht.«

Nein, zu reiten hatte sie nicht vorgehabt. Selbst der Gedanke, auf dem Rücken eines Pferdes zu sitzen, weckte Erinnerungen, zu schmerzlich, um auch nur daran zu rühren. Sie wollte einfach wieder im Stall sein, das süße Heu riechen und die Pferde sanft schnauben hören und scharren und dumpf mit den Hufen aufschlagen. Selbst das stetige Summen der Fliegen beruhigte sie irgendwie. Und sie wollte wieder in Digorys Nähe sein. Sie war gewiß – ob sie offen darüber sprachen oder nicht –, daß er nachempfinden konnte, was sie während der letzten zwanzig Tage durchgestanden hatte.

Maggie ging langsam von einem Ende des Stalles zum anderen, schloß wieder Freundschaft mit dem Ort, den sie immer so geliebt hatte, und streichelte hin und wieder eines der Pferde. Digory ging wortlos seiner Arbeit nach. Sie war so still und distanziert, fast schon abwesend ... Auch der Klang ihrer Stimme war anders – er konnte nicht genau sagen, was es war – eine neue Unabhängigkeit? Oder eine Art Reife? Hatten diese vergangenen zwanzig Tage sie um mehr als nur drei Wochen älter werden lassen? Tatsächlich, Digory hatte in ihrem Blick etwas Neues wahrgenommen – hatte sie begonnen, eine Frau zu werden? Doch der alte Mann konnte es nicht genau erkennen, denn so schnell wie es gekommen war, so schnell war es auch wieder weg, versteckt hinter den kindlichen Zügen, abwartend, bis die Zeit käme. Ihr Gesicht trug auch immer noch den gepeinigten Ausdruck eines Kindes, dem man unverdienten Schmerz zugefügt hat. Denn war sie nicht von jemandem betrogen worden, dem sie rückhaltlos vertraut hatte? Von einem Menschen, dem ihr ganzes Herz gehörte?

Er beobachtete still, wie sie die altvertrauten Ecken des Stalles erneut untersuchte, an dem Geschirr fingerte, mit dem Fuß gegen die Säcke mit Hafer stieß, als wollte sie mit all den Dingen, die man für die Pflege von Pferden braucht, eine neue Beziehung knüpfen. Digory sah fasziniert zu, wie in einem Augenblick das Kind Maggie da war, seine kleine Freundin, die er früher schon unzählige Male beobachtet hatte, und wie sich im nächsten Moment eine Fremde durch den Stall bewegte, eine junge Frau, die er noch nie gesehen hatte.

Digory fühlte in seinem Herzen, daß die Ereignisse der letzten Wochen das unschuldige, heitere Kind in Maggie so tief getroffen hatten, daß es starb. Doch aus diesem Tod erwuchs jetzt Lady Margaret, die zukünftige Herrin von Stonewycke.

Der Stallknecht wurde aus seinen Betrachtungen gerissen, als er durch einen Seitenblick bemerkte, daß Maggie vor der Box einer schwarzen Stute stehenblieb. Das Pferd schnaubte in einem fort und schlug mit dem Huf auf den mit Heu bestreuten Boden. Ein loses Seilende wand sich im Heu hin und her. Maggie sah es und stellte beim näheren Hinsehen fest, daß die Stute sich mit einem ihrer Hinterhufe in dem Seil verfangen hatte.

Sie öffnete die Tür und ging hinein. »Sei ganz ruhig«, sagte sie leise und streichelte sachte das Pferdegesicht. »Wo hast du dich denn da hineinverstrickt?« Sie fuhr fort, sanft auf die Stute einzureden, während sie sich vorsichtig zu ihrem Hinterteil hinarbeitete. Sie war sich völlig darüber im klaren, wie ein nervös gewordenes Pferd reagieren würde, wenn man ihm zu plötzlich von hinten kam. Langsam ging sie in die Knie, um das Seil, das sich verschlungen hatte, zu lösen.

»Siehst du, Raven, jetzt ist es wieder gut.« Sie strich mit der Hand über das schimmernde Schwarz. Sie war zum erstenmal in der Box dieses Pferdes, obwohl ihr Vater es schon über ein Jahr besaß. Aber sie wußte trotzdem die Namen aller Pferde, die es auf dem Gut gab.

»Das ist ein gutes Pferd«, hörte Maggie Digorys Stimme hinter sich.

»Sicher«, gab Maggie, ohne jeden Ausdruck in der Stimme, zurück.

»Es ist nur, daß ich in letzter Zeit so viel zu tun hatte«, fuhr er fort, »daß ihr Fell ein wenig zottig geworden ist. Sie müßte tüchtig gestriegelt werden.«

Maggie sagte kein Wort.

Sie hatte sich immer mit Digory so verbunden gefühlt, sogar ihr Vorbild in ihm gesehen. Sie beneidete ihn um den Frieden, den sie in ihm spürte und hungerte danach, Gott so kennenzulernen, wie er ihn kannte. Aber jetzt schien alles verändert, sogar Digory. Oder bildete sie es sich nur ein? Sie hatte sich von allen zurückgezogen, um zu verhindern, daß Menschen, die sie liebte, sie noch einmal so tief verletzten. Und so hatte sie gar nicht gemerkt, daß sie auch von Digory innerlich weggerückt war.

»Würdest du einem alten Mann nicht gern ein wenig zur Hand gehen, meine Kleine, wie ist es?«

»Digory«, sagte Maggie ohne Umschweife, »ich werde Cinder nie vergessen.« Ihr Stimme schwankte leicht, als sie den Namen »Cinder« aussprach.

»Und ich würde es gar nicht wollen, daß du sie vergißt!«

»Wolltest du mich nicht gerade dazu überlisten ...« Mißtrauen schwang in Maggies Stimme.

»Du weißt doch noch, daß ich es war, der Cinder auf die Welt geholt hat. Sie war ein ganz besonderes Pferd. Auch ich hatte sie lieb und vermisse sie sehr.«

»Oh, es tut mir leid!« sagte Maggie. Die alte Zuneigung, die sie dem Stallknecht gegenüber empfand, lebte sofort wieder in ihr auf. »Ich habe gedacht, du willst mich dazu kriegen, daß ich Cinder durch ein anderes Pferd vergesse.«

»O mein Kind, mein armes Kind«, sagte er und legte ihr die knochige Hand auf die Schulter. »Nein, ich will nicht, daß du sie je vergißt. Sie war ein so gutes ... ein so wunderbares Pferd ...«

»Ich hasse Vater dafür, daß er sie weggegeben hat!« fiel ihm Maggie ins Wort. Die kalte, distanzierte Frau in ihr hatte wieder die Regie übernommen.

Die Worte trafen den alten Mann fast genauso schmerzlich, als wären sie an ihn selbst gerichtet gewesen. Hatte er doch am meisten davor Angst, daß sich Bitterkeit in Maggies jungem, empfindsamen Herzen breitmachen würde. Und nun sah er deutlich, daß die unheilvolle Saat bereits tief in ihrer Seele aufgegangen war. Sie war noch so jung, so verletzlich, ihre Empfindungen so zart. Wie konnte er ihr nur klarmachen, daß einzig und allein die Vergebung Heilung bringen konnte – nicht nur in ihrer Beziehung zu ihrem Vater, sondern auch für ihr eigenes, vom Schmerz des Verlustes gepeinigtes Herz.

»Kind«, sagte Digory. Die Worte kamen langsam, denn er wußte, daß Worte allein noch nichts ändern, noch keine Heilung bringen konnten. »Kind, wenn man andere zu strafen versucht, weil sie einem wehgetan haben ... Na ja, dann ist es so gut wie sicher, daß man selbst am meisten verletzt wird.«

»Aber in bin bereits verletzt worden«, sagte Maggie eiskalt.

»Gewiß, aber es ist doppelt schlimm, wenn du in Haß zurückschlägst.«

»Er hat es aber verdient!«

»Kann schon sein. Nur der Herr weiß es. Und es ist wahr, daß du das nicht verdient hast, was er dir angetan hat. Aber wenn du ihn haßt, dann häufst du nur ein Unrecht auf das andere.«

»Das ist alles, was mir noch geblieben ist!« gab sie bitter zurück.

»Es gibt nur einen Weg, wie der Schmerz, den wir nicht verdient haben, heilen kann. Die Heilung kommt aus deinem eigenen Herzen, von Gott, der in deinem Herzen ist. Und es hat so gut wie nichts mit deinem Vater zu tun oder damit, was er getan hat.«

»Ich verstehe nicht, was du meinst, Digory.«

»Vergebung ist auch keine einfache Sache.« Digory zog die Augenbrauen unschlüssig in die Höhe, was eine weitere Falte auf seiner zerfurchten Stirn erscheinen ließ. »Ich verstehe es selbst noch nicht ganz. Aber das eine weiß ich: Die Vergebung fängt damit an, daß man sein Herz öffnet und die Liebe Gottes hineinläßt.«

»Wie könnte ich ihm jemals vergeben?« fragte Maggie mit erneuter Feindseligkeit. »Er ist auf und davon, nach London und macht sich wahrscheinlich überhaupt keine Gedanken mehr. Vielleicht hat er es sogar schon ganz und gar vergessen.«

»Das kann ich mir nicht vorstellen, meine Kleine. Man weiß nie, mit welcher Art von Schmerz sich die Leute abschleppen – selbst Männer wie dein Vater. Sie mit den Augen Gottes zu sehen, ist der Anfang der wahren Vergebung. Aber die Zeit wird schon alles an den Tag bringen.«

»Vielleicht hast du recht«, erwiderte Maggie, »aber im Augenblick kann ich ihm nicht vergeben. *Ich will es einfach auch nicht!«* Sie sagte es mit zusammengebissenen Zähnen, als wolle sie ihrem Entschluß mehr Nachdruck verleihen.

Die Zeit wird viele Dinge an den Tag bringen, dachte Digory kummervoll und betete in seinem Herzen, daß Gott Maggie von ihrem inneren Schmerz und ihrem Groll heilte.

»Also, Maggie«, sagte er so fröhlich wie möglich, um sie auf andere Gedanken zu bringen. »Dieses arme Pferd ist wirklich schlimm vernachlässigt worden. Und ich bin einfach zu alt, um ihr den Auslauf zu verschaffen, den sie braucht. Du könntest gut auf ihr reiten.«

»Na ja, vielleicht ... das heißt, ich könnte ...« stimmte Maggie zögernd zu. »Nachdem sie sich so in dem Seil verheddert hat, wird es ihr vielleicht guttun ...«

»Da bin ich mir ganz sicher, Kind!«

Zusammen sattelten sie die Stute Raven, die schon ungeduldig darauf wartete, der Enge ihrer Box zu entfliehen. Auch Maggie fühlte Erwartung in sich aufsteigen: wieder einmal durch das Land reiten! Bald saß sie auf dem Rücken der schwarzen Stute, und Digory mußte denken, daß sie mit ihrem blauen Kleid und den rotbraunen Locken, die ihr über die Schultern fielen, wirklich wie eine Gestalt aus einem Bilderbuch aussah.

Maggie schnalzte scharf und trieb die Stute an, erst langsam und stockend im Schritt. Doch nach wenigen Sekunden brach bei ihr die Begeisterung durch, die sie die ganze Zeit zurückgedrängt hatte, sie schlug ihre Hacken in die Weichen der Stute, und Raven ging schnell in den Vollgalopp über. Sie wurde nur eine Spur langsamer, als sie durch das große Eisentor glitt, das ins offene Land hinausführte.

Auf Digorys sonnenverbranntem Gesicht erschien ein glückliches Grinsen. Er freute sich, daß Pferd und Reiterin den Ritt genossen, gewiß. Aber er wußte vor allem auch, daß soeben ein Sieg – wenn auch nur ein kleiner – errungen worden war. Die Bitterkeit, die Maggie ihrem Vater gegenüber empfand, würde Zeit brauchen, um zu heilen. Seine Tat hatte eine schlimme Zerstörung angerichtet, und die Folgen konnten weder schnell noch leicht überwunden werden. Aber wenigstens eine Hürde auf dem Weg zur Heilung war geschafft: Sie hatte ihre Augen genügend von sich selbst abgewendet, um sich wieder an Gottes Schöpfung zu erfreuen. Ein kleiner, aber bedeutsamer Anfang.

»Sie wird es schaffen«, murmelte Digory. »Es wird vielleicht seine Zeit brauchen, aber der Herr wird ihr helfen.«

Das Kind wird erwachsen, sann er. *Wenn man sie aus dieser Entfernung sieht, könnte man sie jetzt schon für eine erwachsene Frau halten, für die große Lady von Stonewycke, die sie einmal werden soll.*

DIE GEBURTSTAGSFEIER

Eine warme Brise aus dem Süden wehte über Stonewycke. Eigentlich ein Vorbote des Regens, brachte sie vorderhand einen herrlich erfrischenden Sommerabend mit sich.

Der leichte Wind trug den herrlichen Duft von den Bergen heran, von dort, wo das Heidekraut gerade in purpur- und rosafarbener Pracht erblüht war. Das Frühjahr 1863 war ungewöhnlich feucht gewesen, selbst in den Sommermonaten hatte es viel geregnet, und das Grün der Bäume und Felder war noch leuchtend und frisch.

Einige der geladenen Gäste, die von weither kamen, weilten schon seit ein paar Tagen auf Stonewycke. Diejenigen, die laufend mit Pferdekutschen und Gesellschaftswagen aus Inverness, Fraserburgh, Aberdeen und sogar aus Dundee ankamen, atmeten begierig die süße, reine Luft des Nordens ein, bevor sie das große Herrschaftshaus betraten – aus der herben, großartigen Landschaft des schottischen Hochlandes in die Innenräume des Schlosses mit einer modernen, von London beeinflußten Ausstattung.

Es war nicht zu übersehen, daß sich Atlanta große Mühe gegeben hatte: Das Haus erstrahlte in einem festlichen Glanz. Der Fußboden des großes Saales glänzte wie nie zuvor. Der riesige Lüster glänzte wie tausend Diamanten. Die Dienerschaft hatte Tage damit zugebracht, alles für diesen besonderen Tag herzurichten, und eilte jetzt geschäftig hin und her. Mäntel und Hüte mußten weggebracht, Getränke und Hors d'oeuvres gereicht und unzählige andere Details erledigt werden, die notwendigerweise zu einer solchen Festlichkeit gehören.

Atlanta stand an der Treppe, in eine elegantes Abendkleid aus braunem Samt und Taft gekleidet und hieß die ankommenden Gäste willkommen. Und obgleich sich ihre Hand kühl anfühlte, war ihr Lächeln doch freundlich und warm. Stolz und anmutig zugleich stand sie da, jeder Zoll die Marquise, die Herrin von Stonewycke. Sie fand für jeden, der an ihr vorbeiging, ein herzliches, persönliches Wort zur Begrüßung.

Aber es war nicht ihr Abend. Es war Maggies Fest, der langersehnte Tag, an dem die junge Lady des Hauses gefeiert werden sollte, sie, die eines Tages die Verantwortung ihrer Mutter übernehmen und das Erbe der Ramseys und den Namen Duncan in die Zukunft tragen würde. Daß auch Alastair den Namen Duncan trug, das bedachte Atlanta kaum. Es war das edle Geschlecht der Ramseys, worauf es ihr am meisten ankam.

Sie mußte sich selbst immer wieder daran erinnern, daß Maggie nun siebzehn Jahre alt geworden war. Ihr kleines Mädchen war zu einer Frau herangereift. Wie schwer fiel es ihr, diese Tatsache wirklich zu akzeptieren. Aber wenn die Gäste Maggie erst sähen, gäbe es überhaupt keinen Zweifel mehr, daß Maggie kein Kind mehr, sondern eine erwachsene junge Dame war. Sie selbst konnte hie und da immer noch schemenhaft das kleine Mädchen in ihr entdecken. Und ein Teil ihres mütterlichen Instinkts klammerte sich an dieses kleine, schattenhafte Mädchen, wollte es festhalten, obwohl es ihr jeden Tag mehr entglitt. Atlanta wußte – oh, wie sehr sie es wußte –, daß das Leben einer Frau schwer sein konnte, und sie versuchte verzweifelt, Maggie vor dem Herzeleid zu bewahren, das sie selbst erfahren mußte. Sie hatte gehofft, sie würden Maggies siebzehnten Geburtstag still im Familienkreis feiern, aber Maggie selbst hatte unnachgiebig auf einer »richtigen Geburtstagsparty« bestanden.

»Im großen Ballsaal!« hatte sie immer wieder betont. »Und ich werde solange aufbleiben, bis auch der letzte Gast gegangen ist!«

Und so begann Atlanta eine Festlichkeit zu Ehren ihrer Tochter zu planen, die allen, die dazu geladen waren, lange im Gedächtnis bleiben sollte. Sie schickte Einladungen an viele Barone und Earls, Lords und Ladys in ganz Schottland und einige sogar nach London. Wenn es schon nicht zu vermeiden war, daß ihre Tochter erwachsen wurde, dann sollten die Leute, die sie kannten, wenigstens ordentlich darüber staunen können, zu welch einer bezaubernden jungen Lady sie herangewachsen war.

»Es tut mir leid, meine Liebe, daß ich dich so im Stich gelassen habe«, drängte sich die Stimme von James in Atlantas Gedanken ein, obwohl sie neben dem freudigen Geplauder der Gäste und der Musikkapelle kaum zu hören war. »Byron Falkirk hat sich meiner bemächtigt«, fuhr James mit seinen Erklärungen fort, »ich konnte mich erst jetzt von ihm losreißen.«

»Ich habe damit gerechnet, daß du wenigstens heute die Geschäfte sein läßt«, war Atlantas knappe Antwort, und ihr Lächeln schwand für einen Augenblick.

»Das hatte ich auch vor«, erwiderte James kühl. Doch bevor

er sich weiter verteidigen konnte, wurde er von neu ankommenden Gästen unterbrochen. »Ah, Lord Cultain«, rief er, »wie schön, Sie zu sehen! Lady Cultain, Sie sehen heute abend besonders entzückend aus!« James führte ihre mollige Hand an seine Lippen und küßte sie andeutungsweise.

Ein uneingeweihter Beobachter wäre kaum in der Lage gewesen, die bestehende Spannung zwischen dem Gastgeber und seiner Gattin wahrzunehmen, so gekonnt überspielten sie ihre Gefühle, so vollendet fügten sie sich in ihre Rollen ein, die sie zu spielen hatten. Voller Wärme und Freundlichkeit begrüßten sie jeden einzelnen Gast.

»Wo ist Margaret?« fragte James, als schließlich eine kurze Ruhepause eintrat.

»Sie wird gleich herunterkommen.«

»Möchte wohl einen großen Auftritt machen, was?«

Bevor Atlanta antworten konnte, kam wieder jemand an und nahm James' Aufmerksamkeit in Anspruch. Ein junger Mann kam auf sie zu, groß und breitschultrig, seinem Aussehen nach zwischen zwanzig und fünfundzwanzig. Er hatte eine gute Haltung und bewegte sich in der Menge, als sei er es gewöhnt, beachtet zu werden. Als er seiner Gastgeberin gegenüberstand, nahm er ihre Hand und küßte sie mit einer Noblesse, die man bei einem jungen Mann seines Alters nicht erwartet hätte. Dann verbeugte er sich leicht vor James und erkundigte sich nach seinem Befinden.

»Es ist mir noch nie besser gegangen, George«, antwortete James und wandte sich zu Atlanta: »Du erinnerst dich doch an den Sohn von Falkirk?«

»Selbstverständlich«, erwiderte Atlanta, ohne mit der Wimper zu zucken, wenn sie auch in Wahrheit Grund gehabt hätte, ihren jungen Gast wegen einer kleinen Gedächtnislücke um Verzeihung zu bitten. Denn als sie ihn zuletzt gesehen hatte, war er noch ein Kind gewesen, und von einem Wiedererkennen konnte nicht die Rede sein. Sie mußte zugeben, daß er sich in der Zwischenzeit zu einem recht ansehnlichen jungen Mann gemausert hatte. »Sie sind doch eine ganze Zeitlang in London gewesen, nicht wahr?« fragte sie vorsichtig.

»So ist es, my Lady«, gab er zurück – mit einem Blitzen in den Augen, das Atlanta nicht recht zu deuten wußte. »Aber jetzt lebe ich wieder auf Kairn und mache mich erneut mit allem vertraut, was es auf einem solchen Gut zu tun gibt.«

»Das Leben in der High Society des Südens hat Sie wohl ein

wenig überstrapaziert, was, George?« sagte James in dem Versuch, einen Witz zu reißen.

»Oh, das würde ich nicht unbedingt sagen, Mr. Duncan. Das moderne Londoner Leben ist nicht ohne Reiz, das muß ich schon sagen. Ich fahre immer noch von Zeit zu Zeit in den Süden.«

»Bestimmt, um die jungen Damen dort wiederzutreffen?« setzte James mit einem verschmitzten Lachen hinzu. Der junge Falkirk lachte mit, gab aber keinen Kommentar.

»Dann planen Sie also, in Schottland zu bleiben?« fragte Atlanta.

»Ja, my Lady. Wie könnte jemand unserer schönen Heimat lange fernbleiben?«

»Dann hoffen wir«, sagte James und klopfte dem jungen Mann freundschaftlich auf den Rücken, »daß wir Sie öfter zu sehen bekommen, George.«

»Es wird mir eine Freude sein.«

Bevor die Worte ganz ausgesprochen waren, senkte sich eine plötzliche Stille über die ganze Gesellschaft, und alle Augen richteten sich unwillkürlich auf den oberen Treppenabsatz. Auch der junge Gentleman von dem benachbarten Gut Kairn schaute nach oben. Erstaunen spiegelte sich in seinen Zügen, als seine Augen auf ihr Ziel trafen. Und dann breitete sich ein Lächeln auf seinem Gesicht aus.

Tage, ja Wochen, hatte Maggie auf diesen Augenblick gewartet. Aber, als sie jetzt auf dem Treppenabsatz stand und alle Augen auf sich gerichtet sah, wurde es ihr auf einmal flau im Magen, und ihre Lippen fühlten sich ganz trocken an. Sie versuchte zu lächeln, und setzte dann kurz entschlossen ihren Fuß auf die erste Stufe.

Die Gäste waren offensichtlich sehr angetan vom Anblick der jungen Erbin von Stonewycke. Ihr Festgewand aus schimmernder Seide leuchtete in den sanften Rosatönen des blühenden Heidekrauts. Das enggeschnittene, perlenbesetzte Oberteil betonte jede Linie ihrer zierlichen, wohlgeformten Figur. Am Hals trug sie eine einzige Reihe von Perlen, zart und schimmernd wie ihre Haut. Ihr kastanienbraunes Haar fiel bis weit auf den Rücken hinunter.

Ihre Knie zitterten, aber sie ignorierte es standhaft und begann, die Treppe langsam und mit Würde hinunterzusteigen. Man hätte eine Nadel fallen hören können. Maggie setzte mit eiserner Entschlossenheit einen Fuß vor den anderen, und als sie die halbe

Treppe hinter sich gebracht hatte, rief plötzlich jemand: »Bravo!« Andere fielen ein mit Lob und Ermunterung, bis schließlich die ganze Gesellschaft in Applaus ausbrach. Als Maggie die letzte Stufe erreichte, war ihre Zaghaftigkeit wie weggeblasen. Sie suchte die Augen ihrer Mutter, die ihr zulächelte und ihr ermutigend die Hand drückte. Das war ihr Fest, ihr großer Tag! Alles würde genau so werden, wie sie es sich erträumt hatte.

Von seinem günstigen Beobachtungspunkt am unteren Ende der Treppe aus revidierte George Falkirk bereits jetzt seine anfänglichen Erwartungen, was die Unterhaltung an diesem Abend betraf. Sein Erscheinen auf Stonewycke war hauptsächlich eine Höflichkeitsgeste seinem Vater gegenüber gewesen. Er wollte natürlich auch seine eigene Position und Reputation in der Nachbarschaft neu etablieren. Wenn er auch noch nicht der Laird von Kairn war, so konnte es doch keineswegs schaden, wenn er im Hinblick auf die zukünftige Stellung beizeiten vorsorgte. Es war ihm bekannt, daß sich sein Vater mit viel Geschick um die Freundschaft des Lairds von Stonewycke bemühte. Und obgleich der alte Falkirk dies recht unauffällig tat, war George doch kein Dummkopf. Er wußte, daß sein Vater da ganz bestimmte Vorstellungen hatte, und war sich ziemlich sicher, daß die beiden älteren Männer über die Möglichkeit einer Heirat, die beide Anwesen zu einem verbinden sollte, bereits miteinander gesprochen hatten.

George dachte traditionsbewußt genug, um zu akzeptieren, daß er seiner Familie gegenüber Verpflichtungen hatte. Er hätte sich bereitwillig mit allem einverstanden erklärt, was sein Vater für ihn arrangiert hatte, selbst wenn er Margaret Duncan vorher nie gesehen hätte. Er würde es um seines Besitzes willen tun und wegen seiner eigenen Ansprüche an die Zukunft. Denn ganz gleich, welche Verbindung er in Schottland einging, wartete in London stets ein hübsches Mädchen auf ihn – oder auch zwei. Doch jetzt, als er die liebliche Gestalt sah, die die Treppe herunterschwebte, sagte er sich, daß Pflicht nicht notwendigerweise etwas Lästiges sein müsse.

Als Maggie an ihren Eltern vorbeischritt, wurde ihr Blick von ihm angezogen, denn welches junge Mädchen hätte ein Gesicht wie seines übersehen können? Falkirk lächelte und verbeugte sich galant. Maggie erwiderte sein Lächeln und schwebte an ihm vorbei in den Saal.

Doch George Falkirk war kein Mann, der unschlüssig herumstand und auf eine schriftliche Aufforderung wartete. Ein paar rasche Schritte, und er war an Maggies Seite.

»My Lady«, sagte er, machte eine tiefe Verbeugung und faßte sie dann leicht unter den Arm, »ich würde mich als den glücklichsten aller Männer betrachten, wenn Sie mir die Ehre erweisen wollten, den ersten Tanz mit mir zu tanzen.«

»Aber ich kenne Sie doch nicht einmal!« protestierte Maggie mit einem schüchternen Lächeln um die Mundwinkel.

»Ich bin George Falkirk, der Sohn des Lairds von Kairn. Sie sehen wunderschön aus, und, wenn Sie mir meine Bitte gewährten, wäre ich der gesegnetste unter den Männern!«

»Wie könnte ich sie Ihnen dann abschlagen?« Maggie lächelte wieder und reichte ihm mit einem Knicks die Hand. Er nahm sie sanft und führte die junge Frau in die Mitte der Tanzfläche.

Die Musikkapelle, als hätte sie nur auf das Zeichen des hübschen Paars gewartet, spielte einen spritzigen Straußwalzer. George legte seinen rechten Arm fest um Maggies Taille, nahm ihre rechte Hand in seine Linke, und sie fingen zum größten Vergnügen der Zuschauenden zu tanzen an. Er tanzte so sicher und führte sie so gut, daß Maggie sich allmählich entspannte und ihm erneut zulächelte. Sie überließen sich ganz dem Takt der Musik und schwebten dahin, als würden sie schon jahrelang miteinander tanzen.

Bald traten andere Paare aufs Parkett, und der Saal verwandelte sich in ein Meer wirbelnder Bewegung und Farbe. Ein anderer Walzer von Strauß folgte, und Maggie fand sich wieder in den Armen von George Falkirk. Auch andere nette junge Männer, die sich nicht vollends verdrängen lassen wollten, bahnten sich nun den Weg zu Maggie und kämpften um ihre Aufmerksamkeit. Ein Walzer löste den anderen ab, hin und wieder gefolgt von einem Ländler oder einer Polka, und Maggie wirbelte ohne Pause über die Tanzfläche, entweder mit George Falkirk oder einem der anderen gutaussehenden jungen Männer. Sie hatte von diesem Tag geträumt, seit sie neun Jahre alt war und den großen Festsaal nur durch einen Türspalt bewundern durfte.

»Ein Toast auf das Geburtstagskind!« rief eine Stimme aus, als die letzten Klänge eines Walzers in dem großen Saal gerade verhallt waren.

Gläser wurden Maggie entgegengehoben, alle gratulierten und jubelten der jungen Erbin von Stonewycke zu.

»Eine herrliches Fest, Duncan«, rief jemand James zu.

»Lord Duncan«, rief ein anderer aus, »Sie müssen jetzt einen Tanz mit Ihrer Tochter tanzen!«

»Gute Idee!« James lachte. »Ich hatte heute noch kaum Gelegenheit, auch nur in ihre Nähe zu kommen vor lauter jungen Gecken, die um ihre Gunst wetteifern!«

»Mach schon, James«, drängte ein anderer, »laß uns mal sehen, ob du das Tanzbein schwingen kannst!«

Glücklich, einmal im Mittelpunkt des Interesses zu stehen, grinste James übers ganze Gesicht. Er stellte sein Glas hin und schaute sich nach seiner Tochter um. Als er sie entdeckte, ging er zu ihr hin, nahm sie bei der Hand und führte sie in die Mitte der Tanzfläche.

Maggie folgte ihm gehorsam, und selbst die scharfen Augen eines geschulten Beobachters hätten die plötzliche Kühle in ihrem Benehmen nicht bemerken können, auch nicht die kaum merkliche Steifheit in ihrer Haltung, als sie mechanisch den Walzer mit ihm tanzte. Auch James selbst, der sich ja nicht sonderlich gut auf das Deuten der Gefühle seiner Tochter verstand, erkannte nicht, daß ihr Lächeln sehr gezwungen war und ihre Augen einen ernsten Ausdruck angenommen hatten.

Als der Tanz vorüber war, ließ James sie wieder gehen, während seine Freunde ihn mit Gratulationen und Lobesworten überschütteten. Schließlich kehrte wieder Farbe in ihre Wangen zurück und Leuchten in ihre Augen, und eine Schar eifriger Verehrer zog sie mit sich in einen anderen Teil des Saales.

Eine Stunde später kam sie an den Tisch mit den Erfrischungen – ganz außer Atem und ein wenig schwindelig im Kopf. Drei junge Männer sprangen sofort auf, um ihr ein Glas Punsch zu holen, aber Atlanta hielt schon ein Glas für sie in der Hand.

»Mutter«, rief Maggie lachend, »es ist einfach phantastisch!«

»Ich freue mich, daß es dir Spaß macht«, erwiderte Atlanta. Sie war wirklich stolz auf ihre Tochter. Sie sah nicht nur bezaubernd aus, sondern benahm sich auch so, wie ihre Stellung es verlangte. Sie bewegte sich, sprach und tanzte mit zunehmender Sicherheit. Atlanta fiel es schwer zu glauben, daß Maggie sich bis vor drei Jahren für kaum etwas anderes als Pferde interessiert hatte.

»Mutter, diesen Tag werde ich nie vergessen. Ich danke dir, daß du ihn möglich gemacht hast!« Impulsiv küßte Maggie ihre Mutter auf die Wange.

»Ich habe es sehr gern getan, meine Liebe«, sagte Atlanta leise. Und in dem fröhlichen Lärm bemerkte Maggie nicht, daß die Stimme der Mutter leicht zitterte. Atlanta versuchte mit aller Gewalt die Tränen zurückzuhalten, denen sie gefährlich nahe war.

In diesem Augenblick kam einer der jungen Männer mit einem Glas Punsch zurück und streckte es Maggie eifrig entgegen.

Sie hielt das Glas, das Atlanta ihr gereicht hatte, hoch und lächelte, als wollte sie damit sagen: »Bedaure ... ich habe schon etwas zu trinken.«

Der Junge sah sie verdutzt an und viel verlegener, als der Anlaß es rechtfertigte, bis Maggie schließlich in ein gutmütiges Lachen ausbrach. Sie nahm sein Glas, drehte sich um und reichte beide Gläser ihrer Mutter. Dann nahm sie seine Hand und ging mit ihm auf die Tanzfläche.

HARTE WORTE

Es regnete schon seit zwei Tagen ununterbrochen. Doch Maggies noch nachklingende Begeisterung über ihre wunderbare Geburtstagsparty konnte durch ein paar gewittrige Wolkenbrüche nicht gemindert werden.

Auch James ließ sich nicht unterkriegen. Er blickte aus dem Fenster in der Bibliothek in das trostlose Grau hinaus, aber die trübsinnige Atmosphäre draußen konnte auch seine Hochstimmung, in der er sich augenblicklich befand, nicht beeinträchtigen. Er las den Brief, den er in der Hand hielt, noch einmal durch und lächelte. Dann brach er in lautes Lachen aus.

Selbst in seinen optimistischsten Stimmungen hatte er nicht voraussehen können, daß seine Brauerei innerhalb von nur zwei Jahren so viel Profit abwerfen würde. Doch die Zahlen, die auf dem Papier standen, sprachen ein klare Sprache. Auch der Scheck, der dem Brief beigelegt werden sollte, war eine Realität. Und obwohl die Summe darauf für einen Mann wie Lord Browhurst nur eine Kleinigkeit bedeutete, war sich James sicher, daß er zufrieden sein würde. Die anderen Teilhaber, wie zum Beispiel Byron Falkirk, würden jetzt, nachdem sie auch ihren Gewinnanteil bekommen hatten, James positiver beurteilen und seinen Vorschlägen in Zukunft mehr Achtung entgegenbringen.

Nicht daß James auf Falkirks Achtung besonderen Wert legte, aber er hatte nun einmal die Zukunft seiner Familie in die Waagschale geworfen, um seinen Nachbarn auf Kairn dazu zu bewegen, den letzten, noch fehlenden Betrag beizusteuern, der nötig war, um die Brauerei Wirklichkeit werden zu lassen. Augenblicklich grollte der ältere Falkirk noch darüber, daß er Braenock Ridge nicht bekommen hatte. Er hatte es sich felsenfest in den Kopf gesetzt – aus Gründen, die James nie ganz begreifen würde –, dieses unfruchtbare Stück Moorland unbedingt zu kaufen. Warum sich einer so darauf versteifen konnte, einen solchen Kauf zu tätigen und das – allem Anschein nach – um jeden Preis, wollte Duncan einfach nicht in den Sinn.

Wie dem auch sei, Atlanta hatte seinerzeit eingegriffen und dafür gesorgt, daß alle weiteren Verhandlungen über den Verkauf gestoppt wurden. Und James hatte dann seine ganze Überredungskunst einsetzen müssen, um Falkirk trotzdem zu bewegen, sein Geld für die Brauerei locker zu machen. Wie war es ihm zuwider gewesen, diesen alten Hanswurst um seine Gunst zu bitten! Aber in der Geschäftswelt war es eben manchmal nicht zu vermeiden, daß man sich so erniedrigen mußte. *Jetzt wird Falkirk ein ganz anderes Liedchen singen,* dachte James selbstzufrieden. »Im Staub wird er vor mir kriechen«, murmelte er halblaut, »und betteln, daß er am nächsten Geschäft beteiligt wird.«

Die Tür ging auf, und Atlanta trat ein. Sie blieb wie angewurzelt stehen. »Entschuldige bitte«, sagte sie, »ich wollte nicht stören.«

Sie war schon im Begriff, wieder hinauszugehen, als James rasch sagte: »Nein, nein, ich hoffte sowieso, daß ich dich sehen würde. Bitte bleib.«

Atlanta ging zum Schreibtisch, an dem James saß und stellte sich steif, mit übereinandergelegten Händen davor.

»Ich wollte dir von meinen Erfolgen berichten«, fuhr James fort in dem schwächlichen Versuch, seine Arroganz zu überspielen. »Ich habe gerade den Jahresbericht von der Brauerei bekommen, und ich bin froh, daß ich dir sagen kann, daß sie ein ganz schönes Sümmchen Gewinn abgeworfen hat.«

»Ach ja?« sagte Atlanta und wandte sich wieder zum Gehen.

»Du bringst es wohl nie fertig zuzugeben, daß ich einmal richtig gehandelt habe?« fragte er mit beißendem Spott.

Atlanta stand regungslos da.

»Aber, weißt du, dein wirkliches Problem liegt darin, daß ich das alles ohne einen einzigen Penny von dir geschafft habe. Nicht einmal ein Pfund habe ich von deinem Besitz gebraucht. Das macht es so interessant, nicht wahr? Du weißt, daß dir deine Macht über mich entgleitet. Und schließlich werden *meine* Brauerei und meine anderen Unternehmungen es sein, die Stonewycke am Leben erhalten!«

»Stonewycke wird bestehen bleiben, und das ohne die Hilfe deiner Geschäfte und Spekulationen!«

»Ach, mach doch die Augen auf, Atlanta«, konterte James scharf, »siehst du denn nicht, was mit den Grundbesitzern heutzutage los ist? Sie können sich nicht mehr hinter ihren vielen Morgen Land oder ihren Titeln und ihrem Erbrecht verstecken.«

»Verstecken! Nennst du das sich verstecken?«

»Ja, und genau das würdest du gerne tun. Wir hätten Braenock für einen sehr ansehnlichen Preis verkaufen können. Aber nein! Dir ist deine Sentimentalität wichtiger als das, was in der Zukunft passiert.«

»Das ist mehr als Sentimentalität! Du weißt, was dieses Land mir bedeutet.«

»Ich weiß nur, daß vernünftige Investitionen ein besserer Weg wären, unseren Besitz gewinnbringend einzusetzen, als ihn brachliegen zu lassen, während das Heidekraut sich überall ausbreitet und die Berge von Rechnungen immer höher wachsen!«

»Das Land bedeutet mehr als nur die Quelle finanzieller Einnahmen!«

»Aber es kommt doch nichts dabei heraus!« James geriet allmählich in Wut. Warum weigerte sie sich so hartnäckig, einzusehen, daß Fortschritt und kluges Investieren wirklich Vorteile brachten?

»Wirst du das denn nie verstehen, James? Das Land – es sind die Leute, die es bewirtschaften – *sie* sind es, die den wahren Reichtum von Stonewycke ausmachen. Bildest du dir tatsächlich ein, der Verkauf von Parzellen hier und dort oder der Aufbau einer gewinnbringenden Brauerei könnte das alles ersetzen?«

»Die Brauerei hat uns bereits ein beträchtliches Einkommen eingebracht, so viel ist für jeden klar, der Augen im Kopf hat!« James wedelte mit dem Scheck, den er immer noch in der Hand hielt, vor ihrer Nase. »Dies hier«, fuhr er mit Nachdruck fort, »ist etwas, worauf man sich mehr verlassen kann als auf einen kläglichen Haufen Kleinbauern, die in der Erde herumwühlen, und Schafhirten, die kaum Schafe haben!«

»Es geht dir in Wirklichkeit weniger ums Geld als um England und darum, daß du mit dem Herzog von Sowieso auf du und du stehen willst. Es sind immer die mächtigen Männer wie Browhurst, deren Stolz du schmeichelst, um an ihr Geld heranzukommen. Und das Parlament ... Du willst dir im Süden einen Namen machen. Das ist doch in Wahrheit das, worauf du aus bist, ist das nicht so?« sagte Atlanta spöttisch.

»Ach, Atlanta, du bist so schrecklich naiv! Sieh dich doch einmal um. Wer seinen Wirkungskreis heutzutage nicht erweitert, geht mit Sicherheit bankrott. Wenn du Stonewycke wirklich zusammenhalten willst, mußt du bereit sein, Konzessionen zu machen. Das gehört zu den Spielregeln.«

»Aber das alles hat doch wenig damit zu tun, Stonewycke ungeteilt zu halten. Wen willst du zum Narren halten?«

»Ich will niemand zum Narren halten. Ich unternehme einfach Schritte, die ein vernünftiger Geschäftsmann unternehmen muß.«

»Du brächtest es fertig, Stonewycke in kleine Parzellen aufzuteilen und sie einzeln an die Meistbietenden zu verkaufen, wenn dich das in deiner Karriere weiterbringe würde!«

»Das Anwesen liegt mir aber auch am Herzen, meine Liebe.«

»Ha! Am meisten liegst du dir selber am Herzen, du und dein Erfolg! Das ist alles, worum es dir geht!«

»Meine politischen Absichten gehen dich überhaupt nichts an!« schrie James zornig, »wenn du mir nur zur Hälfte die Frau gewesen wärest, die du eigentlich hättest sein sollen, dann würdest du mich unterstützen, anstatt zu versuchen, mich zu vernichten!«

Atlanta zog scharf die Luft ein. Wenn sie James auch in diesem Augenblick verachtete, so kamen doch seine Worte der Wahrheit empfindlich nahe. Und da hätte sie nur mit Zerknirschung reagieren können. Aber dies war ein Schritt, zu dem sie nicht bereit war. Ohne ein weiteres Wort drehte sie sich auf dem Absatz um und verließ den Raum.

DAS ANWESEN VON KAIRN

Zwei Stunden später stand James im Studierzimmer des Hauses Kairn. Das Anwesen, nicht annähernd so groß wie Stonewycke, grenzte vom Süden her an Stonewycke.

Das Zimmer war der »männlichste« Raum, den James je gesehen hatte. Schwerter, Gemälde von Schlachten und allerlei kriegerische Erinnerungsstücke bildeten den größten Teil der Ausstattung. Das alles wirkte irgendwie sonderbar und unpassend, besonders weil das übrige Haus mit zierlichen französischen Möbeln und zarten kostbaren Spitzen prunkvoll eingerichtet war.

Byron Falkirk hatte fünfzehn Jahre lang in Indien Militärdienst geleistet, bevor Malaria ihn zwang, wieder heimzukehren. Er war 1850 als Offizier nach Indien abkommandiert und mit der Überwachung eines in Delhi stationierten Lazaretts betraut worden. Drei Jahre später, als der Krimkrieg ausbrach und England im Laufe der Zeit in den Krieg hineingezogen wurde, hatte er es anfänglich bedauert, so weit vom Mittelpunkt des Geschehens entfernt zu sein. Als jedoch die Berichte von den grausamen Leiden der englischen Armee seine Ohren erreichten, begann er sich selbst zu beglückwünschen, daß er so glimpflich davongekommen war.

Der Krimkrieg war kaum vorbei, da sah sich England einem neuen Konflikt gegenüber, der sich diesmal mehr in der Nähe von Falkirks Stationierungsposten abspielte: Unter den indischen Soldaten brach eine Meuterei aus. Aber Falkirks geruhsames Dasein wurde auch davon nicht beeinträchtigt, denn einige Zeit zuvor wurde er in das neu angegliederte Gebiet Punjab versetzt, um dort einer gerade erstellten medizinischen Einrichtung vorzustehen. Als die Rebellion unter den Sepoys, den eingeborenen Soldaten des englischen Heeres in Indien, ausbrach, marschierten sie als erstes nach Delhi. Eine Anzahl englischer Soldaten und deren Familien, die dort stationiert waren, wurden grausam niedergemetzelt. Aber der Aufstand breitete sich nicht bis nach Punjab aus. Und gegen Ende des darauffolgenden Jahres wurde er endgültig niedergeschlagen.

Und so kam es, daß Falkirk nie in die Nähe von irgendwelchen Kriegshandlungen geraten war. Doch er hatte es im Laufe der Zeit fertiggebracht, sich militärischen Glanz zu verleihen, indem er die Leute, denen er von seinen heldenhaften Erlebnissen »an der Front« erzählte, im Glauben beließ, er sei dem Kanonendonner näher gewesen, als es tatsächlich der Fall gewesen war. Er unternahm so gut wie gar nichts, um die Vorstellungen zu revidieren, die durch seine vielsagenden Bemerkungen und Histörchen in den Köpfen seiner Zuhörer möglicherweise entstanden waren; ja er genoß sogar diese Aura des Heldentums, die sich um ihn nach und nach ausbreitete (da ja die Fakten hinreichend im Nebel der Vergangenheit verhüllt waren), nachdem er aus dem von Kriegen zerrissenen Land in Übersee in den Schoß seiner Heimat zurückgekehrt war. Oh, wie hätte er es sich gewünscht, mit einer frischen Wunde nach Hause geschickt zu werden (mit einer kleinen natürlich), anstatt, so völlig ohne jeden Glanz, mit einer abscheulichen östlichen Erkrankung.

Als Falkirk nach Schottland zurückkehrte, brachte er alles mit, was er in zehn Jahren an Souvenirs aus der indischen Kultur und an »Erinnerungsstücken aus dem Krieg«, wie er es nannte, angesammelt hatte. Alles, was dazu diente, den Eindruck zu stärken, daß Byron Falkirk in der Tat einer der besten Männer des schottischen Militärs gewesen war. Der ganze Plunder war nun in diesem einen Zimmer untergebracht, denn Lady Falkirk duldete nicht, daß auch nur ein Stück davon in den übrigen Räumen des Hauses seinen Platz fand. Sie konnte Indien nicht ausstehen, und vielleicht war das sogar verständlich, denn für sie war es keine angenehme Zeit gewesen. Anfangs hatte sie versucht, es ihrem Mann zuliebe durchzuhalten. Aber nach zwei Jahren konnte sie es einfach nicht mehr ertragen und kehrte nach Hause zurück. Falkirk hätte vielleicht erreichen können, zurück nach Schottland versetzt zu werden, aber er hatte es nie versucht. Er hatte befürchtet, daß man ihn vielleicht statt dessen in die Türkei schicken könnte, wo medizinische Hilfe dringend benötigt wurde. Deshalb ließ er lieber die Finger davon.

Als die Feindseligkeiten in der Türkei so gut wie beigelegt waren, brach die Revolte der Sepoy aus, und da war es sowieso aussichtslos, um eine Versetzung zu bitten.

1858 zwang ihn schließlich die Malaria, vorzeitig den Dienst zu quittieren und den Heimweg anzutreten. Und dennoch fragte sich James, ob nicht sogar Indien – mitsamt der Malaria und allen anderen Unbequemlichkeiten – immer noch der herrschsüchtigen Lady Falkirk vorzuziehen wäre. Aber da Byron nun einmal hier war, blieb ihm nur eine Zuflucht: der überladene Raum, der ihn an die Welt erinnerte, die er einst geliebt hatte. Hier konnte er sich in der herrlichen Vergangenheit sonnen und träumen, er sei der mutige Anführer einer Heerschar gewesen.

James stand vor dem Kamin und bewunderte das prächtige Tigerfell, das darüber angebracht war. Falkirk kam mit einem Tablett herein, auf dem eine Karaffe mit Brandy und zwei passende Gläser standen.

»Ah, Indien!« bemerkte der Gastgeber verträumt. »Ein schmutziges, unzivilisiertes Land – wie habe ich es geliebt!« Er machte eine Pause und ergötzte sich an den eigenen Worten. »Gräßliche Malaria! Kriege immer noch hin und wieder Anfälle – einfach scheußlich.«

James schüttelte mitfühlend den Kopf.

»Habe ich Ihnen schon jemals erzählt, wie es mir gelungen war, aus Delhi rauszukommen, haarscharf bevor die Rebellen aus Meerut auftauchten? Ich hatte Glück, mit dem Leben davonzukommen! Sie waren darauf aus, einen ihrer eigenen Leute auf den Thron zu setzen und uns alle abzumurksen! Dort oben«, er wies auf ein Regal, auf dem mehrere Dolche und Messer lagen, »liegt der Dolch, den ich trug, als ...«

Plötzlich unterbrach er sich.

»Aber Sie haben gewiß nicht den weiten Weg hierher gemacht, um meine Kriegsabenteuer zu hören.«

Byron Falkirk war etwa fünfzehn Zentimeter größer als James, aber so schlank, daß er schon hager wirkte. In seinen jüngeren Jahren war er muskulös und sogar ganz ansehnlich, wenn auch etwas steif und gehemmt gewesen. Eine seiner Lieblingsstorys, die mit reichen Ausschmückungen versehen war und bei der die Wahrheit keine unentbehrliche Zutat zu sein schien, drehte sich um zwei indische Schwestern – die Töchter eines Maharadschas natürlich –, die sich seinetwegen um ein Haar gegenseitig umgebracht hätten. Aber jetzt war sein inneres Feuer erloschen. Die Malaria und die Untätigkeit, der er seit seiner Rückkehr verfallen war, hatten ihn schnell zu einem bloßen Schatten seines früheren Selbst gemacht.

»Nun ja, vielleicht ein anderes Mal«, meinte James und nippte an seinem Brandy. Es war der schlechteste, den er je gekostet hatte, und er konnte nicht anders, als Falkirk zu bemitleiden der trotz seines Reichtums – geerbt und nicht vom Offiziersgehalt zusammengespart, wohlbemerkt – seine Frau nicht dazu bewegen konnte, einen besseren zu kaufen.

»Ja«, stimmte Falkirk zu und schluckte den restlichen Teil seiner Geschichte hinunter. Er warf einen Blick auf das Tigerfell an der Wand und erinnerte sich an den Augenblick, als er das Raubtier geschossen hatte. »Oh, das ist eine tolle Geschichte!« rief er überwältigt aus, »im Dschungel, dem großen Wild auf der Spur! Das sind vielleicht Erinnerungen! Das Tier sprang uns mit voller Wucht an. Ich hob meine Flinte auf die Schulter, gerade noch früh genug für zwei Schüsse ...«

Seine Stimme brach ab, als plötzlich in seiner Erinnerung die Begebenheit deutlichere Konturen anzunehmen begann. *War es nicht ein indischer Führer gewesen, der das Tier niederstreckte?* fragte er sich. *Ja, so war es gewesen. Er war derjenige, der aus zehn Schritt Entfernung dem Biest eine Kugel durch den Kopf jagte. Dieser gerissene Bursche! Weigerte sich, weniger als zwei Pfund dafür zu nehmen, daß er den Mund hielt und die Geschichte nach meiner Version erzählte. O ja!* dachte er, *und was für eine Geschichte!*

Er riß sich von seinen Betrachtungen los und wandte sich wieder James zu: »Sagten Sie nicht, Sie hätten gute Neuigkeiten?«

James zog einen Umschlag aus seiner Brusttasche. »Das wird Sie sicher interessieren«, sagte er mit einem breiten Lächeln.

Falkirk öffnete langsam das Kuvert und blickte einige Augenblicke, offenbar verständnislos, auf seinen Inhalt. Was hatte das mit Punjab und mit Indien zu tun? Er war verwirrt. Verloren befand er sich irgendwo zwischen der Vergangenheit und der Gegenwart. Dann glitt ein Schatten des Erkennens über seine Züge, und ein Funke Interesse leuchtete in seinen Augen auf.

»Unsere Brauerei«, half James nach.

»Oja ... Natürlich! Die Brauerei«, sein Gesicht erhellte sich zunehmend. »Ich fürchte, ich habe sie ganz vergessen. Sie scheint ja ganz gut zu florieren.«

James biß sich auf die Zunge und krampfte die Hände hinter dem Rücken so fest zusammen, daß sich die Nägel in die Haut eingruben. *Der Mensch kann einen verrückt machen!* dachte er. *Es muß die Malaria gewesen sein, die das Fortschreiten der Senilität beschleunigt hat.*

»Lord Duncan«, sagte eine Frauenstimme hinter seinem Rücken. »Ich habe gehört, daß Sie hier sind. Ich freue mich, Sie zu sehen!« Die Dame des Hauses streckte ihre Hand aus, die James höflich schüttelte.

»Lady Falkirk«, erwiderte er, »Sie sehen, wie immer, blendend aus.«

Agnes Falkirk war das genaue Gegenteil ihres Gatten: klein, rundlich und stämmig. Ihr graues Haar war hoch aufgetürmt in dem vergeblichen Bemühen, sie größer erscheinen zu lassen. Denn selbst wenn sie kerzengerade stand und ihr Haar so hoch wie nur möglich aufgesteckt hatte, reichte sie ihrem Mann nur bis unter die Achselhöhle. Aber sie machte ihren Mangel an körperlicher Größe mehr als wett durch ihre unbändige Vitalität.

Ihre schwarzen Äuglein erspähten sofort das Kuvert in der Hand ihres Mannes, und sie schielte neugierig. Falkirk reichte es ihr.

»James kam hierher, um uns dies zu bringen«, erklärte er.

Lady Falkirk nahm den Scheck in Augenschein – mit viel lebhafterem Interesse, als ihr Gatte dafür gezeigt hatte.

»Oh, das ist wirklich eine angenehme Überraschung«, bemerkte sie. »Ich muß schon sagen, sehr eindrucksvoll. Sie floriert also doch?«

»Selbstverständlich«, erwiderte James, begierig, seinen geschäftlichen Scharfsinn von anderen bewundern zu lassen. »Und sie ist erst seit zwei Jahren in Betrieb! Ich möchte sagen, sie funktioniert einfach hervorragend. Deshalb habe ich mich auch entschlossen, den Scheck selbst hierher zu bringen: Ich meine, daß unser gemeinsames Unternehmen einen Toast verdient hat!«

»Es ist offensichtlich, daß Sie ein sehr sicheres Gespür für das Geschäftliche besitzen, Lord Duncan«, sagte die Lady. Das war natürlich Balsam für seine Ohren. »Und nun lassen Sie mich Ihr Glas füllen.«

»Oh, ich habe noch ganz viel«, meinte James. »Bemühen Sie sich nicht.«

»Es ist keine Mühe«, beharrte sie, nahm die Kristallkaraffe und schenkte ihm und auch ihrem Mann noch einmal ein. Sie selbst nahm keinen Brandy. James hob lächelnd sein Glas Falkirk entgegen und führte es noch einmal an die Lippen.

»Ich habe den Eindruck«, fuhr die Gastgeberin fort, »daß uns noch ein anderes angenehmes Ereignis bevorsteht, das nach einem Toast verlangt.«

James senkte sein Glas ein wenig und sah sie erstaunt an.

»Aber Sie haben doch gewiß unsere kleine Abmachung nicht vergessen, die wir an dem Tag getroffen haben, als wir einwilligten, in die Brauerei zu investieren? Es wurde damals als ein *Handel* bezeichnet ... das mit Ihrer Tochter.«

»Ach das«, gab James zurück, »aber gewiß doch, ich habe es nicht vergessen.«

»Ich nehme an, daß wir noch damit rechnen können...« Ihr Schweigen war eine unausgesprochene Andeutung. Obwohl sie stets höflich und beherrscht war, konnte man tief in ihren Augen einen stahlharten Glanz entdecken, der weit mehr sagte, als ihre Worte vermitteln konnten.

»Ich habe mit Ihrem Sohn an Maggies Geburtstag gesprochen.«

»Und ...?«

»Ich habe ihm mein Wort gegeben«, gab James lakonisch zurück.

»Gewiß«, sagte die Lady, »und ich würde nie die Integrität eines so hochgeachteten Mannes, wie Sie es sind, in Zweifel ziehen, was ein Versprechen anbelangt. Doch habe ich mir überlegt, daß es gut wäre, wenn wir unserer gegenseitigen Übereinkunft einen greifbaren Ausdruck verleihen würden. Eine öffentliche Verlobung vielleicht.«

»Aber meine Tochter ist noch ein Kind!«

»Die junge Lady, die vorgestern die Zierde des großes Festsaales von Stonewycke war, ist ganz gewiß kein Kind mehr.« Agnes Falkirk gab ein kleines, wissendes Lachen von sich. »Man braucht sie nur einmal zu sehen!«

»Man sollte weder ein Buch noch ein Kind nach der äußeren Hülle beurteilen«, fiel James hastig ein. »Sie ist erst siebzehn. Es wäre auch im Sinne Ihres Sohnes, wenn er noch zwei bis drei Jahre wartete.«

»Ich war gerade erst sechzehn geworden, als ich heiratete«, konterte die Lady, als wolle sie mit dieser Feststellung alle weiteren Argumente außer Kraft setzen.

James fühlte sich versucht zu fragen, welche Auswirkungen diese Tatsache denn auf die Ehe der Falkirks gehabt habe, aber er schluckte die Frage hinunter. Er durfte sich nicht gehen lassen. Er brauchte ihr Geld dringender als sie das Prestige, das ihnen die Verbindung mit seiner Tochter bringen würde. Er durfte diese Frau nicht verärgern. Milde, versöhnende Worte taten jetzt not. Er konnte schon mit Agnes Falkirk fertigwerden, wenn er es vermied, sie so zum Zorn zu reizen, daß sie ihr Gesicht verlor.

»Ach komm, Agnes«, schaltete sich Falkirk vermittelnd ein, »diese Dinge brauchen ihre Zeit. George ist ja noch nicht lange zu Hause. Es hat einer Ehe noch nie geschadet, wenn man ein wenig wartet.«

»Alles Warten hat seine Grenzen«, gab sie scharf zurück.

»So wie meine Geduld. Sorgen Sie dafür, Lord Duncan, daß Sie diese sogenannte Wartezeit nicht zu lange ausdehnen, damit ich mich nicht schließlich gezwungen sehe, die Initiative in meine eigenen Hände zu nehmen. Ich würde es viel lieber sehen, wenn die Verlobung von den beiden Vätern angekündigt werden würde, weil es nach außen hin besser aussieht – aber ich lasse mich nicht endlos hinhalten.«

James antwortete nichts, sondern nickte nur zustimmend. Sie drehte sich um und verließ das Zimmer.

Nach Stonewycke zurückgekehrt, fragte sich James im stillen, vor wem er sich eigentlich mehr fürchtete, vor Atlanta oder vor Lady Falkirk. Natürlich müßte Atlanta nicht die ganze Wahrheit in allen Einzelheiten erfahren. Denn wenn sie auch nur den leisesten Verdacht schöpfte, daß er die Hand ihrer Tochter im Tausch gegen seine Brauerei verhökert habe, würde sie vor nichts mehr zurückschrecken, daran zweifelte er nicht eine Minute. Aber er hatte Angst, daß sie es eines Tages doch erfahren würde. Und wenn er auch im großen und ganzen mit ihr zurechtkam, machte er sich darüber keine Illusionen, daß sie – wenn sie die ganze Macht ihrer Stellung gegen ihn ins Feld führte – durchaus in der Lage wäre, ihm das Leben unerträglich zu machen. Er fürchtete sich nicht davor, daß er sich gegen sie durchsetzen müßte. Er mußte es schon viele Male tun und würde es wieder tun müssen. Aber er war sich darüber im klaren, daß die Sache, die er da in der Heimlichkeit des Studierzimmers auf Kairn mit den beiden Falkirks ausgeheckt hatte, in Atlantas Augen eine gemeine und niederträchtige Tat war, die ihren heftigsten Zorn verdiente.

Zu seinen Gunsten sprach, wie er meinte, wenigstens die Tatsache, daß George Falkirk ein gutaussehender junger Mann und von vielen Frauen begehrt war. Er hatte ein sehr ansehnliches Erbe von seinem Vater zu erwarten und erweckte auch den Eindruck, viel vom Geschäft zu verstehen. Er würde gewiß seinen Besitz verdoppelt haben, noch bevor er vierzig wäre. Auch gab es in der Familie irgendwo noch einen Onkel, der ein Earl war und keine Nachkommen hatte. Er würde wahrscheinlich eines Tages Falkirks Besitz noch vergrößern und ihm sogar noch obendrein einen Titel vererben, als eine hübsche Zugabe zu den riesigen Ländereien von Strathy, die ihm dann gehören würden. Margaret hätte sich gewiß nicht zu beklagen. Sie hätte ja doch im Laufe der Zeit irgend jemand versprochen werden müssen, und so hatte er zumindest dafür gesorgt, daß sie eine gute Partie machte.

Wenn er nur auch für Alastair genauso gut sorgen könnte! Aber dieses Problem war schon ein bißchen komplizierter – vor allem, soweit es mit dem Anwesen und den Erbrechten zusammenhing. Aber er war es, der den Namen Duncan weitertragen würde, auch wenn nichts anderes für ihn dabei heraussprang. Atlanta mit all ihrem Reden über die Ramsey-Dynastie konnte nichts daran ändern, daß der Name Ramsey für immer von Stonewycke verschwunden war, ganz gleich, wieviel von diesem kostbaren Blut in den Adern ihrer Tochter auch fließen mochte. Stonewycke gehörte jetzt praktisch ihm. Und im Norden Schottlands würde man die Zukunft des Landes mit dem Namen Duncan verknüpfen und ihn, James Duncan, darum bitten, an seiner Führung mitzuwirken.

Sollte doch Atlanta toben! Was er getan hatte, war doch gar nicht so besonders verwerflich. Hatten denn die beiden, als sie an dem Abend im Ballsaal miteinander tanzten, nicht ausgesehen, als wären sie füreinander geschaffen? Auch wenn die Sache mit der Brauerei nicht gewesen wäre, hätte sich Maggie vielleicht von sich aus für den jungen Falkirk entschieden!

DER HILFERUF AUS DEM SÜDEN

Wäre der Brief nicht zuerst in Atlantas Hände geraten, hätte James ihn einfach zerrissen, und damit wäre die Sache erledigt gewesen.

Aber selbst jetzt, als sie ihn gelesen hatte und für die Idee aufgeschlossen zu sein schien, ließ ihn die ganze Angelegenheit völlig kalt. Was ging es ihn an, daß der Junge Probleme hatte? Er hatte damit nicht das Geringste zu tun und gedachte keineswegs, sich jetzt noch, so spät in seinem Leben, den Werken der Mildtätigkeit zu widmen.

Die Familie seines Onkels hatte ihn in all den Jahren seit dem Tod seines Vaters gemieden – kein Gruß, keine Einladung, nichts. Nicht daß er sich jemals so tief erniedrigt hätte, seiner hochnäsigen Londoner Verwandtschaft einen Besuch abzustatten, aber welche Ironie war es doch, daß sie jetzt, wo sie selbst in Not waren, sich ausgerechnet an ihn wandten! Welche Unverfrorenheit von seinem Cousin Roderick, um einen Monat Ferienaufenthalt für ihren vom Weg abgewichenen Sohn in seinem Haus zu bitten! James kochte innerlich vor Wut. Aber wie sollte es Atlanta je verstehen können, welche Demütigung er durch seinen Onkel erlitten hatte, oder die Verzweiflung seines Vaters, als sein eigener Bruder sich in der Stunde der Not von ihm abwandte!

»Ich will kein Wort mehr davon hören!« erklärte James in einem Ton, der jede Diskussion beendete. Obwohl das Abendessen gerade erst begonnen hatte, herrschte bereits am Tisch eine gespannte Atmosphäre.

»Aber James«, sagte Atlanta in einem milderen Ton, als es sonst ihre Gewohnheit war, »der Bursche hat doch mit dem, was sein Großvater getan hat, überhaupt nichts zu tun. Ich bin sicher, daß er keinerlei Feindseligkeit gegen dich empfindet.«

»Es genügt, daß er Landsburys Sohn ist!«

»Der arme Junge hat Probleme.«

»Seit wann hast du denn diese Anfälle von Mitleid?« fragte James bissig.

Atlanta zuckte zusammen, ließ sich aber nicht aus der Ruhe bringen. »Ich dachte nur, wir könnten ihm vielleicht helfen.«

»Soll er doch meinetwegen in der Hölle braten!«

»James – die Kinder!«

Alastair kaute eifrig seine Kartoffeln und tat so, als höre er nichts. In Wirklichkeit sog er jedes Wort begierig auf. Maggie rutschte unbehaglich auf ihrem Stuhl hin und her. Was sie an Appetit mitgebracht hatte, war ihr nun vergangen.

»Es kann nur gut sein, wenn die Kinder über den Earl von Landsbury Bescheid wissen.« James sprach in einem Ton, als wolle er eine Predigt über die Übel der Sünde halten. »Es ist gut, wenn sie wissen, daß, obgleich der Earl und seine Nachkommen den Namen Duncan tragen, sie niemals etwas mit uns zu tun haben werden, und wir nicht mit ihnen.«

»Aber der Junge...«

»Ist nichts weiter, als ein schlecht erzogener Bengel! Ein ganz gemeiner Unruhestifter!« schimpfte James lautstark. »Haargenau das, was ich von einer solchen Familie erwarte! Seine Eltern wollen uns glauben machen, ein Aufenthalt auf dem Lande werde eine guten Einfluß auf ihn haben!«

»Schottland ist ruhiger als London.«

»Blödsinn! Sie wollen nur die Last auf uns abwälzen, damit sie ihn los sind. Lies es doch selbst!« Er wedelte mit dem Brief spöttisch in ihre Richtung. »Erkennst du nicht das feine Spinnennetz des Betrugs zwischen den Zeilen? Und überhaupt, was macht das dir schon aus? Du hast doch schon immer meine Seite der Familie verachtet.«

Atlanta zuckte mit den Achseln. »Ich weiß nicht.« Sie seufzte. »Ich habe, glaube ich, gedacht, daß eine Abwechslung uns allen vielleicht guttun würde.«

»Abwechslung! Der Lümmel ist eine Blamage für sie! Ich habe von den Eskapaden des Theodor Duncan gehört. Ich möchte nicht diese Unruhe in unserem stillen Dörfchen Port Strathy haben.«

»Das ist natürlich wahr«, sagte Atlanta, schließlich bereit, auch den Standpunkt ihres Mannes zu sehen. »Ich verstehe, was du meinst.«

»Na also«, meinte James und begann sich allmählich wieder zu beruhigen.

»Es ist dein gutes Recht, es ihnen abzuschlagen. Dein Vetter rechnet ohne Zweifel sowieso damit, daß du genau das tun wirst. Und ich könnte mir vorstellen, daß er sogar etwas erleichtert wäre, wenn es nichts gäbe, was ihn in deine Schuld bringt.«

James starrte sie verdutzt an.

Atlanta tat so, als bemerke sie es nicht und fuhr gelassen fort: »Ich glaube, es ginge ihm empfindlich auf die Nerven, wenn er dir für deine Hilfe danken müßte.«

Langsam erhellte sich sein Gesicht, und ein Lächeln erschien auf seinen Lippen. *Atlanta und ich mögen unsere Differenzen haben,* dachte er, *aber ich muß diese Frau doch bewundern.* Sie konnte genauso gerissen sein wie jeder Mann in seinem Bekanntenkreis. Und er mußte es zugeben – diesen besonderen Aspekt bei der Sache hatte er nicht in Erwägung gezogen. Es wäre eine wahrhaft süße Rache: den Earl vor Dankbarkeit auf dem Anwesen zu sehen. Gar nicht zu reden von den begeisterten Berichten über den Reichtum und das hohe Prestige von Stonewycke, die der Junge zweifelsohne an den Earl von Landsbury weitergeben würde.

Was Atlanta so plötzlich angeregt haben mochte, Nächstenliebe zu üben, davon hatte er nicht die geringste Ahnung. *Sicher ist es wieder eine Marotte von ihr,* dachte er. Aber abgesehen davon, war das, was sie sagte, wirklich einleuchtend.

»Nun Atlanta, meine Liebe, du bist ein kluges Mädchen«, sagte er mit einem blasierten Lächeln. »Ich weiß nicht, welches Interesse du daran hast, der Bitte meines Vetters Roderick zu entsprechen, aber du hast vollkommen recht. Es wäre mir natürlich schrecklich, Roderick in eine Situation zu bringen, für die er mir zu Dank verpflichtet wäre.« Er schwieg einen Augenblick und fuhr dann mit einem listigen Augenzwinkern fort: »Aber wie könnte ich es über mich bringen, einen jungen Mann abzuweisen, dessen einzige Hoffnung auf Rettung offenbar wir sind? Sende sofort eine Antwort an Landsbury und schreibe ihm, sein Sohn sei uns auf Stonewycke willkommen. Jawohl, mehr als willkommen.«

Am späteren Abend saß James allein in seinem kleinen, vollgestopften Büro und sann über die weiteren Vorteile nach, die ihm aus dem Besuch seines jungen Neffen erwachsen könnten. Ein Monat oder auch zwei, würden ja niemand wehtun. Und da Alastair in wenigen Wochen in ein Internat gehen sollte, würde für Atlanta sowieso nicht mehr so viel Arbeit anfallen, und sie hätte dann noch mehr Zeit, sich in seine Angelegenheiten einzumischen, eine Beschäftigung, die sie bestimmt mit Wonne wahrnehmen würde. Und sie sollte ruhig in Trab gehalten werden, gerade jetzt, wo er dabei war, die Verbindung zwischen ihrer Tochter und dem Sohn von Falkirk zu arrangieren. Ein strategisch einwandfreier Plan mußte entworfen werden, wie man die beiden jungen Leute zusammenbringen könnte, ohne daß auch nur der leiseste Verdacht einer Manipulation entstand.

Atlanta mußte beschäftigt werden – und der junge Theodor Duncan war eine perfekte Lösung für dieses Problem, die sich ganz von allein anbot. Wenn die Berichte über den jungen Mann der Wahrheit entsprachen, dann würde Atlanta mit ihm tatsächlich alle Hände voll zu tun haben! Es wurde über den zweiten Sohn des Earl von Landsbury gemunkelt, daß er ein Spieler sei, und auch von übermäßigem Alkoholgenuß war die Rede. Mit einem Schmunzeln rief sich James seine Geschichte ins Gedächtnis, nach der dieser junge Gauner in einem gewissen verrufenen öffentlichen Haus in eine Rauferei verwickelt worden war und sich dabei eine schlimme Narbe quer über der Stirn zugezogen haben sollte. Mehrere Male war er bereits vor den Polizeirichter zitiert worden, aber der Name und Ruf seines Vaters eilten ihm jedesmal zu Hilfe, und er brauchte nicht vor Gericht zu erscheinen. Jaja, Theodor Ian Duncan hatte mit seinen zwanzig Jahren bereits Spuren in dieser Welt hinterlassen, die alles andere als erfreulich waren.

Und obwohl James ein unbestimmtes, unbehagliches Gefühl in der Magengrube verspürte, kam er schließlich dennoch zu der Überzeugung, daß so, wie sich die Dinge entwickelten, es das Beste sei, was ihm passieren könne. Der junge Duncan würde Stonewycke hinreichend auf den Kopf stellen, um eine Heirat mit Falkirk als einen wahren Segen erscheinen zu lassen. Genau wie James es wollte. *Es könnte alles gar nicht besser sein,* dachte er.

Sein Stuhl quietschte, als er sich darin zurücklehnte und darüber nachzudenken begann, wie man es wohl am besten einfädeln könnte, daß Margaret und der junge Falkirk sich noch einmal begegneten.

DAS HAUS AUF BRAENOCK RIDGE

Maggie hatte das beunruhigende Gefühl, den Ritt nach Braenock Ridge schon zu lange aufgeschoben zu haben, aber sie hoffte, sie käme jetzt nicht zu spät. Sie hatte zufällig gehört, wie sich die Leute erzählten, mit Mrs. Mackinaws Gesundheit gehe es rapide bergab, und so entschloß sie sich, gleich am folgenden Tage hinzureiten.

Es gab keine Bäume auf Braenock Ridge, nur knorrige Büsche, Felsen und Geröll. Ein reißender Bach rauschte etwa fünfzehn Meter hinter dem Haus der Mackinaws und bahnte sich einen Weg nach Süden und ins Tal hinunter, wo er in den Lindow mündete. Das Häuschen stand mitten in dem unfruchtbaren Moorland, mit einer Außenmauer aus rauhen Steinen und Kalk und Innenwänden aus Torf, der stellenweise mit Holzplanken festgehalten wurde. Es hatte ein Strohdach, und gegen die Wand türmte sich ein Haufen von frischgestochenem Torf auf. Torf wurde als Brennmaterial für das Feuer verwendet, das im Herd nie ausging. Zu beiden Seiten des Häuschens erstreckten sich bebaute Felder, ein kleines mit Hafer und ein großes, auf dem Kartoffeln gepflanzt waren. Außerdem gab es noch einen Gemüsegarten, in dem verschiedene Sorten von Kohl darum kämpften, unter diesen rauhen Bedingungen irgendwie zu überleben. Bis vor einigen Wochen hatte Mrs. Mackinaw den Garten versorgt, während ihr Mann und Stevie sich um die Schafe auf der Weide kümmerten. Nun mußten die Schafe mit Stevie allein vorliebnehmen, und der Vater mußte sehen, was er dem widerspenstigen Boden an Nahrung abtrotzen konnte. Auch er hatte schon angefangen zu altern, spürte aber noch nicht so sehr die Last seiner Jahre, wie es bei seiner Frau der Fall war.

Als sie bettlägerig wurde, machten sich Stevie und sein Vater an die Arbeit und sammelten so viel Heidekraut wie möglich von den umliegenden Hügeln. Dann banden sie es zu festen Bündeln zusammen, preßten es und stopften damit den Bettkasten aus. Das ergab eine feste, federnde Unterlage und, mit zwei oder drei Wolldecken bedeckt, selbst bei längerem Gebrauch ein weit bequemeres Bett als eines aus dem üblichen Haferstroh. Das Bett war an der Südwand des Hauses aufgestellt, weil es dort immer am wärmsten war. Auf diesem Bett, das liebende Hände ihr bereitet hatten, fand Maggie die alte Frau vor.

Die fast durchsichtige Haut der Kranken umspannte straff die hohen Wangenknochen und ließ die Augenhöhlen übergroß erscheinen. Einst war sie eine ziemlich kräftige Frau gewesen, und ihre starken Knochen betonten ihre abgemagerte Gestalt noch mehr. Die Augen, früher schön und leuchtend, waren jetzt gelblich und halb von schlaff herabhängenden Lidern verdeckt.

Maggie kniete vor dem Bett auf dem erdigen Fußboden nieder und griff nach den abgemagerten Händen der Frau. Ihre Knochen schienen bei jeder Berührung lautlos aufzustöhnen, aber Mrs. Mackinaw brachte es dennoch fertig, ein zittriges Lächeln auf ihre Lippen zu zaubern, als sie ihrem jungen Gast ins Gesicht blickte.

»Wie schön, my Lady«, flüsterte sie. Jedes Wort bedeutete eine Anstrengung für sie. »Was führt Sie in unser bescheidenes Häuschen?«

»Ich habe gehört, daß Sie krank sind, Mrs. Mackinaw.«

»Ach, machen Sie sich nur ... keine Sorgen um mich. Das ist eben das, was man so kriegt ... wenn man älter wird.« Während sie das sagte, wurde sie von Schmerzen geschüttelt. Maggie konnte es an ihren Augen sehen.

»Ich habe Ihnen ein paar Kleinigkeiten mitgebracht.« Maggie gab sich Mühe, fröhlich zu reden. »Hier sind Kamillenblüten, sie werden Ihnen helfen, besser zu schlafen. Und Nellie war gerade beim Brotbacken, als ich gehen wollte, also ließ sie mich so lange warten, bis das Brot fertig war, damit ich einen Laib für Sie mitnehmen konnte.«

»Das ist aber sehr freundlich von Ihnen und auch von Nellie, sie ist ein liebes Mädchen«, erwiderte Mrs. Mackinaw. »Aber ich fürchte, meine Gesellschaft wird Ihnen nicht viel Freude machen, mein Kind.«

»Das ist nicht schlimm. Bleiben Sie nur ganz ruhig liegen, während ich Ihnen eine schöne Kanne Kamillentee aufbrühe.«

Die Frau nickte wortlos und schloß die Augen. Maggie stand auf und ging zum Herd, der aus einer Grube im Fußboden bestand, um die ein Ring flacher Steine gelegt war. In der Grube brannte ein Torffeuer. Es gab keinen Schornstein, nur eine kleine Öffnung an der höchsten Stelle des Daches. Der Rauch stieg zum Strohdach auf und hielt das Haus warm und trocken, machte aber die Decke gleichzeitig ganz schwarz und rußig. Er suchte den kürzesten Weg nach draußen und quoll auch durch die vielen Löcher und Risse in den Wänden hinaus. Über dem Feuer hing an einem schwarzen Dreifuß aus Eisen ein Kochtopf und noch einige Haken. Die Geräte, die man fürs Feuer brauchte, lagen griffbereit. Der Torf in der Grube war heruntergebrannt, und Maggie machte sich, mit einem Schürhaken und einem kleinen Blasebalg bewaffnet, daran, das Feuer wieder zu entfachen. Nach wenigen Minuten brannte es zu ihrer Zufriedenheit. Sie füllte den Kessel mit Wasser aus einem sauberen Eimer und hängte ihn an einem der Haken über dem Feuer auf.

Während sie wartete, bis das Wasser kochte, ließ sie ihre Augen durch das Cottage schweifen. Es war kaum verwunderlich, daß Mrs. Mackinaw so krank war und zwanzig Jahre älter aussah als ihre dreiundfünfzig. Das Haus bestand aus einem einzigen großen Raum, und obwohl es solide gebaut war, boten seine Mauern kaum genügend Schutz gegen die Unbilden des Wetters in dieser rauhen Gegend. Der Fußboden war hart und kalt, und das einzige Fenster ließ nur wenig Licht herein. Maggie wußte genau, wie eisig hier die Winde waren, die von den schneebedeckten Höhen des Kincairnmor über die heidebewachsenen Hänge fegten und über das Moor peitschten, das man Braenock nannte. Diese kleine Hütte konnte kaum vor der Kühle eines frischen Sommerabends schützen, geschweige denn vor den frostigen Winterstürmen abschirmen. Und doch lebten die Mackinaws in eben diesem Haus schon seit vielen Jahren, schon lange bevor Maggie überhaupt geboren war.

Sie setzte sich auf einen Hocker in der Nähe der Feuerstelle. Was für eine Welt war das, wo solch bittere Armut Seite an Seite mit der Pracht und Herrlichkeit eines Schlosses wie Stonewycke existierte? Gab es denn gar nichts, was man da tun konnte ... tun mußte? Wenn sie je über die Angelegenheiten des Anwesens zu bestimmen hätte, würde sie dafür sorgen, daß ordentliche Häuser für diese Leute gebaut würden. War denn ihre Familie nicht dazu verpflichtet, sich um sie zu kümmern? Sie bearbeiteten doch das Land und entrichteten von den Erträgen ihre Abgaben an das Anwesen. Warum waren sie dazu verurteilt, die beißende Kälte zu ertragen, ohne eine so kleine Linderung wie ein warmer Teppich unter den Füßen?

Das Gesicht ihres Vaters stieg vor ihrem inneren Auge auf, und ihre Wangen färbten sich rot vor Zorn. Während der letzten drei Jahre, seit dem Tag, als sie im Stall gesessen und um Cinder geweint hatte, war Maggies Bitterkeit gegen ihren Vater immer tiefer geworden. Er war ein reicher Mann, der durch seine Brauerei und seine anderen »Geldanlagen«, wie er es bezeichnete, jeden Tag reicher wurde. Warum verwandte er nicht einen Teil seiner Einkünfte dafür, das harte Los seiner Pächter ein wenig zu erleichtern?

Es war Maggie nicht klar, daß die Mißstände auf Stonewycke schon existiert hatten, lange bevor James Duncan der Laird geworden war, deshalb hielt sie ihn für einen bösen Menschen, dem sie für alle bestehenden Kümmernisse die Schuld gab. *Er könnte das alles ändern,* dachte sie zornig, *aber er sorgt für niemand, außer für sich selbst.* Hatte er es nicht immer wieder bewiesen? Seinerzeit hatte er ihr Pferd verschenkt, und jetzt machte er sich überhaupt nichts daraus, daß einer seiner eigenen Pächter bitterarm und krank war und im Sterben lag.

Ihre feindseligen Gedanken wurden von dem brodelnden Geräusch des kochenden Wassers unterbrochen. Sie stand rasch auf und sah sich nach einem dicken Topflappen um, mit dem sie den eisernen Henkel des Kessels anfassen konnte. Sie nahm ihn vom Feuer und schüttete zwei Eßlöffel getrocknete Kamillenblüten hinein. Sie ließ den Tee einige Minuten ziehen und goß dann etwas davon in einen rohen Holzkrug ein.

Als sie fertig war, mußte sie plötzlich denken, wie grotesk es wäre, die arme Frau jetzt zu wecken, um ihr den Tee zu reichen, der ihr zu einem ruhigen Schlaf verhelfen sollte. Aber sie schlief nicht, und mit ihrer schwachen Stimme rief sie Maggie ans Bett.

»Sind Sie noch hier, mein Kind? Sie sind ein geduldiges Mädchen.«

»Ich habe Tee gemacht.«

»Ich habe Ihnen zugeschaut. Sie finden sich gut in dem Cottage einer armen Frau zurecht, obwohl Sie selbst in einem herrschaftlichen Haus daheim sind. Das spricht sehr für Sie.«

Maggie lächelte dankbar. »Möchten Sie nicht ein wenig Tee trinken?« fragte sie.

»Essen und Trinken fällt mir etwas schwer ...«

»Ich helfe Ihnen.« Maggie kniete wieder auf dem Boden, schob ihre Hand sanft unter Frau Mackinaws Kopf und half ihr, ihn etwas anzuheben. Dann gab sie ihr zu trinken. Die Kranke nahm ein –, zwei Schluck und bedeutete Maggie, daß sie sich wieder zurücklehnen wollte.

»Da werd' ich an etwas erinnert, das ich vor einiger Zeit in meinem Buch las«, sagte sie. Maggie kam es vor, als klinge ihre Stimme bereits ein wenig kräftiger. »Denn ich bin hungrig gewesen, und ihr habt mich gespeist ... Ich bin durstig gewesen, und ihr habt mich getränkt ... Nackt – und ihr habt mich bekleidet; krank, und ihr habt mich besucht. Denn was ihr getan habt einem von diesen meinen geringsten Brüdern, das habt ihr mir getan. Süße Worte, finden Sie nicht auch, my Lady? Und so wahr ... Sie waren wunderbar zu mir, und ich werde Ihnen das nie vergessen. Und unser Herr wird es auch nicht. Sie sind wirklich seine Dienerin, my Lady.«

Sie brach ab und seufzte tief. »Ach ja, und mein Mann sagt immer, ich soll nicht so viel reden, weil mich das so kaputt macht.« Sie sah Maggie an und lachte ganz leise.

Betroffen schaute Maggie einen Augenblick weg. Sie hatte wohl Mitgefühl mit Bess Mackinaw, aber als eine Dienerin des Herrn konnte sie sich kaum bezeichnen, denn sie wußte so wenig von ihm. Ihre damalige Freundschaft mit Digory, der so frei und offen mit ihr über Gott sprach, schien zu weit zurückzuliegen. Dann blickte sie die Kranke wieder an und lächelte zurück.

Wenn Maggie in ihrem späteren Leben an diese Begebenheit dachte, ließ schon die bloße Erinnerung an Bess Mackinaw Tränen in ihre Augen treten. Wie tapfer hatte sie zu lachen versucht, und das mitten in ihrer Ausweglosigkeit! Und die freundlichen Worte, die sie ihr gesagt hatte, ihr, deren Vater diese Armut so leicht hätte beheben oder sie zumindest erträglicher machen können! Das hatte ihr damals gezeigt, aus welchem Holz Bess Mackinaw geschnitzt war. Hier wurde dem jungen Mädchen eine Gesinnung demonstriert, wie Maggie sie sonst nur bei einem einzigen Menschen erlebt hatte, bei ihrem alten Freund Digory.

»Sie verdienen weit mehr, als ich je hoffen könnte zu geben«, murmelte Maggie und fragte sich, ob Mrs. Mackinaw wieder eingeschlafen sei.

»Ich wünschte nur ...«, fing die Frau wieder an, »... aber ich werde es sicher sehr bald wissen. Mein Lohn ist nicht mehr so fern, glaube ich.«

»So etwas dürfen Sie nicht sagen«, entgegnete Maggie in plötzlicher Angst vor dem Tod, den diese gütige Frau so selbstverständlich erwartete. »Viel Ruhe und gute Nahrung werden Sie wieder so gut wie neu machen! Ich werde dafür sorgen, daß Ihnen Essen gebracht wird.«

»Das ist nicht mehr nötig, Kindchen. Ich werde nie wieder

so gut wie neu sein.« Wieder versuchte sie zu lächeln. »Erst dann, wenn ich das Angesicht meines Herrn sehe ...«

Für einen kurzen Augenblick leuchtete ihr blasses Gesicht wunderbar auf. »Sterben ist gar nicht so schlimm, wenn man auf ein besseres Leben auf der anderen Seite hoffen kann. Und wenn man in ein bestimmtes Alter kommt, mein Kind, dann fühlt man es auch, wenn die Zeit gekommen ist ...«

Ein besseres Leben ...

Maggie dachte über diese Worte nach. Was war das für ein Glaube, den diese Frau hatte? Denn hier, auf dieser Erde war sie, Maggie Duncan, es, die allem Anschein nach ein besseres Leben führte. Und doch fühlte sie tief in ihrem Inneren eine gähnende Leere. Woher nahm Bess Mackinaw ihre Hoffnung auf ein besseres Leben – mitten in diesem Elend, das sie umgab? War Digorys Gott auch ihr Gott? War es ihr Glaube an ihn, der den Unterschied zwischen ihr und Maggie ausmachte?

Aber sie konnte es sich nicht leisten, in dieser Weise weiter zu forschen. Wie konnte sie zugeben, daß, verglichen mit Digory und Bess, ihr Leben leer und ohne tieferen Sinn war? Sie hätte sonst weiterfragen müssen, warum dies so sei und dann ... Ja, dann hätte sie die verschlossene Kammer in ihrem Herzen aufreißen müssen, die sie selbst seit drei Jahren gegen alle Eindringlinge fest verschlossen hielt – auch gegen sich selbst.

»Ich hoffe, der Herr wird mir vergeben, daß ich das sage«, fuhr Bess Mackinaw fort, ohne zu ahnen, welche Gedanken Maggie bewegten, »aber ich werde meinen Hektor sehr vermissen, und auch den kleinen Stevie. Obwohl er ja gar nicht mehr so klein ist. Er wird seinem Papa eine gute Hilfe sein. Ich wünschte nur, seine Brüder hätten nicht fortzugehen brauchen ... Aber wir konnten da nichts machen ...«

Die Mackinaws hatten noch zwei ältere Söhne, aber sie waren schon vor Jahren weggezogen, der eine nach London, der andere nach Amerika. Eine Tochter war während der Cholera-Epidemie gestorben, und ein anderes Mädchen, die Jüngste, starb gleich bei der Entbindung. Drummond war zweimal aus London auf Besuch gekommen. Aber ihren ältesten Sohn Drew hatte Mrs. Mackinaw nicht mehr gesehen, seit er vor zwölf Jahren von Fort Strathy nach Aberdeen und von dort nach London gesegelt war, von wo aus er ein Schiff nach New York genommen hatte. Er schlug sich mit seiner Familie mehr schlecht als recht als Farmer durch, und obwohl er sich, verglichen mit den Verhältnissen in

Schottland, etwas verbessert hatte, war es völlig ausgeschlossen, daß er je genug Geld für einen Besuch zu Hause sparen konnte.

Und so hatte Bess Mackinaw, schon bevor sie krank wurde, viel Schmerz zu tragen gehabt. Aber sie wurde nie mutlos. Obgleich sie die meisten Tage ihres Lebens in dieser baufälligen Hütte in ärmlichsten Verhältnissen verbracht hatte, hatte sie immer ein fröhliches Wort auf den Lippen. Maggie konnte sich erinnern, wie sie einmal vor vielen Jahren gesagt hatte: »Na ja, Kind, es mag ja eine Moorwüste sein, kalt im Winter und dürr im Sommer, aber wenigstens wissen wir immer, was wir zu erwarten haben!« Damals noch ein Kind, hatte Maggie darüber gelacht. Das hatte sich fast wie ein Scherz angehört. *Jetzt ist es alles andere als lustig,* dachte Maggie. Tränen stiegen ihr in die Augen. Sie wischte sie schnell weg, aber die ältere Frau hatte es schon gesehen.

»Ich brauche Ihnen nicht leid zu tun, Kind«, meinte sie, »ich tue mir selbst auch nicht leid. Ich habe ein gutes Leben mit einem Mann gehabt, der mich gar nicht inniger hätte lieben können. Und gute Söhne habe ich gehabt, die ich liebhaben konnte und die weitermachen werden, wenn ich nicht mehr da bin. Eine Frau könnte sich gar nichts Besseres wünschen ...«

Liebe, dachte Maggie. War es Liebe? War das die Quelle, aus der Bess ihre Hoffnung, ihren Sinn fürs Leben schöpfte?

Die zittrige Stimme wurde gegen Ende ihrer rührenden Worte immer schwächer und endete schließlich in einem Hustenanfall. Dunkles Blut kam Bess aus den Mundwinkeln.

»Und jetzt, wenn's nichts ausmacht«, stieß sie mühsam hervor, als der Husten sich beruhigt hatte, »möchte ich gern mein Mannsvolk sehen. Wenn Sie sie bitte suchen könnten ...«

»Natürlich«, sagte Maggie, »und dann werde ich am besten wieder gehen.«

»O nein, mein Kind, Sie dürfen jetzt noch nicht gehen. Ich nehme es mir ungern heraus, die Tochter des Lairds zu bemühen, aber es ist so schön, daß Sie mal da sind, wo doch meine eigenen Mädchen tot sind. Gott war sehr gut zu mir und hat mir immer die Kraft gegeben, die ich brauchte, aber es war doch hart, zwei Töchter zu verlieren.«

»Es tut mir so leid.«

»Nein, nein, wir haben keine Bitterkeit darüber. Wir sind doch angewiesen worden, in allen Dingen dankbar zu sein, und meistens bin ich es auch. Es ist nur so schön, Sie hier zu haben, das ist alles. Besonders, wo ich doch seit Monaten nicht mehr ins

Dorf oder am Sonntag in die Kirche gehen konnte. Da fühlt man sich schon ein bißchen einsam. Wenn Sie jetzt meine Männer hereinholen könnten, dann wäre ich sehr dankbar ...«

Maggie fand Hektor Mackinaw im Kuhstall, einem behelfsmäßigen Schuppen an der Westwand des Häuschens, in dem die einzige Kuh, die sie besaßen, und einige Hühner Unterkunft fanden. Die Niedergeschlagenheit, die man auf seinem Gesicht ablesen konnte, ließ sich offenbar selbst durch die viele Arbeit auf seinem kleinen Hof nicht vertreiben. Als er Maggie kommen sah, wich die Farbe ganz aus seinen sonst geröteten Wangen, und er sah noch elender aus.

»Ihre Frau möchte, daß Sie kommen, Mr. Mackinaw«, sagte Maggie.

Er ließ den Eimer, den er in der Hand hielt, fallen und rannte wortlos aus dem Kuhstall. Am Eingang blieb er stehen und schaute zurück. »Könnten Sie Stevie holen? Er ist draußen auf der Weide.«

Als Maggie Stevie fand, kletterte er gerade auf den steinigen Felsen von Braenock Ridge, dem Felsengrat, der zwischen den aufsteigenden Bergen im Osten und dem Tage lag und nach dem die Gegend benannt war. Maggie rief Stevies Namen, aber er gab keine Antwort. Ein riesiger Granitblock neigte sich über einen schmalen Riß im Boden, und Stevie bemühte sich mit aller Kraft, in diesen Riß hinunterzureichen. Als Maggie näherkam, sah sie, daß der Block von zwei noch größeren Felsbrocken getragen wurde, so daß eine rohe Brücke über der engen Öffnung zwischen den beiden Felsen entstand. Und jetzt sah sie, warum er ihren Ruf ignoriert hatte. Ein Lamm hatte sich in den Disteln verfangen, die zwischen den beiden Felsbrocken wuchsen. Stevie kletterte von dem Granitblock hinunter, schlug das Gestrüpp so gut er konnte, zur Seite und konnte schließlich das Lamm fassen. Als er Maggie erblickte, die von oben zusah, rief er: »Nehmen Sie mir das Lamm ab, my Lady!« und hielt es mit ausgestreckten Armen nach oben.

Maggie kniete sich hin und beugte sich so weit es ging nach unten, konnte aber das Jungtier kaum mit den Fingerspitzen erreichen.

»Greifen Sie ihm ordentlich in die Wolle und halten Sie es fest!« schrie Stevie und streckte ihr das Tier noch weiter entgegen.

Maggie gehorchte.

»Okay, my Lady, jetzt ziehen Sie es hoch!«

Maggie zog ganz langsam, und nach einigen Sekunden war das Lamm wieder in Sicherheit.

Stevie kletterte wieder auf den Felsenblock auf demselben Wege, wie er hinuntergekommen war, herauf, und stand bald neben Maggie. »Danke Ihnen«, sagte er, »es ist eine schlimme Falle für die Schafe, wenn sie zu nahe dran kommen. Wie eine Fallgrube. Aber sie sind zu dumm, um von der Kante wegzubleiben. Hier liegen überall viele Felsbrocken, und irgendwie zieht sie gerade diese Stelle an. Ich selber habe hier früher gespielt und mich hinter den Felsbrocken und dieser kleinen Tür dazwischen versteckt. Aber jetzt ist alles mit Dornengestrüpp überwuchert.«

Er war noch immer derselbe Stevie Mackinaw, wie Maggie ihn von früher her kannte, nur größer und schlaksiger, da die nahende Mannesreife seinen Körper jedes Jahr etwas mehr streckte. Seine rote Haarpracht war jedoch unverändert. Sein freundliches Grinsen ließ zwei abgeschlagene Vorderzähne zum Vorschein kommen.

»Nun, Sie sind aber ziemlich weit von Zuhause weg und auch ohne Pferd.«

»Ich bin gekommen, deine Mutter zu besuchen«, erwiderte Maggie. »Es geht ihr nicht so gut, nicht wahr?«

Stevie nickte wortlos.

»Sie hat mich geschickt, dich zu holen ...«

Das breite Grinsen verschwand von seinem Gesicht.

»Dann ist die Zeit gekommen ...«, murmelte er tonlos.

»Nein«, widersprach Maggie schnell. Hastig suchte sie nach tröstenden Worten und wollte das nicht akzeptieren, was das bekümmerte Jungengesicht aussagte. »Nein, sie wollte dich einfach nur sehen. Sie ...«

Aber ihre Worte waren so kraftlos, so nichtssagend. Und plötzlich wußte sie, daß Stevie eine tiefere Ahnung davon hatte, warum seine Mutter ihn zu sich rief.

Stevie rannte zum Cottage, und Maggie folgte ihm, so schnell sie die Beine trugen. Sie war körperliche Anstrengung nicht so gewöhnt wie er. Auch wußte sie nicht, was sie mit den Gefühlen anfangen sollte, die diese Familientragödie in ihr hervorrief, in die sie da unversehens hineingestolpert war. Irgendwie hatte sie das Gefühl, daß sie aufgrund ihrer Stellung verpflichtet sei, etwas zu unternehmen, um diese Not zu lindern. Doch die Ereignisse hier waren außerhalb ihrer Kontrolle, sie war machtlos, die Dinge aufzuhalten, für die nur der Himmel zuständig zu sein schien.

Stevie war schon in dem Cottage, als Maggie, ganz außer Atem, einige Augenblicke später leise eintrat. Vater und Sohn knieten vor dem Bett aus Heidekraut. Hectors Haltung war starr und verriet wenig von den Gefühlen, die in seinem Inneren tobten. Aber über die verschmierten Wangen des vierzehnjährigen Stevie rannten heiße Tränen.

»Ihr werdet es schon schaffen«, – die schwache Stimme klang wie von Ferne, als käme sie bereits aus einer anderen Welt. »Ich liebe euch alle beide, meine *Männer*, von ganzem Herzen.«

»O Herr!« brach es aus Hector heraus, »stärke meine Frau!«

»Stärke mich durch deine Gnade, Herr«, betete die Kranke.

»Amen«, flüsterte Hector gebrochen, als erfasse er zum erstenmal die Realität dessen, was geschah.

»Stevie, ich verlasse mich ganz auf dich«, fuhr Bess Mackinaw fort, streckte ihre schwache Hand aus und legte sie ihrem weinenden Jungen auf den Kopf. »Ich rechne damit, daß du deinem Papa gut zur Seite stehst. Und daß ihr beide die Hoffnung im Herzen festhaltet. Und grüßt Drummond und Drew von mir, wenn ihr an sie schreibt. Wenn ihr von mir träumt, dann sollt ihr wissen, daß ich immer mit meiner ganzen Liebe an euch denke, irgendwo dort oben.«

Ihr Blick fiel auf Maggie, die immer noch an der Tür stand, und ihr eingefallenes Gesicht erhellte sich. Sie streckte die Hand aus und winkte Maggie herbei.

»... und auch Sie, Kind ... Hoffen Sie immer auf den Herrn...«

Ihr Kopf fiel in das Kissen zurück.

Stevie weinte laut auf. Hector erhob sich von den Knien und breitete seine Arme über den ausgemergelten Körper seiner Frau.

»Ich ... ich gehe ...« Maggie konnte die Worte der Sterbenden kaum noch verstehen. »Wo es nicht mehr ... Hector ... Stevie ...«

Das letzte Wort blieb unausgesprochen. Ein letzter Atemzug, wie ein langgezogener Seufzer, verließ ihren Körper. Das irdische Licht verlosch. Der Ausdruck des Leids wurde langsam durch strahlende Zufriedenheit abgelöst, und Bess Mackinaw war friedlich eingeschlafen, umfaßt von den liebenden Armen ihres Gatten und ihres Sohnes.

DIE HÜGEL VON STONEWYCKE

Maggie hatte noch nie jemand sterben sehen. Sie hatte es sich imer als etwas Schreckliches vorgestellt, abstoßend und grauenvoll. Aber bei Bess Mackinaw war es so, als gleite sie sanft in einen Schlummer hinüber, in den friedvollsten Schlaf, den sie je gesehen hatte. Als Maggie etwas später von Braenock wegritt, stand das feine Lächeln auf den blauen, verkrusteten Lippen der Frau immer noch vor ihrem inneren Auge. Sie konnte es einfach nicht vergessen.

Der Mann und der Junge hatten beide ungeniert geweint. Selbst der stoische Hector Mackinaw konnte seinen Schmerz nicht zurückhalten, obwohl er kaum einen Laut von sich gab; nur seine breiten Schultern zuckten krampfartig, während die Tränen ihm über das Gesicht strömten. Maggie kam sich wie ein Eindringling vor und meinte, durch ihre Anwesenheit den ausgesprochen privaten Charakter dieses schmerzlichen Augenblicks zu verletzen. Ohne ein weiteres Wort schlüpfte sie aus dem Cottage, saß Sekunden später auf dem Rücken ihres Pferdes und ritt in vollem Galopp über das Moor einfach drauflos, ohne ein bestimmtes Ziel.

Sie überquerte das weite Moor und ritt in raschem Tempo die heidekrautbewachsenen Hügel hinauf, die sich nach Osten und Süden bis weit in die Ferne erstreckten. Sie wußte nicht genau, wo Stonewycke aufhörte und das Anwesen von Kairn begann, und es war ihr im Augenblick auch gleichgültig. Tränen strömten ihr über das Gesicht, aber sie ritt immer weiter.

Seltsame Gefühle brachen in ihr auf, und sie wußte nicht, was sie mit ihnen anfangen sollte. Widersprüchliche Gedanken, unbeantwortete Fragen bestürmten sie und brachten sie in inneren Aufruhr. Sie hatte diese Frau kaum gekannt. Wie kam es, daß ihr Tod sie in eine solche Tiefe der Verzagtheit stürzte? War es wegen der beiden Männer, die zurückblieben? Oder weil das Leben von Bess so hart gewesen war und sie in solcher Armut sterben mußte?

Ein neues Gefühl stieg in Maggie auf: unbändiger Zorn. Sie war wütend, daß es Leute gab, die so leben mußten wie die Makkinaws. Niemand auf Stonewycke hatte die Cholera bekommen.

Niemand im Schloß hatte unter dem rauhen Wetter im Winter zu leiden. Niemand mußte sein Zuhause verlassen, weil die Ernte schlecht ausgefallen und im Winter nicht genug zu essen da war. Wo gab es noch Gerechtigkeit in der Welt? Warum hatten manche so viel und andere so wenig? Wie konnte diese Frau so nett zu ihr sein, obwohl die Mackinaws jedes Recht gehabt hätten, bittere Gefühle für den Laird von Stonewycke zu hegen, den Mann, dem ihr winziges Grundstück gehörte, ein Eckchen des nutzlosesten und unfruchtbarsten Teils von seinem herrlichen Gut? Wieso haßten sie ihre Herrschaften nicht? Wie war es nur möglich, daß sie ihr mit so viel Liebe begegneten? War sie nicht auch eine Duncan?

Digory hatte immer von der Liebe Gottes gesprochen. Auch die alte Bess Mackinaw hatte von dem Herrn so geredet, als sei er ihr persönlicher Freund. Aber wieso diese Liebe? Was hatte Gott für sie getan?

Maggie ließ Raven im Schritt gehen. Für den Augenblick hatte sie sich genug ausgeweint. Sie brachte schließlich das Pferd zum Stehen, stieg ab, und setzte sich auf die Erde. Das war schon immer ihre Lieblingsstrecke gewesen. Hinter ihr breitete sich nach allen Seiten Braenock Ridge aus, und in der Ferne öffnete sich das Tal, das sich bis zur See erstreckte. Von hier aus konnte sie die steiler werdenden Ausläufer des Gebirges sehen. Es war gutes Land, reich und fruchtbar trotz vieler Stellen, die zu felsig und zu trocken waren, als daß etwas hätte darauf wachsen können. Wenn im Spätsommer das Heidekraut zu blühen anfing und die Berge in einem Rausch von schimmernden Rosa- und Lilatönen aufleuchteten, so wie jetzt gerade, dann wünschte sich Maggie, die ganze Welt wäre mit Heidekraut bedeckt. Vorsichtig riß sie einen Zweig der harten, drahtigen Pflanze ab und hielt ihn hoch in die Sonne.

Schottische Heide ... das charakteristische Merkmal ihrer geliebten Heimat.

Und doch, dachte sie, erneut von Melancholie ergriffen, *was bedeuteten schon die mit Heide bewachsenen Hänge und die herrlichen grünen Täler, wenn eine alte Frau in solcher Armut sterben mußte. Die Heide war wunderbar, aber das Leben der Bauern hier war erbärmlich.*

Wie konnte es nur sein, daß beides auf dem gleichen Land nebeneinander geschah? Warum erlaubte Gott so etwas? Wie konnte Gott es zulassen, daß ein Mann wie ihr Vater darüber entschied?

In dem Augenblick, als das Gesicht ihres Vaters in ihrer Vorstellung auftauchte, richtete sich ihre ganze Bitterkeit gegen ihn.

Ich hasse ihn! Er hat sie getötet. Nicht die kalten Winter und nicht ihre Krankheit ... er hat sie umgebracht! Wie bei Cinder! Gott ... Ich hasse ihn!

Sie schleuderte den Heidezweig von sich weg, plötzlich jedoch kamen ihr die Worte von Digory wieder ins Gedächtnis: »Wenn du versuchst, die anderen dafür zu bestrafen, was sie dir angetan haben, bist du selbst die einzige, die verletzt wird. Ihn zu hassen häuft nur ein Unrecht auf das andere. Vergebung beginnt dort, wo du dein Herz der Liebe Gottes öffnest ...«

»Ich werde ihm nicht vergeben!« rief sie wütend. »Nein! Nicht für Cinder und nicht für Bess Mackinaw!«

Sie sprang wieder auf Ravens Rücken, wendete und ritt zurück, den Berg hinunter zum Cottage. Mitten in ihrem zornigen Gefühlsausbruch war es ihr mit einem Mal bewußt geworden, daß, wenn ihr Vater für das Schicksal der alten Frau verantwortlich war, es dann auch ihre Pflicht war, alles für die beiden Hinterbliebenen zu tun, was in ihrer Macht stand.

Am Häuschen wieder angekommen, ritt sie langsam heran, stieg ab und ging leise hinein. Stevie war nicht mehr da. Hector kniete immer noch am Bett.

»Gibt es etwas, was ich für Sie tun kann?« fragte Maggie.

Langsam erhob sich der hart getroffene Mann und wandte sich ihr zu. »Jetzt kann niemand mehr etwas tun«, sagte er.

»Wenn ich ... Vielleicht könnte ich jemand schicken, der Ihnen hilft.« Maggies Stimme schwankte. Sie wollte so gern etwas tun, etwas wiedergutmachen.

»Das ist sehr freundlich von Ihnen, Miss.«

Die Tür ging auf, und Stevie trat wieder ein, die Augen rot und geschwollen. Er ging zu seinem Vater, und der große Mann umfaßte den Jungen und drückte ihn an seine Brust. Stevie brach erneut in Tränen aus.

Maggie war es peinlich, daß sie bei dieser rührenden Szene zuschauen mußte. Sie wandte sich wieder zum Gehen.

»Vielen Dank, Miss«, sagte Hector, »danke für Ihren Besuch und daß Sie eine Weile bei uns geblieben sind.«

»Ich wünschte, ich könnte mehr tun«, erwiderte Maggie.

»Vielleicht könnten Sie das mit meiner armen Bess eben dem Kirchendiener sagen, damit er alles Nötige vorbereitet. Wir möchten eine ordentliche Beerdigung haben. Wissen Sie, das hat sie wirklich verdient.«

»Machen Sie sich keine Gedanken, ich erledige das alles.«

»Danke Ihnen vielmals, my Lady«, entgegnete Hector. »Es wäre uns eine Ehre, wenn Sie auch zur Beerdigung kämen, wenn Sie möchten.«

»Selbstverständlich. Ich werde kommen.«

Sie verließ das ärmliche Häuschen und ritt heim nach Stonewycke.

DAS BEGRÄBNIS

Am Tage der Beerdigung war der Himmel wolkenverhangen, grau und dunkel.

Ein feiner Sprühregen fiel, als Maggie zum Stall ging, um Raven zu satteln. Sie hatte niemand im Haus gesagt, wo sie hin reiten wollte.

Da das Häuschen der Mackinaws sieben Meilen vom Dorf entfernt und kaum für eine solche Gelegenheit geeignet war, hatten sich die Trauernden zur Beerdigungsfeier in der Kirche versammelt. Maggie band ihr Pferd an, trat in die Kirche ein und setzte sich in eine der hinteren Reihen in der Hoffnung, so wenig Aufmerksamkeit wie möglich zu erregen. Umsonst: Für eine lange Sekunde richtete sich jedes Auge auf sie. Wie konnte es auch unbemerkt bleiben, wenn ein Mitglied der herrschaftlichen Familie an der Beerdigung einer Pächtersfrau teilnahm! Tagelang würde man noch darüber reden, daran gab es nicht den geringsten Zweifel.

An der Tür zu einem Nebenraum erschien eine Minute später ein Mann in Hemdsärmeln, ansonsten aber, wie der Rest der Anwesenden, ganz in Schwarz gekleidet. Er fragte: »Möchte jemand von euch die Tote noch einmal sehen? Jetzt habt ihr die Gelegenheit dazu.«

Als niemand seiner Aufforderung folgte, verschwand der Schreiner wieder hinter der Tür. Die stetigen Hammerschläge, die anschließend zu hören waren, besagten, daß der Sarg zugenagelt wurde. Alle saßen während dieses Vorgangs in völliger Stille da. Hector Mackinaw und Stevie saßen in der ersten Reihe, gefaßt, wortlos.

Fast die ganze Kirchengemeinde schien sich versammelt zu haben, denn obgleich die Mackinaws zu den ärmsten unter ihnen gehörten, waren sie sehr beliebt. Bess war immer bereit gewesen zu helfen, wenn ein Nachbar in Schwierigkeiten war, und man hatte es ihr am letzten Tag ihrer irdischen Reise nicht vergessen. Und Maggie, die es verlegen machte, mitten unter so vielen unbekannten Gesichtern zu sitzen, konnte sehen, daß hier echte Tränen geweint wurden und die Trauer tief war.

Schließlich erschien auch Hugh Downly, der Gemeindepfarrer. Er ging mit schweren Schritten nach vorn, schlug die Bibel auf und eröffnete die Trauerfeier. Er las aus Jesaja 55 und das zweite Kapitel des zweiten Johannesbriefes und erklärte seinen Zuhörern, dies seien Bess Mackinaws Lieblingstexte gewesen. Maggie hörte zu. Die Worte schienen die fromme Frau und ihre Liebe zum Herrn treffend zu beschreiben. Sie hörten sich warm und einladend an, und Maggie wünschte sich, sie besser zu verstehen:

Neigt eure Ohren her und kommt her zu mir!
Höret, so werdet ihr leben! Suchet den Herrn,
solange er zu finden ist; rufet ihn an, solange
er nahe ist... Denn so viel der Himmel höher
ist als die Erde, so sind auch meine Wege höher
als eure Wege und meine Gedanken als eure Gedanken.
Denn wie der Regen und Schnee vom Himmel fällt
und nicht wieder dahin zurückkehrt, sondern feuchtet
die Erde und macht sie fruchtbar und läßt wachsen,
daß sie gibt Samen, zu säen, und Brot, zu essen,
so soll das Wort, das aus meinem Munde geht, auch
sein: Es wird nicht leer zu mir zurückkommen,
sondern wird tun, was mir gefällt, und ihm wird
gelingen, wozu ich es sende. Denn ihr sollt in
Freuden ausziehen und im Frieden geleitet werden.
Berge und Hügel sollen vor euch her frohlocken
mit Jauchzen und alle Bäume auf dem Felde in die Hände
klatschen.
Es sollen Zypressen statt Dornen wachsen und
Myrten statt Nesseln.

Als die Lesung aus der Heiligen Schrift beendet war und die traditionellen Gebete der schottischen Beerdigungszeremonie gelesen wurden, dachte Maggie, daß die Berge und Hügel in der Schrift die schneebedeckten Berge und die heidebewachsenen Hügel waren, auf denen Bess Mackinaw ihr Leben zugebracht hatte. Frohlockten auch sie mit Jauchzen, jetzt in diesem Augenblick, weil Bess Mackinaw triumphierend in das wahre Leben hinübergegangen war?

Die Gebete waren kaum beendet, da kündete auch schon polternder Lärm im angrenzenden Raum an, daß Simon Cready, der Leichenbestatter, und seine Gehilfen den Sarg bereits vom Tisch herunterhoben und ihn nach draußen trugen, wo der Leichenwagen wartete.

Die ganze Gemeinde erhob sich langsam von den Plätzen, zog hinaus und sah schweigend zu, wie der Sarg aufgeladen wurde. Dann schlossen sich alle dem Wagen an und begannen, sich langsam und in unregelmäßigen Reihen auf den etwa hundert Meter entfernten Friedhof zuzubewegen. Maggie ging als letzte mit.

Die laut tönende Glocke des Kirchendieners ließ die Leute vollends verstummen. In tiefem Schweigen folgten sie dem Leichenwagen. Die Straußenfedern, mit denen die Pferde geschmückt waren, wippten leicht im Wind. Unterwegs gesellten sich noch viele andere Leute zu ihnen, die nicht mit in der Kirche gewesen waren, bis sie alle schließlich an der letzten Ruhestätte der Toten ankamen. Gerade als sie sich um das offene Grab versammelt hatten, leuchtete der blaue Himmel an einigen Stellen durch die Wolken, und ein Sonnenstrahl brach hindurch, als wolle er sagen: »Sieh, um die ihr trauert, ist nicht tot, sondern lebt! Werft die schweren Trauerkleider von euch, denn siehe, der helle Morgen ist für sie angebrochen!«

Aber nur wenige der Trauernden mit ihren betrübten Gesichtern bemerkten es überhaupt, und Sekunden später war das Blau wieder von den Wolken verhüllt.

Der Kirchendiener öffnete die Tore des Friedhofs, und die kleine Prozession ging hindurch und blieb vor einem frisch geschaufelten Grab stehen. Die Zeremonie am Grab war recht kurz. Den Hut in der Hand, beugten sich alle vor und warfen einen letzten Abschiedsblick auf den armseligen Sarg, der ins Grab gesenkt wurde. Tränen liefen Maggie über's Gesicht, als der erste Spaten Erde auf dem Sargdeckel aus Kiefernholz dumpf aufschlug. Sie wischte sich die Augen, biß die Zähne zusammen und blieb stoisch auf ihrem Platz stehen. Und obwohl es immer stärker regnete, rührte sich keiner von den Freunden und Nachbarn der Bess Mackinaw von der Stelle, bis sie mit ihren Spaten und Schaufeln einen schützenden Erdhügel über ihrem Grab errichtet hatten.

Sobald diese Arbeit beendet war, begann sich die Versammlung aufzulösen, nicht förmlich und geordnet, wie sie gekommen waren, sondern wie es gerade kam, jeder in seiner Richtung.

Am Friedhofstor hörte Maggie, wie einer der Bauern zu einem anderen sagte: »Na ja, der alte Jake MacKale wird wohl auch bald seine Belohnung bekommen.«

»So ist es«, entgegnete der andere, »wir wollen nur hoffen, daß die arme Bess nicht so lange am Tor warten muß.«

»Meine Bess wird an keinem Tor warten müssen«, warf Hector Mackinaw mit bebender Stimme ein. »Sie sitzt jetzt in diesem Augenblick mit ihrem Herrn zusammen und will mit eurem Aberglauben, daß die Verstorbenen so lange auf dem Friedhof Wache halten müssen, bis der Nächste beerdigt wird, nichts zu tun haben!«

»Das war nicht böse gemeint, Hector«, erwiderte der erste, »wir wollten damit nur sagen, daß hoffentlich niemand hier bei uns so bald sterben muß.«

»Daß mir ja keiner von euch daran zweifelt, daß sie schon jetzt dort beim Herrn sitzt«, fuhr Hector fort, ohne von der Entschuldigung Notiz zu nehmen. »Das Buch sagt es ganz klar, nicht wahr, Mr. Downly?«

»Ah, ja gewiß«, entgegnete der Reverend, der hinter den anderen hergegangen war und wenig auf den Inhalt ihrer Unterhaltung achtgegeben hatte. Er war eine stille Seele. Vor der Gemeinde am Sonntag konnte er zwar recht ungezwungen sprechen – mit der sicheren Unterstützung seiner Notizblätter –, aber bei einem sehr persönlichen Gespräch von Mensch zu Mensch lag es ihm weniger, sich frei und ohne Hemmungen zu äußern. »Laßt mich mal überlegen«, fuhr er fort, »das steht genau in ...«

»Heute wirst du mit mir im Paradiese sein!« fiel Stevies Stimme ein, die so klang, als wolle er unter Beweis stellen, daß seine Mutter nicht umsonst auf ihrem Sterbebett ihr Vertrauen auf ihn gesetzt hatte. »Ich habe es noch heute morgen gelesen.«

»O ja – ah – das ist es ... natürlich«, stimmte Downly sichtlich erleichtert zu. »Unser Herr selbst hat diese Worte zu dem Schächer gesprochen, der – ah – um Gnade gebeten hat.« Innerlich war es ihm ein Trost, daß er jetzt wenigstens einen Predigttext für den nächsten Sonntag gefunden hatte. Und am Sonntag würde er auch viel besser gerüstet sein, diese wichtige Wahrheit vor seiner Gemeinde zu erläutern.

Als alle wieder zur Kirche zurückgekehrt waren, bedankte sich Maggie höflich für die Einladung zum anschließenden Leichenschmaus, sagte aber, sie müsse leider wieder zurückreiten, da man sie zu Hause erwarte. Sie bestieg Raven und ritt langsam heim.

Sie sah die vielen Gesichter, die ihr begegnet waren, noch lebhaft vor sich. Selbst inmitten solch einer Situation, die unvermeidbar Schmerz mit sich brachte, hatte sie in der Dorfgemeinschaft urwüchsige Kraft und auch Stolz bemerkt. Sie waren stolz auf ihr Land, auf ihre bescheidenen Hütten, auf die Siege, die sie immer wieder über den kargen Boden und das grausame Wetter des Nordens errangen. Sie hatte das innige Band gespürt, das sie zu einer festen Gemeinschaft zusammenschloß. Wurde ein Baby geboren, so kamen sie zusammen, um das freudige Ereignis zu feiern. Das ganze Leben hindurch packten sie mit starken Armen zu und trugen die Lasten ihrer Freunde mit. Und starb einer, dann versammelten sie sich wieder, still und ehrfürchtig, um auch am schmerzlichen Verlust des anderen mitzutragen. Maggie ertappte sich plötzlich dabei, daß sie es bedauerte, die Tochter des Lairds zu sein, gesellschaftlich angeblich so hoch erhaben über diese Bauern. Aber hatte deren Leben nicht einen inneren Wert, den ihre eigene Familie nicht hatte?

Was würde jetzt wohl aus Hector und Stevie werden, da Bess tot war? Aber da brauchte sie sich wohl keine Sorgen zu machen: Sie gehörten zu einer Gemeinschaft, wo man sich umeinander kümmerte. Sie würden zurechtkommen. Ihre Freunde und Nachbarn sorgten schon dafür. Und doch war es schwer für sie, denn Bess Mackinaw hatte zu jenen Menschen gehört, die den anderen Kraft gaben. Sie half mitzutragen, auch wenn es vielleicht niemand im Augenblick merkte. Sie würde ihnen allen fehlen, schmerzlich fehlen. Solche Lücken waren schwer zu schließen. Hector Mackinaw sah jetzt schon vergrämt aus, das konnte jeder sehen. Und Maggie fragte sich, ob sie die bitteren Tränen je vergessen würde, die Stevie an dem Tag weinte, als seine Mutter starb. Wenn nur die beiden älteren Brüder mit ihren Familien nicht so weit weg gewesen wären!

Maggie ritt auf den Eingang von Stonewycke zu. Sie bemerkte, daß die großen, eisernen Tore weit offenstanden. Und obwohl sie tief in ihre Gedanken versunken war, fiel es ihr doch auf, daß eine Kutsche, die sie noch nie gesehen hate, vor den Ställen stand. Die Pferde waren ausgespannt worden und befanden sich offenbar im Stall. Kein Mensch war weit und breit zu sehen.

Die Begleitumstände von Bess Mackinaws Tod und der Beerdigung hatten sie innerlich so stark beansprucht, daß sie darüber völlig vergessen hatte, daß Stonewycke Besuch erwartete, den Neffen ihres Vaters. Aber selbst, wenn sie daran gedacht hätte, wäre die fremde Kutsche dennoch ein Rätsel für sie gewesen. Denn Theodor Ian Duncan, der Sohn des Earls von Landsbury, hatte sich eine ganze Woche vor dem vereinbarten Termin auf Stonewycke eingestellt.

DER GAST AUS LONDON

Maggie trat ein. Im Haus war es ungewöhnlich still. Sie machte die schwere Eichentüre langsam hinter sich zu, doch als das Schloß zuschnappte, hallte es laut durch die Diele. Natürlich war sie schon verschiedentlich ganz allein in dem großen Haus gewesen. Doch seit Alastair nach Eton ins Internat gegangen war, machte die Abwesenheit seiner hohen, schrillen Stimme das Haus so seltsam still, fast lautlos. Maggie empfand es als wohltuend, doch jetzt, da sie gerade aus der melancholischen Atmosphäre einer Beerdigung kam, machte das leere Haus sie erst recht schwermütig.

Sie fragte sich, wohin wohl alle gegangen sein mochten. In ihrem Zimmer angekommen, fand sie, daß auch dort wenig Freude zu finden war und schlenderte ohne besondere Absicht auf die Bibliothek zu. Vielleicht sollte sie sich jetzt ein schönes Buch suchen, um ihre Gedanken von Hector und Stevie Mackinaw und ihrer Trauer abzulenken.

Sie öffnete die Tür zur Bibliothek und ging hinein. Weniger als zwei Meter vor ihr stand ein junger Mann vor einem Bücherregal.

»Oh!« rief sie erschrocken aus und blieb wie angewurzelt stehen. »Ich ... ich habe nicht erwartet, daß jemand hier ist. Sie haben mir aber einen Schrecken eingejagt!«

Er drehte sich um, und wenn er überrascht war, von einem so jungen und hübschen Mädchen unerwartet angesprochen zu werden, dann verriet er es lediglich durch ein leichtes Anheben der Augenbrauen.

»Es hat den Anschein, daß ich mich in einer genau umgekehrten Lage befinde«, gab er mit einem spöttischen Unterton zurück. »Ich kam nämlich hierher und rechnete damit, daß jemand da sei. Aber es war keiner da.«

Auf diese impertinente Art war Maggie nicht vorbereitet. Wie sollte sie darauf reagieren? Sich entschuldigen und ihn stehen lassen oder von ihm eine Erklärung verlangen, was er in ihrem Haus tue? Einen Augenblick stand sie still und überlegte. Plötzlich wurde es ihr bewußt, daß er sich über ihre Verlegenheit amüsierte.

»Bitte entschuldigen Sie«, stotterte sie aufgebracht, »aber was machen Sie hier eigentlich?«

»Was ich hier mache? Ich bin hier natürlich auf Besuch!« erwiderte er mit mehr Anmaßung, als Maggie zu tolerieren bereit war.

»Ich fürchte, Sie werden wieder gehen müssen, bis mein Vater ...«

Er unterbrach sie lachend. »Aber natürlich, Sie haben ja auch keine Ahnung, wer ich bin!« Er verneigte sich graziös, wenn auch eine Spur übertrieben vor Maggie und verkündete: »Ich heiße Ian Duncan. Und Sie sind ohne Zweifel Lady Margaret Duncan.«

Am liebsten wäre Maggie in die Erde versunken, weil sie so heftig geworden war. Sie versuchte ihre Fassung wiederzuerlangen und sagte ein wenig hilflos: »Dann müssen Sie also der Neffe meines Vaters sein. Ich dachte, Ihr Name sei Theodor.«

»Das stimmt, aber gewöhnlich werde ich Ian gerufen. Und ich bin ein Neffe *zweiten Grades* von Ihrem Vater«, korrigierte er mit Nachdruck.

Er fuhr fort, Maggie anzustarren, was sie als entnervend empfand. Obgleich seine aufdringliche Art sie ärgerte, konnte sie nicht anders, als zu bemerken, daß seine Augen, die ihren Blick allzu unbefangen, beinahe dreist festhielten, schön und von einem warmen Kastanienbraun waren. Er war nur mittelgroß, aber seine aufrechte Haltung ließ ihn stattlich erscheinen, und der Schnitt seiner Lederjacke brachte seine breiten Schultern sehr vorteilhaft zur Geltung. Er war ungefähr zwanzig Jahre alt, und sein sonnengebräuntes Gesicht stand in reizvollem Kontrast zu seinem blonden Haar.

»Nun ja, Mr. Duncan«, sagte Maggie ziemlich förmlich, »ich möchte Sie um Verzeihung bitten, daß niemand da war, um Sie zu begrüßen.«

»Oh, das brauchen Sie nicht«, erwiderte er, »ich bin durchaus in der Lage, selbst für Zeitvertreib zu sorgen.«

»Das sagte man mir«, gab Maggie zurück – mit einer Spur von Sarkasmus.

Er warf den Kopf zurück und brach in schallendes Gelächter aus.

»Wie ich sehe, ist mein schlechter Ruf mir vorausgeeilt«, sagte er schließlich, »aber so furchtbar schlimm hat man mich doch nicht dargestellt, oder?«

Ihre steife Haltung löste sich allmählich angesichts seiner ansteckenden Heiterkeit, und die bissige Bemerkung tat ihr wieder leid. »O nein, gewiß nicht. Mein Vater hat nur gesagt ...« Sie schwieg abrupt, weil sie merkte, daß sie alles nur noch schlimmer machte.

»Ach ja?« fragte er, immer noch mit dem Ausdruck der Belustigung. »Was hat Ihr Vater gesagt?«

»Es war nichts weiter ...« Maggie wünschte aber brennend, sie hätte den Mund gehalten.

»Aber ich bitte Sie, Sie dürfen mich nicht schonen.«

»Na ja, wenn Sie es unbedingt wissen wollen«, gab sie seiner heiteren Beharrlichkeit nach, »er hat gesagt, Sie seien ein ganz gemeiner Unruhestifter.«

»Ach so!« Ian brach wieder in lautes Gelächter aus. Aber als er zu lachen aufhörte, spielte ein zynischer Zug um seine Mundwinkel. Es war eindeutig nicht das erste Mal, daß er mit einer solchen Anschuldigung konfrontiert wurde. Aber schon löste ein neuer Lachanfall die Schärfe in seiner Mimik auf. »Also, da muß ich aber widersprechen!« sagte er munter. »Ich bin der zweite Sohn des Earls von Landsbury. Demnach bin ich zumindest nicht gemein!«

Er lachte wieder, und diesmal lachte Maggie mit.

»Wann sind Sie hier angekommen?«

»Vor gar nicht langer Zeit. Es reichte gerade, um die Pferde auszuspannen, etwas Hafer für sie im Stall zu finden, an der Haustüre anzuklopfen, mich selbst hineinzulassen, mich nach einer Menschenseele umzusehen, die mich vielleicht willkommen heißt, durch verschiedene Korridore umherzuirren, bis ich schließlich die Bibliothek fand, in der ich mich etwa zehn Minuten lang aufgehalten habe, bevor Sie mir zu Hilfe kamen.«

»Sie sind allein gekommen?«

»Mein Vater wäre nie im Leben mit mir gefahren. Aber er meint, daß sein zweiter Sohn ein Tunichtgut sei, der es dringend nötig habe, alles, was man so auf dem Lande tut, gründlich kennenzulernen. Nebenbei erwähnt, er hat mir auch keinen eigenen Kammerdiener oder Stallknecht mitgegeben.«

»Es tut mir wirklich leid, daß Sie hier so schlecht empfangen worden sind.«

»Keine Bange, my Lady, ich bin gewöhnt, mich zu wehren ... Was Sie zweifellos auch schon gehört haben, nicht wahr?« Er zog die Augenbrauen hoch.

»Ich werde mich jetzt nicht mehr dazu äußern«, sagte Maggie mit einem verlegenen Lächeln. »Ich kann mir überhaupt nicht erklären, wo das ganze Dienstpersonal geblieben ist! Mutter hat ihnen wahrscheinlich einen freien Nachmittag gegeben.«

»Das macht doch nichts.«

»Aber Sie müssen sich doch in Ihrem Zimmer einrichten und das Haus gezeigt bekommen.«

»Ich kann mir keinen besseren Führer vorstellen, als Sie, Lady Margaret«, sagte Ian mit einem jovialen Lächeln. »Auch wenn Sie einige Jahre jünger sind als ich, scheinen Sie doch sehr wohl in der Lage zu sein, Ihren Verwandten, den wilden Schelm aus dem Süden, zu beaufsichtigen. Gehen Sie nur voran!«

Maggie war sich nicht ganz sicher, wie sie seine Worte zu deuten hatte und zögerte. Dann wandte sie sich zur Tür und ging vor. Ian folgte ihr – von einem Ohr zum anderen grinsend – schon im voraus entzückt – über den Spaß, den er ohne Zweifel mit dieser jungen Dame haben würde.

Das Dinner später am Abend war, milde ausgedrückt, eine unbehagliche Angelegenheit. James saß stocksteif und stumm da. Als er und Atlanta von Kairn zurückgekommen waren, hatte er den Gast nur die unverzichtbar nötige Höflichkeit angedeihen lassen. Offenbar dachte er nicht mehr daran, daß er anfangs die Idee enthusiastisch unterstützt hatte. Er hatte sein Einverständnis gegeben, und damit war die Sache für ihn erledigt. Er war nicht daran interessiert, daß der junge Trotzkopf von seiner Güte und Großzügigkeit nach Hause schriebe. Es ging ihm nur darum, daß der Earl von seinem Reichtum und seinem Einfluß erfahren würde.

Atlanta machte einige schwache Versuche, eine Konversation in Gang zu bringen, indem sie sich arglos nach Ians Leben in London erkundigte. Aber entweder der Ritt am Nachmittag oder aber der Besuch des nachbarlichen Guts mußte sie aus dem Gleichgewicht gebracht haben, denn als Ian auf ihre Fragen etwas peinliche Antworten gab, verstummte auch sie.

Zum erstenmal in ihrem Leben wünschte sich Maggie plötzlich, Alastair wäre da, auch wenn nur, um die Unterhaltung in Gang zu bringen. Der einzige, der sich wirklich amüsierte, war Ian selbst. Er war zwar sensibel genug, um zu bemerken, wie unangenehm es Maggie war, daß ihre Eltern so stumm dasaßen, aber er hatte doch so viel Schalk in sich, daß er die Situation komisch fand und sich an ihr ergötzte. In seinen Augen war die ganze Familienfehde völlig lächerlich. Er wußte, daß er niemals James

Duncans Zuneigung gewinnen würde, und es lag ihm eigentlich auch nichts daran. Deshalb sah er keinen Grund, sich wegen des kühlen Empfangs beleidigt zu fühlen.

Als die Mahlzeit beendet war, erhob sich James sofort und verließ ohne ein Wort das Speisezimmer. Atlanta blieb gerade noch so viel länger da, wie es nötig erschien, um den Eindruck eines guten Tones zu wahren, murmelte dann eine eilige Entschuldigung und verschwand ebenfalls. Maggie und Ian blieben noch am Tisch sitzen, wobei Maggie krampfhaft nach Worten suchte, mit denen man eine Unterhaltung einleiten könnte. Sie war sehr erleichtert, als Ian als erster sprach.

»Ihr Vater ist ein ausgesprochen guter Unterhalter, was?« Er lächelte.

»Ich glaube nicht, daß er unhöflich sein wollte«, erklärte Maggie in dem Bemühen, die Atmosphäre zu entspannen, »aber er ...«

»... ist hin und wieder nicht gerade herzlich?«

»Man könnte es so ausdrücken.« Maggie fühlte bei Ians Worten auch ihren eigenen Schmerz wieder aufsteigen.

»Ich kann nicht anders, als mich fragen, warum er mich überhaupt eingeladen hat. Allmählich glaube ich, er kann mich genausowenig leiden wie mein Vater.«

»Ich denke, meine Mutter hat dabei ihre Hand mit im Spiel gehabt.«

»So?« Ian wurde neugierig.

Sie wurden von Alice, dem Serviermädchen, unterbrochen, das in der Tür des Speisezimmers erschien.

»Mr. Duncan, Sir«, sagte sie schüchtern, »ich bitte um Vergebung, aber seine Lairdschaft bittet um die Ehre Ihrer Anwesenheit im Ostsalon, um mit Ihnen zusammen einen Brandy zu nehmen, wenn es beliebt.«

»Danken Sie bitte dem Laird für seine Freundlichkeit, Miss«, erwiderte Ian höflich. »Sagen Sie ihm, es wird mir ein Vergnügen sein.«

Alice drehte sich um und lief aus dem Zimmer. Auch Ian erhob sich. »Ich will ihn lieber nicht warten lassen«, sagte er, »vielleicht habe ich sein kühles Verhalten beim Dinner falsch interpretiert.«

»Wir haben nur selten Leute zu Gast.«

»Besonders wenn sie mit dem Earl von Landsbury verwandt sind, sehe ich das richtig?«

»Diese Spannungen zwischen den Familien! Sie scheinen nie ein Ende zu haben.«

»Man kann nicht Duncan heißen, ohne in diese lächerliche Feindschaft irgendwie hineingezogen zu werden. Es ist fast schon komisch, wenn Sie mich fragen. Aber ich glaube, jede Familie muß ihr schwarzes Schaf haben.«

»Und wen meinen Sie damit?« fragte Maggie zurückhaltend, da diese Anspielung unter Umständen einer Beleidigung gleichkam, obgleich es ihr in erster Linie um die Ehre ihrer Familie ging und nicht um die persönliche Reputation ihres Vaters.

»Das ist eine gute Frage«, entgegnete Ian lachend. »Ich kann Ihnen mit absoluter Gewißheit sagen, wer das schwarze Schaf in meinem Teil der Familie ist. Was die Rolle Ihres Vaters im großen und ganzen angeht, da möchte ich nicht einmal versuchen zu raten.«

»Machen Sie sich eigentlich aus allem einen Spaß?« fragte Maggie. Sie wußte nicht, wie sie das Verhalten dieses Menschen aus London, mit dem sie verwandt war, einordnen sollte.

»Das Leben, *my Lady*«, sagte er scherzhaft und zog die Worte auseinander, um möglichst viel dramatische Wirkung zu erzielen, »wäre die reinste Hölle, wenn man nicht darüber lachen könnte.«

Ohne zu merken, daß er sich mit der übertriebenen Betonung ihres Titels über sie lustig machte, sagte sie ernsthaft: »Ich habe nie gedacht, daß es so schlimm ist.«

»Oh, gewiß, gewiß!« Er steigerte sich immer mehr in die Rolle eines Clowns hinein. »Aber sehen Sie, Miss Duncan, wenn Sie erst so lange gelebt haben wie ich und sich die Vorteile langer Erfahrung mit den Wegen der Welt und ihrer Weisheit zu eigen gemacht haben, dann werden Ihnen alle Dinge in ihrem wahren Licht erscheinen!«

»Ich bezweifle, daß ich Ihren Zynismus teilen werde, selbst wenn ich ...«

»Zwanzig bin!«

»Selbst wenn ich zwanzig bin!« Maggie wußte selbst nicht, warum sie diese optimistische Äußerung machte, denn bis zu diesem Tag hatte sie sich selbst für sehr skeptisch gehalten, was die Aussichten auf Glück in diesem Leben betraf. Vielleicht machte sie jetzt nur Konversation. Oder vielleicht wünschte etwas in ihr, den positiven Standpunkt einzunehmen, um die Zweifel besser beurteilen zu können, die sie selbst hatte, aber nicht aussprechen wollte.

»Sie werden mich nie überzeugen«, gab er zurück. Einen Augenblick lang bekam seine Stimme eine ungewöhnliche Schärfe. Aber genauso schnell verdrängte ein Lächeln den merkwürdig vergrämten Ausdruck in seinem Gesicht. »Ich wünsche Ihnen einen guten Abend, *my Lady*!«

Wieder betonte er ihren Titel in sonderbarer Weise. Dann drehte er sich um und ging zur Tür.

Maggie sah ihm nach und rief ihm, noch bevor sie Zeit hatte, ihre Worte abzuwägen, in einem plötzlichen Impuls hinterher: »Reiten Sie, Mr. Duncan?«

Er blieb stehen und grinste spitzbübisch. »Man behauptet das von mir, wenn mich auch viele für zu waghalsig halten.«

»Stonewycke ist für seine guten Pferdeställe bekannt.«

»Werde ich Sie dort finden?« fragte er.

»Fast jeden Tag«, erwiderte Maggie.

»Dann werde ich mich ganz bestimmt morgen früh dort einfinden«, sagte er und zog hinter sich die Türe zu.

IAN DUNCAN

Er hatte ursprünglich nicht nach Schottland kommen wollen. Gewöhnt an seinen wüsten Lebensstil in London, hatte sich Ian eigentlich ganz wohl in seiner eigenen Welt gefühlt. Vielleicht war es ihm aus irgendeinem Grund ein inneres Bedürfnis, den Schurken zu spielen, obgleich er nie bewußt darüber nachgedacht oder sich gar bewußt dazu entschlossen hatte. Er wußte nur, daß ihm dieses Leben eine Identität gab und das Gefühl, anerkannt und geachtet zu werden. Die Frauen lächelten ihm zu, seine Saufkumpanen lachten, wenn er von seinen Eskapaden erzählte, und das erfüllte ihn mit einer gewissen Befriedigung. Kaum über die Pubertät hinweg, hatte er sich nie die Zeit genommen zu überlegen, was seine Gewohnheiten über ihn als Person aussagten. Gelegentlich fühlte er sich tief innen irgendwie beunruhigt, aber es war ihm nie aufgegangen, daß sein unbekümmertes, flegelhaftes Verhalten in Wirklichkeit nur eine Maske war, hinter der sich ein tiefsitzender Verdruß verbarg. Der Gedanke war ihm nie gekommen, daß er jemand war, der sich auf der Flucht befand, ein Mensch, der beständig vor der einen Person davonlief, der er auf keinen Fall gerade ins Gesicht sehen wollte – nämlich sich selbst. Verborgen hinter seiner rauhen Fassade und einem unverwüstlichen Humor (wenn auch die Tünche gelegentlich abbröckelte), lachte Ian sich unbekümmert durchs Leben und tat so, als sei die Welt eine Bühne und er der Hauptdarsteller in einer Komödie der Zufälle.

Seine pausenlosen Aktivitäten hatten die gleiche Wirkung auf ihn wie Drogen auf einen Süchtigen – das wahnwitzige Tempo hielt ihn in Schwung. Oder vielmehr, es verhinderte, daß er gezwungen wurde, sich der Frage zu stellen, die er am meisten fürchtete. Er wäre nicht in der Lage gewesen, seine Ängste zu artikulieren. Ohne mit der Wimper zu zucken, hätte er rundweg geleugnet, daß er überhaupt irgendwelche Schwierigkeiten habe. Aber in dem äußersten Winkel seiner Seele, wo die unbewußte Angst und die Zweifel wohnten, fühlte er den Stachel der Realität, der seine Ängste entstammten: die Ablehnung, die er durch seinen Vater erfahren hatte.

Denn Ian war schließlich nur der zweite Sohn.

Und Roderick Clyde Duncan, der Earl von Landsbury, war ein Mensch, der seine Zuwendung nur auf einen einzigen Punkt konzentrieren konnte. Alles andere war für ihn dann einfach nicht existent. Zu Ians großem Nachteil wurde die Zeit, Kraft und Liebe seines Vaters verschwenderisch über den Erstgeborenen ausgeschüttet, und als sich der kleine Bruder fünf Jahre später einstellte, war wenig von der väterlichen Zuwendung für ihn übriggeblieben. Es stand bereits fest, wem die Zuneigung des Earls gehörte. Das zweite Söhnchen hatte ihn längst nicht mehr so erfreut, wie der Erstgeborene – *sein Erbe* – ihn erfreut hatte.

Schon in sehr jungem Alter lernte Ian, daß Unarten die einzig sichere Methode waren, die Aufmerksamkeit seines Vaters auf sich zu ziehen. Und so gewöhnte er sich unbewußt daran, in immer zunehmendem Maße den bösen Buben zu spielen, um so viel Aufmerksamkeit einzuheimsen, wie es sich eben machen ließ. Doch dieses Spiel erwies sich als ein zweischneidiges Schwert. Während der Junge nun tatsächlich die Beachtung fand, die er sich so sehnlich wünschte, stieß er auch auf Kritik und Ablehnung. Er und sein Vater entfremdeten sich immer mehr, und als Ian vierzehn Jahre alt wurde, waren die Wunden auf beiden Seiten so tief, daß eine bloße Änderung des Verhaltens auch keine Heilung mehr gebracht hätte. Ian begann sein Elternhaus zu hassen und wandte sich der Straße zu. Dort fand er eine Identität, wenn auch eine wenig rühmliche, indem er den wilden Mann, der über alles lacht, spielte. Je mehr er lachte und trank und den Rauf- und Saufkumpanen mimte, desto höher war er bei seinen Kumpanen angesehen. Seine ausschweifende Lebensweise brachte ihn zwar des öfteren in Schwierigkeiten, die aber doch nicht so gravierend waren, daß er sich Sorgen gemacht hätte. Er konnte sich aus fast jeder Situation herausreden oder herauslachen, und seines Vaters Reichtum und gesellschaftliche Stellung sorgten dafür, daß er keine ernsthaften Scherereien mit der Justiz bekam.

Als seine Mutter vorschlug, daß er nach Schottland gehen solle, hatte er wiederum nur gelacht. *Eine Veränderung, eine Ablenkung* hatte sie es genannt. *Eine Ablenkung wovon?* hatte er gefragt. Er brauchte keine Veränderung.

Aber es hatte nicht lange gedauert, bis er einsehen mußte, daß er eigentlich keine andere Wahl hatte. Erst wenige Tage zuvor war er wieder festgenommen worden. Aber diesmal wurde ihm ein schwerwiegenderes Vergehen als üblich zur Last gelegt: Er hatte einen Beamten der Krone tätlich angegriffen. Er wurde verhaftet und ohne viel Federlesens eingesperrt. Nicht einmal ein Routineverhör gab es diesmal. Ian war außer sich vor Wut. Er beharrte darauf, er sei erst dann gezwungen worden zur Tat zu schreiten, als der besagte Beamte der Krone (der zu der Zeit selbst einige zuviel »in der Krone« hatte) darauf bestand, eines der Schankmädchen in Ians Lieblingskneipe äußerst unsanft zu behandeln. Aber das einzige, wofür sich die Polizei, die den Fall bearbeitete, interessierte, war, daß sich Ian bereits des öfteren wegen Erregung öffentlichen Ärgernisses zu verantworten hatte und daß es sich bei der Frau um eine bekannte Prostituierte handelte.

Zuerst weigerte sich der Earl, für seinen zweiten Sohn die Kaution zu bezahlen.

»Meinetwegen kann er im Gefängnis verrotten!« schrie er wütend seine Frau an. »Der Bursche ist eine Schande für meinen Namen! Im Loch werden sie ihn schon strammhalten, das ist genau das, was er braucht.«

Sie versuchte ihn mit Logik zu überzeugen. »Was werden aber die Leute sagen?«

»Die Leuten können, zum Teufel, das sagen, was ihnen beliebt!«

»Aber es wird ein schlechtes Licht auf dich werfen, mein Lieber«, fuhr sie sanft fort. »Was werden sie von dir halten, wenn bekannt wird, daß dein Sohn hinter Gittern sitzt?«

Der Earl unterbrach kurz seinen Zornesausbruch und dachte nach.

»Wir können ihn für eine Weile irgendwohin schicken, weißt du, möglichst weit weg aus London«, fuhr seine Gattin zielstrebig fort.

»Hm-m ... Vielleicht hast du recht«, meinte der Earl schließlich, vor allem bewegt von dem Gedanken, daß seine eigene Reputation auf dem Spiel stand.

»Ich werde alles arrangieren», fiel seine Frau schnell ein, in der Hoffnung, sie könnte vielleicht doch noch einen Weg finden, zwischen Vater und Sohn zu vermitteln.

»Ja – ja, das ist tatsächlich eine Möglichkeit ... Eigentlich sogar eine gute Idee ... Schaffe den Jungen weg aus London und von seinen Saufkumpanen. Ja, mach das. Ein sehr kluger Gedanke.«

»Und du sprichst mit den Behörden?«

»Ja, natürlich. Ich werde mich sofort mit ihnen in Verbindung setzen. Schaffe mir den Lump aus der Stadt, daß er mir nicht unter die Augen kommt. So lange wie nur möglich!«

Der Earl wußte nicht, bis es zu spät war, die Pläne zu ändern, daß seine Frau vorhatte, Ian nach Stonewycke zu schicken. Als er herausfand, daß der zukünftige Wohltäter seines ungeratenen Sohnes niemand anderer war als sein Vetter James, geriet der alte Landsbury derartig in Weißglut, daß Ian begann, sich über den Plan zu freuen. Wenn sein Vater so tödlich gegen etwas war, sagte er sich, mußte die Sache doch einen gewissen Reiz in sich bergen! Die Mutter brachte es fertig, den Jungen aus allen weiteren Kalamitäten herauszuhalten, bis alles für seine Reise bereit war. Und hier war er nun, fern von den verführerischen Straßen Londons, die ihn ins Nachtleben lockten, fern von Kneipen, leichtlebigen Frauen und dem Trunk ergebenen Freunden. Hier gab es keine Tische mit Spielkarten, Geld und Biergläsern, kein wüstes Gelächter und Gläserklirren, ja, nach neun Uhr abends gab es hier überhaupt keine Geräusche mehr außer dem aufdringlich lauten Grillengezirpe, dem leisen Murmeln des fließenden Wassers unter seinem Fenster und einem gelegentlichen Schnauben von den Pferdeställen her. Aber er hatte ja immer stolz von sich behauptet, er könne aus jeder Situation das Beste machen! Irgendwie würde er dieses Gefängnis der ländlichen Ruhe schon hinter sich bringen, wie er ja auch das Gefängnis in London überlebt hatte.

Der Begrüßungstrunk mit James war kurz, und wenn sich James auch ziemlich herzlich gab, so war Ians Skepsis doch nicht gänzlich beseitigt, die er gegen den Mann hegte, von dem er, solange er lebte, nichts Gutes gehört hatte. Ian stieg die Treppe hinauf zu dem Zimmer, das man ihm früher am Tag zugewiesen hatte. Er ging hinein, trat ans Fenster, öffnete es und schaute hinaus. Tiefe Finsternis ... Und Stille. Totenstille!

Er machte das Fenster wieder zu und sagte zu sich selbst, es seien nur die Straßen Londons, die ihm fehlten. Eine unerklärliche innere Unruhe hatte sich in ihm schon beim Dinner bemerkbar gemacht. Er konnte nicht genau sagen, was ihn so nervös machte. Aber er würde schon den ganzen Spuk mit einer ordentlichen Lachsalve beiseite fegen! Nie und nimmer würde er sich diese Art von Leben unter die Haut gehen lassen. Er konnte es sich einfach nicht leisten und war entschlossen, es nie zuzulassen.

Er sprang wieder auf, marschierte im Zimmer hin und her, riß das Fenster wieder auf, horchte. Der Wind strich leicht über die Baumkronen, die Blätter raschelten leise. Der Fluß unten sang sein sanftes Lied auf dem Weg zur See. Ian atmete die Nachtluft tief ein und fluchte leise.

Er schlug das Fenster wieder sehr geräuschvoll zu, wütend auf die friedvolle Stille der Nacht, auf die Grillen, auf das dämliche Pferd, das nicht einschlafen konnte und den ganzen Stall wachhielt. Dann warf er sich auf sein Bett.

Eine Ablenkung ... ein Tapetenwechsel, hatte seine Mutter gesagt. Er selbst wollte ja gar nicht hierher kommen. Es waren die Umstände, die ihn dazu gezwungen hatten. Der bloße Gedanke, daß diese Gegend hier ihn umstimmen könnte, war ... der war einfach absurd!

DER RITT DURCHS LAND

Die Nachtruhe und der tiefe Schlaf hatten Ians Unbehagen über seine neue Umgebung wenigstens vorläufig vertrieben. Er war, was sein Gefühlsleben anging, ein Stehaufmännchen und das befähigte ihn, jede Schwierigkeit mit einem fröhlichen Gesicht zu meistern. Seine optimistische Persönlichkeit brachte es fertig, überall vielversprechende Möglichkeiten zu entdecken, ungeachtet der Lage, in der er sich befand. Und so kam es auch, daß er sich in der feuchten Kühle des anbrechenden Morgens im Stall vorfand, mit Reithosen, Lederjacke und teuren schwarzen Reitstiefeln bekleidet.

Alles war wie ausgestorben. Die einzigen wahrnehmbaren Laute waren die Geräusche der Pferde hinter der Stallmauer. Im Licht des Morgens wirkte das Stampfen und Schnauben und Kauen nicht halb so deprimierend wie in der Nacht.

Eigentlich waren es anheimelnde Geräusche, mit einer gewissen Lautmalerei darin. Er sah sich um und stellte fest, daß das Mädchen gewiß nicht übertrieben hatte: Es gab hier einen hervorragenden Bestand an edlen Pferden. Er tat einen tiefen Atemzug, sog die frische, kühle Luft ein, die gesättigt mit süßen Gerüchen von Heu, Hafer, Stroh und auch von Pferden und Pferdemist war.

Ian konnte sich nicht erinnern, wann er zum letztenmal so früh aufgestanden war. Aber er mußte zugeben, daß es eine überaus erfrischende Wirkung hatte. Es waren lauter Nichtigkeiten, um die er sich am Abend zuvor Kopfzerbrechen gemacht hatte. *Ja,* dachte er, *das ist eine fantastische Auswahl von Thoroughbreds. Sieht so aus, als hätte dieses hinterwäldlerische schottische Schlößchen doch noch seine Reize.*

In diesem Augenblick hörte er schlurfende Schritte hinter sich, wandte sich um und sah in das alte Gesicht von Digory.

»Sie können niemand anders sein als der Neffe des Lairds«, sagte der alte Mann und warf einen forschenden Blick in das Gesicht des Jungen.

»Ganz zu Ihrer Verfügung«, erwiderte Ian und streckte ihm freundlich die Hand entgegen.

Ein guter Händedruck, dachte Digory, *fest und zuversicht-*

lich. Aber er hatte zu viel über diesen jungen Mann gehört, um nicht ein wenig auf der Hut zu sein.

»Es ist mir gesagt worden, ich dürfe hier reiten«, sagte Ian.

»Wenn das Wetter so bleibt ...« gab Digory zurückhaltend zur Antwort und begann sich um das Füttern der Pferde zu kümmern. Innerhalb des Bereiches, der schon immer sein Wirkungskreis gewesen war, trat seine vorsichtige Haltung besonders dann deutlich zutage, wenn sich ein Fremder im Stall aufhielt.

Ian ging langsam an den Reihen der Boxen vorüber und blieb an der Box von Raven stehen. Er hob schon die Hand, um die weiße, samtene Nase des Tieres zu streicheln, da ertönte Digorys Stimme: »Das ist das Pferd von Lady Margaret.«

»Oh«, sagte Ian, sich bewußt, daß Digory ein wachsames Auge auf alles hielt, was er tat. Er fand es lustig, daß der alte Stallknecht so offensichtlich die Rechte des Mädchens schützte. »Können Sie mir dann ein anderes empfehlen?« setzte er mit der Andeutung eines Lächelns hinzu.

Digory sah, daß seine Bemerkung als ungehörig empfunden worden war und lächelte zurück. »Ach was! Hören Sie nicht auf mich, ich bin ja nur ein alter Stallknecht. Es steht mir wohl nicht zu, Ihnen zu sagen, auf welchem Pferd Sie reiten dürfen! Ich möchte nur, daß Sie dieses eine nicht nehmen, wenn Sie es mit Lady Margaret selbst nicht vorher abgesprochen haben, denn sie mag Raven ganz besonders gern.«

»Ach so, Raven?« sagte Ian, trat zurück und ging weiter an den Boxen entlang. Er blieb stehen und sah neugierig zu, wie Digory mit einem Eimer voll Futter Ravens Box betrat. Er kannte von früher her solche Diener. Sie dienten oft schon so lange in einem Haus und hatten so viele verschiedene Herren überlebt, daß sie beinahe mehr Macht besaßen, als die Leute, denen sie dienten. Er hatte gelernt, daß es unklug war, ihnen in die Quere zu kommen. Ob sich das mit dem Hüter der Ställe von Stonewycke genauso verhielt, wußte Ian noch nicht. Aber dieser Stallknecht war in jedem Falle ein Mann, dem man Beachtung schenken sollte. *Ja,* dachte Ian, *vielleicht ist das hier doch ein interessanter Ort.*

»Wie wäre es mit diesem Braunen?« fragte er schließlich, nachdem er an einigen Boxen vorübergegangen war, bis sein Auge an einer kastanienbraunen Stute mit tiefschwarzer Mähne und ebensolchem Schweif hängenblieb.

»Sie ist ein edles Pferd«, sagte Digory, stolz auf den herrlichen Tierbestand und auch froh, daß der junge Mann ein Pferd zu wählen in der Lage war, das Raven ebenbürtig war. »Sie haben sich da etwas sehr Gutes ausgesucht. Lassen Sie mich dieses Pferd für Sie satteln!«

»Danke vielmals«, sagte Ian, überrascht von dem herzlichen Charme dieses originellen alten Mannes. »Wie heißt sie?«

»Maukin«, antwortete Digory, als er den richtigen Sattel gefunden hatte.

»Seltsamer Name«, bemerkte Ian, »wenn ich das Schottische richtig verstehe.«

»Wenn Sie auf ihr reiten, Mr. Duncan, werden Sie sofort merken, warum ich ihr den Namen Hase gegeben habe«, antwortete ihm eine andere Stimme. Maggie war hinter ihm in den Stall getreten. »Denn sie ist schnell. Und wenn Sie ein klein wenig aus der Übung sind, sollten Sie lieber ein anderes Pferd wählen.«

Ian entging weder das schelmische Blitzen in ihren Augen noch der kokette Zug um ihren Mund. Nicht eine Spur der gelegentlich aufflackernden Feindseligkeit vom Nachmittag zuvor war in ihrer Stimme zu entdecken. Offenbar hatte der nächtliche Schlaf auch ihre Zweifel zur Ruhe gebracht. Ein zweiter Blick zeigte ihm, daß Maggie ein hübsches Reitkostüm trug und offenbar vorhatte, gemeinsam mit dem Gast der Familie auszureiten. Der Wollrock war aus rotschwarzem Ramsey-Schottentuch, die enggeschnittene schwarze Lederjacke betonte ihre schmale Taille, und der schwarze Seidenhut war unter dem Kinn mit einer Schleife aus schwarzem Samt zusammengehalten und kontrastierte wundbar mit ihren rotbraunen Locken und ihrer hellen, samtigen Haut. Ian konnte einfach nicht anders, als noch einmal genau hinzusehen. *Tatsächlich,* dachte er wieder, *das hier ist wirklich ein Ort voller Überraschungen.*

»Ich habe mich noch nie vor einer Herausforderung gedrückt!« Er lachte fröhlich und beschloß zu ignorieren, daß er tatsächlich etwas aus der Übung war, denn in der Stadt hatte er in der letzten Zeit Droschke und Kutsche als Transportmittel benutzt, wenn er auch mit seiner Kutsche meistens so schnell raste, wie es gerade vertretbar war.

»Heute habe ich so richtig Lust zu reiten«, sagte Maggie. »Ich muß Ihnen ja auch unsere schöne Gegend zeigen.«

»Ich danke Ihnen, my Lady«, erwiderte Ian mit einem Augenzwinkern und winkte spielerisch in Digorys Richtung. »Es wird mir eine Ehre sein! Ich werde also noch einmal sagen: Geh voran, schöne Maid!«

Sie ritten in südwestlicher Richtung, eine sanfte Brise von der See her im Rücken. Der Himmel war verhangen, und es gab nur wenige blaue Löcher in der Wolkendecke. Doch selbst der trübe Spätsommertag konnte die intensive Leuchtkraft der blühenden Heide auf den Hügeln nicht dämpfen, und auch nicht die Heiterkeit des jungen Mannes, der in seinem ganzen Leben noch keine solche Pracht gesehen hatte.

Immer noch mit den Spuren eines selbstzufriedenen Lächelns auf den Lippen, ritt Ian hinter Maggie her und sonnte sich in dem Gedanken, daß er dieser unerfahrenen jungen Lady einen gewaltigen Gefallen tat, indem er sie begleitete. Doch er war in keiner Weise auf die Veränderungen gefaßt, die nach und nach über sein eigenes Wesen kamen, während er so weiterritt. Langsam stiegen in ihm die gleichen Gedanken auf, die ihm bereits am Abend zuvor seine Ruhe geraubt hatten, nur daß sie im hellen Tageslicht nicht mehr so erschreckend wirkten. Das wahre Antlitz der Natur ließ sich selten auf den Straßen von London erblicken, und selbst dann hatte Ian Duncan kein Auge dafür gehabt. Aber als sie weiterritten, versetzten ihn die starken Düfte von Heide, Erde, wildwachsenden Gräsern, Bäumen – alles mit einem Hauch salziger Gischt von der See vermischt – in eine Hochstimmung, die er nie zuvor gekannt hatte. Eine Lerche flatterte über ihnen, und seine Ohren fingen das Trällern ihrer silbrigen Stimme auf. *Hörte er mit seinen zwanzig Jahren zum erstenmal einen Vogel singen?* Wie konnte so etwas möglich sein? Zumindest war es das erste Mal, daß er die beglückende und doch schlichte Schönheit dieses Klanges bewußt wahrnahm. Freudetrunken sah er sich um. Kein einziges menschliches Wesen, so weit das Auge reichte. Sie beide ritten in einer Einsamkeit, wie er sie noch nie erlebt hatte, vor der er immer zurückgeschreckt war. Aber heute ... Die Erde, der Himmel – das alles wirkte so groß, so überwältigend ... so gewaltig!

Was ging in ihm vor? Er hatte immer die Bauern mit ihrem Land für minderwertig gehalten, für etwas, auf das man überlegen herabblickte. Das geschäftige Treiben der Stadt war sein Lebenselement. Aber was war das für ein seltsames Empfinden, das in ihm aus den Tiefen seines Wesens aufstieg, diese freudige Unbeschwertheit, diese unbändige Heiterkeit mitten in der einsamen Wildnis? Was war das für ein eigentümliches Prickeln in seinem Innern, fast wie die Erinnerung an eine Erinnerung, an etwas, was sich noch nicht ereignet hatte und aus tiefster Vergangenheit aufstieg, aus der Ferne, nicht der Jahre, sondern der Jahrhunderte; die starke Sehnsucht eines ungestillten Verlangens, in dem dennoch das Gefühl großer Glückseligkeit lag? Er fühlte sich in die riesigen, klaren Weiten des nördlichen Himmels gehoben und empfand intensive Freude und bohrenden Schmerz zugleich, ein Schmerz, der immer in der Sehnsucht nach dem Unbekannten mitschwingt.

Ian warf den Kopf zurück und lachte.

»Was ist denn?« fragte Maggie und lachte unwillkürlich mit.

»Es ist ... einfach phantastisch!«

»Was denn?«

»Alles! Sehen Sie es denn nicht? Es ist alles so ... riesig, so unangetastet – so rein!«

Maggie sagte nichts, und einige Minuten ritten sie still nebeneinander. Schließlich brachte Ian sein Pferd zum Halten, stieg ab und beugte sich über eine kleine Blume, die sich durch Unkraut und hohe Gräser zum Licht durchgekämpft hatte.

»Sehen Sie sich das mal an. So klein und so zart. Doch die Blätter sind rauh, dick und fest. Und sie ist so allein!«

»Sie blühen gewöhnlich im zeitigen Frühjahr. Ich nehme an, diese hat soviel Zeit gebraucht, um durch das Gestrüpp hindurchzuwachsen.«

»Wie heißt sie?« Ians Stimme wurde leise und fast andächtig.

»Aber, das ist doch ein Himmelschlüsselchen, ich dachte, Sie wüßten das. Sie wachsen hier überall wie Unkraut.«

Ian pflückte behutsam den dicken Stengel, sah sich die Pflanze einen Augenblick lang genau an und reichte sie Maggie. »Nun, Margaret Duncan«, sagte er, »ich danke Ihnen, daß Sie mich mit diesem winzigen Wunder bekanntgemacht haben. Wie viele es davon auch geben mag, es sind niemals genug! Ich kann mich nicht erinnern, in ganz London je ein so liebliches Gesicht gesehen zu haben. Die Gärten sollten voll davon sein! Jedes Haus – in London, in Schottland – überall! Jedes Haus sollte von Himmelschlüsselchen umgeben sein, das sage ich Ihnen!«

Er streckte die Arme weit aus und schwenkte sie im Kreis. »Auf euch allen sollen Himmelschlüsselchen wachsen, hört ihr?« rief er und zeigte auf die bewachsenen Hügel, »lauter Himmelschlüsselchen!«

Maggie lachte freudig. »Ich muß schon sagen, das habe ich nun doch nicht erwartet. Sie sind ja vor Begeisterung über unsere Landschaft geradezu überwältigt!«

»Ich habe selbst in keiner Weise damit gerechnet«, gab Ian etwas ruhiger und nachdenklicher zu.

Sie bestiegen wieder ihre Pferde und setzten den Ritt fort. »Ich kann gar nicht sagen, was über mich gekommen ist.«

»Schottland ist so«, sagte Maggie, »so sind diese Heidehügel im Spätsommer und Herbst. Sie ergreifen unser Inneres. Sie ziehen und locken, und ehe man sich versieht ...«

»Was denn?« fragte Ian.

»Ich wollte sagen, ehe man sich versieht, wird das Land zu einem Teil von einem selbst, und schon liebt man es.«

Einige Minuten lang schwiegen beide. Und dann ganz plötzlich, ohne Vorwarnung, trieb Maggie Raven zum Galopp an. Ian, überrascht, schaltete nicht schnell genug und blickte hinter ihr her, wie sie mit wehenden Haaren davonjagte. Wie ein himmlisches Wesen auf einer Wolke aus schwarzem Samt sah sie aus. Er riß sich zusammen und galoppierte ihr nach.

»Mach schon, Maukin!« brüllte er.

Er saß etwas wacklig im Sattel und hatte das Gefühl, er reite auf einem schwerfälligen Elefanten, verglichen mit Maggie, deren elegante Gestalt immer kleiner wurde. Er schaffte es nicht, sie einzuholen, bis sie auf einem kleinen Hügel, etwa einen halben Kilometer entfernt, haltmachte.

Maggie stieg ab und beobachtete seinen etwas holprigen Galopp. Aus Angst, daß er sie überhaupt nicht mehr einholen würde, hatte er das Pferd frei laufen lassen, und Maukin hatte bald ein Tempo entwickelt, das ihrem Namen alle Ehre machte. Als sie näher kamen, wurde das Pferd kein bißchen langsamer, gehorchte den wilden Befehlen des Reiters und seinem verzweifelten Reißen an den Zügeln nur widerwillig und kam erst im allerletzten Augenblick zum Stehen.

Als Ian wieder zum Verschnaufen kam und seine Fassung erlangt hatte, brachte er nur ein schüchternes Lächeln zustande. Das war das erste Mal, als Maggie den kleinen Jungen in ihm sah, der sich sonst immer hinter der Fassade vorgetäuschter Männlichkeit sorgsam versteckt hielt.

»Vielleicht habe ich doch meine Reitkunst etwas überschätzt«, gab er kleinlaut zu.

Maggie unterdrückte ein Kichern und sagte: »Sie sind wenigstens fest im Sattel geblieben, Mr. Duncan! Nur wenige schaffen das bei Maukin. Sie ist wirklich ein Hase, immer bereit, ordentlich dahinzujagen.«

»Nun, ich habe beschlossen, besser zu werden«, erwiderte er ernsthaft. »Das wird mich beschäftigt halten, solange ich auf Stonewycke bin.«

»Damit Sie nichts Schlimmes anstellen?« scherzte Maggie.

»Erraten!«

Ian stieg ab und schaute sich um. »Es ist einfach ein Meer von Heidekraut!« rief er aus. »Das ist es fast wert, daß ich mir beinahe den Hals gebrochen habe.«

»Unsere schottischen Dichter heben immer die wunderbaren Eigenschaften des Heidekrauts hervor. Aber im August kann ja jeder zum Dichter werden.«

»Ich verstehe auch, warum. Nur ein sehr kaltes Herz könnte in einer solchen Umgebung ungerührt bleiben.«

»Und doch ist die schottische Heide – wenn man von ihrer Schönheit absieht – nur ein kleiner, harter Strauch, zu nichts zu gebrauchen.«

»Außer, daß sie uns mit ihrer Schönheit erfreut«, entgegnete Ian. »Wäre das für den Schöpfer nicht Grund genug, sie zu erschaffen?«

»Vielleicht ist es so.«

»Sie öffnet mir die Augen«, fuhr Ian nachdenklich fort, »oder zumindest, sie fängt an, sie mir zu öffnen.«

»Ihnen die Augen zu öffnen? Wofür?«

Ian schaute weg und ließ seinen Blick über die Hügel in der Ferne streifen und dann nordwärts, bis hin zur See.

»Für mich selbst, nehme ich an«, sagte er schließlich. »Aber«, fuhr er fort in dem Versuch, die Unterhaltung von sich selbst abzulenken, »sagen Sie mir doch ein Gedicht über das Heidekraut auf.«

»Oh, das kann ich nicht, ich kenne kein Gedicht.«

»Ich wette, daß Sie mindestens ein Dutzend davon kennen. Ich bitte ja nur um eins. Kommen Sie, für Ihren Verwandten aus der Stadt, der noch nie etwas Vergleichbares gesehen oder gehört hat!«

»Also gut, weil Sie es so nett gesagt haben. Wie könnte ich daß nein sagen?« Sie setzte sich ins Gras, richtete ihren Blick in die Ferne und versuchte sich vorzustellen, sie sei, wie schon so oft, allein hier. Mit einer sanften, verträumten Stimme fing sie an zu sprechen:

Schön war die Heide über Hügel und Feld,
schön das Lächeln meines Liebsten an diesem süßen Ort.
Unter der raschelnden Birke war die Heide so schön,
aber viel schöner noch war der eine,
der mein Herz erfreut.
Doch der Winter beraubt die Heide und den Baum,
und mein Liebster muß fort von mir –
die Kriege des Hochlands zu kämpfen.
O komm zurück über die Hügel, süße Heide,
wie der Herbst in seiner Schönheit.

Sie verstummte und saß still da, noch ganz eingehüllt in die Stimmung des Gedichts. Dann fiel ihr heiß ein, daß sie ja einen Begleiter hatte, und Röte stahl sich auf ihre Wangen.

»Das war sehr schön«, sagte Ian. »Haben Sie es selbst gedichtet?«

»O nein«, lachte sie, »ich habe es in einem alten, zerlesenen Buch entdeckt, das meiner Mutter gehört. Ich hole es jedes Jahr um diese Zeit hervor und lese dieses Gedicht noch einmal.«

»Derjenige, der dies gedichtet hat, muß Schottland wirklich geliebt haben.«

»Ja«, gab Maggie zu. »Deshalb, glaube ich, liebe ich dieses Gedicht auch so. Ich kann die Liebe der Dichterin fühlen, die sie für das Land, sein Volk und seine Geschichte empfindet.«

»Was bedeuten die Worte: die Kriege des Hochlands zu kämpfen – so hieß es doch?«

»Das Gedicht wurde von einer Frau geschrieben. Sie sagt: Ihr Geliebter muß von ihr fortgehen, um in den Kriegen des Hochlands zu kämpfen.«

»Wann war eigentlich der Hochland-Krieg?«

»Es gab keinen bestimmten Krieg, der so genannt wird. Vielmehr haben die Bewohner des Nordens von Schottland – den Highlands – schon immer gegen irgend jemand gekämpft. Sie kämpften damals gegen die Wikinger, als diese mit ihren Raubzügen begannen, und durch die ganze Geschichte hindurch hat es immer wieder Schlachten gegeben bis in die Zeit, als wir gegen die Engländer bei Culloden Moor gekämpft haben, westlich von hier. Das war wahrscheinlich die bekannteste Schlacht.«

»Was geschah dort?« fragte Ian, der sich von seiner jungen Begleiterin und dem Land, dem sie entstammte, immer mehr angezogen fühlte.

»Es gab ein furchtbares Massaker. Die englischen Truppen marschierten in Schottland ein – wegen unseres Bonnie Prince Charlie, der sich zum König von Schottland ausrufen lassen wollte. Euer König George II. hielt gar nichts von diesem Einfall. Eine Menge Schotten mußten ihr Leben lassen. Aber es hatte schon seit Jahrhunderten immer Schlachten, Familienfehden und Grenzüberfälle gegen England gegeben, die die jungen Männer von ihren Ladys wegrissen.«

Sie beide richteten ihre Augen wieder auf das lilafarbene Meer der Heide an den Hängen der Hügel. »Aber trotz unserer interessanten Vergangenheit, könnte es sein, Mr. Duncan, daß Ihnen Schottland im Vergleich zu London, recht trist vorkommt?«

»Das dachte ich auch erst«, erwiderte er, »aber ich bin über mich selbst überrascht. Und das allein ist vielleicht schon etwas Gutes.«

»Gewiß.«

»Es kommt vielleicht sogar noch so weit, daß ich das alles hier liebgewinne. Vielleicht hat meine Mutter doch recht gehabt.«

»Inwiefern?«

»Als sie sagte, ich bräuchte einen Tapetenwechsel.«

»Was bewog Sie, gerade Schottland zu wählen?«

Ian lachte trocken. »Glauben Sie mir, ich bin nicht gekommen, weil ich es wollte. Es war nur der anderen Alternative vorzuziehen, der ich mich gegenübergestellt sah. Ich muß Sie daran erinnern, daß Sie einen wirklich üblen Kerl in Ihr Haus aufgenommen haben.«

»Das sagt mein Vater auch«, meinte Maggie und wandte sich ihm zu, »aber mir fällt es schwer, das zu glauben. Was haben Sie denn so Schlimmes angestellt?«

Ian grinste und überlegte, ob er ihr die Wahrheit über seinen letzten Streich erzählten sollte. Der Wüstling in ihm begann sich wieder zu regen und ergötzte sich an dem Gedanken, dieses arglose Mädchen mit der Geschichte zu schockieren, wie er wegen einer Rauferei im betrunkenen Zustand, deren Anlaß eine Prostituierte war, ins Gefängnis geworfen wurde.

»Ich wurde von meiner Familie ins Exil geschickt – als Alternative zu einem längeren Aufenthalt im Newgate-Gefängnis«, sagte er.

»Aber wieso denn? Was haben Sie denn getan?« fragte Maggie erschrocken.

»Eine Faust gemacht und sie mit Höchstgeschwindigkeit auf

die Nase eines Beamten der Krone sausen lassen«, erklärte Ian in der Absicht, eine üble Geschichte witzig klingen zu lassen.

»Nun, dann«, sagte Maggie, die weder lachte noch sich schockiert zeigte, wie Ian es gehofft hatte, »muß Ihnen Schottland tatsächlich sehr wohltuend vorkommen.«

Ein Anflug von Zerknirschung glitt über Ians Gesicht. Ein Teil in ihm wollte sich freikämpfen und sich freimachen von den Nöten und Ängsten der Vergangenheit. Jetzt, als sein altes Wesen mit den begangenen Schurkereien noch protzen wollte, wollte ein ihm selbst noch unbekannter Teil seines inneren Menschen die Gelegenheit zum Neuanfang ergreifen, die ihm diese neue Umgebung bot.

Er warf den Kopf zurück und lachte, aber es war ein Ton der Unterlegenheit darin, der seinem Lachen die gewohnte unbeschwerte Heiterkeit nahm. Denn man kann sich niemals von seiner Vergangenheit distanzieren, ohne gleichzeitig auch seinen Stolz abzulegen. Und das tut sehr weh.

»Das ist wirklich ein wahres Wort, my Lady«, sagte Ian. Zum erstenmal sprach er ihren Titel mit aufrichtiger Achtung aus. Vielleicht war es an der Zeit, die Rolle des Gentlemans zu übernehmen, für die er ja geboren war.

Er bestieg zuerst sein Pferd und ritt in raschem Tempo zurück zum Schloß. Plötzliche Angst vor den heidebewachsenen Hügeln hatte ihn gepackt. Er ritt schnell, um den vielen kleinen lila Augen zu entfliehen, die darauf aus zu sein schienen, die Tiefen seiner Seele zu durchforschen und ihn zu zwingen, der Realität über sich selbst ins Auge zu sehen, die er bislang geschafft hatte, zu verdrängen. Gedanken und Vorstellungen, die ihm völlig neu waren, ergriffen ungebetenen Besitz von seinem Verstand.

Maggie bekam den Neffen ihres Vaters an diesem Tag nicht mehr zu Gesicht.

EINE EINLADUNG ZUM DINNER

James hatte natürlich mit keinem Wort erwähnt, daß die Einladung zu den Falkirks von ihm arrangiert worden war. Das Schreiben war am Tag zuvor angekommen, und selbst Atlanta schien mit der Idee einigermaßen zufrieden zu sein.

Mit seinen Plänen ging es gut voran. Ihr Besuch auf Kairn in der vorigen Woche war herzlich genug gewesen (ungeachtet der Tatsache, daß Atlanta über die schroffe Art von Lady Falkirk etwas verärgert war), um als Wegbereiter zu dienen, daß sie ihr Einverständnis gäbe, wenn James eines Tages George als einen passenden Schwiegersohn vorschlagen würde. Und der Besuch heute, vorausgesetzt, daß George selbst anwesend wäre, bot eine Fülle von günstigen Gelegenheiten. Wenn er es nur fertigbrächte, seine hitzköpfige Tochter bei der Stange zu halten! Der einzige Kunstfehler war die Anwesenheit dieses Burschen Theodor – oder Ian, oder wie immer er heißen mochte. James konnte nicht den Gast der Familie ohne jede Erklärung einfach daheim sitzen lassen. Aber ihn mitzunehmen kam erst recht nicht in Frage.

Kurz vor elf Uhr ging er schließlich zu dem Jungen auf sein Zimmer. Ian war erst kurz vorher aufgestanden. Seit dem Morgen vor zwei Tagen, als er mit Maggie ausgeritten war, hatte er es nicht wieder versucht, mit dem Hahnenschrei aufzustehen.

»Also, mein Junge«, sagte James jovial, »was für einen Eindruck hast du von unserem Land im Norden bis jetzt gewonnen?«

»Es ist völlig anders als die Straßen von London, soviel steht fest«, entgegnete Ian und fragte sich, welchem Umstand er diese übertrieben herzliche Gastfreundschaft verdanke.

»Nicht der Geschmack deines Vaters, da bin ich mir sicher«, meinte James, »aber wie steht's mit dir selbst?«

»Ich gewöhne mich jeden Tag besser daran.«

»Ah, das ist sehr gut. Ich habe heute nachmittag in dem benachbarten Anwesen geschäftlich zu tun. Es macht dir doch nichts aus, wenn du dich für den Rest des Tages allein beschäftigen mußt, oder?«

»Aber nein, überhaupt nicht«, sagte Ian. Jetzt war er wirklich ein wenig verdutzt. Da er seit dem Tag seiner Ankunft James nicht mehr als zwei- oder dreimal zu Gesicht bekommen hatte, war er jetzt wirklich neugierig, warum der Laird auf einmal so um sein Wohlergehen besorgt war.

»Das ist gut, das ist gut! Übrigens« – James schien dies erst nachträglich eingefallen zu sein – »werden mich meine Frau und meine Tochter nach Kairn begleiten, eine interne Familienangelegenheit, weißt du. Ich werde anordnen, daß die Köchin dir etwas Besonderes zubereitet für heute abend.«

Damit drehte er sich um und ging.

Ian lächelte. *Wozu die ganze Show?* dachte er. *Warum hat er mir nicht einfach gesagt, daß ich allein zu Abend essen werde?*

Er schüttelte den Kopf, ging zum Fenster und schaute hinaus. Die Sonne stand bereits hoch am Himmel. »Ich sollte wirklich versuchen, früher aufzustehen«, sagte er zu sich selbst, »dieser Ritt am Morgen war einfach herrlich.«

Einige Stunden später fuhr Maggie mit Vater und Mutter in Kairn vor. Der junge Kutscher zog die Zügel an und brachte die Kalesche zum Stehen. Maggie und ihre Eltern stiegen aus und gingen auf die Eingangstür zu. Der Knecht, der sie gefahren hatte, kümmerte sich um die Pferde und den Wagen, und ein Diener führte sie durch die geräumige Eingangshalle zum Salon, wo Lady Falkirk sie erwartete.

»Ich bin so froh, daß Sie kommen konnten«, sagte sie herzlich, »und ganz besonders Sie, meine Liebe«, wandte sie sich an Maggie. »Ich habe Sie seit Ihrem Geburtstag im letzten Monat nicht mehr gesehen.«

Bevor Maggie antworten konnte, ging am anderen Ende des Raumes die Tür auf, und Lord Falkirk trat ein, gefolgt von seinem Sohn. Falkirk streckte James die Hand entgegen, während sich George höflich, wenn auch etwas zu eilig, in Atlantas Richtung verneigte und dann schnurstracks auf Maggie zuging.

»Willkommen auf Kairn, Lady Margaret«, begrüßte er sie, nahm ihre Hand und führte sie sanft an die Lippen. »Ich muß sagen, Sie sehen heute genauso hinreißend aus wie in Ihrem rosa Seidenkleid bei Ihrem Geburtstagsfest.«

»Danke«, erwiderte Maggie, der die Röte ins Gesicht stieg. »Wie können Sie sich nur daran erinnern, welches Kleid ich getragen habe? Ich habe immer gedacht, Männer achten nicht auf solche Nebensächlichkeiten.«

»Ich lege immer den größten Wert darauf, mich an schöne Dinge zu erinnern«, sagte er mit einem vielsagenden Lächeln.

Einige Sekunden lang hielten seine Augen ihr Gesicht fest.

Dann wandte er sich James zu, um ihn zu begrüßen.

»Guten Tag, Lord Duncan, es ist uns eine Ehre, daß Sie uns besuchen.«

»Die Ehre ist ganz auf meiner Seite, George«, erwiderte James, erfreut über den festen Händedruck des jungen Mannes. »Sie haben einen prächtigen Sohn, Byron«, sagte er, immer noch Georges Hand festhaltend. »Er wird einmal einer jungen Lady einen mannhaften Gatten abgeben!« Er zwinkerte dem jungen Mann rasch zu und ließ seine Hand los.

»Und einen ehrgeizigen dazu«, sagte Falkirk.

»Oh, zweifellos!« James lachte.

Als Lady Falkirk die Gäste zum Speisesaal führte, bot George Maggie seinen Arm an. Sie legte ihre Hand leicht darauf, und sie folgten den beiden Müttern. Die Väter bildeten die Nachhut. Die beiden älteren Männer nahmen an den entgegengesetzten Tischenden Platz. George half Maggie auf eine sehr zuvorkommende Weise beim Hinsetzen und nahm den Platz an ihrer Seite ein.

Während das Dinner serviert wurde, sagte George zu Maggie: »Ich sehe Sie so selten, Lady Margaret. Da Sie jetzt erwachsen sind, wäre es angemessen für Sie, wenn Sie sich öfter mit den Leuten aus der näheren Umgebung treffen würden. Wären Sie geneigt, es mir zu gestatten, daß ich Sie besuche, oder Sie auch vielleicht dazu einlade, mit mir zusammen eine der benachbarten Familien zu besuchen?«

»Ja ... Gewiß, natürlich«, antwortete Maggie.

»Und darf ich auch kommen, um nur Sie zu besuchen, Lady Margaret?«

»Ich nehme an, auch da wäre nichts weiter dabei«, sagte Maggie und warf einen unsicheren Blick auf ihre Mutter.

Atlanta lächelte und nickte andeutungsweise.

»Es wäre mir eine große Freude«, fuhr George fort. »Seit wir an jenem Abend zusammen getanzt haben, mußte ich immer wieder ... Hoppla, was ist denn das?« rief er, als ein Diener eine Platte mit einem großen gebratenen Fasan direkt vor ihm hinstellte.

»Sie haben doch gesagt, Sie wollten ihn selbst tranchieren, Master George«, antwortete der Mann.

»Ach ja – stimmt!« sagte George. »Hab' ihn ja heute morgen selbst geschossen«, fügte er, an niemand im besonderen gerichtet, hinzu. »Dachte mir, da kann ich ihn auch ganz fertig machen, indem ich zum Messer greife. Darf ich Ihnen ein schönes, saftiges Stück Brust abschneiden, Lord Duncan?«

»Bitte, George, das wäre sehr nett«, erwiderte Maggies Vater, voll zufrieden damit, wie sich die Dinge entwickelten.

Im weiteren Verlauf des Dinners sprach George erst nach geraumer Zeit Maggie wieder persönlich an: »Wenn ich Sie besuche, Lady Margaret, wäre es für mich ein Vergnügen, Sie zu einer Fahrt in meinem Boot einzuladen.«

Maggie blickte verlegen weg und sah dann George wieder an. »Das hört sich gut an. Aber wir haben zur Zeit einen Gast ...«

»Unsinn!« fuhr James dazwischen. »Kommen Sie nur ’rüber, George, wann immer Sie Lust haben. Maggie wird sehr gern mit Ihnen ausgehen.«

»Ich möchte natürlich nicht stören!« George gab vor, ehrlich besorgt zu sein.

»Papperlapapp! Der Junge ist ein völlig bedeutungsloser Neffe zweiten Grades von mir aus London. Nichts weiter als ein Unruhestifter. Seine Mutter hat ihn zu mir geschickt, um zu sehen, ob ich einen Mann aus ihm machen kann, aber das ist zwecklos. Dazu hat er zuviel vom Erbe seines Vaters in sich.«

»Er ist nicht ganz so schlimm, wie James ihn beschreibt«, meinte Atlanta. »Der Junge hat irgendwelche Schwierigkeiten gehabt, und wir haben uns bereit erklärt, ihn aufzunehmen, damit er in andere Verhältnisse kommt.«

»Dann sollte ich ihm vielleicht einen Besuch abstatten«, sagte George lachend. »Das hört sich so an, als brauche er jemand, der ihm ein wenig gute alte schottische Manieren beibringt.«

»So ist’s recht, George!« brüllte James vergnügt. »Einfach großartig! Das brächte den jungen Gauner schlagartig auf den rechten Weg.«

George schwelgte in der Vorstellung, wieviel Spaß die Ausführung dieser Idee mit sich bringen würde und fuhr fort: »Ich wäre bereit, dem Jungen die Gegend zu zeigen, Lord Duncan, wenn ich Ihnen damit behilflich sein kann. Ich denke, ich könnte mich selbst gegen einen Schurken aus London behaupten.«

»Keine Angst, George, gegen Sie kommt er nicht an«, sagte James und wischte sich die Lachtränen aus den Augen. Er konnte sich nicht erinnern, wann er sich zuletzt so gut amüsiert hatte. »Das Kerlchen ist etwa acht Zentimeter kleiner und mindestens vier Jahre jünger als Sie. Ein Kind gegen einen strammen Burschen wie Sie.«

George tat das Kompliment mit einem Lachen ab, konnte aber nicht anders, als sich über James’ Worte zu freuen und schielte seitwärts zu Maggie, um festzustellen, ob sie auch alles gehört hatte.

»Es ist also abgemacht«, sagte James und freute sich von Herzen auf die Abwechslung, die ein Besuch von dem jungen Falkirk mit sich bringen würde. Landsburys Sohn würde schon bald zu spüren bekommen, daß Schottlands Männer keine Bauerntölpel waren, mit denen man machen konnte, was man wollte. »Wir freuen uns schon sehr auf Ihren Besuch und werden ungeduldig darauf warten – nicht wahr, meine Liebe?« wandte er sich an seine Tochter.

Maggie lächelte freundlich, sagte aber kein Wort.

Auf dem Weg zurück nach Stonewycke war James in bester Stimmung, und sogar Atlanta schien sich für die engere Beziehung zur Familie Falkirk erwärmt zu haben. George hatte wohlweislich nicht sein gesamtes Arsenal an Schmeicheleien nur an Maggie verschossen, sondern hatte auch einen guten Teil davon für ihre Mutter verwendet. Und seine angenehme, gewinnende Art war nicht ohne Wirkung geblieben. Atlanta war mit vielen Vorbehalten nach Kairn gefahren, war aber jetzt wirklich sehr angetan. James, der die Entwicklung der Dinge genau beobachtet hatte, mußte auch zu seiner Zufriedenheit feststellen, daß Lady Falkirk seine Pläne, allem Anschein nach, äußerst geschickt ihrem Sohn unterbreitet hatte. Denn dieser hatte seine Rolle vollendet gespielt, wie ein Gentleman, der über weit mehr weltmännische Erfahrung verfügte, als man aufgrund seines Alters hätte vermuten können.

»Warum so schweigsam, Margaret?« fragte James, der in einem uncharakteristischen Anflug von Feinfühligkeit bemerkt hatte, daß seine Tochter bekümmert dreinblickte.

»Kein bestimmter Grund, Vater«, erwiderte sie. In Wirklichkeit hatte es sie ziemlich gewurmt, daß er Ian beim Dinner so lächerlich gemacht hatte. Und jetzt war in ihr die ganze Verachtung wieder hochgekommen, die sie für seine Art empfand, die Menschen immer so zu behandeln, wie es für seine Zwecke gerade am nützlichsten war. Ihr schwelender Zorn auf den Vater verhinderte jedoch nicht, daß sie sich zu George Falkirk hingezogen fühlte. Sie fand, daß er ein sehr gut aussehender und charmanter Mann war. Und obgleich er sich so unverblümt und vielleicht sogar etwas aufdringlich um sie bemühte, so daß es ihr schon ein wenig peinlich war, mußte sie zugeben, daß seine Worte auf sie Eindruck gemacht hatten.

»Komm, komm! Denk doch an den jungen Falkirk! Der junge Mann war offensichtlich begeistert von dir. Du willst doch nicht behaupten, daß du es nicht bemerkt hast!«

»Natürlich habe ich es bemerkt«, gab sie ärgerlich zurück, mit etwas mehr Nachdruck als beabsichtigt. »So wie ihr alle uns angestarrt habt, konnte es mir ja nicht entgehen! Es war aber, milde ausgedrückt, unangenehm.«

»So ein Unsinn!« James war alles andere als zufrieden mit der Art und Weise, wie seine Tochter zu ihm sprach. »Der Mann war einfach aufmerksam dir gegenüber, wie es sich für einen Gentleman gehört, nichts weiter.«

»Es war nicht schwer zu erkennen, daß George dich mag, Liebling«, sagte Atlanta in einer sanften, mütterlichen Art. »Wir möchten doch nur, daß du glücklich bist, und George ist wirklich reizend.«

»Ich weiß, Mutter«, sagte Maggie und wurde rot. »Natürlich finde ich ihn nett, gewiß ... Aber er ist so viel älter als ich. Er ist so gebildet und weitgereist. Ich bin ja erst siebzehn.«

»Wunderschöne siebzehn, Liebling!« fügte Atlanta hinzu. »Du bist schon eine Frau und kein Kind mehr. Viele junge Ladys in deinem Alter sind bereits verheiratet. Und ein Gesicht wie deins macht großen Eindruck auf Männer.«

»Besonders, wenn man auch noch eine Figur hat wie du!« sagte James, noch immer angeheitert von dem Wein, den er nach dem Dinner reichlich genossen hatte.

»Vater!« sagte Maggie. »Wenn es dir nichts ausmacht, wäre ich dankbar, wenn du deine Meinung über meinen Körper für dich behieltest!«

Schockiert über diese Zurechtweisung durch seine Tochter, hielt James vorerst den Mund. Aber noch einige dieser Ausbrüche, und er würde entsprechend reagieren, dachte er. Er konnte es nicht dulden, daß seine eigene Tochter ihn derartig brüskierte. Dieses eine Mal wollte er es noch übersehen. Vielleicht hatte er ja wirklich etwas Unpassendes gesagt. Daran war gewiß dieser billige Wein bei den Falkirks schuld!

»Weißt du, Liebling«, fuhr Atlanta fort, »sollte er wirklich zu Besuch kommen, werden wir versuchen, uns im Hintergrund zu halten. Wer weiß, vielleicht kannst du ihn bald auch sehr nett finden.«

»Mutter«, sagte Maggie, »ich finde ihn bereits nett – seit er mich bei der Party zum Tanzen aufgefordert hat. Ich will nur nicht, daß Vater uns ständig beobachtet und mich dem Mann in die Arme zu treiben versucht!«

James sagte nichts. Solange, bis Falkirk das launische Frauenzimmer geheiratet hatte, konnte er sich ja zurückhalten. Aber sie sollte sich, zum Kuckuck, in acht nehmen! Solange sie unter seinem Dach lebte, hatte sie anständig mit ihm zu reden!

Er lehnte sich zurück und versuchte, die Fahrt zu genießen, wenigstens so weit es die holprige, mit grobem Schotter und Steinbrocken bedeckte Straße zuließ. Maggie verfiel in ein nachdenkliches Schweigen, entschlossen, ihrem Vater von jetzt ab jedesmal die Stirn zu bieten, wenn er sie manipulieren wollte, um seine eigenen Pläne durchzusetzen. Sie spürte, daß die Ursache für seine gute Laune nicht allein das schöne Dinner bei den Nachbarn sein konnte. Er führte irgend etwas im Schilde, und sie wollte nicht das geringste damit zu tun haben.

Ich konnte nicht verhindern, daß er mir Cinder genommen hat, dachte sie bitter, *aber das nächste Mal wird er nicht so leicht seinen Willen bekommen.*

Und doch mußte sie lächeln, als sie an George Falkirk dachte. Er war wirklich ein Mann, mit dem sie gern zusammen war. Und er sah blendend aus!

LUCY KRUEGERS BABY

Seit dem Tod von Bess Mackinaw begann in Maggie heimlich der Wunsch zu wachsen, mehr Kontakt mit den Leuten vom Strathy-Tal zu pflegen. Sie hatte das Empfinden, daß sie nicht länger nur aus der Entfernung an ihrem Leben Anteil nehmen, nur ein vages Interesse für ihr Wohlergehen zeigen konnte. Obwohl sie nie zu hoffen gewagt hätte, viel Einfluß auszuüben – insbesondere, wenn sie an die Haltung ihres Vaters dachte –, so spürte sie dennoch den inneren Drang, sich mehr um die Leute zu kümmern. Irgendwie fühlte sie sich eins mit ihnen, verbunden durch die Verpflichtung dem Land und ihrem gemeinsamen schottischen Erbe gegenüber – durch die Geschichte, die sie alle teilten, durch ihre Vorfahren über Jahrhunderte hinweg. Sie hielt das alles für viel bedeutsamer als die Zufälligkeiten von Stammbaum und Erziehung.

Sie nahm sich also vor, Hector und Stevie auch in Zukunft zu besuchen. Gleichzeitig begann sie auch häufiger ins Dorf und in die Kirche zu gehen. Und das bewirkte, daß der Kreis ihrer Freunde aus dem Dörfchen immer mehr wuchs.

Als ihr Vater erfuhr, daß sie die Familie Gillies besucht und ihnen angeboten hatte, ihrer invaliden Tochter das Lesen beizubringen, bekam er einen Tobsuchtsanfall.

»Als wärest du eine einfache Dienerin!« schrie er.

»Sie möchte lesen lernen«, erklärte Maggie, »und sie kann nicht zur Schule gehen.«

»Jemand anders kann sie unterrichten!«

»Es ist niemand sonst da«, beharrte Maggie. Warum konnte es ihr Vater nicht akzeptieren, daß sie jetzt reifer und unabhängiger war? Warum bestand er immer darauf, alles, was ihr wichtig war, abzulehnen, und zwang damit die Frau in ihr, um so heftiger gegen ihn zu rebellieren?

»Meine Tochter wird niemals ein Bauernkind unterrichten!«

»Aber ...«

»Denke an deine Stellung, Margaret!«

»Gerade meine Stellung weist mir ja meinen Platz unter diesen Leuten zu!« gab sie zornig zurück.

»Du bist eine Lady«, entgegnete er. »Das ist dein Platz!«

»Ist es in diesem Fall nicht meine Pflicht, den Leuten Freundlichkeit zu erweisen?«

»Deine Pflicht ist es«, sagte er mit eiskalter Endgültigkeit, »das zu tun, was ich dir sage! Und sonst gar nichts!«

Maggie drehte sich um und lief aus dem Zimmer, kochend vor Wut und Bitterkeit. Als sie bald darauf erfuhr, daß Lucy Krueger gerade ihr erstes Kindchen etwas zu früh bekommen hatte und daß man annahm, das schwächliche Baby bliebe nicht am Leben, begann Maggie sofort Vorbereitungen für einen Besuch bei Kruegers zu treffen. Ihr Vater mochte sie ausschimpfen, rügen und strafen, so viel er wollte – sie würde Lucy besuchen.

Die beiden Mädchen mochten sich schon seit vielen Jahren, und wenn man sie auch nicht Freundinnen im üblichen Sinne nennen konnte, so hatten sie doch eine freundschaftliche Beziehung zueinander, soweit dies bei dem Standesunterschied überhaupt möglich war. Natürlich konnte Lucy nicht darauf hoffen, mit jemand wie Maggie ein innigeres Verhältnis zu haben, aber sie fühlte sich sehr zu der Tochter des Lairds hingezogen. Sie waren zwei Jahre auseinander – Maggie war die jüngere von den beiden –, und an besonderen Festtagen, wenn die herrschaftliche Familie mit ihren Bauern zusammen feierte, trafen sie sich immer. Bei einer dieser Gelegenheiten – sie waren damals noch klein gewesen –, hatte Maggie, einem plötzlichen Impuls folgend, Lucy eine ihrer Lieblingspuppen geschenkt, und von diesem Tag an war Lucy ihr treu ergeben. Vergangene Weihnachten waren sie länger zusammen gewesen. Lucy hatte gerade geheiratet, und Maggie interessierte sich aufrichtig für ihr neues Leben als Frau von Charlie Krueger.

Sie war gerade dabei, Raven zu satteln, um zu der Farm der Kruegers zu reiten, als Ian gemächlich daherkam.

»Wie wäre es mit einem Ritt?« fragte er.

»Es tut mir leid«, entschuldigte sie sich, »aber ich bin im Begriff, eine junge Frau zu besuchen, deren Baby vielleicht bald sterben könnte, zumindest ist es nicht ausgeschlossen.«

Ian war sichtlich enttäuscht, aber gleichzeitig flackerte in seinem Herzen ein Funke Menschenfreundlichkeit auf. »Vielleicht, wenn Sie wieder zurück sind ...«

»Ich werde möglicherweise den ganzen Tag weg sein«, meinte Maggie.

Unfähig, sich noch einen weiteren öden Tag ohne ihre Gesellschaft vorzustellen, schlug Ian schnell vor: »Dürfte ich dann mit Ihnen reiten?«

Maggie zögerte einen Moment und sagte dann: »Sicher ... warum nicht? Wenn Sie in fünf Minuten fertig sind?«

»Ich brauche nur drei. Ich werde doch nicht stören?«

»Ich denke nicht. Aber kein einziges Wort davon zu meinem Vater!«

Begeistert, an einem Geheimnis beteiligt zu sein, warf Ian ihr ein strahlendes Lächeln zu und rannte nach einem Sattel für Maukin. Er brauchte, um sie selbst zu satteln, nur einen Bruchteil der Zeit, die nötig gewesen wäre, um Digory zu finden und ihm den Sachverhalt auseinanderzusetzen.

Seinem Versprechen getreu, kam er drei Minuten später aus dem Stall ins strahlende Sonnenlicht heraus, Maukin am Zaum führend.

Der Morgen war klar und warm, wie man es im Spätsommer nur selten sieht, wenn der Herbst bereits vor der Türe steht. Ian war wieder außer sich vor Freude über die wunderbare Landschaft. Sie ritten nach Westen, bis sie auf die Straße kamen, die Port Strathy mit Culden verband. Etwa eine Meile folgten sie dieser Straße, bevor sie nach Süden abbogen. Das Land der Kruegers lag in den felsigen Gebirgsausläufern zwischen dem Strathy-Tal und Braenock Ridge. Es war das letzte Stück Land, das sich noch einigermaßen bebauen ließ, direkt an die trostlöse Einöde des Moors angrenzend, mit viel härterem Boden, als die Felder in dem Hauptteil des fruchtbaren Tales. Man sah Schafe zwischen den Felsbrocken weiden, und auf dem kleinen Acker kämpften Büschel von Weizen und Hafer ums Überleben.

Das Cottage war ähnlich gebaut wie das der Mackinaws, nur größer und besser gegen den Ansturm der Witterung geschützt. Ein weiterer Unterschied, der sofort ins Auge fiel, war das kleine Gärtchen vor dem Haus, das von Lucy solange liebevoll bearbeitet worden war, bis ein leuchtendes Beet mit Kapuzinerkresse und Begonien zur vollen Blütenpracht gelangte. Mitten durch dieses Blumenbeet verlief der Weg zur Eingangstür des Häuschens. Als sie näher ans Cottage kamen, empfand Ian tiefes Mitleid angesichts dieses hoffnungslosen Versuchs, die Armseligkeit der Hütte mit dieser fröhlichen Blumenfülle zu verschönern. *Wie kann ein Menschen einen solchen Ort sein Zuhause nennen*? fragte er sich. Auch in London gab es viel Armut, doch er war nie persönlich damit in Berührung gekommen. Jetzt, wo er real mit Menschen konfrontiert wurde, die ums Überleben kämpfen mußten, traf ihn dieser Anblick um so schmerzlicher.

Charlie Krueger kam aus dem Kuhstall heraus, um sie zu begrüßen. Er war groß und muskulös, aber sein einfaches, rundes Gesicht wirkte ängstlich verspannt, und seine Augen verrieten, daß er viele schlaflose Nächte hinter sich hatte. Mit der Linken die Augen vor der Sonne schützend, bot er seinen hohen Gästen ein mattes Willkommen und streckte Ian die Rechte entgegen. Dann wandte er sich Maggie zu.

»Nun, my Lady«, sagte er mit einer Stimme, die vor lauter Verlegenheit ganz verkrampft wirkte, »womit kann ich Ihnen dienen? Obwohl ich bezweifle, daß es etwas gibt, was ein armer Kleinbauer für solche wie Ihre Ladyschaft tun kann.«

»Ich habe gehört, daß es Lucy nicht so gut geht, Mr. Krueger«, antwortete Maggie, »und ich möchte sie besuchen. Ich dachte –«

Sie zögerte und suchte nach den richtigen Worten, die auf diesen armen Farmer nicht überheblich wirken würden. Vielleicht hatte ihr Vater recht, und es war wirklich nicht ihre Sache, sich hier einzumischen. Aber bevor sie weiterdenken konnte, zerstreute eine sanfte Stimme aus dem Cottage ihre Bedenken.

»Aber, das brauchen Sie doch nicht, my Lady«, sagte Lucy, »obwohl es schön ist, Ihre liebe Stimme wieder zu hören.«

Maggie drehte sich um und sah Lucy in der Tür stehen, bleich und kraftlos gegen den Türpfosten gelehnt. In dem Moment, als sie Maggies Stimme hörte, hatte sie sich eiligst eine Wolldecke über die Schultern gelegt und war an die Tür gekommen.

»O Lucy, meine Liebe«, rief Maggie und lief zu ihrer abgehärmten Freundin, »du siehst so erschöpft aus!«

Lucy lächelte und breitete für die junge Erbin von Stonewycke die Arme aus. »Niemals zu erschöpft für einen Besuch von Ihnen.«

»Ich habe dir hier etwas Brot und Käse mitgebracht«, sagte Maggie.

»Das ist sehr freundlich von Ihnen«, sagte Lucy. Dann wandte sie sich in einem anderen Ton an ihren Mann: »Also, Charlie, führe die Lady und den Gentleman herein und hilf Lady Margaret mit ihrer Tasche.« Charlie gehorchte etwas unbeholfen, nahm Maggie das Paket ab und führte die beiden ins Haus.

»Wir wären sehr stolz, wenn Sie ein bißchen bei uns bleiben würden«, fuhr Lucy fort. »Würden Sie gerne unser Baby sehen?«

»O ja, sehr gern!«

Maggie folgte Lucy ins Cottage. Ian stand noch einen Augenblick zögernd vor der Tür und ging dann auch hinein. Er blinzelte in der Dunkelheit, und als sich seine Augen schließlich an das Halbdunkel gewöhnt hatten, sah er eine Torf-Feuerstelle in der Mitte des Raumes mit einer Rauchfahne, die sich träge aufwärts bewegte und durch das Dach entwich. Ein Teekessel gluckerte fröhlich über dem Feuer und zeigte an, daß Lucy sich trotz ihrer Schwäche im Haus zu schaffen machte.

Lucy und Maggie steckten bereits die Köpfe über der aus rohem Holz gezimmerten Wiege zusammen.

»Kommen Sie doch, Sir«, bat Lucy voll Stolz, »sehen Sie sich unser süßes Baby an.«

»Sie ist entzückend!« rief Maggie aus, »wie heißt sie?«

»Wir haben sie gestern abend taufen lassen und haben ihr den Namen Letty gegeben.«

»Gestern abend taufen lassen? Willst du damit sagen, daß ihr sie schon nach draußen genommen habt?«

»Ach was! Nein, my Lady, Mr. Downly ist hierher gekommen. Wir haben ja nicht damit gerechnet, daß sie am Leben bleibt. Aber sehen Sie sie nur an!« Lucy strahlte. »Sie wird natürlich noch richtig in der Kirche getauft.«

Das Kindchen war winzig, völlig hilflos und wußte nicht, daß sein Leben an einem seidenen Faden hing, noch fragte es danach. *Weshalb sollte es so darum kämpfen, am Leben zu bleiben?* dachte Ian, als er sich im Haus umsah. *Welche Zukunft hat Letty denn? Nichts als Armut und Entbehrungen das ganze Leben lang!*

»O Lucy, sie hat deine Augen!« sagte Maggie.

Ian suchte verzweifelt nach etwas, was er sagen könnte, als er an der Wiege stand und sah plötzlich entsetzt, daß in der Matratze des Kindes ein riesiges Küchenmesser steckte.

»Ich muß schon sagen!« rief er aus. »Ich glaube, hier ist etwas an den falschen Platz geraten!«

Er wollte das Messer entfernen, aber Lucy legte beschwichtigend die Hand auf seinen Arm.

»O nein, Sir, lassen Sie das Messer da, wo es ist. Es ist ja nur wegen Charlies Vater.«

»Aber wofür denn, um Himmels willen?«

»Um die Feen davon abzuschrecken, unsere kleine Letty zu stehlen und sie gegen einen Wechselbalg auszutauschen«, erklärte Lucy. »Ich habe Fergus Krueger klargemacht, daß Gott auf unsere Letty aufpaßt und wir diesen Aberglauben hier nicht brauchen. Aber er hat gesagt, man könne nicht vorsichtig genug sein, und er ist der Großvater des Kindes und hat das Recht, seine Meinung zu äußern. Aber es war der Herr, der das Kind sicher durch die erste Nacht gebracht hat, und er wird es auch vor allen dummen Feen beschützen.«

»Es ist ein kräftiges Kind, wirklich«, sagte Maggie.

»Das ist sehr freundlich von Ihnen, das zu sagen.«

»Ein wackeres Kind, so würden wir es nennen«, warf Krueger dazwischen, der aus lauter Verunsicherung darüber, daß er so vornehme Gäste in seiner armen Behausung hatte, bis dahin geschwiegen hatte.

»Ja, der Herr hat uns mit unserer Kleinen eine so große Freude gemacht. Deshalb haben wir sie auch Letty genannt.«

»Wieso? Ich verstehe nicht«, sagte Maggie.

»Letty kommt von dem Namen *Letitia*. Das bedeutet *Glück*.«

»Wie wunderbar!« rief Maggie entzückt.

»Und wir *sind* glücklich, my Lady, nicht wahr, Charlie?«

Charlie wurde ein bißchen rot und nickte mit dem Kopf.

»Ja«, fuhr Lucy fort, »der Herr hat uns versprochen, daß unsere Kleine stark und gesund sein wird und auch einmal etwas tun wird zum Wohl unseres Landes, das wir alle so lieben. Der Herr hat uns wirklich mehr gesegnet, my Lady, als wir es verdienen.«

Eine kurze Stille entstand. Dann lachte Maggie und sagte: »Also, ich freue mich ja so für dich, Lucy. Und auch für Sie, Charlie«, fügte sie hinzu und sah ihn an. »Sie ist tatsächlich *a braw wee bairn*!« (Ein wackeres kleines Kind.)

»Es hört sich aber sehr gut an, wenn Sie die Sprache unseres Landes sprechen, my Lady«, sagte Lucy begeistert.

Sie stand auf, ging zum Herd und richtete den Tee für ihre Gäste. Aber Maggie sah ihr an, daß sie es unter großer Anstrengung tat.

»Du legst dich jetzt wieder hin, Lucy«, sagte sie, »ich kann genausogut einen Kessel Wasser kochen und Tee hineinschütten!«

»Ich kann doch eine Lady wie Sie nicht für mich arbeiten lassen!« protestierte Lucy.

»Unsinn!« erklärte Maggie, »außerdem bestehe ich darauf. Du hast mir gar nicht dreinzureden!«

Voll Unbehagen über diesen Rollentausch, jedoch strahlend im Glück ihrer Mutterschaft und vor Freude, daß die Herrin des Anwesens ein so persönliches Interesse an ihr und ihrer Familie zeigte, fügte sich Lucy und begab sich ins Bett, wo sie schon vor der Ankunft ihrer Gäste gelegen hatte.

»Ich bin gerade dabei, meine Tiere zu versorgen«, sagte Krueger, »wenn Sie den Kuhstall sehen wollen, Sir, könnten Sie mitkommen, während ich meine Arbeit fertig mache.«

»Gewiß, mein Lieber«, erwiderte Ian, froh über den Vorschlag. Mit zwei Frauen zusammen ein Baby zu bewundern, war nicht so seine Sache.

Er folgte dem Farmer in die Scheune, die an die hintere Mauer des Häuschens angebaut war.

»Hier ist der Kuhstall, wo wir unseren Viehbestand halten«, sagte Krueger.

Ian betrat den dunklen Anbau, der eigentlich kaum mehr als ein großer Schuppen war. Er war erschüttert, denn der Stall bot ein Bild bitterster Armut. *Wenn der Mann das hier »seinen Viehbestand« nennt ... dann hat er wirklich gar nichts,* dachte Ian. Zwei Kühe scharrten ungeduldig mit den Füßen am hinteren Ende des Stalles. Krueger ging auf sie zu, öffnete die Stallpforte und führte die Kühe nach draußen.

»Ich war gerade dabei, sie auf die Weide zu bringen«, erklärte er, »sie haben bestimmt jetzt einen mächtigen Hunger.«

Ian folgte Krueger durch den Stall, und sie gingen nebeneinander – der Gentleman aus London in einem sauberen, gebügelten Reitanzug, und der arme Farmer in schmutzigen Arbeitshosen – und führten zwei magere schwarzweiße Kühe auf eine eingezäunte Wiese nicht weit vom Haus. Ian konnte sich nicht vorstellen, wie die Kühe von dem dürftigen Gras dort satt werden sollten.

»Füttern Sie denn nicht auch Hafer und Heu?« fragte Ian.

»Heu, wann immer ich kann«, antwortete Krueger. »Aber keinen Hafer. Der ist zu teuer, wissen Sie, den nehmen wir für uns selbst. Aber die Tiere kommen auch ohne zurecht.«

Als sie in die Scheune zurückkamen, holte Krueger aus einem Behälter zwei Handvoll irgendeines Körnergemischs und schüttete es über den Rand eines kleinen Hühnerkorbes, wo sich etwa ein Dutzend Küken flatternd darüber hermachten und jedes auch noch so winzige Körnchen aufpickten.

Erst dann sah Ian zwei lethargische Schweine in einer ekelerregenden Mischung aus Mist und Schlamm liegen. Krueger schüttete ein Maß eines unappetitlichen Gebräus in den Futtertrog. Sobald die Schweine hörten, wie das Zeug auf den Holzboden des Trogs aufschlug, sprangen sie, wie von der Tarantel gestochen, auf und stürzten sich mit wildem Gekreische auf das Futter, rasend in dem Bemühen, in kürzester Zeit soviel wie möglich davon in sich hineinzuschlingen.

Ian empfand das ganze als absolut erbärmlich. Diese Menschen mußten ihre nackte Existenz dem felsigen Boden und dem, was diese elenden Tiere hergaben, mühsam abringen. Wie konnten dieser Mann und seine Frau behaupten, sie seien *glücklich*? Oder war es sein reiner Charakter, der Charlie Krueger das Bewußtsein eines erfüllten Lebens gab, während er gegen die Unbilden der Natur ankämpfte, er und seine Familie und sein kleines Stück Land? War es die Herausforderung eines harten Lebens, die diesen Mann und diese Frau mit Glück erfüllte? Denn was sonst hätte es sein können?

Dies war wahrhaft eine Herausforderung, der Ian noch nie begegnet war. Alles Lebensnotwendige – wenn man damit Nahrung, Kleidung, Haus und Gut, Geld und Besitz meinte – war ihm bis jetzt immer in den Schoß gefallen, er hatte nicht einen Tag seines Lebens dafür arbeiten müssen. Aber Kruegers Arme waren rauh und gebräunt, seine Hände rissig und hart von der täglichen Arbeit. Seine Hände und das, was er mit ihnen der Erde abzuringen vermochte, brachten den Haferbrei auf den Tisch und sorgten dafür, daß genug Kartoffeln für den Kochtopf da waren. Er scheute nicht davor zurück, den widerspenstigen Boden solange zu bearbeiten, bis sie schwarz wurden, und fürchtete sich nicht vor der stechenden Kälte des Winters.

Ian warf einen Blick auf seine eigenen Hände – weich und sauber, die Hände eines Gentlemans, des Sohns eines Earls. Es waren gewiß nicht die Hände eines Menschen, der sie erst einmal energisch gebrauchen mußte, damit er noch am selben Tag etwas zu essen bekam.

Ian beneidete Krueger plötzlich – in einem gewissen Sinne. Der Farmer hatte wenigstens etwas, das ihm wirklich gehörte. Viel war es nicht – einige Hektar Land, die nur einen spärlichen Betrag brachten. Aber wenn auch sein Haus ärmlich und seine wenigen Tiere mager waren, so hielt er doch alles mit seiner eigenen Hände Arbeit instand. Und jetzt hatte er, außer seiner Frau, noch ein Kind, das er versorgen, beschützen und lieben konnte. Was könnte sich ein Mann noch mehr wünschen? *Ja,* dachte er, *vielleicht ist das wirklich Glück*. Vielleicht hatte der Name des Kindchens mehr zu bedeuten als nur augenblickliche Freude darüber, daß Gott es vor dem Tod bewahrt und es seinen Eltern zurückgegeben hatte, damit sie es lieben und pflegen sollten. Vielleicht war das Kind ein Symbol für das Leben, das seinen Eltern zu leben bestimmt war.

Maggie hatte recht. Das hier war wirklich etwas Besonderes. Diese Leute, die das Land so liebten, auf dem sie lebten und arbeiteten, machten Eindruck auf jeden, der in ihren Einflußbereich geriet. Das war gar nicht anders möglich.

Etwas in seinem Innern arbeitete und brachte das tiefe Verlangen seines Herzens nach Glück an die Oberfläche, diesen Traum, der sich nicht mit Händen greifen ließ. Er wollte auch erleben, was Lucy und Charlie Krueger miteinander teilten.

Ian ließ Krueger seine Arbeit allein fertig machen und ging aus der Scheune. Er war mit der Absicht hierher gekommen, ein paar nette Wochen lang zu faulenzen und dann wieder nach London zurückzukehren, als sei nichts gewesen. Aber jetzt geschah etwas in seinem Innern, das er sich überhaupt nicht erklären konnte und worauf er in keinster Weise vorbereitet war. Seit diesem ersten Ritt durch das Land war alles verändert. Die Gegend und die Leute berührten ihn, sie bewegten sein Herz. Der Gedanke überwältigte ihn, daß der wirkliche Sinn des Lebens hier, genau hier zu finden war, und keineswegs in London, wie er früher immer angenommen hatte.

Und dann war noch dieses Mädchen Margaret da, mit einem aufreizenden Hauch aufblühender Weiblichkeit, aber gleichzeitig auch so voller Widersprüche! Verstummt in einem Augenblick, zornig über ein verletzendes Wort, im nächsten, mutig und voller Leben; zart und offen Lucy gegenüber; kalt und herzlos gegen ihren Vater. Er hatte es schon mehrmals beobachtet, wie sie in Gegenwart von James zu einer Marmorstatue erstarrte. War ihre anfängliche Zurückhaltung ihm gegenüber Angst, jemand zu nah an sich heranzulassen?

Was konnte er nur tun, um ihr Herz aufzutauen? Nicht, daß er etwa an ihr interessiert wäre, versicherte er sich selbst. Hatte er nicht schließlich die schönsten Mädchen Londons in den Armen gehalten? Das Mädchen Margaret war nur eine Verwandte vom Lande, sehr hübsch, gewiß, aber unreif. Sie war ein interessanter Fall, voller starker Emotionen, von denen einige sich stark bemerkbar machten. Andere, urteilte er, hielt sie fest unter Kontrolle und ließ niemand in sich hineinschauen.

Voll Gedanken, die planlos in seinem Gehirn herumwirbelten, ritt Ian eine Stunde später mit Maggie nach Hause. Der Besuch hatte auch sie zutiefst bewegt. Sie war den Tränen nahe, und nur die zähe Ramsey-Natur in ihr hielt sie davor zurück, loszuweinen.

Keiner von ihnen sprach. Sie waren schon ein gutes Stück Weges auf dem steinigen Pfad geritten, als plötzlich eine atemlose Stimme hinter ihnen herrief: »Halt, my Lady, halt!«

Es war Krueger. Sie zogen die Zügel an und schauten zurück. Er war hinter ihnen hergelaufen und mußte erst einmal Luft schöpfen, bevor er seine Botschaft übermitteln konnte. Schließlich sagte er: »Meine Frau möchte Ihnen das hier für Ihre Freundlichkeit geben.« Er hielt ihr ein Taschentuch aus weißem Leinen entgegen. Es war mit Klöppelspitze umhäkelt. Zwei rosa Primeln waren an einer Ecke aufgestickt. »Sie hat es selbst gemacht«, fügte er stolz hinzu, nicht wissend, daß dieser Umstand die Gabe umso kostbarer machte.

Zutiefst gerührt nahm Maggie es entgegen. Sie wagte kaum zu sprechen aus Angst, die Fassung zu verlieren. Mit belegter Stimme flüsterte sie ein leises »Dankeschön«.

Dann lenkte sie Raven heimwärts und ritt los. Ian folgte in einiger Entfernung. Der Wunsch, allein zu sein, kam mächtig über sie, und sie trieb ihr Pferd zum Galopp an. Doch Ian gab Maukin ebenfalls die Sporen, holte Raven ein und fand Maggie, blaß und mit tränenüberströmtem Gesicht.

»Miss Duncan?« sagte er. Etwas anderes fiel ihm nicht ein.

»Verzeihen Sie, Mr. Duncan«, erwiderte sie, wischte die Tränen weg, schluckte und preßte ihre bebenden Lippen fest aufeinander. »Es ist sehr unbeherrscht von mir.«

»Nein, das ist es nicht«, widersprach er, und seine Stimme enthielt nicht eine Spur von Sarkasmus. »Es ist absolut verständlich; übrigens, ich bin ein guter Zuhörer, wenn Sie einen brauchen sollten.«

»Danke, Mr. Duncan.« Sie versuchte, ihre Fassung wiederzugewinnen. »Aber es ist alles in Ordnung.« Noch war sie nicht bereit, ihm so viel Vertrauen entgegenzubringen. Noch nicht.

Maggie steckte das Taschentuch von Lucy in die Tasche und sagte kein weiteres Wort, bis sie sich an der Tür zum Pferdestall trennten.

Vielleicht brauche ich wirklich jemand, der mir zuhört, dachte Maggie, *aber nicht jemand, der mich in irgendeiner Weise an meinen Vater erinnert.* Sie hatte ihm als Kind vertraut, sie hatte ihn geliebt. Und schlimmer noch, sie hatte tatsächlich geglaubt, er liebe sie auch! Bis zu dem Vorfall mit Cinder hatte sie nie bemerkt, wie wenig ihm an ihren Gefühlen oder an Dingen, die für sie wichtig waren, lag. Sie hatte sich heute noch nicht von dem Schock erholt, den er ihr angetan hatte. An jenem Tag hatte sie gelobt, ihm nie, nie wieder zu vertrauen. Nie wieder würde sie es zulassen, daß er ihr so weh tat! Weder er noch irgendein anderer Mann! Sie würde es auf keinen Fall riskieren, die Schale des Selbstschutzes, die sie um sich errichtet hatte, zu sprengen, auch nicht dadurch, daß sie diesem Neffen ihres Vaters Vertrauen schenkte. Vielleicht würde auch er sich über etwas lustig machen, was ihr teuer war, wie zum Beispiel dieses wunderschöne Taschentüchlein. Er hatte bereits unter Beweis gestellt, daß er mit Vorliebe alles im Leben ins Lächerliche zog. Aber er würde es nicht auf ihre Kosten tun!

Vielleicht lagen diese Überlegungen auch ihrem energischen Bemühen zugrunde, mit den Bauern Freundschaft zu schließen. Zweifellos liebte sie das Land und seine Leute, aber in den unbewußten Tiefen ihrer Seele ahnte sie, daß ihre Stellung und ihr Titel, die sie von den Pächtern unüberbrückbar trennten, eine Art Garantie waren. Es würde nie zu einer Beziehung kommen, die so innig wurde, daß sie einen potentiellen Schmerz in sich trug wie beispielsweise die Pein einer unerwiderten Zuneigung. Oder etwas noch weit Schmerzlicheres, wie in der Beziehung zu ihrem Vater: Daß man glaubte, geliebt zu werden und dann erfährt, daß diese Liebe nie erwidert wurde.

Sie dachte: *Sie mögen recht haben, Mr. Duncan, vielleicht brauche ich jemand, der mir zuhört. Aber der Preis ist mir viel zu hoch.*

DAS WIRTSHAUS »ZU WIND UND WELLEN«

Der Tag hätte für Ian bestimmt einen besseren Abschluß gefunden, wäre nur Maggie dagewesen. Aber als sie von Lucy Krueger zurückgekommen waren, verschwand sie sofort von der Bildfläche. Sie tauchte nur kurz zum Dinner auf und zog sich dann endgültig für den Abend zurück.

Der Besuch bei den Kruegers hatte Ian sehr aufgewühlt, und als er am nächsten Morgen aufstand, hatte sich an seinem aufgewühlten inneren Zustand noch nichts geändert. Ohne recht zu wissen, warum, begann er nach Maggie zu suchen, wenn aus keinem anderen Grund, dann doch vielleicht, um wenigstens mit jemand zusammenzusein und auf andere Gedanken zu kommen. Oder um mit ihr zusammen auszureiten. Nur reiten und bloß kein Besuch diesmal.

Er sah im Stall nach, suchte im ganzen Haus, steckte seinen Kopf in die Bibliothek und ging dann wieder in den Stall. Digory hatte sie noch nicht gesehen, und Raven stand seit gestern in ihrer Box.

Er ging wieder ins Haus und lief Atlanta in die Arme. Sie blieb stehen und versuchte, eine nette Unterhaltung mit ihm zu führen, aber seine seelische Verfassung eignete sich heute nicht für leichtes Geplauder. Das Gespräch geriet ins Stocken, und Atlanta erinnerte sich plötzlich – oder schützte es vor –, daß sie noch dringend etwas zu erledigen habe und bat, sie zu entschuldigen.

Ian hatte jetzt endgültig die Nase voll. Es war ein Riesenfehler gewesen, hierher zu kommen! Wo, zum Donnerwetter, war Lady Margaret?

Das flatterhafte Ding hat vielleicht jetzt genug von mir, dachte er, *und ist irgendwo, wo sie sich mit ihren elenden Pächtern amüsieren kann! Kein Wunder, daß sie lieber mit ihnen zusammen ist als mit mir. Sie ist ja aus dem gleichen Holz geschnitzt! Sie alle hier sind hundert Jahre zurück! Diese Pächter! Dreckige, erbärmliche Kreaturen! Ein Verbrechen ist es, ein Kind in die Welt zu setzen, wenn man in solchen Verhältnissen lebt!*

Aber in diesem Augenblick schlug das Erinnerungsbild des Engels im schottischen Tuch den Dämon seiner Vergangenheit in die Flucht. Vor seinem inneren Auge sah er wieder Lucy Krueger, wie sie sich, strahlend vor Glück, über ihr Neugeborenes beugte, in den Augen etwas, das Ian nur wenig in seinem Leben kennengelernt hatte: schlichte, einfache, ehrliche und grenzenlose Liebe. Hatte dieses Kind tatsächlich wesentlich mehr vom Leben zu erwarten, als er selbst?

Ian lachte. Aber die Laute, die aus seiner Kehle drangen, hatten wenig von seiner üblichen Leichtherzigkeit in sich und glichen eher einem heiseren Aufschrei. *Was kann dieses kümmerliche Kind ... Wie war doch noch sein Name? Ach ja, Letty. Glück!*

Er lachte wieder. *Das ist wirklich allerhand! Das könnte ihr so passen, bessere Aussichten im Leben zu haben, als der Sohn eines Earls!*

Was war das Besondere an diesen Leuten? Anfangs hatte er sie bedauert. Aber jetzt! War er jetzt tatsächlich neidisch auf Charlie Krueger? Unfaßbar! Plötzlich fühlte er etwas, das er schon seit seiner Kindheit nicht mehr erlebt hatte: Eine Träne stieg ihm warm ins Auge und lief ohne jede Vorwarnung über seine Wange. Rasch fuhr er mit dem Handrücken über dieses verräterische Zeichen seiner Empfindsamkeit und begann, gereizt im Zimmer auf und ab zu schreiten.

Leider verweilte der Engel nur kurz, und die Dämonen drangen wieder auf ihn ein.

Ich verliere noch meinen Verstand! Daran auch nur zu denken, einen erbärmlichen Pächter wie diesen Krueger zu beneiden! Das ist einfach unvorstellbar!

Diese verflixte Margaret! dachte er. *Wo mag sie nur stecken? Aber es muß doch an diesem verrückten Ort auch ohne sie etwas zu tun geben!*

Ziellos in seinem inneren Aufruhr verließ er das Haus und eilte zum Pferdestall. Mürrisch gab er Digory die Anordnung, er solle Maukin für ihn satteln.

»Und ein bißchen rasch, ich hab's eilig!«

Er erinnerte sich, auf dem Weg nach Stonewycke durch ein Dörfchen gekommen zu sein – Strath-Port, oder so ähnlich. Sicher würde es dort irgend etwas zu sehen geben. Er sprang auf Maukins Rücken und stürmte los, wobei er um ein Haar die Kontrolle über den galoppierenden »Hasen« verloren hätte.

Als er in Port Strathy ankam, war es nicht schwer für ihn, das zu finden, wonach er suchte – die einzige Einrichtung dieser Art weit und breit. Das Wirtshaus war auf einem Felsen des Vorgebirges gebaut, mit Blick auf den Strand und nur wenige Schritte davon entfernt. Man brauchte nur einen kurzen Pfad entlang und über die Kaimauer zu gehen. Die Steinmauern des Wirtshauses waren wahrscheinlich die neuesten im ganzen Dorf, und das geschnitzte hölzerne Schild mit dem Namen »Zu Wind und Wellen« war kürzlich frisch bemalt worden.

Als Ian sein Pferd vor dem Wirtshaus festband, sog seine Nase die frische Brise des Salzwassers und den beißenden Heringsgeruch ein. Die Eichentür schwang knarrend auf. Das Innere des Wirtshauses wäre zu jeder anderen Tageszeit ziemlich dunkel gewesen. Aber die strahlende Sonne des frühen Nachmittags leuchtete mit Macht durch sämtliche Oberfenster herein, die an drei Mauern entlang, nahe der Decke, angebracht waren.

»Guten Tag, Eure Lairdschaft«, rief ihm vom gegenüberliegenden Ende des Raumes eine Frau zu, die sich als einzige in der Gaststube befand.

»Ich hoffe, Sie haben offen«, sagte Ian.

»Hätten Sie vielleicht gern ein Zimmer?« fragte sie und sah Ian mit einem fast gierigen Blick an. Sie war groß und korpulent. Die kurzen Ärmel ihres tristen, grauen Kleides ließen ihre muskulösen Arme frei. Es war offensichtlich, daß sie harte Arbeit gewöhnt war: Die Gaststube blitzte vor Sauberkeit. Ihre schwarzen Äuglein blickten scharf und durchtrieben. Man sah es ihr an: Sie war es nicht nur gewohnt, viel und schwer zu arbeiten, sondern sie war auch eine gewiefte Geschäftsfrau. Ihr dichtes Haar, etwa im Farbton ihres Kleides, war ziemlich kurz geschnitten, denn sie konnte nichts vertragen, was ihr bei der Verrichtung ihrer Aufgaben hinderlich war.

»Nein«, erwiderte Ian, »aber ich habe Durst.«

»Na, also, ich pflege eigentlich erst in einer bis zwei Stunden Bier zu servieren.«

»Aber Sie werden doch sicher Ihre Gepflogenheiten für einen Gast des Lords von Stonewycke ein wenig ändern können.«

»Oh, dann müssen Sie der Neffe sein, der aus London zu Besuch ist, nicht wahr, Eure Lairdschaft?«

»Entfernter Verwandter«, korrigierte Ian, »Neffe zweiten Grades, um genau zu sein. Nur ein entfernter Verwandter, ich versichere es Ihnen.«

»Jeder Verwandte des Lairds wird hier bei uns als ein Gentleman angesehen.«

»Und darüber hinaus bin ich nicht Eure Lairdschaft. Ich bin der Lord von nirgendwo. Mr. Duncan reicht vollkommen.«

»Wie Sie wünschen.«

»Wie steht's also mit etwas zu trinken?«

»Ach, da haben Sie recht, Eure ... ah, Mr. Duncan. Ich glaube, ich kann Ihnen eins oder zwei erlauben, weil Sie ein besonderer Gast sind.«

Das, was sie ihm dann tatsächlich erlaubte, sah eher nach drei bis vier Glas aus, und das einige Stunden, bevor sich die üblichen Gäste einzustellen begannen. Ian plauderte frei weg mit der rotwangigen Wirtin, lachte über die Geschichtchen, die sie über einige prominente Einheimische zu erzählen wußte und fühlte sich zum erstenmal richtig zu Hause, seit er London verlassen hatte.

»Sie haben hier ein schönes Lokal, Mistress –« sagte Ian nach seinem ersten Glas Whisky.

»Mistress Rankin«, ergänzte sie und schenkte ihm wieder ein. »Aber jeder hier nennt mich Queenie.«

»Also, das hier ist eine gute Kneipe, ich bin nämlich ein Kenner. Ich kenne mich in jedem Pub aus, das man in London finden kann.«

»Vielen Dank für diese freundlichen Worte über ›Zu Wind und Wellen‹, Sir. Mein Mann und ich haben vor zwei Jahren zu bauen begonnen. Das andere Wirtshaus, das uns gehörte, war damals gerade vom Sturm niedergerissen worden. Es war natürlich sowieso schon baufällig.«

Ian leerte sein Glas und hielt es zum Nachfüllen hin.

»Dieser schottische Whisky ist ein mächtig starkes Zeug, Mr. Duncan. Würden Sie nicht lieber ein Glas von unserem feinsten Bier versuchen? In Glasgow gebraut, das Beste vom Besten!«

»Immer her damit!« erwiderte Ian und lachte schallend. »Ich trinke Ihr Bier und Ihren Whisky und was Sie sonst noch haben!«

Sie schenkte ihm ein Bier ein.

»Also«, verkündete Ian und hob sein Glas hoch, »ich trinke auf Sie und Ihr Wirtshaus, Mistress Rankin. Möge Ihre Tür nie wieder von einem Sturm aus den Angeln gehoben werden! Auf starke Mauern und gutes Wetter von jetzt ab!«

Als einige Zeit später die ersten Einheimischen eintrafen, waren sie zuerst etwas zurückhaltend und wortkarg dem jungen Fremdling gegenüber. Aber Ian kannte sich bestens in diesem Metier aus und machte bald die ganze Gesellschaft munter mit seinem ansteckenden Lachen, wobei ihm der Whisky, der erst sein Blut und dann auch sein Gehirn erreicht hatte, sehr zu Hilfe kam.

Erzählungen über das tolle Treiben im Süden und vor allem die Runde Getränke, die er allen spendierte, bewirkten, daß eine Stunde nach Sonnenuntergang das ganze Haus vor Gelächter dröhnte, und der fröhliche Gesang draußen schon von weitem zu hören war.

Queenie konnte sich zu diesem Zeitpunkt nicht mehr genau erinnern, wie viele Gläser ihr junger Gast zu sich genommen hatte, aber sie sah ihn hin und wieder mit einiger Besorgnis an. Sein nobler englischer Akzent hatte sich in ein undefinierbares Lallen verwandelt. Bei jedem neuen Toast verschüttete er fast ebensoviel, wie er trank.

Schließlich hob er sein Glas und hielt es der ganzen rotgesichtigen, beschwipsten Gesellschaft entgegen. Dann erhob er sich schwankend, mit der Absicht, auf die Bank zu steigen, auf der er gesessen hatte. Er begriff jedoch schnell, daß das ein undurchführbares Projekt war und begnügte sich einstweilen damit, einfach stehenzubleiben, was auch schon eine Leistung war.

»Here's ta the heath, the hill an' the heather«, begann er zu rezitieren. Seine Zunge war so schwer, daß er die Worte kaum herausbrachte. *» ... the bonnet, the – the –«*

Als sein Gedächtnis ihn im Stich ließ, stand einer seiner Trinkkumpanen schwankend auf, legte einen Arm um ihn und lieferte die fehlende Zeile: *» ... the plaidie, the kilt an' the feather!«*

»Ja, genau!« rief Ian mit Begeisterung aus. *»Here's ta the song – that auld Scotland can boast. May her name never die! That's a Highlandman's toast!«*

Bei der letzten Zeile grölten alle so stürmisch mit, daß es bestimmt weithin im Dorf zu hören war. Sie lachten und applaudierten wie wild, und merkten nicht – selbst weit über ihr normales Maß hinaus alkoholisiert –, daß ihr junger Freund, fast besinnungslos, auf seiner Bank zusammensank.

Wie gesagt, niemand bemerkte es, außer Queenie, die den Zustand, in dem sich ihre Gäste befanden, immer sehr genau im Auge behielt. Sie bahnte sich einen Weg zu Ian und strich ihm sanft mit ihrer dicken, schwieligen Hand über die Wange.

»Mr. Duncan«, rief sie ihn an, »Mr. Duncan, ich glaube, es ist Zeit, daß Sie sich auf den Heimweg machen.«

Mit Mühe hob Ian seinen wirren Kopf von der Banklehne. »Warte m–mal, du bist doch Queenie, ja?«

»Ja, Eure Lairdschaft –«

»D–du s-sollst mich doch nicht so n–n–nennen, Queenie, meine Freundin.«

»Es ist schon spät. Wissen Sie, wie Sie nach Hause kommen? Ich kann den Wagen einspannen lassen –«

»Nein, meine liebe Queenie«, erwiderte er und zog sich halbwegs in die Sitzstellung hoch. »Ich bin okay, hab' noch nie jemand gebraucht, der mich nach Hause bringt.«

Schwankend erhob er sich. Der ganze Raum drehte sich langsam im Kreise. Oder war er es, der sich drehte? Unfähig, dies festzustellen, murmelte er: »Wo ist denn hier die Tür?«

Queenie nahm ihn beim Arm und führte ihn nach draußen. Die kühle, frische Nachtluft hätte eigentlich eine belebende Wirkung auf den jungen Trunkenbold haben müssen, statt dessen griff er erbleichend nach Queenies Arm.

»Mir wird schlecht, Queenie«, stöhnte er.

»Atmen Sie nur diese reine Luft tief ein«, redete sie ihm zu.

»Es ist ja die Luft, von der es mir schlecht wird.«

Er klammerte sich an ihrem Arm fest und versuchte, seinen Blick auf sein Pferd zu fixieren.

»Sind Sie auch ganz sicher, daß Sie es schaffen, Mr. Duncan?«

»Ich werde zu Hause und in meinem Bett sein, bevor du den Rest dieser Taugenichtse losgeworden bist!« versuchte er zu scherzen. Aber sein Lachen klang nur wie ein schwaches Echo der bereits verflogenen Heiterkeit.

Schließlich tat die Nachtluft doch noch ihre Wirkung, und er bekam einen etwas klareren Kopf. Er kletterte auf den Rücken von Maukin, wenn auch mit viel Mühe. Doch das gute Pferd mußte gespürt haben, daß sein Herr in Not war, und trug ihn behutsam und langsamen Schrittes zurück nach Stonewycke. Queenie sah ihm einige Sekunden kopfschüttelnd nach und kehrte dann zu ihren Gästen ins Wirtshaus zurück.

Wäre Ian etwas nüchterner gewesen, hätte er es beinahe als ein Wunder empfunden, daß er überhaupt heil zurückfand. Denn er kannte die Straße schlecht, es war stockdunkel, und seine Sinne waren verwirrt. Aber er war so gut wie besinnungslos und registrierte den ganzen Vorgang kaum. Er nahm auch kaum wahr, daß Maukin mit ihm das große eiserne Tor passierte. Er stieg ab, überließ Maukin sich selbst und torkelte auf die Eingangstür zu. Er fragte sich, ob er überhaupt hineingehen sollte. Was, wenn sein Gastgeber wie ein Gott der Rache auf der anderen Seite der Tür schon auf ihn wartete, bereit, auf ihn wegen seiner Unverschämtheit loszudonnern und ihn anschließend für immer hinauszuwerfen?

Aber er trat dann schließlich doch ein, zog die Tür hinter sich zu und stellte mit Erleichterung fest, daß alles still und dunkel war. Er tastete sich durch die Eingangshalle, stieß gegen einen Sockel, hörte das Klirren von Porzellan und hielt die Vase, die darauf stand, gerade noch fest, bevor sie fallen und zerschellen konnte. Er stellte sie so vorsichtig wie möglich wieder hin, schlich Zentimeter um Zentimeter durch die Halle und fand schließlich die Treppe. Er hielt sich am Geländer fest und stieg langsam hinauf. Als er auf dem ersten Treppenabsatz angekommen war, wurde er kühner, drehte sich nach links, machte zwei Schritte und hörte plötzlich, wie jemand vor Schrecken die Luft anhielt.

»Mr. Duncan!«

»O my Lady«, sagte er und begriff, daß er um ein Haar mit derjenigen zusammengestoßen wäre, deren Abwesenheit ihn ja zu dieser Sauftour veranlaßt hatte. Er versuchte sich zu verbeugen, und hielt sich an der Wand fest, um nicht die Balance zu verlieren. »Was für eine Überraschung, Sie hier zu finden!«

»Ich konnte nicht schlafen und dachte, ein Glas Milch ...« Sie schwieg abrupt. »Ich bin Ihnen keine Erklärung schuldig. Was machen Sie denn hier?«

»Milch, o ja!« Ian ignorierte die Frage. »Ich erinnere mich an dieses Getränk – es hilft einem zu schlafen, aber nicht zu vergessen. Ich selbst habe dafür keine Verwendung.«

»Mr. Duncan, Sie sind betrunken!«

Er faßte sich an den Mund, als sei er außer sich vor Staunen. »Ach so! Das ist es also! Gott sei Dank! Ich dachte schon, ich sterbe.« Er lachte über diesen Versuch eines Witzes.

»Still! Sie wecken ja das ganze Haus auf!«

»Bewahre! Wir dürfen auf keinen Fall jemand im Schlummerland stören!«

»Mr. Duncan«, sagte Maggie nun schroff, »Ihr Benehmen ist grob und abstoßend!«

»My Lady«, sagte er wieder in einem ernsten, traurigen Ton, »ich habe Ihnen bereits gesagt, daß Ihr Vater einen widerwärtigen Taugenichts in sein Haus aufgenommen hat.« Dann konnte er das Lachen nicht mehr zurückhalten. »Jetzt wissen Sie wenigstens, daß ich niemals lüge!« sagte er und brach in schallendes Gelächter aus.

»Gehen Sie auf Ihr Zimmer! Und, um Himmels willen, seien Sie leise, sonst wird mein Vater Sie hören!«

»My Lady, Sie sind ein freches Frauenzimmer!« sagte er mit einem unverschämten Grinsen.

»Ich verbitte mir diese Anrede!« stieß sie wütend hervor. »Ich heiße Margaret Duncan, Miss Duncan für Sie!«

»Können Sie mir noch einmal verzeihen?« fragte er mit einem todernsten Gesicht, konnte sich aber nicht beherrschen und brach erneut in Lachen aus.

Maggie drehte sich auf dem Absatz um und lief auf ihr Zimmer. An die Milch dachte sie nach dieser Begegnung nicht mehr.

Sie hatte auch nicht bemerkt, daß sich Ian ebenfalls umdrehte, wieder die Treppe hinunterstieg und zur Tür hinausging.

DIGORY UND IAN

Digory stand vor Tagesanbruch auf, wie es seine Gewohnheit war. Er zündete eine Lampe an. Es gehörte ebenfalls zu seinen Gewohnheiten, die Lampe nur am frühen Morgen und dann noch kurz am Abend, bevor er zu Bett ging, anzuzünden. Sie brannte immer nur so lange, wie er die Bibel las. Alles andere, was er noch zu tun hatte, konnte er, falls kein natürliches Licht vorhanden war, im Dunkeln verrichten.

Er bewohnte zwei kleine Räume über dem Pferdestall. Kaum mehr als ein Speicher, waren sie mit einer Strohmatratze, einem rohgezimmerten Tisch, einem ebensolchen Stuhl und einem kleinen Eisenofen ausgestattet. Und natürlich noch mit der besagten Lampe und einem kleinen Bücherregal. Es war eine recht bescheidene Unterkunft, doch für Digory war es sein Zuhause. Als ein Diener, dem man vertraute und der schon beinahe zur Familie gehörte, hätte er jede Art von Unterbringung haben können, die er gewollt hätte. Es wäre auch für ihn möglich gewesen, in dem großen Haus zu wohnen, und Atlanta hatte bereits bei verschiedenen Gelegenheiten versucht, ihn dazu zu überreden. Aber er hatte immer gesagt, er brauche keine bessere Unterbringung und sei auch gar nicht daran interessiert. Das einfache Leben, das er führe, erfülle ihn mit höchster Zufriedenheit.

Digory lebte schon seit vielen Jahren auf Stonewycke – seit er als Stallknecht die Verantwortung für die Ställe des Lairds übernommen hatte. Sein Vater, der vor ihm diese Stellung eingenommen hatte, besaß ein eigenes Cottage auf dem Anwesen. Aber Robert Macnab hatte auch einen Haufen Kinder gehabt, sechs an der Zahl, so daß sich seine Familie selbst in diesem geräumigen Haus sehr beengt fühlte.

Digory war der einzige, der noch von seiner Familie auf Stonewycke lebte. Seine Eltern waren schon lange tot. Das Haus war an andere Leute vermietet worden. Zwei ältere Brüder waren ebenfalls gestorben, ein weiterer Bruder und zwei Schwestern in andere Gegenden Schottlands gezogen.

Digory Macnab trat die Nachfolge seines Vaters im Dienst für den Laird an. Er hatte nicht geheiratet und hatte also keine Familie. Als Junge neigte Digory zum Einzelgängertum, und auch als er zu einem stattlichen, gutaussehenden und freundlichen jungen Mann heranwuchs, behielt er seine sanfte, zurückhaltende Art. Leute, die ihn nur oberflächlich kannten, hielten ihn manchmal für einen menschenscheuen Sonderling. Doch solche, die in näheren Kontakt mit ihm kamen, machten sehr schnell die Beobachtung, daß seine äußerliche Zurückhaltung einfach zu seinem Wesen gehörte und ihn keineswegs daran hinderte, für die Menschen in seiner Umgebung große Zuneigung zu empfinden. Er diente seiner Herrschaft mit absoluter Hingabe, war stets bemüht, kein böses Wort über andere zu sagen oder auch nur schlecht über sie zu denken und liebte die junge Maggie viel inniger, als jemand in dem Anwesen es auch nur ahnte. Er sorgte sich um sie, wie um eine eigene Tochter, obwohl er nie eine Tochter gehabt hatte. Hin und wieder meinte ein neuer Diener im Schloß, Digory sei hochnäsig. Aber solche Meinungen hielten sich selten länger als ein bis zwei Monate. Beim Hauspersonal war er beliebt und stand in hohem Ansehen. Sie waren stolz darauf, daß der stille, ein wenig geheimnisvoll erscheinende Mann, der Stall und Scheune mit seiner gütigen Ausstrahlung erfüllte, einer von ihnen war.

Digory nahm seine Bibel, die auf dem Tisch lag, und schlug das Buch im abgenutzten Ledereinband auf. Die Seiten waren schon oft aufgeschlagen worden, so daß sich gleich die richtige Stelle fand. Er las einen Psalm – dies tat er jeden Morgen – und hob sich den entsprechenden Text in den Evangelien oder Episteln für den Abend auf. Dann neigte er den Kopf und sprach leise das Gebet des Herrn auf altschottisch, wie er es vor langer Zeit von seinem Vater gelernt hatte:

»Uor fader, quhilk beest in Hevin, Hallowit weird thyne nam. Cum thyne kinrik. Be dune thyne wull as is in Hevin, sya po yerd. Vor dailie breid gif us thilk day. And forleit us vor skaiths, as we forleit them quha skaith us. And leed us na intil temptatioun. Butan fre us fra evil. Amen.«

Er saß noch eine Weile still mit geneigtem Kopf da und erhob sich dann ganz langsam und behutsam vom Stuhl, denn seine Arthritis machte sich in der Kühle des Morgens besonders bemerkbar. Aber er machte sich nicht die Mühe, Feuer anzuzünden, denn bald würde er unten im Stall sein. Die Nähe der Pferde, ihr Atem und die Bewegung bei der Arbeit würden seine steifen Gelenke wieder wärmen und die müden Glieder elastischer machen.

Er klappte das Buch zu und legte es behutsam wieder hin. Dann, nach kurzem Nachdenken, neigte er wieder den Kopf und sagte im Stehen: »Ach Herr, ich habe noch vergessen, unseren Gast zu erwähnen, ich wollte sagen, den Gast des Lairds. Ich selbst kenne den Jungen nicht und weiß nicht, was ich beten soll, aber du weißt, was er braucht, Herr, und das ist genug. Amen.«

Er zog sich eine Wollmütze über den Kopf und stieg langsam die ächzenden Holzstufen hinunter, die von seiner Wohnung zum Stall führten. Er fing dann an, jede einzelne Box der Reihe nach zu versorgen, sagte jedem Tier ein freundliches Wort oder tätschelte es. »Ich weiß schon, ihr möchtet alle frisches Heu und etwas Ordentliches zu essen!« murmelte er. Seine Schützlinge bekamen ihr Futter stets, noch bevor er selbst frühstückte. Er führte seinen Stall wie ein gutes Gasthaus und behandelte die ihm anvertrauten Tiere mit ebensoviel Respekt wie ein zuvorkommender Wirt seine Gäste. Sein Arbeitstag begann einige Stunden, bevor man im großen Haus das Frühstück servierte.

Digory schlurfte jetzt zum großen Heuschober und lud einen Karren mit Heu voll. Als seine Gabel in den Heuhaufen stieß, hörte er ein erstickte Stöhnen und sah, wie sich ein Teil des Heuhaufens bewegte. Der alte Stallknecht hörte auf zu arbeiten und machte sich sogleich daran, zu untersuchen, was für ein Geheimnis sich darin verbarg.

Als er das Heu mit der Hand auseinanderzog, erhellten sich seine Züge. »Wünsche Ihnen einen guten Morgen, Mr. Duncan«, sagte er mit großer Gelassenheit, als wäre es überhaupt nichts Ungewöhnliches, einen schlafenden Gentleman inmitten eines Haufens Pferdefutter zu finden.

Ian schlug seine blutunterlaufenen Augen auf und schielte gequält auf den alten Stallknecht. Er versuchte zu sprechen, mußte aber feststellen, daß sein Mund vollkommen trocken war und er kaum einen verständlichen Laut herausbringen konnte.

»Also, Sir«, fuhr Digory fort, »Sie haben wirklich Glück gehabt, daß Sie sich einen Platz zum Schlafen ausgesucht haben, an den ich nicht so schnell mit meiner Heugabel komme. In dieser Dämmerung hätte ich Sie völlig übersehen können.«

Ian kam in Bewegung und versuchte sich aufzusetzen. Aber sein Kopf drohte vor Schmerzen zu zerspringen, und er ließ sich stöhnend wieder auf das Heu fallen.

»Das ist ja zum Gotterbarmen!« fluchte er.

»Das wird er auch, mein Junge«, erwiderte Digory. »Das wird er.«

Ian schaute ihn blöde an.

»Ich weiß genau, was Sie jetzt brauchen, mein Junge«, sagte Digory fröhlich. »Bleiben Sie nur da, wo Sie sind. Ich bin sofort wieder zurück.«

Als ob Ian hätte davonlaufen können! Selbst wenn er es gewollt hätte, wäre er außerstande gewesen, aufzustehen. Das war auch das Beste, was er vorerst machen konnte – hier auf dem weichen Heu liegenzubleiben, umgeben von den Gerüchen des Stalles, die ihn in dieser stillen Morgenstunde von allen Seiten umgaben. Er fiel wieder in einen Halbschlaf, und als Digory zurückkehrte, hatte Ian bereits vergessen, daß er schon vorher einmal dagewesen war.

»Also, Jüngelchen, trinken Sie das mal«, redete der Knecht ihm zu.

Gequält schüttelte Ian den Kopf. »O–ch, ich kann nicht ... mein Kopf ...«

»Trinken Sie jetzt, mein Junge.«

»Ich glaube nicht, daß ich überhaupt etwas trinken kann.«

»Das ist Nellies Spezialmischung«, beharrte Digory, »das wird Ihnen sofort helfen.«

»Ich bin nicht krank, ich war nur ...«

Er hielt an und versuchte sich zu erinnern, wie er dazu kam, in diesem Stall zu übernachten.

»Ich bin krank, aber nur weil ich betrunken bin, oder es zumindest gestern abend war ...«

Er fragte sich gleichzeitig, ob sein verwirrtes Gehirn auch die richtigen Worte forme. »Ich weiß nicht recht, was mit mir los ist. Vielleicht bin ich wirklich krank. Eines steht aber fest: Ich bin sehr unhöflich, einfach widerlich«, setzte er hinzu, als die Erinnerungen an den gestrigen Abend wieder in ihm wach wurden. In London hatte er dutzendmal viel schlimmere Sauftouren hinter sich gebracht. Warum setzte ihm das, was gestern abend zwischen ihm und Maggie vorgefallen war, mehr zu als der ganze Katzenjammer?

Digory konnte einen Zug von Reue in Ians zerknirschtem Gesicht feststellen und dachte an sein Gebet am Morgen. Jetzt hatte er etwas Konkreteres, worüber er mit Gott reden konnte, wenn er das nächste Mal für den jungen Verwandten seines Herrn betete.

»Hier, mein Junge, trinken Sie das nur. Sie werden sich sofort wieder wohlfühlen.« Ungeachtet seiner Arthritis kniete sich Digory hin und versuchte, Ians Kopf zu stützen, damit er seine kräftige Medizin trinken konnte.

Ian hob lustlos den Becher an den Mund. Nebelhafte Bilder und Gedankenfetzen schwirrten ihm durch den Kopf. Was machte es schon, ob er sich überhaupt jemals wieder wohlfühlte? Es war sowieso alles hoffnungslos schiefgegangen. Aus und vorbei! Das wäre genau das Richtige für seinen Vater. Der würde sich an seinem Anblick geradezu weiden, wenn er ihn jetzt sehen könnte. Das würde ihm doch ein für allemal den Beweis dafür liefern, daß sein zweiter Sohn wirklich ein elender Versager und Taugenichts war.

»Hoffnungslos«, murmelte er, ohne zu merken, daß er sprach.

»Warten Sie nur ab«, meinte Digory. »Es wird schon wirken ...«

»Ich bin ein erbärmlicher Blödhammel!« sagte Ian mit ebensoviel Zorn wie Reue in der Stimme und zuckte zusammen, als er seine Worte durch die morgendliche Stille des Pferdestalls hallen hörte. »Warum helfen Sie mir überhaupt, wenn Sie nicht selbst genau so ein Dummkopf sind wie ich?«

»Sie haben eine böse Nacht hinter sich, mein Sohn.«

»Warum lassen Sie mich nicht im Heu liegen und holen den Laird? Soll er doch meine Bestrafung festlegen. Das würde ihm bestimmt einen Riesenspaß machen!«

»Niemand will Sie bestrafen, mein Junge. Strafe ist keine gute Methode, die Dinge wieder in Ordnung zu bringen.«

»Ha!« lachte Ian höhnisch. »Sagen Sie das mal meinem Vater und den Richtern, die mich gern hinter Gittern sehen möchten! Läuft denn nicht das ganze Leben nur auf eins hinaus? Gott verurteilt die Bösen wie mich. Die Hölle ist der Ort der großen Abrechnung, wo Sünder wie ich landen werden, wissen Sie das denn nicht?«

»Oh, mein Junge«, sagte Digory schmerzerfüllt und zärtlich zugleich, »das stimmt ja überhaupt nicht. Wir wissen nichts über die Strafe des Herrn. Wir wissen nur das, was sein Wort uns sagt, nämlich daß er solche, die er liebt, streng erzieht. Er straft nicht, sondern erzieht, damit wir umso mehr von seiner Liebe empfangen können.«

»Vielleicht erzieht er die, die er liebt«, meinte Ian, »aber bei solchen hoffnungslosen Fällen wie mir ...«

»Junge«, unterbrach Digory, »niemand ist von seiner Liebe ausgeschlossen. Gott liebt alle Menschen und die ganze Erde. Und er hat auch Sie einfach lieb. Das ist alles.«

»Gott, der Herr, vielleicht«, gab Ian, des Argumentierens müde, nach. »Aber ich möchte wetten, daß der Herr dieses Guts eine ganz andere Auffassung an den Tag legen wird.«

»Ich bin sicher, wenn der Laird wüßte ...«

»Ach, das ist ja auch sowieso egal«, sagte Ian halb zu sich selbst, »denn wie kann ich *ihr* jemals wieder in die Augen sehen?«

»Wenn Sie Lady Margaret meinen«, sagte Digory, »sie würde Ihnen so etwas niemals nachtragen.«

»Aber sie hätte jedes Recht dazu«, entgegnete Ian. »Wenn ich unbemerkt von hier verschwinden könnte!«

»Das wäre nicht fair von Ihnen, wenn Sie Maggie nicht einmal eine Chance geben«, meinte Digory, »und natürlich auch dem Rest der Familie. Sie müssen nicht so hart gegen sich selbst sein.«

Ian blickte den hartnäckigen Stallknecht an. *Wieso gibt er sich solche Mühe?* fragte er sich.

Als hätte er Ians Gedanken erraten, setzte Digory hinzu: »Und wenn Sie sich selbst eine zweite Chance geben würden, mein Junge, könnte ich mir denken, daß es Ihnen hier gefallen könnte. Und es würde mein Herz erfreuen, wenn Sie sich selbst dieses eine Ungeschick verzeihen könnten. Denn wissen Sie, ich habe gerade begonnen, Sie ein kleines bißchen zu mögen.«

Ian starrte ihn an und bemühte sich zu erkennen, was dieser seltsame Ausdruck in den Augen des Knechts zu bedeuten hatte; er drehte sich schließlich um und schluckte den Rest des geheimnisvollen Gebräus hinunter. Dann legte er sich wieder zurück ins Heu. Sein gestärkter Magen beruhigte sich fast augenblicklich, aber es dauerte noch eine Weile, bis der rasende Kopfschmerz abzuebben begann.

Digory beschloß, Ian jetzt am besten für eine Weile allein zu lassen und nahm seine Arbeit wieder auf. Er hatte nicht die Absicht, den Vorfall vor den Ohren des Lairds zu erwähnen. Denn obgleich er davor zurückschrak, etwas zu verheimlichen, lag es ihm genauso fern, einen anderen in Schwierigkeiten zu bringen. Und in diesem Fall meinte er, daß eine Mitteilung an den Laird nur eine weitere Entfremdung bewirken würde.

Ian fühlte sich zunehmend besser. Er lag im Heu und beobachtete wortlos den alten Stallknecht bei der Arbeit, während der Tag anbrach und es immer heller wurde. Nach einer Sauftour fühlte er sich immer so. Die physischen Beschwerden waren kaum erwähnenswert, verglichen mit der seelischen Verfassung, in der er sich jedesmal befand. Aber normalerweise kam er noch, ehe der Morgen vorbei war, an den Punkt, wo er über die ganze Angelegenheit lachen konnte, und am folgenden Abend war alle Qual wieder vergessen.

Ein schiefes Grinsen umspielte auch jetzt seine Mundwinkel. Für eins war die vergangene Nacht zumindest gut gewesen – er hatte es geschafft, Margaret wütend zu machen. Er hatte sie während der kurzen Begegnung restlos aus der Fassung gebracht. Und das war wirklich etwas zum Lachen.

Aber so sehr er sich auch bemühte, es wollte kein Lachen aus ihm herauskommen: ihm war, als wäre die innere Quelle, die das Lachen sonst hervorbrachte, in ihm versiegt. Dieser elende Ort! Selbst in Newgate wäre er besser dran gewesen! Er hätte dort wenigstens auf eine Flucht hoffen können und hätte Leute um sich gehabt, die zu ihm paßten.

Aber wie konnte er diesem Irrenhaus hier entfliehen und vor allem dem Gefängnis seiner Gedanken, wo er selber sein eigener Wärter war?

Er dachte daran, daß er seiner Mutter versprochen hatte, er werde die Zeit auf dem Lande nützen, um sein Leben zu überdenken. Natürlich hatte er ihr nur nach dem Mund geredet, ihr Dinge gesagt, die sie hören wollte. Er hatte sich selbst nie ernstgenommen. Selbstprüfung war für ihn ein Fremdwort gewesen, solange er in London lebte. Auf jede Nacht folgte ein neuer Tag ... Das Leben ging weiter, und er hüpfte durchs Leben wie ein Gummiball. Sein Leben überdenken? Er wußte ja nicht einmal, was dieser Ausdruck bedeutete.

Aber diese Art von seelischer Pein, die jetzt dem üblichen Katzenjammer folgte, war etwas Neues für ihn. Diesmal war der Sturzbach der bitteren Gedanken nicht etwa gegen seinen Vater gerichtet, nicht gegen seine Familie oder den Polizisten, der ihn zum Gefängnis geschleift hatte, nein, heute richteten sich alle Anklagen und Anschuldigungen nach innen gegen ihn selbst. Durch seinen wirren Kopf taumelte eine bedrohliche Mischung ihm fremder Gedanken. Er war immer stolz darauf gewesen, daß er mit seiner harten Schale bei anderen Eindruck schinden konnte. Aber jetzt? Wie sollte er das nur einordnen? Jetzt empfand er plötzlich einen tiefen Abscheu vor sich selbst.

Langsam zog er sich hoch und setzte sich. Dann richtete er sich auf, stützte sich an der Wand und stand auf. Der Stall schwankte etwas, und er hatte immer noch das Gefühl, er habe Watte in den Knien. Zögernd machte er ein paar Schritte. Vielleicht war die Brühe, die der Stallknecht ihm gegeben hatte, doch gar nicht so schlecht, denn auf einmal hatte er das Empfinden, daß es ihm schon wieder viel besser ginge.

DAS EIS BRICHT

Atlanta wußte, daß Maggie im Tagesraum war. Sie hatte es sich schon lange gewünscht, mit ihrer Tochter zu reden, hatte aber bis jetzt gezögert und nach einer Gelegenheit gesucht. Manchmal sehnte sie sich danach, Maggie einfach zärtlich in die Arme zu schließen, wie sie es früher getan hatte, als Maggie noch ein kleines Mädchen war. Aber Margaret war kein Kind mehr. *Jetzt ist es nicht mehr so leicht,* dachte Atlanta. Es fiel ihr jetzt noch schwerer, ihre eigene Zurückhaltung zu durchbrechen. *Und außerdem,* sagte Atlanta zu sich selbst, *Maggie geht immer dann in den Tagesraum, wenn sie allein sein möchte*. Aber andererseits hatte sie bereits zu lange gewartet. Maggie hatte irgendwelchen Kummer. Und wenn sie auch nicht gern Maggies Zurückgezogenheit störte, konnte sie ein Gespräch nicht mehr länger aufschieben.

Maggie konnte manchmal sehr kühl und distanziert sein, so völlig in ihre eigene Gedankenwelt entrückt. Atlanta hatte innig gehofft, daß die Anwesenheit ihres jungen Verwandten sie anregen würde, mehr aus sich herauszugehen. Und anfangs hatte es ja auch so ausgesehen, als wäre Maggie fröhlicher geworden. Sie und Ian waren mehrmals zusammen ausgeritten und schienen Spaß daran zu haben. Aber plötzlich umgab sich Maggie wieder mit einer Mauer des Schweigens. Hatte der Junge etwas getan, das sie verletzte? Oder war es wieder einmal James gewesen? James schien ja immer auf die eine oder andere Weise die eigentliche Ursache für Probleme zu sein, seit Maggie vor zwei oder drei Jahren ihnen beiden gegenüber auf innere Distanz gegangen war.

Sie mußte wissen, was geschehen war. Sie drehte sich entschlossen um und stieg die Treppe hinauf.

Als es leise an der Tür klopfte, legte Maggie ihre Handarbeit zögernd nieder und stand auf, um die Tür zu öffnen. Sie kämpfte immer noch darum, ihrer Gefühle Herr zu werden. Wie konnte sie ihrer Mutter erklären, was in ihr vorging? Sie verstand sich ja selbst kaum. Wie kam es, daß Ians Auftauchen oder die schlichte Gabe einer armen Bauersfrau ihr Herz so tief bewegen konnten? Sie hatte sich vor einigen Jahren geschworen, ihr Inneres nie wieder zu öffnen, aber nun war nichts mehr rückgängig zu machen:

Durch die Unmittelbarkeit der Beziehungen, die ihr auf einmal so viel bedeuteten, war es bereits geschehen. Und aus der Tiefe ihres Herzens begann Liebe zu strömen. Aber sie wollte doch nie wieder lieben! Liebe bedeutete Schmerz. Sie wollte niemand mehr lieben – nicht ihre Mutter, nicht Lucy, nicht George Falirk, einfach niemand! »Ich – habe dich heute beim Frühstück vermißt«, fing Atlanta ein wenig unsicher an.

»Bitte entschuldige«, erwiderte Maggie.

»Es ist nur, daß ich mir Sorgen um deine Gesundheit mache ...« Warum konnte nur ihre mütterliche Liebe keine besseren Worte finden? »Auch beim Dinner gestern abend hast du kaum etwas angerührt.«

»Ich glaube, ich hatte keinen großen Hunger.«

»Das ist aber meiner kleinen Maggie ganz unähnlich!« Atlanta zwang sich zu lächeln.

»Aber gerade das ist es ja, verstehst du denn nicht?« platzte Maggie heraus. Sie hatte nicht die Absicht, ihrer Mutter gegenüber heftig zu werden, aber sie mußte sich einfach mal aussprechen, und jetzt waren sie allein. »Ich bin eben nicht mehr *die kleine Maggie!*«

»Ich wollte dich nicht kränken ...«

»Oh, ich weiß, Mutter«, sagte Maggie, bereits reumütig. »Du kränkst mich nicht. Es ist ...«

»Was ist es, mein Liebling?«

»Ich weiß es selbst nicht. Es ist ... einfach alles! Lucy Krueger schenkte mir zum Beispiel dieses Taschentüchlein ...« Maggie reichte ihrer Mutter das kleine Stück Leinen. »Es hat mich ...« Sie brach ab und schaute weg.

»Was ist damit, Maggie?«

»Ich weiß nicht, wie ich über all das denken soll. Ich bin so verwirrt wegen Lucy und ihrem Baby, oder auch zum Beispiel darüber, wie ich mich benehmen soll, wenn George Falkirk zu Besuch kommt, wegen unserem Gut, und was für eine Rolle ich bei alledem spielen soll. Vater schreit mich an, wenn ich Leute besuche, die ich mag und die ich sehen will. George Falkirk macht mir Komplimente über mein Aussehen und meine Kleider. Aber ich glaube nicht, daß er sich wirklich für mich als Mensch interessiert.«

Sie schwieg und fragte dann in einem sanfteren Ton: »Mutter, hast du dir schon einmal gewünscht, du wärst jemand anders als die, die du bist?«

Atlanta versuchte, ihre Bestürzung zu verbergen. »Nun, ich glaube, jeder hat sich das schon einmal gewünscht.«

»Nein, ich meine, wirklich von Herzen«, sagte Maggie. »Manchmal denke ich, Lucy Krueger ist mit ihrem Leben glücklicher, als ich es je sein werde. Manchmal frage ich mich, ob das alles, wie zum Beispiel Mitglied einer bedeutenden Familie zu sein, nicht völlig wertlos ist. Es gibt Zeiten, wo ich mir wünsche, ich wäre eine einfache Bauersfrau.«

Leider kamen Maggies Worte bei Atlanta völlig falsch an. Ihr Herz sank. Das war es also, was Maggie bedrückte. Sie wollte nichts mit ihrem Erbe zu tun haben. Stonewycke lag ihr nicht am Herzen, und sie war nicht daran interessiert, die Tradition der Ramseys fortzusetzen – alles, was Atlanta so wichtig und teuer war. Sie mißdeutete Maggies inneren Kampf und mißverstand auch ihr Bemühen, ihre widerstreitenden Gefühle in den Griff zu bekommen. Sie schluckte schwer, um ihre Enttäuschung und ihren Schmerz zu verbergen.

»Verstehst du, was ich meine, Mutter?«

»Ich habe mir niemals gewünscht, etwas anderes zu sein als die Marquise von Stonewycke«, gab Atlanta schroff zurück. Die liebende Mutter in ihr wurde wieder einmal von der Gutsherrin verdrängt. »Das Erbe der Ramseys ist alles, woran ich interessiert war und bin. Gewiß trage auch ich Sorge für unsere Leute, aber nicht so viel, daß ich eine von ihnen werden wollte. Und das ist es, was ich auch für dich wünschte, meine Tochter – daß du meine Nachfolgerin als die Herrin von Stonewycke wirst.«

Maggie schwieg, und auch Atlanta sprach nach diesem leidenschaftlichen Ausbruch kein Wort mehr.

»Ja, Mutter, du hast recht«, meinte Maggie schließlich, doch es klang nicht sehr überzeugend. »Ich weiß, daß unser Erbe, das Land und unsere Stellung wichtiger sind als alles andere. So hast du es mir ja immer gesagt. Aber irgendwie ... muß ich es auch für mich selbst herausfinden, was es bedeutet.«

Maggie wandte sich ab und schaute kurz aus dem Fenster. »Oh, ich habe es gar nicht bemerkt, daß die Sonne schon so hoch steht. Ich will jetzt nachsehen, was Raven macht. Bitte entschuldige mich.« Mit diesen Worten eilte sie aus dem Zimmer.

Atlanta blieb regungslos in der Mitte des Zimmers stehen.

Maggie lief geschwind durch das Haus und zur Tür hinaus, überquerte den Rasen und ging mit raschen Schritten zu den Ställen. Sie wußte natürlich, daß Raven auch ohne ihre Mithilfe bestens versorgt wurde. Auch wollte sie Ian nicht gern in die Arme laufen, nachdem es am Abend zuvor diese peinliche Begegnung auf dem dunklen Treppenabsatz gegeben hatte und sie so ungehalten über ihn gewesen war. Er hatte es ja wirklich verdient, zweifelsohne, aber dennoch empfand sie eine gewisse Scheu davor, ihm wieder gegenüberzutreten.

Völlig unmöglich aber wäre es ihr gewesen, auch nur eine weitere Minute mit ihrer Mutter zusammenzusein. Wie konnte sie ihr das nur erklären, was sie auf dem Herzen hatte, wenn sie es nicht einmal selbst verstand? Natürlich liebte sie Stonewycke. Warum hätte sie sich sonst geweigert, eine Schule in Edinburgh oder London zu besuchen, obgleich der Vater sie oft dazu gedrängt hatte? Und dennoch, trotz aller Liebe zu ihrem Familienbesitz, wie viel glücklicher wäre sie gewesen, wenn sie als eine Tochter von Digory geboren worden wäre, oder wenn sie Mackinaw hieße oder Krueger oder Pike oder MacDonald, oder ... alles, nur nicht Duncan! Sie stellte sich vor, sie liefe barfuß auf Braenock Ridge umher und hüte die Schafe ... Gab es denn wirklich nichts Höheres im Leben, als *eine Lady, eine Marquise zu sein*?

Vielleicht hatte sie auch Angst vor George Falkirk, fürchtete sich davor, daß er sie von dem einfachen Bauernvolk, das sie gerade erst näher kennengelernt hatte, wieder wegziehen würde. Er wollte sie ja als die junge Lady von Stonewycke in die *Gesellschaft* einführen. Aber im Innersten ihres Herzens wollte sie viel lieber mit Leuten wie Lucy Krueger zusammensein und nicht mit der Hautevolee der benachbarten Anwesen. *Ha!* dachte Maggie. *Das gäbe ja was, wenn ich George Falkirk zu einem Besuch bei den Kruegers mitnähme!*

Ian war sich darüber im klaren, daß er mit Margaret unbedingt reden müsse. Er ging wieder auf sein Zimmer, wusch sich, zog sich um und blieb im Haus, bis der größte Teil seiner körperlichen Beschwerden abgeklungen war. Als er dann schließlich im Begriff war, das Haus zu verlassen, da erspähte er auch schon Maggie, wie sie, anscheinend in großer Eile, auf die Ställe zuging. Er holte tief Luft und rief nach ihr: »Lady Margaret!«

Maggie hielt an und drehte sich um. Auf den ersten Blick konnte Ian nicht erkennen, ob sie verärgert oder nur überrascht war. Er lief zu ihr hin, so schnell sein Brummschädel es nur zuließ.

»Ich habe gehofft, Sie zu treffen«, brachte er etwas stotternd heraus, »um Ihnen zu sagen, daß ich mich entschuldigen möchte. Ich habe mich scheußlich benommen.«

Maggies Gedanken waren gerade um George Falkirk gekreist. In ihrem Gedankenfluß unterbrochen, starrte sie Ian nur wortlos an.

»Ich würde es vollkommen verstehen«, fuhr Ian fort, »wenn Sie mich nicht mehr zu sehen wünschten. Aber ich wollte Sie noch wenigstens um Verzeihung bitten, bevor ich abreise.«

»Bevor Sie abreisen?« rief Maggie. Sie war wieder hellwach. »Wollen Sie denn Stonewycke schon wieder verlassen?«

»Ich dachte, daß dies unter den gegebenen Umständen das beste wäre. Ich möchte hier keine weiteren Unannehmlichkeiten verursachen.«

»Aber wohin wollen Sie denn gehen?« fragte Maggie und dachte, daß sie ihn noch nie so vernünftig und aufrichtig hatte reden hören. »Sie können doch auf keinen Fall wieder nach London zurück.«

»Ich habe darüber nachgedacht. Vielleicht hat mein Vater doch recht, ich verdiene nichts Besseres als ...«

»Aber doch nicht das Gefängnis! Das wäre ja entsetzlich!«

»Für mich wäre es vielleicht nicht ganz so schlimm«, meinte Ian nüchtern, »ich habe Geld. Ich wäre in der Lage, mir einige Privilegien zu verschaffen.« Er unterbrach sich plötzlich selbst und rief: »Hören Sie sich das nur an! Ich rede gerade so, als handle es sich um den Buckingham-Palast!«

Aber sein Lachen verstummte schnell wieder, und sein Gesicht wurde ernst. »Aber, um die Wahrheit zu sagen, ich bin noch nicht so weit, daß ich diesen Ort verlassen möchte.«

»Warum wollen Sie dann unbedingt darauf bestehen?«

»Ich weiß nicht. Eigentlich weiß ich nicht recht, was ich tun soll. Sie ahnen nicht, wie ich mich davor gefürchtet habe, hierher zu kommen. Und ich fürchte mich immer noch. Aber bevor ich kam, habe ich mich einfach vor Langeweile gefürchtet. Ich war London gewöhnt. Aber jetzt, wo ich hier bin, da fürchte ich mich eher davor, welche Wirkung es auf mich haben könnte, hier zu bleiben. Ich fange an, Dinge an mir selbst zu sehen, vor denen ich schon immer weggelaufen bin.«

Maggie sah ihn aufmerksam an. Das war ja ein ganz neuer Wesenszug bei ihrem Verwandten! Sie hatte gedacht, seine Einstellung zum Leben bestünde hauptsächlich darin, daß er sich über alles und jedes in seiner Umgebung lustig machte. Aber jetzt sah es so aus, als sei er genau so unsicher und voll Fragen wie alle anderen, ja, wie auch sie selbst.

»Wie gern liefe ich einfach davon!« fuhr er fort. »Ein Teil von mir brennt darauf, in die Straßen Londons zurückzukehren! Das wäre vertraute Landschaft für mich! Aber ein anderer Teil von mir, von dem ich nicht einmal wußte, daß er existiert, flüstert mir zu, hier gebe es etwas für mich, wovor ich nicht wegrennen kann und das ich mir nicht leisten kann zu verlieren. Als riefe mich eine Art Schicksal. Aber der Londoner Teil in mir will nicht darauf hören.«

»Hören Sie nicht auf den Londoner Teil!« sagte Maggie mit Entschiedenheit, »bleiben Sie!« Sie wußte selbst nicht, was plötzlich in sie gefahren war. Erst vor wenigen Augenblicken war sie noch wütend auf ihn gewesen.

»Nach dem letzten Abend weiß ich einfach nicht ...«

»Niemand weiß etwas von diesem letzten Abend.«

»Sie wissen davon und Ihr Stallknecht auch.«

»Ich werde nichts sagen. Und Digory ist treu wie Gold, das versichere ich Ihnen.«

»Ich war auch nicht gerade in totaler Einsamkeit, als ich mich betrank.«

»Oh, die Leute aus dem Dorf«, Maggie machte eine unbekümmerte Handbewegung, »so etwas ist ihnen egal. Wenn überhaupt, dann werden Sie dadurch höchstens noch an Achtung gewinnen. Und außerdem, jetzt wo die Ernte gerade beginnt, haben sie eine Menge ganz anderer Dinge im Kopf.«

Erleichtert stand Ian da und überlegte.

»Kommen Sie ... Gehen Sie ein Stückchen mit mir«, sagte Maggie. »Ich möchte Ihnen hier in der Nähe einen kleinen Garten zeigen.«

Ian nickte zustimmend und folgte ihr.

»Es ist einer meiner Lieblingsplätze. Sie waren ja damals so von der Schönheit unserer Berge und Felder begeistert, da dachte ich, der Garten könnte Ihnen auch gefallen.«

Hinter dem Baum kamen sie an eine kleine eiserne Pforte. Ein unaufmerksamer Blick hätte sie wahrscheinlich überhaupt nicht entdeckt. Und hätte jemand sie zufällig doch gesehen, hätte er – mit Recht – angenommen, sie sei verschlossen. Maggie langte mit der Hand unter einen losen Felsbrocken, der auf einem der hohen Steine der Umzäunung lag und holte einen großen, verrosteten Schlüssel herunter, der offensichtlich schon sehr alt war. Sie steckte ihn in das Schlüsselloch der Pforte. Nach einiger Anstrengung gab das Schloß krächzend nach, und die beiden jungen Leute betraten das Gärtchen.

Nicht größer als ein geräumiger Salon, war der Garten von einer ziemlich hohen Steinmauer umgeben, die von allem möglichen Gestrüpp und Efeu überwuchert war. An jedem Ende standen zwei Steinbänke. Eine hohe, prächtige Birke stand in der Mitte des Gärtchens und hatte schon begonnen, einige ihrer Blätter zu verlieren, als eine Mahnung daran, daß der Herbst bereits vor der Tür stand. Eigentlich war es ein ziemlich verwilderter und vernachlässigter Garten mit wild wucherndem Rhododendron, Azaleen und anderen Sträuchern, die dringend danach verlangten, ordentlich zurückgeschnitten zu werden. Aber dennoch lag etwas Wunderschönes in seiner Wildheit, eine fast überirdische Atmosphäre, eine friedvolle Stille, und Ian begriff sofort, warum Maggie diesen Ort so liebte.

»Ich glaube, ich bin die einzige, die ab und zu hierher kommt«, sagte Maggie, als sie sich auf eine der Steinbänke am hinteren Ende gesetzt hatten. »Aber es ist nur gut so. Wenn das Gärtchen öfter besucht würde, käme meine Mutter gewiß auf die Idee, es in Ordnung bringen zu lassen. Aber ich mag es viel lieber so, wie es ist.« Sie schwieg und dachte eine Weile nach. Alles um sie herum war still. Ein leichter Wind fuhr raschelnd durch die Birke, und ein paar goldgelbe Blätter flatterten zur Erde.

»Sagen Sie, Mr. Duncan«, fragte Maggie nach einiger Zeit. »Sähe Ihr Vater Sie wirklich lieber in den Händen der Polizei?«

»Mein Vater ...« Ian sann lange nach. Dann, als hätte er ihre Frage ganz vergessen, fragte er plötzlich: »Wissen Sie eigentlich, warum sich unsere beiden Familien entzweit haben?«

»Nur bruchstückhaft.«

»Mein Großvater war der Bruder Ihres Großvaters. Als Ihr Großvater sein Vermögen verlor, wandte sich mein Großvater von ihm ab. Sie waren Brüder, aber er wollte ihm keinen Pfennig geben. Mein Großvater hatte alles – Geld, Titel und Landbesitz. Und doch weigerte er sich, seinem eigenen Bruder auch nur soviel zu geben, daß er seine Familie ernähren konnte. Ich verstehe, daß Ihr Vater uns haßt. Ich hatte immer das Gefühl, Lawrence Duncan war durch das Unglück, das ihn getroffen hatte, bereits so hart gestraft, daß es keiner zusätzlichen Strafe bedurfte. Sogar seine Selbstachtung war erschüttert. Er brauchte vielleicht so etwas wie Mitgefühl und ein bißchen Geld, so viel, wie mein Großvater, ohne zu überlegen, für ein neues Fohlen ausgegeben hätte. Aber mein Großvater bestand darauf, das wäre Gefühlsduselei, und

weigerte sich hartnäckig, dem Drängen der übrigen Familie nachzugeben und seinem Bruder zu helfen.«

Ian schwieg und seufzte tief. Maggie blickte ihn verstohlen an und sah an seinem Gesichtsausdruck, wie aufgewühlt er war.

»Und so, wenn Sie nach meinem Vater fragen, kommt mir das alles sofort wieder in den Sinn«, fuhr er fort. »Ich nehme an, mein Vater ist vom gleichen Schlag wie mein Großvater. Er hat das Mitgefühl von seinem Vater gelernt, und der hatte keins.«

»Ist er wie Ihr Großvater?«

»Der Apfel fällt nicht weit vom Stamm«, meinte Ian. »Nur nicht verwöhnen! Besonders dann nicht, wenn es um den ausgestoßenen *zweiten* Sohn geht.«

»Ausgestoßen? Sie?«

»Sie sollten einmal meinen älteren Bruder sehen! Ein makelloser Abklatsch des Familienideals. Mein Vater wird sich mit ihm brüsten können, er wird die Familientradition fortsetzen und all das. Und vielleicht hat Vater recht. Vielleicht bin ich wirklich nichts wert. Aber trotzdem wäre es ...«

»... schön, wenn er Sie mögen würde?«

Ian sah Maggie lange an. Wie konnte sie etwas so klar erkenne, das er selbst gerade erst anfing zu begreifen? »Wie ist es nur möglich, daß ein Vater sein eigenes Fleisch und Blut nicht liebt?« fragte er ratlos, weniger Maggie als sich selbst oder einen Größeren, der vielleicht noch mit zuhörte.

»Das habe ich mich auch oft gefragt«, sagte Maggie leise.

»Sie?«

»O ja, sehr, sehr oft.«

»Aber warum denn? Ihre Eltern lieben Sie doch!«

»Das ist ein lange Geschichte.«

»Wollen Sie mir etwas davon erzählen?«

»Jetzt nicht. Aber ich erzähle es Ihnen eines Tages, wenn Sie lange genug bleiben. Man könnte das so sagen: Mein Vater hat, ähnlich wie Ihr Vater, eigentümliche Vorstellungen davon, wie man seine Zuneigung innerhalb der eigenen Familie demonstriert. Es ist sehr seltsam, aber in vieler Hinsicht hat sich mein Vater genau zu dem Typ eines Menschen entwickelt, den er sein Leben lang gehaßt hat. Er ist genau wie Ihr Großvater.«

»Das Blut der Duncans fließt in beiden. Vielleicht bin ich deshalb so hin- und hergerissen – es ist das teuflische Duncan-Blut!«

Sie lachten beide. Dann erfüllte wieder die Stille den kleinen Garten, bis Ian sie schließlich brach.

»Wissen Sie, ich bin es nicht gewöhnt, so zu sprechen. Ich meine, mit einem anderen Menschen. Ich lege sonst sehr viel Wert darauf, meine Gefühle für mich zu behalten.«

»Ich weiß, es ist nicht einfach. Ich bin auch nicht gewohnt, so offen zu reden.«

»Aber es hat gutgetan. Danke, daß Sie zugehört haben ..., Maggie.«

Maggie stand auf und ging zu der Birke hinüber. Die grünen und goldenen Blätter raschelten sanft im Wind.

»Es hört sich gut an, wenn Sie mich mit meinem Namen anreden.«

»Und Sie sind mir nicht böse?«

»Ich mag es nicht, wenn Leute mich *my Lady* nennen. Ich will Maggie sein. Ich will für Menschen wie Lucy Krueger nicht *die Lady* sein, sondern ein Freund.«

»Das kann ich verstehen.«

Um die melancholische Stimmung abzuschütteln, lachte Maggie fröhlich. »Der Tag liegt noch vor uns, Mr. Duncan. Sollen wir unsere Pferde holen und ausreiten?«

»Nur wenn Sie versprechen, mich Ian zu nennen.«

Sie lächelte und nickte mit dem Kopf. Er stand auf und folgte ihr durch die Pforte zu den Ställen.

DAS RENNEN

Ein breites, zufriedenes Lächeln zeigte sich auf George Falkirks Gesicht. *Das ist gutes Land,* dachte er. *Viel besser, als das, das meinem Vater gehört.* Natürlich, Land war Land, und er war in keiner Weise mit den zweihundertundsechzig Hektar, die er eines Tages erben sollte, unzufrieden. Aber sein Vater hatte in den letzten Jahren keine besonders glücklichen Käufe getätigt und auch wenig unternommen, um den Wert seiner Besitztümer zu steigern. Statt dessen hatte er sich damit begnügt, einfach sein Geld auf der Bank aufzuhäufen. Und wenn George an die Zukunft dachte, war ihm klar, daß er zwar einmal sehr reich sein würde, daß es aber ansonsten wenig gab, was seinem Namen Prestige und Reputation einbringen konnte.

Und so hatte George, noch lange bevor er nach Schottland zurückkehrte, bei sich beschlossen, aus allen Gelegenheiten, die sich boten, das Beste herauszuholen. Er war ja der einzige Sohn eines reichen Earls, und nicht allein das, er war darüber hinaus auch ein fähiger und gebildeter Mann, und sah, so sagte man ihm, überdurchschnittlich gut aus. Und so wollte er Augen und Ohren offenhalten und war zuversichtlich, daß sich einiges Nützliche für ihn ergeben würde.

Die Angelegenheit, die seine Eltern eines Tages wie beiläufig mit ihm besprachen, kam ihm also sehr gelegen, denn sie stand durchaus im Einklang mit seinen persönlichen Ambitionen. Der Laird des benachbarten Gutes habe eine Tochter, sagten sie ihm. Ein bißchen jung vielleicht, aber sie werde ja rasch zu einer Frau heranwachsen. Und hübsch sei sie auch, sage man. In zehn Jahren wird sie zweifellos eine wunderschöne Lady sein, von der man überall mit Bewunderung spricht. Aber das Schönste daran sei, meinten sie, daß die Rechtslage für die Zukunft so aussehe (es gab da noch einen jüngeren Bruder), daß die Tochter wahrscheinlich einen guten Teil des Landes, vielleicht sogar das ganze Anwesen erben würde. Und es war ein sehr gutes Land, angrenzend an Kairn bei dem Felsengrat, den man Braenock nannte. Von dort aus breitete es sich nach Osten und nach Westen bis hinunter an die See aus und schloß das ganze fruchtbare Strathy-Tal mit ein.

Seine Mutter hatte sogar gesagt, wenn er und Maggie zu einer Art von Beziehung kommen sollten, und das ließe sich doch gewiß arrangieren – wobei dann ein Zusammenschluß der beiden Ländereien wahrscheinlich wäre –, dann würde dies Georges Status als Landbesitzer in dieser Gegend gewiß enorm heben und ihm einen festen Platz in den Reihen der adligen Prominenz sichern. George sagte wenig dazu und behielt seine Überlegungen für sich. Aber er mußte feststellen, daß seine Gedanken seit der Geburtstagsfeier des Mädchens immer häufiger nordwärts über die Berge nach Stonewycke wanderten. Das könnte in der Tat genau die Gelegenheit sein, auf die er gewartet hatte. Er mußte nur Geduld haben und sehen, wie sich die Dinge mit dem Mädchen entwickelten. Es galt, Einfluß auf ihren Vater zu gewinnen und dann auf den genau richtigen Augenblick für seinen ersten Schachzug zu warten. Zusammen mit der Sache, die er kürzlich in bezug auf Braenock in Erfahrung gebracht hatte, wäre es wirklich eine gelungene Sache, wenn er auch noch das Mädchen für sich gewinnen könnte. Es konnte ja schließlich noch weitere zwanzig Jahre dauern, bis er sein Erbe antreten konnte. Es bestand kein Grund, warum er nicht sofort etwas unternehmen sollte, um seine finanzielle Position zu festigen, und, wenn es möglich wäre, an diese Quelle des Reichtums heranzukommen.

Aber um das alles wollte er sich später kümmern. Jetzt war er gerade unterwegs, um die junge Lady bei einem Ausritt zu begleiten, und mit jeder Meile, die ihn ihrem Haus näher brachte, steigerte sich seine freudige Erregung.

Ian und Maggie sahen George Falkirk erst um die Ecke des Hauses reiten, als sie bereits auf dem Weg zum Stall waren.

»Guten Morgen, Lady Margaret«, rief Falkirk, brachte sein Pferd zum Stehen und stieg ab. Er ging auf Maggie zu und redete weiter: »Ich kam in der Hoffnung, daß ich Sie vielleicht zu einem Ritt überreden könnte.« Ian ignorierte er vollkommen.

»Welch ein Zusammentreffen«, entgegnete Maggie. »Wir wollten gerade das gleiche tun. Mr. Falkirk, das ist ein Verwandter meines Vaters aus London, Ian Duncan.«

»Ach ja ..., Mr. Duncan«, sagte Falkirk. Die beiden gaben sich ziemlich förmlich die Hand. »Die Berichte über Ihren Besuch haben Kairn bereits erreicht. Ich habe gehofft, Sie kennenzulernen, solange Sie hier sind.«

Ian sagte nichts.

»Vielleicht wollen Sie mit uns reiten, Mr. Falkirk«, meinte Maggie.

Daß Falkirk über Ians Gegenwart wenig erfreut war, konnte man nur daran sehen, daß seine Mundwinkel eine Sekunde lang leicht zuckten. Aber da er keine greifbare Möglichkeit sah, ihn loszuwerden, beschloß er, das Beste aus der Situation zu machen.

Er wartete, bis die beiden ihre Pferde gesattelt hatten und dachte angestrengt nach, ob und wie es sich bewerkstelligen ließe, diesen Stadtjungen irgendwo in der Landschaft abzuhängen. Dann ritten sie zu dritt in schnellem Trab zum Tor hinaus und galoppierten in Richtung Süden.

Maggie hatte vorgehabt, wieder zu den Bergen zu reiten, wo sie und Ian bei ihrem ersten gemeinsamen Ritt gewesen waren, aber Falkirk übernahm mit seinem goldbraunen Hengst gleich die Führung und führte sie nicht über die sanft ansteigenden Hügel, sondern zu den felsigen und steilen Höhen. Er ritt frisch voran, und diese schwierige Strecke holte aus dem im Reiten nicht so geübten Ian das Letzte heraus.

Schließlich zog Maggie die Zügel an und brachte Raven zum Stehen. »Ich hatte eigentlich gehofft«, sagte sie ganz außer Atem, »daß wir etwas langsamer reiten und uns die Zeit nehmen würden, die Landschaft zu genießen, da Mr. Duncan Schottland noch nicht so gut kennt.«

»Oh, es tut mir leid, Lady Margaret«, erwiderte Falkirk, wendete sein Pferd und lenkte es in ihre Nähe. »Es war sehr gedankenlos von mir, ein solches Tempo von Ihrem Gast zu erwarten.«

»Machen Sie sich um mich keine Sorgen«, sagte Ian heiter. In Wirklichkeit war er heilfroh, daß sie angehalten hatten, denn er war noch nie in seinem Leben eine so rauhe Strecke geritten.

»Es ist natürlich nicht so schlimm, wenn man ein so vorzügliches Reittier hat wie diesen Braunen«, bemerkte Falkirk blasiert. Es war das erste Mal, daß er Ian überhaupt eines Wortes würdigte.

»Ich nehme an, Ihr Pferd ist genausogut«, erwiderte Ian ein wenig nonchalant. »Sie könnten sicher jetzt schon dort bei dem Felsen sein.«

Ein Lächeln breitete sich langsam über Falkirks Gesicht. »Soll das etwa eine Herausforderung sein?« fragte er mit einem Blitzen in den Augen.

Eine Herausforderung war bestimmt das Letzte, woran Ian gedacht hatte. Aber es machte ihm Spaß, mit der Wichtigtuerei dieses Gentleman sein Spielchen zu treiben. »Deuten Sie doch meine Worte, wie Sie möchten«, gab er mit einem gutmütigen Lächeln und einer sorglosen Handbewegung zurück.

»Es hörte sich aber so an, als wollten Sie andeuten, Ihr Pferd sei schneller als meins!« beharrte Falkirk.

Ian zuckte nur mit den Achseln und grinste.

»Ich muß Sie warnen«, prahlte Falkirk, »dieser Hengst hat hier im Norden schon bei manchem Turnier gewonnen, und zwar sowohl im Geländereiten als auch im Hindernisrennen.«

»Nun, Mr. Falkirk«, warf Maggie ein, »ich kenne Maukins Stammbaum. Und obwohl sie noch nie bei einem Rennen mitgemacht hat, würde ich meinen letzten Pfennig auf sie setzen.«

»Oh, jetzt sieht es so aus, als sei es nicht nur eine Herausforderung, sondern auch noch eine Wette!« rief Ian aus. Er genoß die Situation in vollen Zügen. »Aber eine Komponente fehlt noch, Mr. Falkirk!«

»Oben auf diesen Felsen und zurück!« rief Falkirk.

Ohne ein weiteres Wort galoppierten die beiden los. Anfangs hielt Falkirk sein Pferd demonstrativ zurück, um Ian einen kleinen Vorsprung zu gewähren. Wenn er das Rennen gewonnen hatte, sollte man nicht von ihm sagen können, er habe sich schon beim Start vorgedrängt.

Aber nach etwa dreißig Metern hatte er Ian bereits überholt und blieb fortan in Führung. Maggie, die von Ravens Rücken aus zuschaute, konnte sehen, daß Falkirks Haltung vorbildlich war. Er schien mit seinem Roß zusammengewachsen zu sein, in völliger Harmonie mit jeder Bewegung des Tieres.

Ian jedoch, jetzt einige Längen hinter Falkirk zurück, schien über Maukin wenig oder gar keine Kontrolle zu haben. Die Stute weigerte sich, nachdem das Rennen angelaufen war, ihre große Kraft zurückzuhalten. Doch Ian schien sich nichts daraus zu machen, daß er kein sehr glückliches Bild abgab. Wenn sein Pferd bestimmte, was geschah, dann wollte er es gewähren lassen, solange es ihn nur an seinem Triumph teilhaben ließ.

Der goldbraune Hengst flog über ein Wasserloch. Maukin folgte mühelos. Ian schwankte im Sattel, und einen Moment lang sah es so aus, als stürze er gleich, aber er schaffte es, sich wieder aufzurichten. Falkirk brüllte Befehle und bohrte seine Hacken erbarmungslos in die Weichen seines Hengstes. Er drückte das Pferd fest mit den Knien, während es den steilen Felsen, wo es nicht so sicher auftreten konnte, mühsam hinaufstieg. Er erreichte den Felsengrat und wendete, um zurückzureiten.

Er überspielte geschickt seine Überraschung, als er beim Wenden feststellte, daß Ian bloße vier Längen hinter ihm war.

»Zur Seite mit Ihrem Pferd, Falkirk!« schrie Ian mit einem breiten Grinsen, »jetzt lasse ich Maukin erst richtig los!«

Falkirks einzige Reaktion war eine Flut unverständlicher Ausdrücke, die er seinem Hengst ins Ohr brüllte, gefolgt von erneuten wütenden Schlägen mit der Reitpeitsche auf dessen Hinterteil.

Ian lachte, wendete ebenfalls, legte sich flach, als Maukin den flachen Hang hinunterfegte und ließ sie dann frei galoppieren. »Also jetzt, Maukin«, spornte er sie an, »zeig diesem Hengst, was in dir steckt!«

Mit der Hand ihre Augen gegen die Sonne schützend, konnte Maggie die beiden Reiter kaum ausmachen. Aber als die winzigen Punkte wieder an Größe zunahmen, schien es ihr, als wären sie jetzt näher aneinander.

Plötzlich lief es ihr heiß und kalt über den Rücken. Kann das sein? dachte sie. *Machen die beiden Männer etwa meinetwegen dieses Wettrennen?* Ein Lächeln zeigte sich auf ihren Lippen, und sie konnte nicht verhindern, daß ein Schauer der Freude sie überrieselte. Zwei gutaussehende Männer trugen ihretwegen einen Wettkampf aus!

Aber ihre Mädchenträume wurden unsanft durch Schreie und das näherkommende Donnern der Hufe unterbrochen. Der Boden war hier eben, und es ging nur noch um einen reinen Geschwindigkeitstest.

Maukin hatte die Entfernung auf bloße zwei Längen eingeholt, und der Gesichtsausdruck der beiden Reiter war verbissener denn je. Maggie wußte auf einmal nicht, was über sie kam. Sie feuerte jetzt die beiden Reiter mit wilden Zurufen an, ohne sich darum zu kümmern, ob sie sie hören konnten oder nicht.

Falkirks Gesicht zeigte jetzt echte Besorgnis. Er ritt zwar mit aller Kraft, aber, entnervt durch das immer näher kommende Geräusch der schlagenden Hufe hinter seinem Rücken, konnte er schließlich die Ungewißheit nicht länger ertragen. Plötzlich tat er etwas, was kein Reiter tun darf im Rennen: Er drehte den Kopf nach hinten und schaute über die Schulter. Maukin war jetzt so sehr in Fahrt, daß es nur noch diese kleine Unterbrechung in Falkirks Konzentration brauchte, nur diesen einen winzigen, aber verhängnisvollen Fehler, um im nächsten Augenblick an seiner Seite zu sein. Falkirk nahm verzweifelt wahr, wie sein Rivale neben ihm herraste. Maukins Ohren waren flach an den Kopf gedrückt, die geröteten Nüstern weit gebläht. Ian hatte überhaupt keinen Einfluß mehr auf ihr Tempo, sondern klammerte sich an ihr fest, als ginge es um Leben und Tod; er war außer sich vor Furcht und Freude zugleich.

Mit einer letzten Anstrengung peitschte Falkirk auf seinen Hengst ein und bohrte ihm die Hacken in die Seiten. Die beiden Reiter jagten in rasendem Galopp an Maggie vorbei, die immer noch wild gestikulierte und sie anfeuerte, und es war der Kopf des Hengstes, der zuerst an ihr vorüberschoß. Maukin wurde von alleine langsamer. Falkirk zog an den Zügeln und riß das Pferd herum, damit er als erster bei Maggie ankam.

Maggie wandte sich ihm zu, um den Sieger mit einem Lächeln zu belohnen. »Nun, Mr. Falkirk«, sagte sie, »Sie haben Wort gehalten, Ihr Hengst ist so gut wie Sie sagten.«

Ehe er antworten konnte, kam der begeisterte Ian hinzu und stieg ab. Er atmete genauso schwer, wie sein schweißbedecktes Pferd. »Wunderbares Rennen, Mr. Falkirk!« sagte er und streckte dem anderen, der noch auf seinem Pferd saß, die Hand entgegen. »Welch ein Ritt!«

Falkirk stieg ab – lächelnd, aber steif. Der Sieg hatte ihm offensichtlich nicht die Genugtuung gebracht, mit der er gerechnet hatte. Er hob den rechten Fuß seines Pferdes und untersuchte das Hufeisen.

»Stimmt etwas nicht?« fragte Maggie.

»Ich glaube, mein Pferd hat sich da oben auf dem Felsen einen Stein eingetreten«, erwiderte er.

Maggie schaute auch nach, konnte aber überhaupt keinen Schaden entdecken.

»Jetzt verstehe ich, warum Ihr Pferd Sieger bei Turnieren ist. Sie haben mich mehr rangenommen, als ich es haben wollte«, meinte Ian.

»Sie mich aber auch, Duncan«, gab Falkirk zu. »Gute Leistung, ganz bestimmt. Sonnen Sie sich in Ihrem Beinahe-Sieg, solange noch Zeit ist. Nächstes Mal werde ich es nicht zulassen, daß Sie so nahe an mich herankommen.«

Als er die letzten Worte sprach, heftete er seine Augen auf Maggie, und unwillkürlich fröstelte sie.

Ian warf eine Haarlocke zurück, ließ seinen Kopf in den Nacken fallen und lachte aus vollem Hals.

DIE VERSCHWÖRUNG

George Falkirk kochte vor Wut. Er war an diesem Tag mit ganz anderen Absichten nach Stonewycke gekommen. Wie hatte es dieser elende Affe nur geschafft, daß er jetzt wie ein Narr dastand? Denn als sie wieder zum Schloß zurückritten, war Maggie so voller Lob über Duncans knappe Niederlage, daß sie Falkirks Sieg kaum noch erwähnte.

Der junge Unruhestifter Duncan will sich also um die Gunst von Lady Margaret bemühen, was? Sein Lachen und seine gute Miene könnten aber niemand hinters Licht führen. Nun, soll er's nur versuchen, dachte Falkirk kalt. Er war ein praktisch denkender Mann und sah ein, daß Zorn ihm wenig helfen würde, sein Ziel zu erreichen. *Duncans augenblicklicher Vorteil des knappen Sieges und seine örtliche Nähe zu Lady Margaret werden ihm im Endeffekt auch nichts nützen.*

Da ihm der Begriff »Bescheidenheit« so gut wie unbekannt war, glaubte Falkirk allen Ernstes, er könne der jungen Herrin von Stonewycke den Kopf verdrehen, wann immer er es darauf anlegte. Er müsse sie nur öfter besuchen, und dabei werde ihr Vater ihm gewiß helfen.

Aber andererseits konnte er auch kein Risiko eingehen. Wenn der junge Duncan sich ständig in ihrer Nähe aufhielt, konnte alles mögliche passieren. Und Falkirk wollte sich unter keinen Umständen den *eigentlichen Siegespreis,* von dem niemand etwas erfahren durfte, durch die Lappen gehen lassen. Dafür war er jetzt zu nahe am Ziel. Wenn diese Trophäe erst einmal in seinen Händen war, dann konnte er im schlimmsten Falle auf Margaret und auch auf Stonewycke verzichten. Mit allen dreien in seiner Gewalt besäße er jedoch alles, was er sich je erträumt hatte. Er war sich darüber im klaren, daß sein Bestreben, die junge Dame und die Herrschaft über Stonewycke zu gewinnen, auf viel mehr abzielte als nur auf Aneignung von Reichtum und gesellschaftlicher Stellung. Aber auch allein schon das war natürlich von großem Nutzen. Mit Margaret und ihrem Gut und dazu noch mit dem Reichtum, auf den er jetzt seine Hand zu legen hoffte, hatte er endgültig die Machtposition, nach der er sich schon immer gesehnt hatte.

Er lenkte seinen goldbraunen Hengst, anstatt südwärts nach

Kairn, in Richtung auf das Dörfchen Port Strathy. Dort angekommen, suchte er, wie sein Rivale beim Rennen am Vortag, das neue Gasthaus »Zu Wind und Wellen« auf.

Es war später Nachmittag, und die Straße war fast menschenleer. Die Fischer machten sich fertig für den Heringsfang am Abend. Die Bauern waren damit beschäftigt, ihre Ernte einzubringen, denn die Erntezeit hatte begonnen. Nur hie und da sah man ein paar Frauen und Kinder über die Straße gehen, die zum Gasthof führte und in der sich ein Textilgeschäft, eine Gemischtwarenhandlung und ein paar weitere kleine Läden befanden. Falkirk ritt an den Leuten vorbei, ohne sie eines Blickes zu würdigen, obwohl mancher der Vorübergehenden dem edlen Roß und seinem stolzen Reiter neugierige Blicke zuwarf.

Falkirk stieg vor dem Gasthaus ab und ging hinein. Die Gaststube war dunkel und leer, aber Queenie hörte von der Küche aus, wie die Tür zugeschlagen wurde, und war sofort zur Stelle. Ein Lächeln stahl sich auf ihre Lippen. *Zwei Gentlemen innerhalb einer Woche,* dachte sie, *wenn das keine Glückssträhne ist!*

»Womit kann ich Eurer Lairdschaft dienen?« fragte sie mit soviel Freundlichkeit, wie ihre rauhe Stimme hergab.

»Ich trinke ein Bier, wenn es so ist, daß man es trinken kann«, erwiderte Falkirk. Ohne Queenies Antwort abzuwarten, suchte er sich einen Platz an einem der etwa zehn Tische, wischte mit seinem Taschentuch darüber und setzte sich.

Er brauchte nicht lange zu warten, denn obwohl Queenie in den Keller steigen mußte, um ein Fäßchen ihres besten Bieres anzuzapfen, verlor sie nicht viel Zeit dabei. Wer weiß, vielleicht würde es sich in erlauchten Kreisen herumsprechen, daß sie gutes Bier führte, jedenfalls wollte sie den Laird mit dem Feinsten, das sie hatte, beeindrucken.

Falkirk hob das Glas und nahm vorsichtig einen Schluck. *Nur gut, daß ich nicht wegen des Bieres hergekommen bin,* dachte er und schürzte die Lippen.

Queenie stand da und wartete auf ein lobendes Wort, aber Falkirk nickte nur, ohne sich zu äußern, und nahm einen weiteren Schluck aus seinem Glas.

Einige Minuten später ging die Tür wieder auf und ließ einen breiten Lichtstreifen der Nachmittagssonne herein. Falkirk schlürfte ungerührt aus seinem Glas und beachtete den Neuankömmling nicht einmal andeutungsweise.

Ein hochgewachsener Mann, stämmig und von ungepflegtem

Äußeren, stapfte auf die Eichenholztheke zu. Mit den Knöcheln seiner rauhen Hand klopfte er auf die hölzerne Platte. Queenie, die für einen Augenblick wieder in die Küche gegangen war, kam herausgeeilt in der Meinung, ihr adliger Gast rufe sie. Aber als ihre Augen auf den Mann an der Theke fielen, kam kein Willkommensgruß über ihre Lippen.

»Oh, du bist es, Martin Forbes«, sagte sie, kurz angebunden. »Was willst du denn?«

»Was meinst du wohl, wozu ich hergekommen bin? Doch sicher nicht wegen deiner guten Küche!« knurrte er.

»Nun, für das andere ist es noch zu früh«, gab die Wirtin resolut zurück.

Forbes schoß einen Blick auf Falkirk, der nach wie vor einen völlig desinteressierten Eindruck machte.

»Du bist eine hartherzige Frau, Queenie«, murmelte Forbes schließlich, drehte sich um und ging.

Einen Augenblick später leerte Falkirk sein Glas, erhob sich und schickte sich auch zum Gehen an, nachdem er eine Münze auf den Tisch geworfen hatte. Das Geldstück rollte und fiel auf den Boden, er machte keine Anstalten es aufzuheben; er wollte wohl, daß die Besitzerin ihr Geld selbst von der Erde auflesen sollte.

Queenie wartete ab, bis der Laird draußen war, bückte sich dann, hob die Münze auf, steckte sie in den Ausschnitt und fluchte leise. Der vornehme Gast, der gestern bei ihr eingekehrt war, neigt vielleicht dazu, ein bißchen zu viel hinter die Binde zu kippen, aber er hat zweifellos bessere Manieren, beschloß sie. Hatte er ihr nicht nur das Geld, weit über das hinaus, was er ihr schuldete, gleich heute morgen geschickt? Und dazu noch ein sehr freundliches Schreiben, in dem er sich bedankte und sich auch entschuldigte?

Während Queenie diese Betrachtungen anstellte, schlenderte Falkirk hinter das Gasthaus und den steilen Pfad zum Strand hinunter. Aus dem hohen Gras stieg eine Gestalt auf, die ihm entgegenkam.

»Ich weiß nicht, wozu diese ganze Geheimnistuerei gut sein soll, Eure Lairdschaft«, brummte der Mann.

»Darüber brauchst du dir keine Gedanken zu machen, Forbes«, meinte Falkirk herablassend, »solange du das tust, was ich dir sage.«

»Aye, my Lord«, entgegnete Forbes. »Habe ich denn nicht alle Ihre Anweisungen befolgt? Sie haben gesagt, ich solle auf Ihr

Pferd achtgeben, und wenn ich es sehe, ins Gasthaus hineingehen, aber so tun, als kennte ich Sie nicht. Das haben Sie doch gesagt. Und ich mache alles, was Sie mir sagen, Eure Lairdschaft, da können Sie sich darauf verlassen.«

»Das muß ich aber auch«, entgegnete Falkirk. »Hör jetzt genau zu. Du kennst doch den Ort, von dem wir damals am Abend gesprochen haben? Ich will, daß du heute abend dorthin gehst. Es ist Vollmond, und du wirst kein zusätzliches Licht brauchen. Such nach der Öffnung, von der wir gesprochen haben. Es müßte dort eine kleine Höhle geben, etwas wie ein Hohlraum unter den Granitblöcken. Wenn du sie heute nicht findest, dann suche weiter, so viele Abende, wie es eben nötig ist. Wenn du etwas findest, rühre nichts an! Melde dich dann sofort bei mir, hast du verstanden?«

Forbes nickte.

»Ich merke genau, wenn du an etwas herumpfuschst. Wenn du mich austrickst, wird es dir leid tun, daß du jemals einen Atemzug getan hast.«

»Habe ich Eurer Lairdschaft je Anlaß gegeben, mir nicht zu trauen?« rief Forbes aus, »ich bin kein gieriger Mensch.«

»Schon gut, schon gut«, sagte Falkirk ausweichend. »Wenn die Hölle einmal zu Eis gefroren ist, werde ich dir trauen. Aber bis dahin tue genau, was ich dir sage. Du kannst dir einen schönen Batzen Geld verdienen. Aber wenn du etwas tust, was mir nicht gefällt, dann wird es kein Loch für dich zum Verstecken geben, in dem ich dich nicht finden werde.« Er starrte den Mann drohend an und setzte dann hinzu: »Hast du noch irgendwelche Fragen?«

»Nein, my Lord, ich schaue mich um und berichte Ihnen, was los ist.«

»Kannst du schreiben?«

»Nicht besonders gut.«

»Kannst du denn ja und nein schreiben?«

Forbes nickte.

»Dann«, fuhr Falkirk fort, »wenn du die Öffnung gefunden hast, komme nachts nach Kairn und gib einen Zettel, auf dem ja steht, unserem Stalljungen. Ich werde dich dann in der Nacht darauf an dem Ort treffen. Fang heute abend an.«

Mit diesen Worten drehte sich Falkirk auf dem Absatz um und stapfte den Abhang hinauf zu seinem Pferd.

DAS ERNTEDANKFEST

Maggie stieg voll freudiger Erwartung aus ihrem Bett. Sie lief zum Fenster, schaute hinaus und lächelte. Die Sonne schien und würde wenigstens heute noch das Land mit ihrer lebenspendenden Wärme beglücken. *Es ist ein Tag, wie er im Buch steht!* dachte sie. Rasch kleidete sie sich an und lief die Treppe hinunter.

»O Mutter!« rief sie, »es ist so schön draußen!«

»Ja. Ich sehe, daß du schon ganz begeistert bist«, sagte Atlanta, die selbst mehr als nur die gewöhnliche gute Laune zeigte. Auch sie war froh, daß die Spannung, die bei ihrem neulichen Gespräch mit Maggie entstanden war, vergessen zu sein schien, wenigstens im Augenblick.

Ian kam ins Eßzimmer, wo man mit den Vorbereitungen für das Frühstück fast fertig war.

»Wollen Sie nicht mit uns mitkommen, Ian?« fragte Maggie.

»Selbstverständlich«, erwiderte er lebhaft, »ich bin immer bereit, ein Abenteuer zu erleben. Mitkommen wohin?«

Maggie lachte. »Ach ja, wie sollen Sie es auch wissen! Heute ist *Maiden* – der Tag, an dem die letzte Garbe geerntet wird. Die Bauern feiern ihn mit einem großen Fest.«

»Eine unserer schottischen Traditionen«, setzte Atlanta hinzu.

»Ich habe es noch nie versäumt!« sagte Maggie.

»Na also«, meinte Ian, »wie könnte ich dann auch nur daran denken, zu Hause zu bleiben? Wird denn Ihr Freund Falkirk auch dabei sein?«

»Mein Freund?« Maggie warf ihrer Mutter einen schnellen Blick zu. Wenn Ians Bemerkung bei Atlanta irgendeine Empfindung ausgelöst hatte, so zeigte sie es jedenfalls nicht. »Er ist nicht mehr mein Freund als Ihrer.«

»Ha!« lachte Ian gutmütig. »Ich möchte doch ernsthaft bezweifeln, daß er letzte Woche mich besuchen wollte! Und besonders nach unserem Rennen glaube ich nicht, daß er mir extrem freundlich gesonnen ist.«

»Ich kann mir wirklich nicht denken, daß wir heute die Falkirks zu Gesicht bekommen werden«, meinte Atlanta. »Die Lairds und Ladys in der Nachbarschaft halten gewöhnlich nicht sehr viel davon, sich unter Bauern zu mischen.«

»Wie schade«, sagte Ian, »ich habe gerade begonnen, den Burschen zu mögen.«

Ian genoß sein Frühstück, während Maggie fröhlich mit Atlanta die Vorbereitungen für das Fest besprach. Da dies ein Fest der Bauern war, versuchte Atlanta es nicht besonders herauszustreichen, daß die Duncan-Familie sich daran beteiligte. Aber gerade dieses Fest war in dieser Gegend ein Ritual der Bruderschaft unter allen Gesellschaftsklassen, zu dem jeder das beitrug, was er konnte. Atlanta brachte immer mehrere Schüsseln mit verschiedenen Gerichten für die großen, mit Essen beladenen Tische mit. James gelang es meistens, zu dieser Zeit außer Haus zu sein, und diesmal kam es ihm gerade gelegen, daß er dringend geschäftlich nach Edinburgh mußte. Er empfand keine besondere Zuneigung den Leuten gegenüber, die sein Land bearbeiteten, und ihre traditionellen Gepflogenheiten waren ihm ausgesprochen langweilig. Atlanta ihrerseits, auch wenn sie zeitweise sehr kühl und distanziert sein konnte, versäumte keine Gelegenheit, mit ihren Leuten zusammenzukommen. Auch sie hatte unter ihnen ihre besonderen Freunde – wie Maggie Lucy Krueger –, und sie stahl sich nicht selten aus dem Haus, um einer Fischersfrau oder der Tochter eines Bauern einen Korb Obst oder einen Laib frisches Brot zu bringen.

Am Nachmittag war die ganze Gesellschaft von Stonewycke, die am Fest teilnahm, abfahrbereit. Sam, ein junger Dienerjunge, der Digory von Zeit zu Zeit bei der Arbeit in den Ställen zur Hand ging, fuhr in einem offenen Wagen vor. Der Wagen sollte nicht nur alle über die holprige Landstraße zu dem Ort des Festes befördern, sondern dort auch als eine Plattform dienen, von der aus die Feierlichkeiten beobachtet werden konnten. Ian sprang in den Wagen und hob drei große Körbe mit Essen hinein, die ihm Atlanta anreichte. Dann half er Atlanta aufzusteigen und neben Sam Platz zu nehmen. Anschließend reichte er Maggie die Hand, sie nahm neben ihm auf einer Holzbank dahinter Platz.

Das Fest sollte eine Meile südlich von Port Strathy auf einer großen Wiese stattfinden, die von Birken und Eichen umgeben war, deren rot und gelb leuchtendes Laub schon das Herannahen des Herbstes ankündigte. Als der Wagen aus dem Schloß ankam, waren bereits über hundert Einheimische versammelt, deren Schar im Laufe der nächsten Stunden sicher noch auf das Doppelte anwachsen würde. Die Männer waren schon eifrig dabei, die Tische aufzustellen, auf denen Speisen und Getränke angerichtet werden sollten. In der Mitte der Wiese war Charlie Krueger mit der wichtigen Aufgabe beschäftigt, ein riesiges Lagerfeuer anzuzünden, und gab Stevie Mackinaw und einem weiteren Dutzend eifriger Jungen Anweisungen, zusätzliches Brennholz zu beschaffen.

Atlanta und Maggie brachten ihre Körbe zu den Tischen, während Ian zum Lagerfeuer schlenderte, Krueger begrüßte und sich dann unter das andere Männervolk, das umherstand, mischte. Zwei oder drei von den Männern erkannte er undeutlich als seine Zechkumpanen jener unglückseligen Nacht in »Zu Wind und Wellen« wieder.

Es trafen weiterhin Scharen von Leuten aus allen Richtungen ein. Manche kamen sogar aus Culden, das ziemlich weit entfernt lag. Aus Port Strathy kamen hauptsächlich die Fischer mit ihren Frauen, und aus dem Tal im Süden die Kleinbauern, die, je nachdem, fruchtbares oder auch unfruchtbares Land bewirtschafteten. Das Fest war ursprünglich von denen ins Leben gerufen worden, die durch ihre Arbeit den Weizen, den Hafer und die Gerste ernteten und für den Winter in die Scheunen fuhren. Aber seit denkbaren Zeiten hatten die Bauern auch diejenigen bei sich willkommen geheißen, die ihren Lebensunterhalt aus dem Meer bezogen, und das Maiden, zumindest in der Umgebung von Port Strathy, war zu einem großen Fest aller Stände und Berufe geworden. Es war eine gemeinsame Kundgebung der Dankbarkeit und des guten Willens.

Seit langer Zeit schon war es bei den Ramseys üblich, daß die Herrschaft bei dem Maiden dabei war, und die Bauern freuten sich über ihre Anwesenheit. Atlanta begrüßte die Leute und ging von einem zum anderen (viel freier, als sie es gekonnt hätte, wenn James mit dabei gewesen wäre), sprach mit den Frauen, lächelte den Kindern zu und brachte überhaupt allen die Liebe und die echte Freundlichkeit entgegen, die sie in ihrem Herzen trug und die bei allen Anwesenden tiefe Bewunderung und Verehrung weckten. Auch Maggie ging mit ihr, machte gelegentlich einen eigenen kleinen Abstecher und hatte im Nu die Herzen aller erobert. Sie wachse tatsächlich zu einer Lady heran, sagten sie untereinander, und noch dazu zu einer hübschen, einer zukünftigen Herrin, auf die Stonewycke stolz sein könne.

Lucy Krueger stahl sich schüchtern in Maggies Nähe, um ihre kleine Tochter zu zeigen, die jetzt schon fast zwei Wochen alt war.

»O, Lucy«, rief Maggie, angesteckt von der freudigen Stimmung des Tages, »deine kleine Letty ist ja so rosig und gesund!«

»Habe ich es nicht gesagt, daß der Herr schon auf sie aufpassen wird?« erwiderte Lucy.

»Du siehst genauso glücklich aus wie du heißt!« sagte Maggie zärtlich zu dem Baby.

»Es wäre eine große Ehre für mich, wenn Sie Letty einmal halten würden.«

»Aber ich habe noch nie ein Baby auf dem Arm gehabt, Lucy!«

»Das ist das Natürlichste von der Welt für alle Frauensleute«, meinte Lucy, »ganz gleich ob adlig oder gemein. Hier, my Lady, es ist wirklich das Einfachste, was es gibt.« Sie reichte Maggie das Kind und half ihr, die Arme so zu halten, daß die Kleine darin liegen konnte. »Sie müssen nur ihr Köpfchen richtig stützen, denn sie kann es noch nicht allein halten.«

»O du liebe Zeit«, flüsterte Maggie, aber nach wenigen Augenblicken entspannten sich ihre Arme, und das Baby schmiegte sich glücklich in ihre Armbeuge.

Atlanta beobachtete die Szene, und eine große Wärme stieg in ihrem Herzen auf. Sie hatte sich so lange an die Kindheit ihrer Tochter geklammert, daß ihr der Gedanke an Enkel noch nie gekommen war. Plötzlich erschien ein Bild vor ihrem inneren Auge: Maggie – eines Tages, vielleicht in nicht sehr ferner Zukunft – mit ihrem eigenen Baby im Arm. Dieser Gedanke war ihr so kostbar. Ihr kleines Mädchen war zu einer jungen Frau herangereift.

»O Mutter«, sagte Maggie, »sieh doch, sieh dir mal Lucys süße kleine Tochter an.«

Atlanta lächelte. »Sie ist entzückend, Lucy.«

»Danke, my Lady«, sagte Lucy mit schüchternem Stolz.

»Du und dein Mann Charlie, ihr könnt sehr stolz auf sie sein«, fuhr Atlanta fort.

»Ihr Name bedeutet Glück«, erklärte Maggie ihrer Mutter.

»Ein sehr passender Name«, sagte Atlanta zu Lucy. »Ich kann es dir am Gesicht ablesen. Dieser Name und auch deine Tochter selbst, beides ist euch gewiß vom Herrn geschenkt worden.«

Lucy strahlte. Sie streckte ihre Arme aus, und Maggie reichte ihr vorsichtig die kleine Letty zurück.

Auf einmal erscholl in der Ferne der helle Klang von Dudelsäcken. Alle ließen ihre Vorbereitungsarbeiten liegen und stehen und stellten sich in kleinen Gruppen auf, um sich die Prozession, die immer näher kam, anzusehen.

Zwei Bläser in Kilts und mit Schottenmützen gingen voraus und erfreuten die Zuschauer mit einem aufmunternden, herrlichen Pilbroch von den Bergen des Hochlandes. Hinter ihnen ratterte ein alter, mit Heu gefüllter Wagen her, der von einem einzelnen, langsam daherschreitenden Clydesdale (schottisches Zugpferd) gezogen wurde. Oben auf dem Heu saß Alice Macondy, die Tochter eines Kleinbauern. Sie hatte man zur Königin des Festes gekürt. Sie hielt die berühmte letzte Ährengarbe so liebevoll in den Armen, als wäre es ein wunderbarer Strauß langstieliger Rosen. Denn hier, in der nördlichen Provinz Schottlands, duftete nach einer guten Ernte den Leuten des Landes keine Rose so süß wie diese Garbe von ihrem Getreide, die als letzte geerntet wurde. Hinter dem Wagen, zum Abschluß der Prozession, folgte eine Kolonne von Bauern, die zu dem Geschmetter der Dudelsäcke marschierten und tanzten.

Die Leute, die sich inzwischen auf der großen Wiese versammelt hatten, schlossen sich von allen Seiten der Prozession an, die auf diese Weise zu einer Menschenmenge anschwoll. Lieder und Hochrufe ertönten immer lauter und feuriger, bis die ganze Gesellschaft am Lagerfeuer anlangte. Dort stellten sich alle in einem weiten Kreis auf, faßten sich an den Händen und sangen einige Volkslieder, welche die Liebe zu ihrer Heimat hervorhoben. Zum Abschluß riefen alle noch ein Hoch auf Schottland, warfen ihre Mützen in die Luft und gingen nach und nach wieder auseinander.

Jetzt wandte man sich der freudigen Aufgabe zu, all das Essen zu vertilgen, das so liebevoll zubereitet worden war. Das Fest sollte den ganzen Abend andauern, unterbrochen durch Gesänge, Tänze und andere Lustbarkeiten, solange wie Speis und Trank vorhanden waren.

Allmählich ging die Sonne hinter den westlichen Bergen unter, und das glühende Rot des Lagerfeuers wurde zum Mittelpunkt der Feier. Wolldecken wurden geholt und auf dem Gras ausgebreitet, damit man sich setzen konnte. Andere lehnten sich gegen die Stämme der Birken und Eichen, und einige von dem mehr unternehmungslustigen Jungvolk kletterten in die Baumkronen. Als die Dudelsäcke und die Lippen der Bläser ihr Letztes hergegeben hatten und nach und nach verstummten und die Dunkelheit sich herabsenkte, griff Clare Brown nach seiner Fiedel und begann, eine fröhliche Melodie zu spielen. Die Zeit für Geschichten und Balladen war gekommen.

Atlanta fand Maggie und Ian nahe am Feuer und setzte sich

dazu. Keiner von ihnen hatte bemerkt, daß sich der junge Sam zu einer Gruppe älterer Jugendlicher gesellt hatte, die um ein Fäßchen Bier herumstanden.

Als Clare Brown zu singen anfing, ließ sich Maggie von der sanften Melodie umfluten und hatte das Gefühl, daß sie in ihrem ganzen Leben, jedenfalls zu keinem Zeitpunkt, an den sie sich bewußt erinnern konnte, so glücklich und zufrieden gewesen sei.

»Sing doch einmal die Ballade von Douglas!« rief jemand Clare zu.

»Nicht ein so trauriges Lied an einem so fröhlichen Abend!« erwiderte er.

»Das ist wahr, es ist traurig, aber du singst es so schön!«

»Also gut. Ihr kriegt mich schon dazu, daß ich tue, was ihr wollt!« sagte Clare und lachte. »Hier habt ihr's!«

»Steh auf, steh auf, o, Lord Douglas, ganz schnell
zieh an deine Rüstung, sie sagt,
es soll niemand sagen, eine Tochter von dir
geheiratet habe bei Nacht.

Meine Söhne, ihr tapferen Sieben, steht auf,
auf eure jüngste Schwester gebt acht!
Paßt besser auf sie, als auf die Älteste auf,
denn die Älteste ging gestern nacht.

Und er hob sie auf ihr schneeweißes Pferd,
auf'nen Schimmel stieg der junge Lord,
das Jagdhorn an seiner Seite hing,
und leise reiten sie fort.

Über die linke Schulter sah Lord William,
zu sehen, was da zu sehen war,
und sieht über die Wiese reiten
ihrer Brüder wackere Schar.

Steig hinunter vom Roß, Lady Margaret,
und halte für mich mein Pferd,
solange ich gegen deine Brüder
und deinen Vater rühre mein Schwert.

Sie hielt sein Roß mit der schneeweißen Hand,
hat keine einzige Träne geweint,
doch dann sah sie, alle Brüder waren tot,
und der Vater dem Tode geweiht.

Halte ein, halte ein, Lord William,
du schlägst zu mit so grausamer Wucht!
Einen wahren Geliebten gibt's mehr als nur einen,
einen zweiten Vater finde ich nicht!

Und sie holte schnell aus der Tasche heraus
ihr Tüchlein so zart und fein
und verband damit die Wunden des Vaters,
die röter waren als Wein.

Wähle, o wähle, Lady Margaret,
bleibst du hier, oder kommst du mit?
Ich komme mit, ich komme mit, o Lord William,
habe sonst niemand mehr, der mich führt.

Und er hob sie auf ihr schneeweißes Pferd,
auf'nen Schimmel stieg der junge Lord,
das Jagdhorn an seiner Seite hing,
und leise reiten sie fort.

Und sie ritten und ritten, der Weg war weit,
und der Mond schien auf sie herab,
bis sie kamen zu dem traurigen See,
da von den Pferden stiegen sie ab.

Sie beugten sich nieder und tranken tief
aus der Quelle, so klar und rein,
und das Wasser färbte rot sich vom Blut,
sie erschrak bis ins Herz hinein.

Halte durch, halte durch, o Lord William,
denn du bist verwundet so schwer!
Es ist ja nur der Widerschein
meines roten Mantels, nichts mehr!

Und sie ritten und ritten, der Weg war weit,
und der Mond schien auf sie herab,
bis sie kamen an seiner Mutter Haus,
da von den Pferden stiegen sie ab.

Steh auf, steh auf, Frau Mutter!
Steh auf und laß mich ein!
Denn erkämpft hab' ich mir in dieser Nacht
meine Lady so lieb und fein.

Oh, mach mir mein Bett, Frau Mutter,
mach es tief und breit! er rief,
und leg Lady Margaret mir an den Rücken,
dann schlafe ich fest und tief.

Lord William war tot noch vor Mitternacht,
Lady Margaret folgte vor dem Morgengrauen.
Mögen alle, die herzlich sich lieben,
bessere Tage schauen!

Lord William ward begraben in Sankt Marien,
und Lady Margaret auch.
Ein Rosenstock wuchs aus ihrem Grab,
aus seinem ein Dornenstrauch.

Und der Rosenstock und der Dornenstrauch
sie neigten einander sich zu,
verflochten sich innig, daß jeder sah,
zwei Liebende fanden hier Ruh.

Doch einmal ritt der Schwarze Douglas
an Sankt Marien vorbei,
er riß aus den Dornenstrauch
und warf ihn in den See hinein!

Maggie, sich der traurigen Worte nur vage bewußt, wandte sich um und schaute Ian an. Das Feuer warf einen roten Schein auf sein Gesicht, und sie sah, daß er tief in Gedanken war, in einer Weise, die sie bei ihm noch nie bemerkt hatte. Als Clare eine fröhlichere Melodie anstimmte, verharrte der nachdenkliche Ausdruck noch einen Moment, dann entspannten sich seine Züge. Er spürte ihren Blick, sah sie an und lächelte. Worte erschienen ihnen unangemessen und auch unnötig.

Als Clare sein letztes Lied zu singen anfing, war das große Feuer bis auf einen kleinen Rest heruntergebrannt. Als die letzten Klänge in der stillen Nachtluft verhallten, war es für alle wie ein Erwachen aus einem friedvollen Schlummer. Die Menge fing an, sich zu regen. Männer streckten die Beine, die Frauen begannen, ihre Kinder und ihre Körbe einzusammeln, und langsam machten sich die Familien aus dem Strathy-Tal auf den Heimweg.

Ian mußte sich zwingen, aufzustehen, reichte Maggie die Hand und half ihr auf die Beine. Dann ging er Sam suchen. Er brauchte einige Minuten, um ihn zu finden. Sam schlief fest, gegen einen Baumstamm gelehnt, und hatte ein seliges Lächeln im Gesicht. Ian hievte ihn in den hinteren Teil des Wagens, wo er sich wohlig ausstreckte und sofort wieder einschlief.

Ian half Atlanta und Maggie in den Wagen, sprang selbst darauf und nahm die Zügel in die Hand. Mit einem scharfen Schnalzer und einem Zügelschlag brachte er die Pferde in Bewegung und trieb sie voran.

Auf dem Wege zurück nach Stonewycke wurde wenig geredet. Aber unausgesprochen wünschten es alle, dieser Abend wäre endlos weitergegangen.

DER JUNGE HERR VON KAIRN

Die fröhliche Atmosphäre des Festes konnte natürlich nicht endlos Bestand haben. Am darauffolgenden Nachmittag kehrte James wieder zurück und mit ihm auch all die Spannungen, die er mitgenommen hatte. Aber bevor er durch das Tor von Stonewycke ritt, machte er in Kairn halt. Es war nur eine kurze Visite, und doch lang genug für George Falkirk, um James gegenüber geschickt anzudeuten, daß er es recht schwierig fand, Lady Margaret näherzukommen. Daraufhin lud James den Sohn seines Nachbarn gleich für den nächsten Tag nach Stonewycke ein und versicherte ihm, er werde sich schon für ihn einsetzen.

Der Tag hätte für George Falkirk und seine Absichten nicht schlechter sein können, und man hätte meinen können, jemand wollte dem jungen Gecken eins auswischen. Denn schon bei Sonnenaufgang hingen schwere Wolken am Himmel; diese wurden von dichten, grauen Wolkenmassen, denen bedrohlich aussehende schwarze Sturmwolken folgten, abgelöst, die von den Berggipfeln im Süden her über den Himmel jagten. Gegen Mittag begann Regen zu prasseln, und als Falkirk eine Stunde später eintraf, hockten alle Bewohner von Stonewycke im Salon beieinander und befanden sich in einer ziemlich trübsinnigen Gemütsverfassung.

Entzückt über Falkirks Erscheinen, zeigte James sich demonstrativ von seiner freundlichsten Seite, bevor er sich recht tolpatschig darum bemühte, Ian unter irgendeinem Vorwand loszuwerden. Als alle Bemühungen scheiterten, erfand er schließlich eine Geschichte von einem alten Geschäftsfreund, den Ian unbedingt kennenlernen müsse, und der – wie der Zufall es so wolle – ausgerechnet an diesem Tag durch Port Strathy reise. Das Ganze hörte sich so hohl an, daß James Duncan keinen der Anwesenden damit hinters Licht führen konnte, zumal auch gegen ihn sprach, daß er sich in letzter Zeit konsequent bemüht hatte, Ian völlig zu ignorieren.

Unter den gegebenen Umständen jedoch konnte sich Ian schlecht weigern. Er erklärte sich also bereit, trotz des schlechten Wetters nach Port Strathy mitzufahren und ging auf sein Zimmer, um Hut und Mantel zu holen. Daß er Maggie in Falkirks Gesellschaft lassen mußte, erfüllte ihn mit mehr Widerstreben, als er selbst noch am Tag zuvor für möglich gehalten hätte. Aber seit dem gestrigen Maiden-Fest mußte er dauernd an sie denken. Den ganzen Morgen über hatte er versucht, mit ihr zu sprechen. Falkirks außerplanmäßiges Erscheinen und James' offenkundiges Bemühen, die beiden jungen Erben der Grundbesitzerfamilien zusammenzubringen, stürzten Ian in einen Strudel widersprüchlicher Gefühle.

Er war aus Gründen in den Norden gekommen, die er nicht klar definieren konnte, und er wußte selbst nicht recht, was er eigentlich erwartet hatte. Und nun stiegen in ihm unverhofft Gefühle auf, mit denen er in keiner Weise gerechnet hatte und die sich alle um das süße Gesicht seiner siebzehnjährigen Verwandten Margaret drehten. Und als er sich neben James in den Einspänner setzte und den Hut gegen den Wind tiefer in die Stirn zog, schlug sein Herz sehr heftig bei dem Gedanken, daß er seinen Widersacher mit ihr allein lassen mußte.

Was den jungen Herrn von Kairn anbelangte, so ließ er sich ahnungslos auf etwas ein, was eine sehr ernüchternde Erfahrung für ihn werden sollte. Margaret war teilnahmslos und zeitweise geradezu mürrisch, ging aber dann plötzlich dazu über, ihn schüchtern mit koketten Blicken zu ermuntern. Daraus konnte er nur folgern, daß ihre anfangs spröde Art auf irgendeine Weise mit der Anwesenheit »dieses elenden Neffen« von James zusammenhing. *Nicht, daß es schlußendlich darauf ankam, wen sie gern hat,* sagte er zu sich selbst. *Es ist ja alles arrangiert worden.* Wenn sie erst soweit wäre, ihn in einem anderen Licht zu sehen, würde sie schon zur Vernunft kommen, da war er sich ganz sicher – selbst wenn es einige Zeit brauchen würde.

Aber vorläufig mußte er es irgendwie bewerkstelligen, daß er mit ihr allein war. Und als Atlanta weggerufen wurde, um bei irgendwelchen Schwierigkeiten in der Küche zu assistieren, stieß Falkirk einen Seufzer der Erleichterung aus.

Bei seiner Ankunft hatte man ihn in den Ost-Salon gebeten. Atlanta und Maggie hatten dort auf einem Sofa gesessen, wo sie auch während seines Besuches sitzenblieben. Falkirk hatte in einem Flügelsessel neben ihnen Platz genommen. Doch als Atlanta den Raum verließ, sprang er auf und schlenderte zu dem riesigen Kaminsims, der reich mit verschiedenen in Stein gemeißelten Motiven verziert war.

»Sie ahnen nicht, Lady Margaret«, begann er, »welche große Freude es für mich ist, daß ich die Möglichkeit habe, Sie zu besuchen.«

»Von dem Augenblick an, da ich Sie sah«, fuhr er fort, »wußte ich einfach, daß ich Sie näher kennenlernen muß.«

Er machte eine Pause, um seinen Worten mehr Nachdruck und Wirkung zu verleihen. Maggie rutschte unbehaglich auf dem Sofa hin und her.

»Erinnern Sie sich noch an den Tag?«

Sie nickte.

»Ihre Party«, fuhr er fort, »das Fest einer jungen Lady, die in die Gesellschaft eingeführt wird, die nicht länger ein kleines Mädchen ist ..., sondern eine Frau.«

Er ließ sich neben ihr auf dem Sofa nieder.

»Sie sahen an jenem Abend einfach großartig aus! Sie waren die Schönste von allen Anwesenden!«

»Bitte, Mr. Falkirk«, sagte Maggie. »Sie machen mich verlegen.«

»Ihre Schönheit ist seit jenem Tage noch größer geworden«, schmeichelte er weiter, ihre Worte ignorierend.

Eigentlich hätte sich Maggie über seine Komplimente freuen können, doch sie hatte plötzlich das Gefühl, im Raum sei es sehr heiß und stickig, und sie müsse unbedingt ein Fenster aufreißen. Dieses Gefühl verstärkte sich, als sich Falkirk noch näher an sie heranschob, und sie sich dabei ertappte, wie sie immer ein Stückchen weiter von ihm wegrückte.

»Margaret, ich bekomme Herzklopfen, wenn ich an Sie nur denke, und wenn wir zusammen sind, bleibt mein Herz fast stehen.«

Er griff nach ihren Händen. Sie waren kalt und zitterten. Er merkte, daß sie nervös war, und hielt sich ein wenig zurück.

»Sie müssen mich für schrecklich impulsiv halten, vielleicht sogar für ungestüm. Vergeben Sie mir.«

Mit einem gezwungenen Lächeln nickte Maggie zustimmend.

»Aber mein Herz drängt mich, so zu sprechen. Bitte geben Sie mir die Erlaubnis, Sie öfter zu sehen.«

Maggie verkrampfte sich wieder. Es war nur allzu deutlich, worauf George Falkirk hinauswollte. Er war ein temperamentvoller Mann mit sicherem Auftreten und einer vornehmen Herkunft, die seinem Anspruch Gewicht verlieh. Aber wie kam es nur, daß sie seine Annäherungsversuche in keiner Weise angenehm fand?

Hin- und hergerissen zwischen der Empörung über seine

Dreistigkeit und dem Gefallen an seinen Schmeicheleien, suchte Maggie nach einer passenden Antwort.

»Nun, Mr. Falkirk«, meinte sie schließlich, »ich weiß nicht, was ich jetzt sagen soll. Es gibt ja so wenig junge Leute in der Nachbarschaft, die zu meiner Altersgruppe gehören, da wäre es gewiß sehr nett, Ihre Gesellschaft zu haben ...«

»Das ist keineswegs das, was ich mir vorstelle«, unterbrach er sie scharf, sprach aber sofort wieder viel sanfter. »Ich meine, ich habe gehofft, daß Sie mir gestatten würden, wie ich es schon früher erwähnt hatte, Sie beim Besuch mancher benachbarter Anwesen und auch vielleicht bei manchen gesellschaftlichen Anlässen zu begleiten.«

»Ich bin noch nicht bereit, eine solche Entscheidung zu treffen, Mr. Falkirk«, sagte Maggie.

»Aber was gibt es da zu entscheiden? Ich bin ein junger Mann mit Erfahrung. Sie sind eine schöne junge Frau. Warum sollten wir nicht zusammen gesehen werden? Ich sehe wirklich keinen Grund ...«

»Ich bin ja noch sehr jung«, meinte Maggie schwach.

»Es muß aber die Zeit kommen, Lady Margaret, da Sie Ihren Platz als die zukünftige Herrin des Anwesens einnehmen.«

»Was wissen Sie über die Zukunft von Stonewycke?« fragte Maggie spitz.

Falkirk merkte, daß er von dem, was er wußte, zu viel zu verraten im Begriff war und versuchte, sie auf eine elegante Art wieder zu besänftigen.

»Ich wollte nur sagen: Sollten Sie jemals die Herrin des Guts werden – falls Ihr Bruder sich entschließen sollte, eine Karriere in London zu verfolgen –, wäre es für Sie nur angemessen, an Ihre Stellung zu denken.«

Sie schien durch diese Erklärung im Augenblick beruhigt zu sein. Während er sprach, rückte er noch näher zu ihr und legte seinen Arm auf die Lehne des Sofas. »Es wird gar nicht mehr lange dauern, da werden junge Anwärter an Ihrer Tür Schlange stehen und um Ihre Hand anhalten. Und schneller als Sie meinen, wird die Zeit kommen, daß Sie ans Heiraten denken müssen.«

»Meine Heiratspläne gehen nur mich etwas an«, erwiderte Maggie, wieder wachsam geworden. »Die Heirat liegt für mich auch in noch viel zu ferner Zukunft, als daß ich mir heute schon darüber Gedanken machen müßte. Außerdem, wie ich schon sagte, ich bin noch jung und habe noch viel zu lernen.«

»Dann lassen Sie mich Ihr Lehrer sein!« rief er aus und rückte noch näher, so daß sie seinen Atem auf ihrem Gesicht spürte. »Es wird Zeit, daß Sie erfahren, was das Leben Ihnen zu geben hat! Lassen Sie mich der sein, der die liebliche Knospe von Stonewycke, die Lady Margaret Duncan, zum Erblühen bringt!«

Er drückte sich so nahe an sie, daß seine Lippen ihre Wange streiften. Ihr Herz schlug schneller. Sie wollte schon den Worten der Zuneigung nachgeben, fühlte sich aber plötzlich wie in einer Falle und merkte, wie ihr heiße Röte in den Nacken und in die Wangen stieg.

»Ich ... ich möchte eben ...« Einem plötzlichen Impuls folgend sprang sie vom Sofa auf, ging rasch an das große Fenster und öffnete es. Sie atmete tief die kühle Luft ein und fühlte sofort, daß sich ihr gerötetes Gesicht wieder abkühlte.

Aber im nächsten Augenblick legten sich schon Falkirks Hände um ihre Taille. »Ich muß Ihnen sagen«, flüsterte er ihr ins Ohr, »daß ich nicht so leicht meine Sinne von der Leidenschaft für Sie ablenken kann, und ich gedenke ...«

In diesem Moment waren Atlantas Schritte jenseits der Tür zu hören. Als sie das Zimmer betrat, wandte sich Falkirk sofort ab. Maggies Hände preßten sich gegen ihre geröteten Wangen. Sie blieb am Fenster stehen und blickte, ohne ein Wort zu sagen, hinaus. Atlanta erfaßte augenblicklich die Situation und folgerte daraus, daß sie keine Sekunde zu früh gekommen war. Falkirk lächelte mehr verstimmt als beschämt und begann sofort eine Konversation mit Atlanta über ein gleichgültiges Thema.

Später am Tage kehrte James mit Ian wieder nach Hause zurück. Er war zwar nicht in der Lage gewesen, den Verbleib seines Freundes ausfindig zu machen, hatte aber dafür einige weniger wichtige Geschäftsanliegen erledigen können, die er bis dahin immer wieder aufgeschoben hatte. Falkirk ritt nach Kairn zurück, ein wenig irritiert darüber, daß es offensichtlich einige Anstrengung kosten würde, sich der eigensinnigen jungen Erbin zu nähern. Aber er war trotzdem mit sich zufrieden. Er hatte seine Karten auf den Tisch gelegt und war zuversichtlich, die hübsche Lady werde sich mit der Zeit schon gefügiger zeigen, besonders da ihr Vater ja die Sache befürwortete. Er brauchte sich keine Sorgen zu machen. Ihre Zurückhaltung war wohl nur ein dünner Firnis gewesen. Sie würde schon auf seine Liebesbeteuerungen eingehen. Sie hatten ihm in der Vergangenheit immer das verschafft, was er wollte, und sie war bestimmt nicht anders,als das übrige weibliche Geschlecht.

Der Regen hatte aufgehört, aber der Himmel blieb schwarz, als er durch die Tore von Kairn ritt. Er pfiff leise eine Melodie vor sich hin und war wieder gut gelaunt. In Gedanken freute er sich schon auf einen großen Humpen Starkbier nach dem langen Ritt. Der Stalljunge nahm ihm das Pferd ab, froh, daß der junge Laird, der ein harter Herr sein konnte, wenn nicht alles nach seinen Wünschen lief, bei guter Laune war.

Der Junge führte das Pferd zum Stall, blieb aber plötzlich wie angewurzelt stehen. »My Lord!« rief er und hoffte, für seine Vergeßlichkeit nicht ordentlich was hinter die Löffel zu bekommen.

»Was gibt es?« fragte Falkirk und wandte sich um.

»Ein Mann hat dies hier vor einiger Zeit gebracht. Sagte, ich soll es Ihnen geben.« Er reichte Falkirk einen schmutzigen, zerdrückten Fetzen Papier, und dieser hätte tatsächlich den Burschen verprügelt, wäre er von der Botschaft auf dem Zettel nicht so fasziniert gewesen.

Es stand nur ein einziges Wort darauf: Ja.

DER DORMIN-WALD

Der alte Wald, Dormin genannt, erstreckte sich am Westufer des Flusses Lindow, der durch den westlichen Teil des Stonewycke-Anwesens floß. Wie vor vielleicht schon tausend Jahren stand er in seiner feierlichen Pracht, von Menschen fast unberührt, weil irgendein guter König vor undenkbaren Zeiten ihn entdeckt und sein Herz daran gehängt hatte.

Nur wenige waren kühn genug, auf den verschlungenen Pfaden des großen Waldes zu wandern. Umso mehr Schätze hielt er für den seltenen Besucher bereit, der es wagte, in das Innere von Dormin vorzudringen: Dutzende von Moosarten wucherten an den Bäumen, manche so selten und zart wie ein bezauberndes Filigran. Selbst botanische Experten hatten manche dieser Moosarten noch nie zu sehen bekommen. Und die Bäume von Dormin, uralt und mächtig, sahen eher wie lebende Wächter aus – die alten schottischen Fichten, Birken, Espen, Erlen, Ebereschen und Eichen – Hüter vergangener Zeiten, Wachen gegen die Eindringlinge der Gegenwart. Zwischen ihnen standen dichte Büsche hohen Heidekrauts sowie andere Gewächse und holziges Buschwerk – alles inmitten von verrottenden Holzstämmen, Zweigen, altem Blattwerk, abgefallenen Nadeln und einer dichten Schicht zyklisch absterbenden und neu sprießenden Unterholzes. Sogar Blumen konnte man hier finden. Je nach Jahreszeit und wenn immer sie es fertigbrachten, ihr süßes Gesicht durch all das Gestrüpp hindurchzuarbeiten, sah man Krokusse, Primeln und Narzissen. Über ihnen hielten die vielfarbigen Blüten des wilden Rhododendrons Wache, des Königs unter den blühenden Sträuchern des Dormins, die von ihrer hohen Warte aus einem kühnen Wanderer die liebliche Süße ihrer Blütenpracht bereitwillig entgegenstreckten.

Maggie erschauderte immer ein wenig, wenn sie sich dem Wald näherte. Denn hier war ihr Urgroßvater Anson Ramsey an einem grauen Herbsttag auf mysteriöse Weise ums Leben gekommen. Sie kannte die Geschichte seiner letzten Tage auf Stonewycke ganz genau. *Eine Jagdgesellschaft hatte drei Hirsche aus dem Wald in die Nähe des Schlosses getrieben. Zwei von ihnen wurden schnell erlegt, aber der dritte, ein herrliches, fast weißes*

Tier, hatte nur einen Streifschuß bekommen. Überzeugt davon, daß er ja nicht weit kommen könne, versuchte die Jagdgesellschaft ihn den ganzen Rest des Tages wieder aufzuspüren. Aber die Dämmerung war schon hereingebrochen, und der Hirsch lief immer noch frei umher. Da beschlossen die Männer, sich geschlagen zu geben und heimwärts zu reiten. Das heißt, alle bis auf Anson, der auch seine beiden Söhne Talmud und Edmond dazu überredet hatte, die Jagd fortzusetzen. Es gelang ihnen jedoch nicht, in die Nähe des mächtigen Tieres zu kommen. Sie konnten lediglich hin und wieder die Umrisse seines Kopfes mit dem herrlichen Geweih am nächsten Abhang ausmachen. Im Laufe des Nachmittags des nächsten Tages spürte Anson ihn endlich auf und verfolgte ihn bis zu der anderen Seite des Lindow, konnte aber nur zusehen, wie seine Beute in den Tiefen des Dormin-Waldes verschwand. Doch zuvor, als der große Hirsch das gegenüberliegende Ufer gerade erreicht hatte, blieb er noch kurz stehen und blickte sich nach Anson um. Dann sprang er über einen Baumstamm und verschwand im Dickicht.

Anson war sich darüber im klaren, daß der Hirsch ihnen in diesem dichtbewachsenen Waldstück mit Leichtigkeit entkommen konnte. Aber sie hatten schon zu viel Zeit damit zugebracht. Er brachte es einfach nicht fertig, aufzugeben und zuzusehen, wie das Tier den Sieg davontrug.

Er rief seinen Söhnen zu, ihm zu folgen und galoppierte mit neuer Energie und in großer Hast über den Fluß. Edmond und Talmud eilten ihm nach.

Doch Anson kehrte an jenem Tage ohne Beute heim.

Er hing auf dem Rücken seines Pferdes, tot, mit gebrochenem Genick. Seine Söhne berichteten, daß sie ihn im Wald auf dem Boden ausgestreckt gefunden hatten. Sie konnten nur Vermutungen über die Todesursache anstellen; vielleicht daß sein Pferd über einen Zweig gestolpert und seinen Herrn abgeworfen hatte. Selbst im Tode hatte er enttäuscht in die Richtung geblickt, in der das verlorene Rotwild verschwunden war.

Doch diese Familiengeschichte faszinierte Maggie heute nicht besonders. Raven und Maukin bahnten sich, das Wasser aufwirbelnd, einen Weg über die flache Furt des Lindow. Ian pfiff fröhlich, als sie das gegenüberliegende Ufer erklommen und besah sich den undurchdringlichen Wald vor ihnen. Er hielt an – voller Staunen. Die geheimnisvolle Atmosphäre des Ortes, der von vergangenen Geheimnissen und unentdeckten Abenteuern erfüllt zu sein schien, war hier deutlich zu spüren. Maggie trieb Raven vorwärts, und beide tauchten in dem Labyrinth der Schlinggewächse, Büsche und Farne unter. Ian lenkte Maukin behutsam hinterher. *Allein die unsichtbare Grenze dieses Waldes zu überschreiten, ist schon fast eine Herausforderung,* dachte er. Er fragte sich, ob das leise raschelnde Geräusch, das er vernahm, nicht ein Stimmengemurmel der Bäume sei, denn an diesem schönen Septembermorgen war es völlig windstill. Doch ob die »Baumstimmen« einen Willkommensgruß oder eine Warnung aussprachen, vermochte er nicht zu deuten.

Sie ritten einige Minuten, hielten dann an und stiegen, in gedämpftem Ton miteinander redend, von ihren Pferden ab. Ihre Füße federten auf dem weichen Teppich aus abgefallenen Blättern und Moos, der die kleine Lichtung bedeckte, in der sie sich befanden. Einige Strahlen des Sonnenlichts, die das dichte Blattwerk durchdrangen, ließen die herrliche Komposition der herbstlichen Farbtöne – das Rot, Gold, Gelb und Braun – prachtvoll aufleuchten und versprühten funkelnden Lichtstaub über das grüne Buschwerk. Ian ging weiter, den Blick nach oben gerichtet, als plötzlich Maggies Stimme ihn leise warnte: Eine riesige Wurzel ragte gefährlich aus dem Boden direkt vor ihm.

Er konnte es gerade noch verhindern, darüber zu stolpern, dankte Maggie und ließ seinen Blick über den Waldboden schweifen.

»Ich sehe nicht nur im Sattel ungeschickt aus«, klagte er, »sondern brauche auch noch einen besonderen Führer für meine Füße!«

Maggie lachte leise.

»Es ist hier einfach fantastisch!« rief er aus. »Man könnte sich wirklich total vergessen.«

»Wenn man vergessen möchte«, meinte Maggie, »dann glaube ich, wäre dies der richtige Ort, hier kann man alles sein, was man zu sein wünscht.«

»Ich sehe, daß Sie nicht zum erstenmal hier sind.«

»Ich bin hier schon oft gewesen.«

»Wenn Sie das so sagen, hört es sich fast ehrfürchtig an.«

»Ich glaube, ich empfinde wirkliche Ehrfurcht vor diesem Ort«, erwiderte sie, »er ist fast wie der Garten Eden, so ... uralt.«

»Und ist es das, was ihn so ehrwürdig macht?« fragte Ian ernsthaft.

»Ich weiß nicht. Aber es macht ihn ehrwürdig, soviel steht

fest. Digory würde wohl sagen, es ist nicht das Alter, das etwas heiligt, sondern ...«

»Sondern was?«

»Ich weiß nicht genau, was ich da sagen soll.«

»Reinheit«, sagte Ian und konnte es selbst nicht fassen, daß eine solche Antwort aus seinem Mund kommen konnte.

»Reinheit ... Unschuld? Dann ist es so, daß je reiner etwas ist, desto näher kommt es der Heiligkeit. Meinen Sie, daß Reinheit das gleiche wie Gottseligkeit ist?«

»Nun«, meinte Ian ein wenig schroff in dem Bemühen, die Verzauberung dieses Ortes abzuschütteln, »das ist eine Frage, über die ich mir nie den Kopf zerbrechen werde.«

»Warum?«

»Ich bin kein Philosoph. Ich bin nichts weiter als ein Engländer, der Spaß am Leben haben will!«

»Dies habe ich auch schon festgestellt!« gab Maggie mit einem fröhlichen Lachen zurück. »Aber wissen Sie, die Menschen sind nicht immer das, was sie an der Oberfläche sein möchten«, setzte sie mit einem schelmischen Aufblitzen ihrer Augen hinzu.

»Ist das auch so ein Ausspruch von Digory?«

Maggie lächelte.

»Kommen Sie«, sagte sie, »sonst verbringen wir womöglich den ganzen Tag mit Philosophieren, und ich möchte Ihnen doch noch so viel zeigen.«

Sie nahm ihn bei der Hand und wäre vorwärts gesprungen, wenn das Gelände es erlaubt hätte.

»Werden wir auch den Weg zurück finden?« fragte Ian, allerdings mehr lachend als ängstlich.

»Wenn wir hier überhaupt weg wollen – ich kenne den Weg. Haben Sie denn vergessen, daß ich Ihr Führer bin?«

Sie ließen die Pferde da, wo sie sie angebunden hatten, zurück, und Maggie führte Ian tiefer in den Wald hinein. Allmählich wurde es dunkler. Nur gelegentliche Flecken von Sonnenlicht und blaßblauem Himmel tauchten zwischen den Bäumen auf, deren Blattwerk ein dichtes Netzwerk über ihnen bildete, so als hätte jemand einen Mantel aus Spitze über sie geworfen.

Sie gingen eine Weile an einem kleinen Bach entlang und hielten schließlich an einer Stelle, wo er sich staute. Sie beugten sich hinunter und tranken von dem eiskalten Gebirgswasser. Wie lange war es schon her, seit zuletzt jemand davon getrunken hatte? Oder waren sie überhaupt die ersten?

Als Maggie sich wieder vom Trinken erhob, merkte sie, daß Ian sie mit leuchtenden Augen ansah. *Woran er wohl denkt?* fragte sie sich. Wäre sie in der Lage gewesen, hinter seine Stirn unter dem zerzausten Schopf goldblonder Haare zu sehen, hätte sie erkannt, daß er sich für seine leichtfertige Haltung schalt, die er bei ihrer ersten Begegnung an den Tag gelegt hatte. Es schien schon so lange her zu sein, aber in Wirklichkeit waren erst wenige Wochen vergangen. Aber diese kurze Zeit hatte ihn um Jahre reifer werden lassen, hatte seinen Horizont und die Wahrnehmung der Welt um ihn herum erweitert. Und tatsächlich, als er tief in Maggies Augen sah, begriff er, daß er sie als ein Geschenk empfand, das ihm gegeben worden war, das ihn dazu anregte, immer neue Einsichten zu gewinnen und neue Dinge zu entdecken. Doch Maggie wußte nichts von alledem, als sie die Augen erhob, um seinen Blick zu erwidern.

»Oh, sehen Sie nur!« Sie hatte eine winzige weißviolette Primel entdeckt, hingeschmiegt unter einigen Zweigen. Sie flüsterte, als könnte die Blume durch ihre Stimme vielleicht veranlaßt werden, ihre Blätter zusammenzurollen und sich wieder zu verstekken.

Sie beugten sich zusammen über das Primelchen, um es besser sehen zu können. Ian schob einige Blätter und Zweige zur Seite und streckte die Hand aus, um es zu pflücken.

»Halt! Bitte nicht!« rief Maggie und legte ihre Hand auf die seine, um ihn zurückzuhalten.

Er sah sie an und hielt ihre Hand in der seinen fest. »Ich wollte es Ihnen schenken.«

Sie zogen sich wieder voneinander zurück und, wie vom gleichen Impuls bewegt, setzten sie sich wieder auf die Erde und schauten auf die einsame Primel.

»Danke«, sagte Maggie, »es war nicht meine Absicht, Sie zu maßregeln.«

Ian antwortete nicht. Seine Augen wanderten unruhig hin und her.

»Stimmt etwas nicht?« fragte Maggie.

»Nein«, erwiderte er, »das heißt, doch ...«

»Was denn?«

Ian zögerte. »Ich habe in London gelebt ... Sie wissen schon ... habe die Rolle eines Lebemannes gespielt, eines Herzensbrechers. Liebesworte kamen mir noch leichter über die Lippen, als das Bier mir die Kehle hinunterfloß. Aber ...«

Maggie fühlte die Röte warm in ihrem Nacken aufsteigen. Das Herz schlug ihr so laut in der Brust, daß sie das Gefühl hatte, es erzeuge in der Stille des Waldes ein Echo, und sie fürchtete, Ian könnte es hören. Doch schlug es nicht laut genug, um die Worte zu übertönen, die Ian mühsam versuchte, herauszubringen. Und die Angst, die jetzt ihre Wangen heiß erglühen ließ, war eine andere Angst, als die, die sie verspürt hatte, als sie mit George Falkirk allein gewesen war. Jetzt erzitterte sie vor dem, was sie sehnsüchtig zu hören wünschte, was sie am liebsten selbst laut hätte aussprechen wollen.

Er brach ab und seufzte tief, sprang hoch, ging nervös auf und ab und rang um die richtigen Worte. Dann ließ er sich wieder am Fuß einer Eberesche auf die Erde fallen und lehnte den Kopf gegen ihren Stamm. Maggie ließ sich neben ihm auf die Knie nieder.

»Ach, es hat ja doch keinen Zweck!« rief er aus.

Maggie sah ihn an und legte ihm sanft die Hand auf den Arm. »Versuchen Sie's nur, Ian. Was wollten Sie sagen?«

»Ohne Sie hätte ich diese unbedeutende Blume nicht einmal bemerkt«, brachte er schließlich heraus. »Vielleicht hätte ich sie sogar zertreten – unwissend, gleichgültig, gefühllos. Aber jetzt kann ich niemals mehr auf die bescheidenste Blume schauen, oder auf einen Gebirgsbach, eine Moorlandschaft, einen mit Heidekraut bewachsenen Hügel, ohne –«

Maggies Lippen waren still, doch ihre Augen fragten: »Was?«

»– ohne an Sie zu denken.«

Da es nun endlich heraus war, konnte Ian sich Maggie zuwenden und ihr ins Gesicht sehen. Sie lächelte. Eine stille Träne lief ihr die Wange hinunter.

»Ich habe nichts dazu getan, Ian«, sagte sie sanft, »Sie müssen diese Liebe für Gottes Schöpfung schon immer in sich getragen haben. Aber Sie waren zu sehr befangen in den Zerstreuungen Ihres Lebens und hatten Angst, sich dieser Art Schönheit zu öffnen. Sie hatten Angst, Ihre wahren Gefühle zu zeigen und verletzlich zu werden.«

»Aber es ist mehr als nur die Empfindsamkeit der Schönheit gegenüber«, beharrte er. »Es sind Sie, Maggie. Der Grund, warum ich mich an dieser Blume oder am Heidekraut erfreuen kann, ist, daß mir jemand zum erstenmal in meinem Leben wirklich etwas bedeutet – nämlich Sie.«

Er wandte sich ab. Es tat ihm weh, daß er sich so unbeholfen ausdrückte, und er fürchtete ihre Antwort.

Maggie blieb still. Was sollte sie auch sagen? Sie verstand ja nicht einmal ihre eigenen Gefühle. Sie hatte sich so lange verschlossen, und nun schrie es in ihr danach, ihr Herz wieder zu öffnen. Mit jedem Ritt, den sie und Ian gemeinsam unternahmen, wenn sich ihre Augen zufällig begegneten, wenn sie ihn in überschäumender Lebensfreude lachen hörte, öffnete sich ihr Herz ein wenig weiter. Irgendwie trieb es sie zueinander, und Maggie konnte sich nicht länger widersetzen.

Er mißdeutete ihr Schweigen und sein Mut sank. Auf einmal hatte er das Gefühl, er würde zerbersten, wenn die Stille um sie noch einige Sekunden länger dauerte. Um sie zu brechen, platzte er plötzlich mit einer gedankenlosen Äußerung heraus: »Natürlich weiß ich, daß Sie und unser Freund, Mr. Falkirk –«

»George Falkirk?« unterbrach Maggie, »was ist denn mit ihm?«

»Sind denn Sie und er nicht ...?« Ian vollendete seinen Satz mit einem fragenden Blick.

»Ian«, sagte Maggie, »George Falkirk bedeutet mir überhaupt nichts.«

Hoffnung schoß heiß durch Ians Herz. Er wandte sich Maggie zu, seine Augen strahlend vor Lachen, das er aber diesmal zurückhielt.

»Wissen Sie denn nicht ... Haben Sie nicht bemerkt?«

Seine Augen forschten in ihrem Gesicht nach der Antwort, die er ersehnte.

»Merken Sie denn nicht, daß ich Ihnen gegenüber das gleiche empfinde?«

Da konnte er sein Entzücken nicht länger zurückhalten. Ian brach in glückstrahlendes Gelächter aus, so überschwenglich, wie Maggie es noch nie bei ihm gehört hatte. Da konnte sie nicht anders, als herzlich mitzulachen.

Als sie ihrer gemeinsamen Freude auf diese Weise Luft gemacht hatten, erhob sich Ian, reichte Maggie die Hand und half ihr auf. Arm in Arm gingen sie schweigend denselben Weg zurück, den sie gekommen waren.

DAS MEDAILLON

Ian hatte den Wunsch, Maggie etwas zu schenken. Möglicherweise würde sein Geschenk ihr nicht so viel bedeuten wie das schlichte Taschentüchlein von Lucy Krueger, aber er wollte ihr dennoch etwas von sich geben. Er kramte durch die Sachen, die er aus London mitgebracht hatte, aber da war nichts Passendes dabei.

Der Tag neigte sich seinem Ende zu. Einem plötzlichen Impuls folgend, entschloß sich Ian, nach Port Strathy zu reiten. Dort würde er gewiß etwas finden. Maggie liebte ja dieses Tal so sehr, daß ein kleines Geschenk aus dem malerischen Fischerdörfchen sie wahrscheinlich am meisten erfreuen würde.

Pat Brodie war schon gerade dabei, das »Geschlossen«-Schild an seine Ladentür zu hängen, als Ian im Galopp angeritten kam und vom Pferd sprang.

»Nun, Sie haben es aber ganz schön eilig, mein Junge, was?« sagte Brodie mit einem gutmütigen Lächeln.

»Ich möchte etwas kaufen«, erklärte Ian, während er auf die Ladentür zuging. »Ich werde Sie nicht lange aufhalten.«

»Ich bin noch nie jemand gewesen, der einen Kunden nicht reinlassen will. Kommen Sie nur.« Der Krämer öffnete die Tür und ließ Ian mit einer einladenden Handbewegung ein.

Ian blickte im Laden umher und dachte insgeheim, er habe vielleicht die Chance, hier etwas zu finden, überbewertet. Der Raum war gerammelt voll mit Ware, aber nichts war nach irgendeinem System geordnet. Ein Hammer fand seinen Platz bei den Leinentaschentüchern, ein Paar Schuhe war zwischen die Säcke mit Hühnerfutter geklemmt. Die Nahrungsmittel schienen im großen und ganzen an der rechten Wand ihren Platz zu haben, doch dann bemerkte Ian ein Paar lange Unterhosen, die zwischen den Dosen mit Salzhering lagen.

Ian bahnte sich vorsichtig seinen Weg zwischen den Kisten, Behältern und Säcken und hoffte irgendwie, der Gegenstand, der seine Gefühle richtig zum Ausdruck bringen konnte, würde ihm wie durch ein Wunder entgegenspringen und »Hallo« rufen. Er hatte keine Ahnung, wonach er eigentlich suchte. Eine schnelle Prüfung des Angebots zeigte wenig, außer den Dingen, die den praktischen Anforderungen des kargen schottischen Lebens dienten. Schon war er drauf und dran, aufzugeben. Er hatte bereits die Grenze der Höflichkeit überschritten, indem er Brodie über den Ladenschluß hinaus bemühte.

Als er sich schließlich mit einem Seufzer zum Gehen anschickte, fiel sein Blick auf eine kleine Holzkiste, die auf einem Behälter mit Pflugscharen stand. Er ging näher heran, um das Kistchen genauer zu betrachten, und stellte fest, daß sich darin kleinere, zierlichere Kästchen befanden.

Die weitere Untersuchung ergab, daß jedes Kästchen einen Ring, eine Brosche oder ein anderes Schmuckstück enthielt. Also führte Brodie in seinem Laden am Ende doch auch Krimskrams, der keinen praktischen Nutzen hatte! Das meiste davon waren billige, goldüberzogene Stücke mit kitschigen imitierten Steinen. Genügend mit gutem Schmuck vertraut, sah Ian sofort, daß solche Stücke für eine arme Fischersfrau, die nie in ihrem Leben eine echte Perle zu Gesicht bekam, ganz annehmbar sein mochten, daß aber nichts davon für Maggie in Frage kam. Er suchte dennoch beharrlich weiter und öffnete jedes Kästchen, bis seine Mühe schließlich belohnt wurde: Ganz unten, auf dem Boden der kleinen Kiste entdeckte er ein zierliches, herzförmiges, goldüberzogenes Medaillon, das an einer zarten Goldkette hing. Ian sah sofort, daß es nichts Echtes sein konnte. Es war ein Schmuckstück, wie es die Bauern für ihre Allerliebste kauften – Maggies bescheidenstes Schmuckstück wäre bestimmt viel wertvoller als das. Und doch, für den Augenblick war es genau das, was er suchte: ein schlichtes Zeichen seiner Empfindungen. Er hatte ja genügend Zeit, später in London ein schönes, wertvolles Stück für sie zu kaufen.

Er nahm das Medaillon aus dem Kästchen heraus und ging zum Ladentisch, den er inmitten des Tohuwabohus nur deshalb als solchen identifizieren konnte, weil Brodie die ganze Zeit geduldig dahinter gestanden hatte.

Brodies Augen zwinkerten, als er sah, was Ian sich ausgesucht hatte. »Ah, nun weiß ich, warum Sie es so eilig hatten! Das ist ein feines Medaillon ... Wird Ihr Mädchen bestimmt glücklich machen. Man kommt sogar aus Glasgow zu mir, um so etwas zu kaufen! Und dabei kostet es nur zwei Schilling.«

Ian legte das Geld auf den Ladentisch.

»Also, in einer Großstadt«, fuhr Brodie fort, während er die Münzen achtlos in eine Blechbüchse warf, »lassen sie alle möglichen Sprüche auf solche Stücke eingravieren – aber ich fürchte, ich beherrsche diese Kunst nicht.«

»Es wird seinen Zweck erfüllen – so wie es ist, Mr. Brodie«, gab Ian zurück, »haben Sie vielen Dank, daß Sie mich noch hereingelassen haben.«

Äußerst zufrieden mit dem erstandenen Stück verließ Ian den Laden. Er hoffte, daß dieses kleine Geschenk das klar ausdrücken werde, was Worte nicht zu vermitteln vermochten – das, was er versucht hatte, Maggie im Dormin-Wald zu sagen. Er trieb den Braunen zu einem Trab an in dem sehnsüchtigen Wunsch, rasch nach Hause zu kommen und Maggies liebliches Gesicht wiederzusehen.

Als er von der Hauptstraße von Port Strathy abbog und die Seitenstraße, die aus dem Dorf führte, hinaufritt, sah er einen anderen Reiter, der ihm mit großer Geschwindigkeit den Berg hinunter entgegenkam. Obgleich die Gesichtszüge aus dieser Entfernung noch nicht deutlich zu erkennen waren, konnte es keinen Zweifel über die Identität des Mannes geben, wenn man den goldbraunen Hengst und die stolze, selbstsichere Haltung des Reiters sah. Ian begriff sofort, daß er gerade vom Schloß kommen mußte, und Niedergeschlagenheit überkam ihn.

»Guten Abend, Mr. Falkirk«, grüßte Ian knapp, als sie aneinander vorbeiritten.

»Der Abend ist wirklich gut«, erwiderte Falkirk mit schneidender Schärfe in der Stimme und verächtlichem Blitzen in den Augen. »Sie fliegen wohl zurück in das kleine Nest, was?«

»Was wollen Sie damit sagen?« fragte Ian, der keine Lust hatte, sich mit seinem Rivalen auf ein verbales Duell einzulassen.

»Sie kommen sich ohne Zweifel sehr schlau vor«, konterte Falkirk, »indem Sie versuchen, Ihre Fangarme um die kleine Lady von Stonewycke zu schlingen. Aber seien Sie nur nicht zu selbstsicher, Duncan. Den Frauen, die ich gekannt habe, gefallen Eroberungen mit viel mehr – wie soll man sagen – Gratifikationen, als Sie sie zu bieten haben. Und dieses Frauenzimmer ist auch nicht anders.«

»Ist das Ihre Meinung von Maggie? Betrachten Sie Maggie als ein gewöhnliches Frauenzimmer?«

»Aha, für Sie heißt sie also schon Maggie, was?«

»Sie haben meine Frage nicht beantwortet, Falkirk!«

»Sie spielen den großen Ritter – kein schlechter Schachzug. Aber es wird Ihnen nicht gelingen, Stonewycke in Ihre Pranken zu bekommen. Dieser saftige Happen wird mir gehören – zusammen mit seiner kleinen Herrin.«

»Dahinter also sind Sie her, Falkirk! Maggie selbst ist Ihnen völlig gleichgültig!«

Maukin spürte, wie sich die Muskeln ihres Reiters zusammenkrampften. Sie trat nervös von einem Bein auf das andere und stampfte mit den Füßen.

»Seien Sie kein Plebejer, Duncan.«

»Betrachten sie die Zuneigung zwischen einem Mann und einer Frau als plebejisch?«

»Sie kommen doch aus einer Adelsfamilie. Sie kennen doch die Spielregeln!«

»Ich liebe sie, Falkirk. Das bedeutet mir mehr als Ihr Adel.«

»Liebe?« höhnte Falkirk. »Pah!«

»Eher sterbe ich, als daß ich Maggie Ihnen lasse!« erwiderte Ian zornig.

»Soll das schon wieder eine Provokation sein?« spottete sein Widersacher.

»Ach, halten Sie es doch, wofür Sie wollen!« gab Ian zurück und lenkte sein Pferd an ihm vorbei und die Straße weiter.

»Und selbst wenn Sie das Mädchen lieben«, rief ihm Falkirk höhnisch nach, »haben Sie bei ihr nicht die geringste Chance. Ich habe die Zustimmung ihres Vaters. Und über kurz oder lang werde ich sie gewinnen!«

»Wir werden ja sehen!« brüllte Ian über die Schulter hinweg, bohrte die Hacken in die Flanken seines Pferdes und galoppierte davon.

Die Wut, die Ian auf Falkirk hatte, wurde von dem Gewicht seiner Worte schnell beiseitegefegt. Mit brutaler Gewalt drängten sie sich wieder in Ians Gedächtnis.

Ich liebe sie, hatte er gesagt.

Er hatte es in einem Gefühlsausbruch ausgesprochen. Doch als er einen klareren Kopf bekam und Maukin langsamer gehen ließ, versuchte er sich zu vergegenwärtigen, wann genau ihm diese Erkenntnis gekommen war. Vielleicht war es ihm deshalb erst so langsam bewußt geworden, weil das Gefühl schon von Anfang an dagewesen war.

WORTE DER WAHRHEIT

Als Ian im Schloß angekommen war, hatte er seine beunruhigende Begegnung mit George Falkirk so gut wie vergessen. Sein Herz schlug freudig und war voller Gedanken an Maggie.

Digory hörte ihn kommen, stellte sich an den Eingang des Stalles, bereit, Ian seine Stute abzunehmen und sie hineinzuführen.

Fröhlich pfeifend schob Ian den alten Knecht sanft beseite. »Lassen Sie mich nur selbst das Pferd versorgen, mein Lieber! Ruhen Sie sich aus. Gehen Sie doch ein wenig spazieren. Es ist ein wunderbarer Tag!«

Digory dankte ihm und bemerkte trocken, der Tag wie auch sein Alter seien wohl für einen ausgedehnten Spaziergang doch zu fortgeschritten, und ging dann wieder in den Stall. Ian folgte ihm, immer noch pfeifend, und begann Maukin abzusatteln.

»O Digory«, sagte er, »ich bin ein glücklicher Mensch. Während meine Freunde in der traurigen Steinwüste Londons verschmachteten, bin ich hier – am schönsten Plätzchen auf der ganzen Erde!«

»Ja«, gab Digory zu, »es ist ein wunderbarer Ort.«

»Wirklich Gottes Land, meinen Sie nicht auch?«

»Ganz gewiß, Sir«, erwiderte Digory.

»An einem Tag wie diesem könnte ich sogar beinahe glauben, daß wir Gott wirklich etwas bedeuten. Warum hätte er sonst Schottland so schön gemacht?«

Diese Worte, ausgesprochen in unbefangener Heiterkeit, ließen Digory überrascht aufblicken.

»Sir?« sagte er. Was sollte er sonst sagen, ohne dem Gast des Lairds zu nahe zu treten?

»Ja«, fuhr Ian fort, hingerissen von seiner eigenen Begeisterung, »ein Gott könnte tatsächlich Schottland mit seiner wunderschönen Landschaft geschaffen haben. Was meinen Sie, Digory?«

»Ich *weiß*, daß er es geschaffen hat, Sir«, sagte Digory bedächtig. »Nicht nur könnte, er hat es getan. Aber ich weiß ebenfalls, daß er auch London geschaffen hat.«

»Einfach fantastisch«, flüsterte Ian fast wie im Traum, immer noch an die überwältigende Schönheit der schottischen Landschaft denkend. Dann wandte er sich abrupt Digory zu, als dessen Worte allmählich in sein Bewußtsein drangen.

»Dann glauben Sie also an Gott?«

»Von ganzem Herzen, Sir.«

»Ich würde auch gerne glauben«, sagte Ian.

»Und was hält Sie davon zurück, Sir?«

»Ich stelle mir vor, daß, wenn einer ihn sehen oder verstehen könnte ... das würde es leichter machen, an ihn zu glauben«, meinte Ian nachdenklich.

»Haben Sie denn nie etwas geliebt, das Sie nicht verstehen konnten?« meinte Digory nüchtern. »Ich selbst zum Beispiel kann diese Pferde nicht verstehen, aber ich liebe sie trotzdem.«

Ian sagte nichts. Seine Gedanken wanderten zurück zu der kleinen Primel, deren Schönheit er mit Maggie zusammen im Dormin-Wald betrachtet hatte. Der bloße Anblick der Blume hatte in ihm solche Ströme des Entzückens und der Liebe aufbrechen lassen, daß er es kaum fassen konnte. Und doch wußte er so gut wie gar nichts über die kleine Blume. Dann dachte er an Maggie. Ja, er liebte sie, ohne alles über sie zu wissen und ohne sie zu verstehen. Vielleicht hatte der alte Stallknecht recht.

»Ich weiß nicht wie oder wieso, aber ich weiß, daß Gott uns gute Gaben gibt, wie das Land, die Pferde und ...«

»Und Blumen?« warf Ian ein.

»Da haben Sie recht, und Blumen«, sagte Digory. »Er gibt sie uns, einfach weil er uns liebt. Und wir brauchen seine Liebe oder ihn selbst nicht zu verstehen, um diese Liebe zu empfangen.«

»Sie mögen recht haben. Aber wieso, aus welchem Grund liebt er solche Menschen wie uns?«

»Es ist seine Natur zu lieben«, erklärte Digory, »als er die Welt schuf, darum, weil er liebte. Auch den Menschen machte er, weil er liebte. Und was immer er heute noch tut, tut er, weil er liebt.«

»Seine Natur«, wiederholte Ian nachdenklich. Er hatte in der Zwischenzeit Maukins Sattel auf seinen Platz gehängt und rieb das Tier kräftig mit einer harten Bürste ab. Zu einer anderen Zeit und an einem anderen Ort hätte er wahrscheinlich über die Worte des Stallknechtes gelacht, ungeachtet des tiefen Eindrucks, den sie auf ihn machten. Er hatte auch bislang nie über Liebe besonders nachgedacht, über ihr Wesen und ihren Ursprung. Natürlich hatte er sich schon immer nach Liebe gesehnt und wollte sie geben und empfangen, aber er hatte dies noch nie zugegeben, nicht einmal sich selbst gegenüber. Jetzt riefen diese Empfindungen zum erstenmal keine Ängste in ihm hervor. Er gewöhnte sich allmählich an die Veränderungen, die in seinem Innern stattfanden und begann sie sogar zu akzeptieren.

»Weiß denn das jemand von Gott?« fragte Ian, hörte mit seiner Arbeit auf und sah dem Knecht gerade ins Gesicht.

»Was, mein Junge?«

»Daß er liebt ... daß es seine Natur ist, zu lieben.«

»Das möchte ich sehr bezweifeln«, meinte Digory. »Nein, ich denke, wir alle würden uns völlig anders verhalten, wenn das der Fall wäre. Und selbst solche unter uns, die meinen, sie wüßten es, selbst sie können wahrscheinlich nicht erfassen, wie tief seine Liebe ist.«

»Ja«, erwiderte Ian gedankenverloren, »ja, ich glaube, Sie haben recht.«

»Aber was die anderen alle denken oder wissen, hat nicht viel zu sagen«, fuhr Digory fort. »Daß Sie selbst es wissen, daß Gott Sie liebt – darauf kommt es an.«

Ian antwortete nicht, sondern stand da und dachte über Digorys Worte nach. Dann reichte er ihm wortlos die Bürste und wandte sich zum Gehen.

DIE GRANITPFEILER VON BRAENOCK

George Falkirk und Martin Forbes gaben ein recht ungleiches Paar ab. Während Falkirk stolz und aufrecht auf seinem Reittier saß – jeder Zoll ein Gentleman –, hing Forbes schlaff im Sattel seines geliehenen Pferdes. Er trug eine derbe Arbeitshose und sehnte den Tag herbei, an dem er reich genug wäre, um solchen Leuten wie Falkirk ins Gesicht zu spucken.

Aber wenn sie auch äußerlich überhaupt nicht zusammenpaßten, ja, sich eigentlich wie Tag und Nacht voneinander unterschieden, so waren sie doch in einer gemeinsamen Sache unterwegs.

Die Sonne ging hinter dem Dormin-Wald unter, und die Schatten des Abends senkten sich wie eine Decke über das einsame Moor von Braenock. Die Septemberabende waren schon länger und kühler geworden, und wenn kein Mond schien, würden die beiden Reiter ziemlich wenig auffallen. Und später, im Winter, hätte man sowieso keine Probleme mehr damit, denn dann ging die Sonne bereits am Nachmittag unter.

Die Pferde tasteten sich mühsam über die steinigen Felsbänke vorwärts. Die Tatsache, daß sie diese Strecke schon einige Male hinter sich gebracht hatten, machte für sie keinen großen Unterschied. Warum hatten nur die Leute in alten Zeiten ausgerechnet hier ein Dorf gebaut? Falkirk konnte sich dies überhaupt nicht erklären. Vielleicht war dieser Ort vor tausend Jahren anders gewesen. Oder möglicherweise bot diese desolate Gegend im Falle eines Angriffs deshalb einen zusätzlichen Schutz, weil kein Mensch hier eine Siedlung vermuten würde. Wer konnte das sagen?

Er dachte noch einmal an die grausigen Geschichten aus jenen Tagen und auch an die vielen unmöglichen Leute, mit denen er sich hatte geduldig abgeben müssen, um aus ihnen die Einzelheiten der überlieferten Legende herauszukriegen. Und doch, mußte er zugeben, hatten sich seine geheimen Unterredungen in allen möglichen dunklen, muffigen Hinterräumen schließlich doch noch reichlich ausgezahlt. Der Augenblick des Sieges war jetzt nicht mehr weit.

Den allerersten Bericht hatte er an der Universität während einer Vorlesung in der Geschichte des Altertums gehört. Der Professor hatte von verschiedenen Ruinen berichtet, die über ganz Großbritannien verstreut lagen. Falkirks Interesse wurde ein wenig geweckt, als der Professor unter anderem eine Ruine erwähnte, die sich auf dem Stonewycke-Anwesen, nur wenige Meilen von Kairn entfernt, befand. Er hätte damals keinen weiteren Gedanken daran verschwendet, hätte sich der Professor während seiner Ausführungen nicht lang und breit über den beachtlichen Schatz ausgelassen, den ein Team von Archäologen bei Ausgrabungen in der Nähe des Craigievar-Schlosses entdeckte, das weiter südlich, etwa zwanzig Meilen westlich von Aberdeen, liegt. Der Wert der meisten Funde mußte natürlich nach streng historischen Gesichtspunkten eingeordnet werden – ein Gebiet, für das sich Falkirk recht wenig interessierte. Aber das Wort »Schatz« hatte bei ihm einen mächtigen Eindruck hinterlassen. Weitere Nachforschungen förderten nebelhafte Geschichten von hastig ausgegrabenen Erdlöchern zutage, die mehr praktisch verwendbare Funde enthalten haben sollten, als bloße archäologische Funde.

Von der Piktenruine in der Nähe von Stonewyeck munkelte man, das Dorf sei vor etwa tausend Jahren von den gnadenlos räubernden Wikingern überfallen worden – und das nur wegen ein paar Happen Essen, so hieß es. Obgleich diese Legende von Zeit zu Zeit immer wieder erzählt wurde, hatten nur wenige Einheimische die Ruine wirklich gesehen. Solche, die ihren Standort kannten, ließen unterschiedliche Meinungen über sie laut werden. Nur ein Haufen Steine, weiter nichts, meinten die einen. Aufgetürmte Geröllbrocken würden den Eingang zu einer kleinen Höhle versperren, sagten die anderen. Aber keiner machte sich die Mühe, genauer nachzuforschen. Selbst Stevie Mackinaw, der an ebendieser Stelle als kleiner Junge gespielt hatte, besaß keine Kenntnis von der Geschichte, die sich an dem Ort abgespielt haben sollte, über den seine Füße später gingen.

Als würde der junge Falkirk vom Schicksal unwiderstehlich zu der Ruine hingezogen, sammelten seine aufmerksamen Ohren ständig weitere Informationen und fügten wichtige Puzzleteile aneinander.

»Wer würde denn so grausam töten?« hatte er einmal in Culdens einzigem öffentlichen Lokal gehört – dem kleinen Pub, in dem es ein warmes Kaminfeuer und billiges Bier gab.

Falkirk hatte sich unauffällig umgeschaut und zwei Bauern erblickt, die sich allem Anschein nach über die Ruine unterhielten.

» ... und das alles nur für ein bißchen Essen?« fuhr der eine der Männer fort.

»So sind sie früher eben gewesen«, erwiderte sein Begleiter.

»Aber wie konnten selbst die Wikinger so grausam sein?«

»Ich glaube, es ist so gewesen, wie ich es gehört habe«, meinte der andere.

»Und wie hast du's gehört?«

»Nur, daß die Pikten einen Haufen wertvolles Zeug hatten, das sie gerade verstecken wollten. Und die Norweger hatten es bald spitzgekriegt.«

»Und dafür haben sie alle umgebracht?«

»Das ist das, was ich gehört habe.«

Sein Begleiter lachte. »Und warum gehst du dann nicht hin und suchst es?«

»Ich habe einen Hof zu versorgen«, meinte der andere, »und außerdem, wenn das tatsächlich so gewesen ist, dann haben es sich die Wikinger bestimmt schon vor langer Zeit geholt.«

Neugierig geworden, hatte Falkirk damals einen Umweg gemacht und war nach Braenock geritten, um die Ruine zu suchen. Er hatte auch eine Menge Felsbrocken, die ihm wie eine riesige Felsenruine vorkamen, gefunden, und er hatte ein bißchen herumgestöbert. Er hatte jedoch bald erkannt, daß es, wenn man etwas von wirklichem Wert entdecken wollte, eine beträchtliche Anstrengung kosten würde, zu den Geheimnissen der Ruine vorzudringen. Manches andere mußte in der Zwischenzeit erledigt werden, das seine Zeit in Anspruch nahm, aber durch weitere Nachforschungen und Fahrten zu einigen Instituten in Aberdeen gelang es ihm schließlich, einiges über die Ruine in Erfahrung zu bringen. Er erfuhr auch von einer sogenannten Steintür, von der er Grund hatte anzunehmen, daß es die Tür zu der Realisierung seiner Träume war.

Nach diesen Informationen besprach er mit seinem Vater den Kauf von Braenock Ridge, wobei er natürlich völlig andere Gründe für sein Interesse vorschützte. Laird Falkirk stellte nur ein paar Fragen und machte dann James Duncan ein Angebot. George war voller Hoffnungen. Er mußte über sein persönliches Interesse an diesem Fleckchen Erde selbstverständlich völliges Stillschweigen bewahren, denn hätte Duncan von den Informationen, die er besaß, Wind bekommen, wäre alles verloren gewesen. Doch der Kauf war von Duncans Frau noch in letzter Minute vereitelt worden, die offenbar entschlossen war, an jedem Quadratmeter von Stonewycke festzuhalten, als wäre es der Garten Eden selbst.

Georges' anfängliche Wut darüber wandelte sich schnell zu einer beherrschten Entschlossenheit. Er mußte sich jetzt eine Alternative einfallen lassen, die ihn dennoch zu seinem Ziel führte. Sein Wunsch, die verborgenen Schätze von Braenock Ridge zu heben, war in der Zwischenzeit schon beinahe zu einer Manie geworden, und er hatte keine Mittel gescheut, um zu seinem Ziel zu gelangen. Seine Leidenschaft wurde durch den Einfluß eines gewissen Sallo Grist noch gesteigert.

Grist wirkte so alt und geheimnisumwittert wie die Pikten selbst. Nicht allein sein hohes Alter schuf eine Aura von Ehrwürdigkeit, die ihm anhaftete, sondern seine ganze Person strahlte etwas Legendäres und Magisches aus. Der Eindruck wurde von seinem Gewand aus grober Wolle, dem Hanfstrick um die Hüften und dem dichten, weißen Haar noch verstärkt. Seine Heilmittel und Behandlungsmethoden – bei den unteren Bevölkerungsschichten in ganz London wohlbekannt – verliehen der Meinung, er sei etwas ganz Besonderes, noch zusätzliches Gewicht. Sein Leben spielte sich entlang der Themse, unter den vielen Brücken und in den zwielichtigen Kneipen des Hafens ab. Zu keinem Zeitpunkt hätte jemand mit Bestimmtheit sagen können, wo er sich gerade befand. Manche hielten ihn für einen Landstreicher, andere meinten, er sei ein Arzt, wieder andere schworen, er sei ein Zauberer, wie Merlin einer gewesen war – oder noch schlimmer. Die meisten jedoch beschränkten sich darauf, ihn einfach für verrückt zu halten.

Ein Bekannter in London hatte Falkirk empfohlen: »Wenn Sie etwas über den alten keltischen Stamm der Pikten wissen wollen, müssen Sie zu Sallo Grist gehen. Er behauptet, ein Nachkomme von Oengus zu sein. Aber er besteht wiederum auch darauf, von Moses abzustammen«, setzte er lachend hinzu.

Falkirk lachte mit seinem Freund, mit dem er bei einem Glas dunklen Starkbiers zusammensaß – dem besten, das es in London zu finden gab. Dennoch suchte er am folgenden Tag Sallo Grist auf. Dieser wußte tatsächlich von der Stonewycke-Ruine und schwor, dort liege bis zum heutigen Tage ein Schatz vergraben. Er bedeutete Falkirk zu warten und verschwand in einem verdunkelten Nebenraum, aus dem er einige Minuten später wieder auftauchte – mit einem zerknitterten Stück Papier in der Hand.

»Eine Karte«, verkündete er, »von dem Ort selbst!«

»Warum haben Sie nicht selbst versucht, den Schatz zu heben?« fragte Falkirk argwöhnisch, denn das kalte Blitzen in Grists offenem Auge – er hatte nur eines – gefiel ihm überhaupt nicht.

»Habe ich ... vor langer Zeit.«

Er winkte Falkirk über den Tisch näher zu sich und schob die flackernde Kerze beiseite. »Sehen Sie dies hier?« fragte er, wobei der Gestank seines fauligen Atems Falkirk direkt ins Gesicht blies. Dann zeigte er auf sein Auge, das teilweise geschlossen und durch eine häßliche Narbe entstellt war. »Das habe ich mir dabei eingehandelt. Der Kerl hätte mich um ein Haar blind gemacht, jawohl. Diese Lairds trauen keinem, und besonders keinem Fremden. Habe versucht, jemand zu bewegen, daß der mitkommt, aber keiner wollte mir glauben«, flüsterte er heiser.

»Und da haben Sie sich entschlossen, mir Ihr Geheimnis zu verraten?« argwöhnte Falkirk erneut, immer noch mißtrauisch. »Einfach so? Für wen halten Sie mich eigentlich, alter Mann, für einen Dummkopf?«

»Sie sehen wie ein Gentleman aus«, sprach Sallo in barschem Ton weiter, offenbar dem einzigen Gesprächston, den er kannte. Er nahm keinerlei Notiz von Falkirks Anspielungen und unterbrach seine Rede nur kurz, um sich an seinem struppigen Kinn zu kratzen. »Es wird Ihnen bestimmt so gut wie gar nichts ausmachen, sich von ein paar Pfund zu trennen. Diese Karte ist mehr wert als fünfzig, aber ich will mich mit fünfzig zufriedengeben.«

»Fünfzig Pfund!« rief Falkirk. »Mann, Sie müssen mich ja für schwachsinnig halten!«

Er stand von seinem Stuhl auf und ging auf die Tür zu. Er war natürlich in der Lage, die fünfzig Pfund zu zahlen und auch beinahe willens, so hoch zu gehen. Aber nicht, wenn auch nur eine geringe Chance bestand, es mit weniger zu schaffen. Überdies wäre ihm der Gedanke unerträglich gewesen, dieser verkommene Vagabund von der Themse habe ihn übers Ohr gehauen.

»Also gut, Kumpel«, gab Sallo schnell nach, »sagen wir fünfundzwanzig, aber keinen halben Penny weniger!«

Falkirk machte sich mit der erstandenen Karte auf den Weg. Er glaubte zwar immer noch, daß Sallo Grist der gerissenste aller Gauner sei; trotzdem war er darauf gespannt, was bei der ganzen Sache herauskommen würde. Und als nun Forbes den Spalt zwischen den Felsen entdeckt hatte, der auf der Karte als »Tür« eingezeichnet war, gewann Falkirk neuen Respekt vor Sallo Grist.

Vor Jahrhunderten hatte man die sogenannte »Tür« offenbar als Zugang zu einem abgeschirmten kleinen Hohlraum benutzt, der, getrennt von der übrigen weiten Moorlandschaft, durch gegeneinander gerückte Felsblöcke gebildet wurde. Aber jetzt war er völlig vom Buschwerk überwuchert. Die Felsblöcke in der näheren Umgebung und die Ruinenreste waren auseinandergefallen und teilweise zerbröckelt, so daß man auf den ersten Blick die alten Gebäude, die beiderseits der riesigen Felsen errichtet worden waren, vor lauter Geröll und wild wachsendem Heidekraut kaum noch erkennen konnte. Nur wenn man aus einiger Entfernung längere Zeit auf diesen Platz blickte, begann man eine gewisse Systematik in den vagen Formen zu erkennen. Und jetzt wußte George Falkirk auch, wonach er suchte – wenn Sallos Karte recht hatte: nach einer weiteren kleinen höhlenähnlichen Öffnung unmittelbar hinter der »Tür« zwischen den Felsblöcken.

Und so hoffte er, daß in dieser kalten Septembernacht seine Schatzsuche endlich mit Erfolg gekrönt würde, das heißt, wenn dieser Forbes wirklich den richtigen Platz gefunden hatte. Es wäre besser gewesen, wenn er alles selber gemacht hätte, aber er konnte es nicht riskieren, gesehen und erkannt zu werden. Wenn man Forbes dort umhertorkeln sah – wer würde sich schon etwas dabei denken? Es blieb Falkirk nichts anderes übrig, als wider besseres Wissen den Tölpel ins Vertrauen zu ziehen.

Die gigantischen Felsen standen im dunklen Schatten. Granit- und Gesteinsbrocken häuften sich planlos überall, Bruchstücke der Erinnerung an alte Zeiten. In dem schwachen Dämmerschein konnte man nicht einmal andeutungsweise die Umrisse irgendeines Baus entdecken. Was nicht von Moos und Kletterranken bedeckt war, überwucherten Heidekraut und Farne.

Forbes führte den jungen Erben von Kairn um die Ostseite eines besonders riesigen Brockens Granit. Sie banden ihre Pferde an und gingen zu Fuß weiter, hinunter zu dem Fuß der zwei größten Blöcke. Dort konnte Falkirk sehen, daß einiges Geröll weggeschafft und Gebüsch gestutzt worden war. Forbes zeigte auf den schmalen Spalt zwischen zwei senkrecht stehenden Blöcken, kaum weit genug, um sich hindurchzuzwängen.

»Sie haben mir gesagt, ich soll nichts anrühren«, meinte Forbes, »aber ich mußte da durchkriechen. Diese Ritze sieht so aus, als könnte sie dahin führen, wo Sie hinmöchten. Sehen Sie, wenn Sie eben hier gucken ...«

Er zeigte in die Dunkelheit. »Können Sie es sehen? Sieht aus, als könnte dahinter eine Höhle sein, da, wo die Wand ist.«

Falkirk konnte sehen, daß nichts verändert worden war, bis auf das Entfernen einiger Steinbrocken, und nur aus diesem Grunde glaubte er Forbes. Er konnte den Mann nicht leiden, und er hatte auch kein Vertrauen zu ihm. Aber bei diesem Unternehmen mußte er eben tun, was in seinen Kräften stand und mit der Hilfe, die er auftreiben konnte.

»Hol die Werkzeuge«, befahl er. »Wir wollen mal sehen, was es dort drinnen gibt.«

Forbes war derjenige, der die eigentliche Arbeit tun sollte, und er war recht wenig begeistert davon. Mißmutig hämmerte und klopfte er an den gezackten Felskanten, die den Eingang zu der mutmaßlichen Höhle versperrten. Falkirk spähte von außen hinab, konnte aber in der Dunkelheit nichts erkennen. Schließlich waren die Steine beseitigt, und es kam eine Öffnung zum Vorschein, die in das Innere des Felsens führte. Sie war gerade groß genug, daß sich ein Mann – auf dem Bauch liegend – hindurchzwängen konnte. Als Forbes dies Falkirk mitteilte, bekam er die Anweisung, in den Spalt hineinzukriechen.

Falkirk, der draußen bei den hohen Granitpfeilern wartete, wurde zunehmend ungeduldiger. Die Kälte begann ihm in die Knochen zu ziehen. Nach einer Weile, die ihm schier endlos vorkam, hörte er einen gedämpften Schrei von Forbes. Entweder hat sich der Blödhammel den Kopf angeschlagen, oder er hat etwas gefunden, dachte Falkirk. Als Forbes einige Augenblicke später – mit den Füßen zuerst – zum Vorschein kam, war das einzige sichtbare Ergebnis seiner Arbeit ein häßliches Loch an seiner Stirn.

»Endet in einer massiven Granitwand«, keuchte er und wischte sich mit der schmutzigen Hand über die Stirn.

»Bist du sicher?«

»Aber ja!«

»Kein Kasten ... keine Truhe irgendwelcher Art?«

»Ich schlage mir ein Loch in den Schädel, der ganze dämliche Felsen stürzt beinahe über mir ein, und Sie fragen mich, ob ich sicher bin!« gab Forbes bissig zurück.

Falkirk bedauerte es wieder einmal, daß er den ekligen Kerl in seine geheimen Pläne eingeweiht hatte. Doch andererseits war Forbes genau das, was er brauchte. Wenn man Forbes dabei erwischte, wie er um die Ruine streifte, dann hätte Falkirk auf jeden Fall nichts mit der Sache zu tun.

Er hatte sowieso nicht damit gerechnet, daß ihre ersten Versuche in der Ruine sofort zu einem vollen Erfolg führen würden, und so war Falkirk nicht allzusehr enttäuscht. Die Zeit seines Triumphes würde schon noch kommen.

»Also«, sagte er, ohne von der Wunde auf Forbes' Stirn irgendwelche Notiz zu nehmen, »wir geben uns noch nicht geschlagen. Den richtigen Platz haben wir ja gefunden, aber es ist jetzt zu spät, um weiterzugraben. Räum alles zusammen und laß uns hier verschwinden.«

GLASGOW

Gewiß, der Clyde war keine Themse. Und Glasgow hatte nichts aufzuweisen, was sich mit dem Piccadilly oder den Kensington Gardens vergleichen ließe. Aber Schottlands größte Stadt befriedigte James' Verlangen, mitten im Großstadttrubel zu sein, wenn er schon nicht in der Lage war, nach London zu reisen.

Und was noch wichtiger war: die Brauerei befand sich nur fünf Meilen von der Stadt entfernt. Und obgleich er recht wenig vom eigentlichen Herstellungsprozeß des schottischen Dunkelbiers verstand, so liebte er doch das Jaulen und dumpfe Stampfen der Maschinerie aus Stahl und Holz und den Geruch von Hefe und gärendem Bier.

Aber das Beste daran war: Es war sein Eigentum! Diese Brauerei war eines der wenigen Dinge, die er mit Recht sein eigen nennen konnte, und sie stand für Reichtum und noch einträglichere Geldanlagen in der Zukunft. Jetzt sah er, daß der damals mißlungene Versuch, Braenock Ridge zu verkaufen, sich zu seinem Vorteil ausgewirkt hatte. Denn hätte er die Brauerei mit den Geldern aus diesem Verkauf finanziert, wäre Atlanta in der Lage gewesen, auch darüber zu bestimmen. Das Arrangement, so wie es schlußendlich zustandegekommen war, war so viel günstiger für ihn. Lieber wollte er Männern wie Browhurst oder Byron Falkirk zu Dank verpflichtet sein als seiner Frau. Und wie sich die Dinge entwickelt hatten, konnte er immer noch über den größten Teil des Gewinns verfügen, den das Unternehmen abwarf.

Nach drei erfolgreichen Jahren war er nun endlich soweit, daß er die Aussicht hatte, seinen Besitz zu erweitern. Eine der größten Whisky-Brennereien Schottlands wurde zum Verkauf angeboten. Der Eigentümer war gestorben, und der einzige Erbe, den es gab, lebte in Amerika und war an seinem Besitz jenseits des Atlantiks nicht interessiert. Deshalb verkaufte er den gesamten britischen Anteil seines Erbes. Er war kein Anfänger, so viel war sicher, denn er verlangte ein ganz hübsches Sümmchen für die Brennerei. Aber James meinte, sie sei es wert. Der schottische Whisky, den sie produzierte, war in ganz England bekannt und fand auch regelmäßigen Absatz beim Export. Allein im letzten

Jahr hatte sich der Gewinn auf mehrere hunderttausend Pfund belaufen. Wenn erwachsene Männer noch leicht vor Begeisterung aus dem Häuschen geraten würden, so hätte die Aussicht, ein so riesiges Unternehmen in die Hände zu bekommen, gewiß diese Wirkung auf James gehabt. Doch auch hier stand er nun wieder vor dem Problem, das nötige Anfangskapital zu beschaffen. Und da er selbst keine Reichtümer besaß, war er wieder einmal darauf angewiesen, das Geld anderer Leute für seine Pläne zu benutzen.

James saß aus eben diesem Grunde in einem Luxusrestaurant, nippte an seinem teuren Brandy und fragte sich, was bei dem Treffen mit Lord Browhurst diesmal herausspringen würde. Browhurst hatte ihm bereits seine Hilfe mehr oder weniger zugesagt und sich daraufhin bei seinen begüterten Geschäftsfreunden in London in der Absicht, sie finanziell anzuzapfen, umgehört.

James rutschte unruhig auf seinem Stuhl hin und her. Er war sich nie sicher, wie weit er Browhurst trauen konnte. Dessen Worte waren stets sehr herzlich, aber etwas in seinem Blick machte ihn nervös. Ihm war, als warte der gewiefte Lord nur darauf, daß James einen Fehler machte, damit er selbst alles an sich reißen konnte. Aber freilich war es auch nicht James Duncans Gewohnheit, überhaupt irgend jemandem zu vertrauen.

Bald sah er Browhursts imposante Gestalt durch den Speisesaal auf sich zueilen. Als er James sah, blitzten seine weißen Zähne in einem raschen Lächeln auf.

»Ah, Duncan!« rief er und setzte sich zu ihm an den Tisch. »Ich bin in diesem Restaurant noch nie gewesen – ganz hübsch für Glasgower Verhältnisse. Aber ich kann mir nicht denken, daß das Essen so gut sein wird wie das Interieur.«

»Wir müssen eben nehmen, was wir bekommen«, erwiderte James liebenswürdig, »London ist nicht die einzige Stadt auf Erden, wenn sie auch die kultivierteste ist.«

»Sie haben recht, aber es gibt noch Paris. Und selbst New York beginnt einige einflußreiche Leute anzulocken. Aber Glasgow, fürchte ich ...« Ein schiefes Lächeln ergänzte seine Gedanken.

Ein Kellner eilte herbei und nahm ihre Bestellung entgegen. Nach wenigen Minuten hielt auch Browhurst ein Glas vom besten Brandy des Hauses in der Hand.

»Ich muß schon sagen, Duncan«, äußerte Browhurst mit einem Schmunzeln, »wie ein Mann von Welt wie Sie es aushalten kann, so zu leben – weit und breit nichts außer einem kleinen, verschlafenen Fischerdorf, von allen Seiten nur mit diesem elenden, struppigen Zeug umgeben – wie nennt man das noch?«

»Meinen Sie das Heidekraut? Das, was die Bauernmädchen im Haar tragen?«

»O ja, Heidekraut, das war es! Wie ich schon sagte, daß Sie es ertragen können, dort zu leben, will mir einfach nicht in den Kopf.«

»Wenn man sich daran gewöhnt hat, ist es gar nicht so übel.«

»Ein richtiger Geschäftsmann sollte wirklich in einer Großstadt leben.«

»Vielleicht haben Sie recht.«

»Aber natürlich habe ich recht. Geschäfte werden in der Stadt gemacht und nicht auf diesen elenden Bergen.«

»Aber Sie müssen doch zugeben, Browhurst«, konterte James, »daß wir Schotten den besten Whisky der Welt produzieren.«

»Da kann ich Ihnen nicht widersprechen.«

»Damit kommen wir zu dem Thema unserer kleinen Besprechung. Wir wollten doch über andere Dinge als Geographie reden.«

»Ach ja, *das* ...« Besorgnis glitt wie ein Schatten über Browhursts Gesicht. »Ich fürchte, ich habe in London keinen sehr großen Erfolg erzielt.«

»Haben Ihre Teilhaber Ihnen eine abschlägige Antwort gegeben?«

»Im Augenblick sieht es jedenfalls so aus.«

»Aber sie würden doch von diesem Unternehmen nur profitieren«, beharrte James.

»Sie meinen, es sei zu viel Geld und ein zu großes Risiko.«

»Haben Sie denn nicht die Zahlen des letzten Jahres gezeigt?«

»Natürlich habe ich das«, sagte Browhurst ein wenig pikiert. »Sie waren auch beeindruckt. Aber eine Tatsache hielt der Prüfung nicht stand: Ein zu großer Prozentanteil der Whiskyproduktion wird nach Amerika exportiert. Und mit dem Krieg, der dort gegenwärtig zwischen den Süd- und den Nordstaaten wütet – wer kann da schon voraussehen, welchen Einfluß dies auf den Markt haben wird?«

»Der Krieg hat die Verkaufsziffern des vergangenen Jahres in keiner Weise beeinträchtigt.«

»Das stimmt schon, aber es wäre noch viel zu früh, alle möglichen negativen Auswirkungen auf den Absatz abschätzen zu wollen.«

»Pah! Es wird keine negativen Auswirkungen auf den Verkauf von Whisky geben!« entgegnete James mit wachsender Verärgerung. »Die Leute trinken, Krieg hin, Krieg her.«

»Sie wissen doch, was die Experten sagen – wenn der Norden nicht innerhalb des ersten Jahres gewinnt, könnte sich der Krieg endlos lange hinziehen. Man redet von Blockaden –«

»Whisky wird man immer haben wollen«, ereiferte sich James wieder, »und besonders die Soldaten, die von zu Hause weg sind und sich einsam fühlen.«

»Mich brauchen Sie ja nicht zu überreden«, meinte Browhurst, »Sie haben Ihre Sache sehr überzeugend dargelegt und haben mich gewonnen.«

Er schwieg und nahm einen Schluck aus seinem Glas. »Obwohl«, fuhr er nach einigen Augenblicken fort, »obwohl es so aussieht als könnte es auch bei meiner eigenen Investition einige Probleme geben.«

James explodierte. »Probleme?« schrie er. Einige Gäste, die in der Nähe saßen, warfen den beiden Männern verwunderte Blikke zu. »Welche Probleme denn?« fragte er schließlich in einem gemäßigteren Ton, aber immer noch erregt.

»Oh, nichts Gravierendes«, versicherte Browhurst beschwichtigend. »Ich habe nur meine verschiedenen Investitionen noch einmal genau überdacht und festgestellt, daß ich – wie soll man das sagen? – mich ein wenig zu sehr verzettelt habe. Und so würde ich in einem Fall wie diesem keine andere Alternative sehen, als meine ursprünglichen Zusagen ein wenig zu beschneiden.«

»Hören Sie, Browhurst«, sagte James leise, aber mit eiskalter Entschlossenheit in der Stimme, »wenn Sie nach einer Ausrede suchen, wie Sie sich aus der Sache herausschleichen können ...«

»O nein, keineswegs«, sagte Browhurst schnell.

James sah sein Gegenüber mit gespannter Aufmerksamkeit an. Hatte Browhurst einen besonderen Grund, mit ihm Katz und Maus zu spielen? Welche Absichten verfolgte er?

»Wir beide wissen, daß es eine gute Investition ist«, fuhr Browhurst fort. »Warum, meinen Sie, würde ich mich sonst bis zum äußersten dafür einsetzen?«

»Na ja, ohne zusätzliches Kapital wird es ein Unternehmen sein, das sich wahrscheinlich nie realisieren läßt«, meinte James bitter. Er hatte bereits eine Menge Zeit und Mühe investiert, um das Geschäft in die Wege zu leiten und war alles andere als glücklich, es seinen Händen entgleiten zu sehen. *Was kann das nur bedeuten, daß Browhurst mich so hinhält?* fragte er sich. Er schätzte es nicht, als Schachfigur in anderer Leute Intrigen benutzt zu werden.

»Ich habe mich wirklich nach der Decke gestreckt«, sagte er schließlich. »Aber es bleibt immer noch eine ganz ansehnliche Summe, die aufgebracht werden muß.«

»Wie ist es mit Lord Falkirk?« fragte Browhurst.

James antwortete nicht sogleich, weil es keine einfache Antwort gab. Er war bei seinem Nachbarn bereits zu hoch verschuldet. Er hatte ihm schon seine Tochter versprochen. Was hatte er noch, was er in die Waagschale werfen konnte?

Falkirk verfügte wirklich über das nötige Geld. Es machte James rasend, dem Ziel so nahe zu sein und doch nicht die Macht zu haben, die Hände darauf zu legen. Und es gab nur eine einzige Möglichkeit, Falkirk dazu zu bringen, sich noch von weiterem Geld zu trennen.

Eine Hochzeit ...

An diesem Tag, einzig und allein an diesem Tag würde Agnes Falkirk es zulassen, daß ihr Mann weiterhin in ein Geschäftsunternehmen investierte, ganz gleich wie lukrativ es zu werden versprach. Falkirk selbst hatte keinerlei Ambitionen. Er, wie auch seine Frau, interessierten sich für die Zukunft ihres Sohnes und nicht für die Erweiterung ihrer Kapitalanlagen.

Aber er hatte so wenig Zeit. Wenn er nicht eilends handelte, könnte der amerikanische Eigentümer genausogut einen anderen Käufer finden. Aber ... Hochzeiten konnte man ja kurzfristig arrangieren.

»Ja ...« sagte James nach einigem Sinnieren. »Ja, ich glaube, das mit Byron Falkirk wird schon in Ordnung gehen.«

Er schwieg und überlegte, welche praktischen Schritte zu unternehmen wären. »Ja«, fügte er hinzu, »genau das wird es.«

Er lächelte. Die Entscheidung war gefallen. Er prostete Browhurst zu und sagte: »Ich muß noch mit dem amerikanischen Rechtsanwalt sprechen. Ich denke, die Zeit ist gekommen, daß wir ein anständiges Angebot machen und den Handel unter Dach und Fach bringen.«

DIE TAPISSERIE

Der Oktober fegte die letzten Septembertage unsanft beiseite und damit auch alle Zweifel, daß er in der Tat der Vorbote des Winters war. In den ersten Tagen des Monats regnete es unaufhörlich aus dem schwerverhangenen Himmel. Und mit dem Regen kamen Sturmwinde von Orkanstärke. Im Hafen von Port Strathy schleuderte der Wind drei Boote mit derartiger Wucht gegen ihre Bojen, daß sie völlig zerstört wurden. Das Fischervolk war nur froh, daß die Heringsfangzeit vor dem Sturm zu Ende gegangen war.

In dieser Woche schwoll der Lindow so stark an, daß sein Wasser das Ufer überschwemmte. Und als sich kein Sinken des Wasserstandes abzeichnete, begannen die Farmer so viel von ihrem Hab und Gut in Sicherheit zu bringen, wie sie eben konnten. Ihnen allen war es völlig klar, daß, wenn der Lindow erst einmal über die Ufer trat, sie nur noch wenig von ihrem Besitz vor der Überschwemmung würden retten können. Es waren noch viele Geschichten über die Flutkatastrophe im Jahre 1802 im Umlauf, als jede Farm, die weniger als zehn Meilen vom Fluß entfernt lag, in die See gespült worden war. Schloß Stonewycke hatte sich damals als die einzige Zuflucht erwiesen, und Hunderte von Kleinbauern waren den Berg hinaufgeeilt und hatten nur das gerettet, was sie tragen konnten.

Die letzten schönen Septemberwochen waren herrlich gewesen. Maggie und Ian waren über so gut wie jede Meile des Anwesens zusammen geritten und waren landeinwärts bis nach Culden vorgedrungen und an der Küste entlang bis nach Gardenstown. Ihre Freundschaft wuchs und vertiefte sich ganz natürlich und entwickelte sich auf wunderbare Weise zu einer festen Zuneigung. Als Maggie begriff, was zwischen ihnen vorging, akzeptierte sie es freudig. Ihre gemeinsame Wanderung durch den Dormin-Wald war der Anfang gewesen, aber sie wurde Ians Liebe noch gewisser, als er ihr das Medaillon schenkte. Was für eine herrliche Erinnerung hatte sie an diesen Augenblick! Ian war so schüchtern gewesen, er wurde sogar ein wenig rot, als er das Medaillon hinter seinem Rücken hervorzog, wo er es versteckt gehalten hatte! Als er es ihr anlegte, küßte er sie sanft auf die Wange. Sie hätte nie für möglich gehalten, daß ein Mann so zart sein konnte. So sehr sie ihn auch liebte, konnte sie doch die Verwunderung darüber nicht zurückhalten, daß Ian, der sich anfangs oft so vorlaut und fast zynisch gegeben hatte, solche Zartheit besaß. Aber vor allem war es die rücksichtsvolle Fürsorge in seiner Berührung, die sie nie vergessen würde. Seit diesem Tag trug sie das Medaillon immer unter ihren Kleidern versteckt, immer ganz nah an ihrem Herzen, ein Zeugnis der süßen Liebe, die endlich ihr Herz erschlossen hatte.

Sie hatten sich durch ihre Ängste und Unsicherheiten hindurchgekämpft, wobei jeder dem anderen viel von sich selbst gab. Und so war ihre Liebe stärker geworden, und sie vertrauten einander tiefer, als es ihnen früher möglich gewesen wäre. Maggie war nun bereit, ihr Herz wieder ganz zu öffnen, zu lieben und Liebe zu empfangen. Ian hatte die Veränderungen in seinem Wesen voll akzeptiert, als wäre sein früheres Leben in London nichts weiter als ein Traum aus einer fremden Welt gewesen.

Sie liebten sich, aber ihre Liebe war ausschließlich auf den jeweils anderen gerichtet. Sie hatten es noch nicht gelernt, zu dem Ursprung aller Liebe aufzuschauen, zu jener großen Liebe, aus der jede andere Liebe geboren wird. Aber sie lernten zum erstenmal, wirklich zu lieben, und sie würden auch ihre Augen nach oben richten, wenn die Zeit reif war. Durch die Liebe, die sie füreinander empfanden, fühlten sie sich zu dem Ursprung aller Liebe näher hingezogen.

Das unfreundliche Wetter schien es darauf abgesehen zu haben, ihnen alle Freude zu verderben. In den Bergen oder auf dem Moor konnten sie sich frei fühlen – lachen, reden, laufen, springen und sich aneinander freuen. Aber unter den Augen, die im Haus über ihnen wachten, waren sie gezwungen, Distanz zu wahren und ihre Gefühle zu verbergen. Obgleich Maggie wußte, daß die Zeit kommen würde – und das schon bald –, wo sie mit Atlanta darüber sprechen mußte, konnte sie es noch nicht über sich bringen, davon anzufangen. Und wenn James nicht für zwei Wochen weggefahren wäre, wäre die Spannung schier unerträglich gewesen.

Noch mehr gingen Maggie die häufigen Besuche von George Falkirk auf die Nerven. Weit davon entfernt, sich von dem ständigen Regen abhalten zu lassen, genoß er es förmlich, unangemeldet auf Stonewycke aufzutauchen. Stets bei bester Laune, liebte er es, Atlanta mit Lob zu überschütten und mit nichtssagenden kleinen Gefälligkeiten in Begeisterung zu versetzen, und er schaffte es immer irgendwie, mit Maggie allein zu sein und sie dann zu umgarnen.

Sie hatte es zwar gelernt, seine unverblümten Annäherungsversuche mit vagen Antworten, einem koketten Lächeln oder geistreichen Bemerkungen abzuwehren und nur so weit nachzugeben, daß der Eindruck entstand, sie finde seine meisterhaften Verführungskünste ganz nett, während sie ihn in Wirklichkeit von sich fernhielt. Auf diese Weise erreichte sie, daß sich Falkirk in Sicherheit wiegte und auf einen baldigen Sieg hoffte, ohne daß er sich irgendwelche Gedanken um die drohenden Worte »dieses lächerlichen Neffen« machte. Doch bei jedem erneuten Besuch fand es Maggie zunehmend schwieriger, sich George vom Leibe zu halten. Aber sie fürchtete, daß eine direkte Abweisung seiner Zudringlichkeiten zu einem offenen Konflikt mit ihrem Vater führen und schließlich ihre Liebe zu Ian gefährden könnte. Aber wie lange noch konnte sie Falkirk so hinhalten, bevor er mit dem Ausspielen seiner Trümpfe zu weit ging?

Diese Überlegungen beschäftigten Maggie gerade, als sie in dem kleinen Wohnzimmer saß, das an den großen Ostsalon angrenzte. Das Feuer knisterte fröhlich im Kamin, während der Regen unaufhörlich gegen die Fensterscheiben trommelte. Verglichen mit dem übrigen weitläufigen Haus fand Maggie dieses kleine Zimmer am wärmsten und am gemütlichsten.

Die Tür ging auf, und Atlanta schaute herein. »Ich dachte, ich hätte meine Handarbeit hier liegengelassen«, erklärte sie. »Oh, da ist sie ja.«

Sie nahm sie und wandte sich wieder zum Gehen. Aber etwas hielt sie doch zurück.

Atlanta hatte in der letzten Zeit bei Maggie eine Veränderung beobachtet – sie kam ihr nicht mehr so spröde vor. Ein unbestimmtes friedvolles Leuchten strahlte aus ihren Augen. Wann hatte ihre zur Melancholie neigende Tochter jemals einen so zufriedenen und glücklichen Eindruck gemacht wie gerade in den vergangenen vier Wochen?

Wie sehr wünschte sich Atlanta, die Distanz zu durchbrechen, die sie beide trennte! Sie fühlten beide die Spannung. Jede wünschte der anderen näher zu kommen. Die Mutter liebte die Tochter, und die Tochter die Mutter. Und doch wußten sie beide nicht, wie sie die Bande des Schweigens durchbrechen sollten.

Noch immer wartete Atlanta.

»Es gibt jetzt so wenig anderes, was man tun könnte«, versuchte sie eine Unterhaltung anzufangen und hielt ihre Handarbeit hoch.

»Ich weiß«, seufzte Maggie.

»Es regnet und regnet.«

»Wird es denn nie aufhören?« murmelte Maggie, als rede sie nicht zu ihrer Mutter, sondern denke nur laut. Ihre Hände bewegten sich gleichmäßig und führten die Nadel mechanisch durch den Stoff.

»Du bist in der letzten Zeit so viel draußen gewesen«, meinte Atlanta, »da muß es dir doppelt schwer fallen, den ganzen Tag drin zu bleiben.«

Maggie blickte von ihrer Handarbeit auf und warf ihrer Mutter einen fragenden Blick zu. Hatte Atlanta ihre Schlüsse gezogen, weil sie Maggie und Ian so oft zusammen gesehen hatte?

Maggie bemühte sich mit aller Kraft, ihre zitternden Hände dazu zu zwingen, weiterzusticken.

»Hier ist es so schön warm«, fuhr Atlanta fort, nach Worten suchend. »Die anderen Räume sind bei kaltem Wetter so zugig. Wir wohnen vielleicht in einem prächtigen Haus, aber es hat auch seine Nachteile: Es ist immer zu kühl. Doch es wird auch mein Alter sein, das sich meldet. Ihr jungen Leute merkt das wahrscheinlich überhaupt nicht.«

Maggie schüttelte hastig den Kopf und murmelte, auch sie friere leicht. Was die Mutter sonst noch sagte, hatte sie kaum mitbekommen.

»Da wir gerade über junge Leute reden«, fuhr Atlanta etwas unbeholfen fort, »bist du denn mit unserem Gast einigermaßen zurechtgekommen?«

Maggies Kopf schnellte in die Höhe. Diesmal konnte es Atlanta nicht entgehen, wie aufgeregt ihre Tochter war.

»Aber Liebling, was hast du denn?« fragte sie besorgt. »Hast du irgendwelche Schwierigkeiten mit ihm gehabt?«

»O nein, nein«, erwiderte Maggie schnell – zu schnell, »überhaupt nicht ... Er hat sich ... immer – wie ein perfekter Gentleman benommen. Ich ... wir haben ... eine schöne Zeit zusammen verbracht. Ich meine, ich bin mit ihm wunderbar ausgekommen, wirklich, ganz toll –«

Sie unterbrach sich, da sie merkte, daß sie in ihrer Verwirrung bereits zuviel herausgeplappert hatte. Sie wollte es so gern ihrer Mutter sagen. Aber das letzte Mal, als sie versucht hatten, ernsthaft miteinander zu reden, hatte Atlanta sie völlig mißverstanden. Was, wenn sie das mit Ian auch mißverstehen würde? Sie schien von George Falkirk so eingenommen zu sein. Sie und Vater waren wie versessen darauf, sie mit Falkirk zusammenzubringen.

Und doch, was, wenn sie es doch ... Es wäre doch möglich ... Was, wenn sie es diesmal verstehen würde?

»Wenn es irgendein Problem gibt ...«, fing Atlanta wieder an.

»Nein, es gibt keine Probleme«, beharrte Maggie. »Es ist nur, daß wir ... Freunde geworden sind.«

»Freunde?« Die harte Ramsey-Schale begann sich wieder zu formen. »Das ist aber schön ... ich bin so froh.«

»Wirklich, Mutter? Findest du es wirklich gut? Ich dachte ... du wärest dagegen, daß ...«

»Aber natürlich finde ich es gut«, Atlanta wurde wieder weicher. Sie spürte, wie Maggie sich mühte, ihr etwas Wichtiges mitzuteilen. »Wieso denkst du –?«

»Ach, es ist Vater. Du weißt doch, was er von Ian hält.«

»Dein Vater und ich sind uns nicht immer völlig eins in unseren Ansichten.«

»Ich dachte, daß auch du ...«

»Es war mir klar, daß du jemand brauchst ...«

»Oh, und wie ich ihn brauche, Mutter!« brach es aus Maggie hervor, bevor sie merkte, was sie da sagte.

Atlanta kam näher und setzte sich auf den Stuhl neben ihrer Tochter. Sie legte ihre Arbeit, die sie in der Hand hielt, beiseite, dachte einige lange Augenblicke nach und prüfte sorgfältig jedes einzelne Wort, bevor sie sprach. Sie hatte es noch in schmerzlicher Erinnerung, wie sie viele Male solche zarten Augenblicke zwischen ihnen beiden nutzlos hatte verstreichen lassen. Nun würde es nicht mehr so viele Gelegenheiten geben.

»Es ist mir aufgefallen, daß du seit einiger Zeit so anders bist«, sagte sie schließlich, »du scheinst so glücklich zu sein.«

»Ich bin glücklich.« Maggie schaute verlegen auf den Fußboden. »Das heißt, bis auf ...«

»Bis auf was?«

»Ich sollte das nicht denken.«

»Worüber bist du nicht glücklich?«

»Ich weiß, daß du denkst, er sei ein richtiger Gentleman.«

»Wer?«

»George Falkirk.«

»Ich? Ich habe keine sehr hohe Meinung von George Falkirk.«

»Nein? Aber ich dachte ...«

»Dein Vater und Mr. Falkirk sind gute Freunde. Und aus

diesem Grunde scheint George zu glauben, daß er, wann immer es ihm einfällt, hierher kommen kann und uns willkommen ist.«

»Denkst du denn anders?«

»Ich muß sagen, daß ich die Sympathie deines Vaters für den jungen Mann nicht teile. Seine listige Art, sich bei uns einzuschmeicheln, ist mir nicht angenehm.«

»O Mutter, du ahnst nicht, wie froh ich bin, daß du das sagst!« rief Maggie. »Ich habe die ganze Zeit gedacht, du möchtest, daß ich auf seine Avancen eingehe.«

»Dann nehme ich an, daß unser Freund Mr. Falkirk nicht der Grund für dein strahlendes Gesicht ist?«

»Nein, Mutter.« Maggie lächelte. »Es ist jemand anders.«

»Gehe ich richtig in der Annahme, daß unser Gast aus London mehr für dich ist als nur ein entfernter Verwandter?«

Maggie sah ihr voll ins Gesicht.

»Ich liebe ihn, Mutter«, sagte sie.

Ihre Worte ließen Atlanta unwillkürlich erschauern, wie damals am Abend des Maiden-Festes, als sie Maggie das Baby von Kruegers halten sah. Nun hatte ihre Tochter einen weiteren Schritt zum Erwachsen-Werden genommen. Atlantas Herz schlug vor Freude und auch vor Schmerz – vor Schmerz, weil ihr Kind selbständig wurde, sich von ihr löste; und vor Freude, weil sie Maggie zum erstenmal richtig glücklich sah.

»Und Ian ..., wie steht er dazu?«

Maggie versuchte zu lächeln und nickte. »Er liebt mich auch. Wir haben sogar ... von Heirat gesprochen.«

Bei dem Wort Heirat fiel eine große Schwere auf Atlantas Herz. »Weiß noch jemand davon?« fragte sie.

»Nur du. Wir konnten nicht ... na ja, ich bin einfach froh, daß du es endlich weißt.«

Aber Atlanta dachte bereits an James. Wenn er erfuhr, wie die Dinge liefen, konnte man voraussehen, wie er reagieren würde. Eines war jedenfalls todsicher: Er würde *niemals* in eine Heirat zwischen seiner Tochter und dem Sohn von Lord Landsbury einwilligen!

Schließlich wandte Atlanta ihre Aufmerksamkeit wieder ihrer Tochter zu. Maggie war aufgestanden und schaute still aus dem Fenster in den strömenden Regen hinaus, der gegen das Glas schlug und unten auf den Hof prasselte. Warum muß es meine Pflicht sein, dachte Atlanta, mein Kind zurück in die Realität zu führen? Wie sehr wünschte sie, daß ihre Tochter die wenigen Augenblicke des Glücks genießen könnte. Sie wußte nur allzugut, wie knapp sie in einem Leben bemessen sein konnten. Und doch war es ihr klar, daß die Hoffnung, Maggies Traum mit Ian könnte lange unerschüttert bleiben, keinen Bestand hatte.

»Maggie«, sagte sie sanft, »bist du ganz sicher, daß du das willst?«

Maggie wirbelte herum. Die Antwort stand unmißverständlich auf ihrem strahlenden Gesicht geschrieben.

»Ja, Mutter!«

»Du weißt, wie schwer dir dein Vater das Leben machen kann.«

»Das ist mir egal«, gab Maggie entschieden zurück. »Er hat mir ja schon vor langer Zeit bewiesen, daß ich ihm gleichgültig bin.«

Atlanta zuckte zusammen. Die innere Not, die Maggie immer noch in sich trug, griff ihr ans Herz.

»Ich habe nur deshalb gefragt, ob du dir ganz sicher bist«, fuhr Atlanta fort, »weil es gut möglich ist, daß du darum wirst kämpfen müssen.«

»Ich weiß, Mutter.«

»Du weißt, wie dein Vater zu Lord Landsbury steht.«

»O ja. Aber es ist mir wichtiger zu wissen, wie du darüber denkst, Mutter.«

»Ich möchte, daß du glücklich bist.«

»Wir haben also dein Einverständnis?«

»Natürlich.«

»O danke, Mutter!« rief Maggie und fiel Atlanta um den Hals. Langsam legte Atlanta die Arme um ihr Kind und drückte es fest an sich. Ihre Augen füllten sich mit Tränen – ein lange unterdrücktes Zeugnis von ihrem eigenen Sehnen zu lieben und geliebt zu werden. Schweigend standen sie so einige Augenblicke, als wäre die trennende Mauer zwischen ihnen nie dagewesen.

»Und du wirst Vater nichts sagen?« fragte Maggie leise.

»Nein«, sagte Atlanta, »aber euer Geheimnis wird nicht ewig verborgen bleiben. Es steht dir ja im Gesicht geschrieben.«

Maggie lachte. Dann machte sie sich von der Umarmung der Mutter frei. »Oh, ich will jetzt schauen, wo Ian ist und es ihm erzählen!«

Atlanta legte ihre Hand auf Maggies Arm. Es war nie ihre Art gewesen, impulsiv zu handeln, aber sie konnte es einfach noch nicht zulassen, daß diese kostbaren Minuten mit ihrer Tochter so schnell zu Ende gingen.

»Maggie«, sagte sie, »ehe du gehst, muß ich dir noch etwas zeigen.«

Atlanta wischte sich die Augen und ging mit Maggie aus dem Zimmer. Sie stiegen die Treppe hinauf, zu Atlantas Wohnzimmer, nahm Maggie an. Doch statt dessen blieben sie an der Tür daneben stehen. Atlanta machte die Tür auf. Die großen Fenster in der gegenüberliegenden Wand ließen das blasse Licht des scheidenden Tages herein. Ein schwacher Geruch von Mottenkugeln stieg ihnen in die Nase.

»Mein altes Kinderzimmer!« rief Maggie. »Ich bin ja seit Jahren nicht hier gewesen. Es hat sich kaum verändert.«

»Ich habe es so gehalten, wie es damals war, als du noch ein Baby warst«, meinte Atlanta. »Ich erinnere mich gern an die Zeit.«

Maggie sah die stattliche Frau neben ihr an und bemerkte mit Erstaunen die Tränen, die ihre Mutter nun nicht mehr zurückhalten konnte.

»Oh, Mutter«, sagte sie leise, schlang ihre Arme wieder um Atlanta und legte den Kopf auf ihre Brust, wie damals, vor vielen Jahren.

Endlich, endlich liefen die Tränen ungehindert über die Wangen der strengen Herrin von Stonewycke, der letzten aus der Ramsey-Dynastie. Maggie schluchzte ungeniert, und Atlanta streichelte ihr zärtlich übers Haar. Ihr Kind war zu einer Frau herangewachsen, und endlich in diesem bedeutsamen Augenblick, in dem sie Schmerz und Glück zugleich empfanden, konnten sie beide ihre Ängste ablegen und einander in Liebe umarmen – einer Liebe, die sie immer verspürt, aber so gut wie nie zum Ausdruck gebracht hatten.

Sie standen eine ganze Zeitlang auf dem dichten Teppich, auf dem Maggie als kleines Mädchen stundenlang gespielt hatte. Auf der einen Seite der Tür standen ein Bettchen mit einem Baldachin aus Spitzen und ein Schreibtisch, auf dem reihenweise Puppen und Spielzeug aufgestellt waren. Auf der anderen Seite stand Maggies Wiege.

Als Tränen und Umarmung ihre heilende Wirkung vollbracht hatten, lösten sich Mutter und Tochter voneinander, lächelten und drückten sich die Hände, als wollten sie sagen: Das hat gutgetan!

Maggie sah sich um, und alte Erinnerungen begannen auf sie einzustürmen. Es war nicht zu übersehen, daß der Raum sauber geputzt war, kein bißchen Staub war zu sehen, obwohl es schon zwölf Jahre her war, seit Maggie ihn zuletzt benutzt hatte.

Atlanta zeigte auf die Wand, an der das Bett stand.

Dann sah Maggie sie: Die großartige Tapisserie mit dem Familienstammbaum, da, wo sie schon immer gehangen hatte. Und doch – etwas war anders. Ein neuer, edler Goldrahmen umrahmte sie, und auch die Tapisserie selbst war irgendwie heller, ihre Farben frischer. Maggie sah ihre Mutter fragend an.

»Ich habe sie auffrischen und neu rahmen lassen«, erklärte Atlanta. »Ich hatte gehofft, sie dir zu deinem Geburtstag schenken zu können, aber sie ist nicht rechtzeitig fertig geworden. Dann dachte ich, ich hebe sie auf für Weihnachten, aber jetzt ... Irgendwie scheint jetzt genau der richtige Augenblick dafür zu sein. Ich möchte, daß du sie bekommst, Maggie.«

»Du schenkst sie mir, Mutter? Aber sie gehört doch dir! Für mich ist sie viel zu kostbar!«

»Ich möchte, daß sie dir gehört.«

Atlantas Worte kamen mit behutsamer Knappheit, als sie versuchte, die zarten Gefühle, die so tief angerührt worden waren, in Worte zu fassen. »Es gibt so wenig, was eine Mutter an ihre Tochter wirklich weitergeben kann. Besonders wenn es um das Erbe geht, das sie weiterreichen möchte. Diese Familie ... der Familienbesitz –«

Atlanta hielt inne, unfähig, das Würgen in ihrem Hals zu überspielen, das alle Worte erstickte. Jetzt waren alle unterdrückten Gefühle aufgebrochen worden, und die Tränen drängten ungestüm heraus und wollten sich nicht mehr zurückhalten lassen.

»Unser Zuhause ... unsere Leute«, fing sie noch einmal mit schwankender Stimme an, »das ist alles ein Teil von mir. Es ist mein Leben. Es gibt so viel, was ich dir mitgeben möchte, Maggie. Dies soll der Anfang sein.«

Maggie spürte, wie verletzlich die Gefühle ihrer Mutter waren, und legte ihr verstehend die Hand auf den Arm.

»Bald wirst du heiraten«, fuhr Atlanta fort, »und Teil einer anderen Familie werden. Es könnte sein, daß der Name Ramsey in deinem Gedächtnis verblaßt ...«

»Mutter«, fiel Maggie ihr ins Wort, »das wird nie geschehen! Weißt du denn nicht, wie teuer er mir ist? Zwar habe ich diesen Namen nie selbst getragen, aber deswegen bedeutet er nicht weniger für mich! Nie werde ich vergessen, daß ich zur Hälfte eine Ramsey bin und zu den Lairds und Ladys von Stonewycke gehöre!«

Atlanta lächelte, erst mit den Augen und dann mit den Lippen. »Das ist ein Grund mehr, daß du die Tapisserie bekommst.«

»Aber dir bedeutet sie doch so viel.«

»Deshalb will ich ja, daß sie dein wird«, sagte Atlanta. »Ich hatte es immer vor, sie meiner Tochter zu vererben, obwohl du nur in den Gedanken Gottes existiertest, als ich sie zu sticken begann.«

Maggie betrachtete die Tapisserie einige Momente und erinnerte sich an ihre eigenen, ungelenken Versuche, sie zu reproduzieren. Sie war ja damals noch ein Kind. Die Jahre, die seitdem vergangen waren, schienen so lang wie ein ganzes Leben zu sein. Und plötzlich stieg in Maggie das Gefühl auf, daß sie ein Teil von etwas Tieferem, Beständigerem war als alles, was sie je gedacht und empfunden hatte. Alle diese Namen, Generation für Generation, gehörten zu ihr, und – auf eine geheimnisvolle Weise – gehörte sie zu ihnen. In vielen Jahren würden ihre Nachkommen da stehen, wo sie jetzt stand, würden die Frau bewundern, die Margaret Duncan hieß, und sich Gedanken über sie machen.

Als sie die Tapisserie genauer betrachtete, sah sie auf einmal, daß ein Name hinzugefügt worden war.

»Mutter, hier steht ja mein Name!«

In einem besonderen Rahmen unmittelbar unter dem ihrer Eltern standen die Worte: *Margaret Isabel Duncan.* »Du hast ihn doch damals nicht gleich mit eingestickt, als du mit der Arbeit begonnen hast? Ich kann mich nicht erinnern, ihn je gesehen zu haben.«

»Ich habe ihn erst vor kurzem hinzugefügt«, erwiderte Atlanta stolz.

»Aber wo ist denn Alastairs Name?« fragte Maggie.

»Komm«, sagte Atlanta schnell. Sie schien die Frage überhört zu haben. »Wir wollen sie herunternehmen und in dein Zimmer bringen.«

»Herunternehmen? Aber sie hat doch schon immer hier gehangen. Sie gehört ins Kinderzimmer. Wie könnte man sie irgendwo anders aufhängen?«

»Aber du kannst dich nicht daran erfreuen, wenn sie hier hängt, wo du sie nie sehen kannst«, beharrte Atlanta.

»Ich muß mich erst an den Gedanken gewöhnen. Sie gehört ins Kinderzimmer. Aber sie ist ein so großer Schatz, daß ich sie doch sehen möchte.«

Gemeinsam hoben sie den schweren Rahmen von den Haken, und Maggie trug ihn sorgsam in ihr Zimmer. Sie hängten sie über Maggies Bett auf, entsprechend ihrem ursprünglichen Platz im Kinderzimmer. Dann trat Maggie zurück, um die herrliche Stickerei zu bewundern. Zum erstenmal wurde es ihr bewußt, daß das Bild viel mehr war als nur ein Familienerbstück. Es schuf nicht nur eine Verbindungslinie zur Vergangenheit, sondern reichte auch in die Zukunft ... in das Unbekannte. Was würden die Jahre mit sich bringen? Maggie wußte es nicht.

»Danke, Mutter«, sagte sie schließlich. »Es ist wunderbar, wirklich eine Kostbarkeit.«

ATLANTAS ENTDECKUNG

Atlanta hatte sich stets bemüht, den Privatbereich, den James sich in seiner »Mönchszelle« eingerichtet hatte, zu respektieren. Nie hatte sie ihren Fuß über die Schwelle seines Zufluchtsortes gesetzt oder auch nur erwähnt, daß sie um ihn wisse. Er hatte ihr nie davon erzählt, und so mied sie sogar den Korridor, auf dem das Zimmer lag, und betrat ihn nur äußerst selten. Natürlich war ihr bekannt, daß ein solcher Raum existierte, und die Frage, was sich wohl darin befinde, reizte gelegentlich ihre Neugier. Aber nach ihrer Auffassung brauchte jeder Mensch eine Privatsphäre, einen Ort, an den er sich zurückziehen konnte, um gänzlich allein sein zu können. Möglicherweise war dies ein leises Eingeständnis der Tatsache, daß er von ihr ziemlich viel Druck zu spüren bekam, obgleich sie es nie offen zugegeben hätte.

Deshalb war ihr das, was sie jetzt zu tun beabsichtigte, in tiefster Seele zuwider. Ihre Absätze riefen auf dem Steinboden des Ganges ein klapperndes Geräusch hervor. Obgleich sie wußte, daß James erst in einigen Stunden von Kairn zurückerwartet wurde, blickte sie sich unwillkürlich über die Schulter. Aber sie ging dennoch mit festen Schritten und entschlossen weiter. Seit James aus Glasgow zurückgekehrt war, hatte sich alles zu einer untragbaren Situation entwickelt. George Falkirk kam fast täglich. Er und James wurden immer vertraulicher miteinander. Ian ließ sich kaum noch blicken, und Atlanta wußte, daß Maggie todunglücklich war.

Etwas mußte geschehen.

Altanta war nie eine Frau gewesen, die sich durch Hindernisse von ihrem Ziel abbringen ließ. Sie wußte, was Angst ist, aber für sie wurde Angst zu einer treibenden Kraft, die sie dazu bewegte, alles zu tun, was in ihrer Macht stand, um ihr Erbe, das Marquisat Stonewycke, zusammenzuhalten. Und sie wußte, um das zu erreichen, mußte sie ihre Macht über James aufrechterhalten. Denn wenn er es nur könnte, würde er ihr diese Macht entreißen.

Angst trieb sie auch jetzt wieder an – diesmal ging es um ihre Tochter. Sie fürchtete um Maggies Zukunft, und das trieb sie, diesen heimlichen Gang zu tun. Sie mußte etwas finden, etwas, was James zwingen würde, Ian und Maggie für ihre gemeinsame Zukunft seinen Segen zu geben. Aber schon während sie darüber nachdachte, erkannte Atlanta die Aussichtslosigkeit ihres Unternehmens. James' Haß war so tief, daß allein die Erwähnung des Namens Landsbury ausreichte, um bei ihm einen Tobsuchtsanfall auszulösen. Und die Fixierung auf seinen Haß, das unstillbare Verlangen, sich zu rächen, verhinderten von vornherein, daß er sich umstimmen ließ. Denn wahrer Haß wird jedes Opfer auf sich nehmen, um sich über seinen Gegenstand zu ergießen.

Atlanta blieb vor der Tür stehen, so als wolle sie ihren Entschluß noch einmal vor sich selbst bekräftigen. Dann legte sie die Hand auf den Türgriff. Er gab unter dem Druck nach, und fast genauso schnell zog sie die Hand wieder zurück. *Vertraute er ihr so sehr, daß er es nicht einmal für nötig hielt, die Tür zu seinen Privaträumen abzuschließen?*

Der Gedanke war schwindelerregend. Ihre Beziehung hatte Jahre überdauert, aber sie hätte niemals Vertrauen als einen der Gründe dafür genannt. Gab sie jetzt den letzten Rest an Echtem und Gutem preis, den es noch in ihrer Ehe gab?

Sekunden verstrichen. Für Atlanta waren sie so lang wie eine Stunde. Entsprang diese vorübergehende Unentschlossenheit einem verborgenen Schuldgefühl – der Empfindung, daß sie dem Mann, der ihr Ehegatte war, Loyalität schuldete? Welche Bedeutung hatte eine solche Loyalität noch an diesem Punkt ihrer Ehe? Waren die Trennlinien zwischen ihnen nicht schon längst gezogen worden? Wurde sie jetzt am Ende zu einer Entscheidung gezwungen, die keiner Frau auferlegt werden durfte, der Entscheidung zwischen ihrem Mann und ihrem Kind?

Aber weshalb sollte sie diese Wahl als Überraschung empfinden? Die Entscheidung war ja schon vor langer Zeit gefallen, als sie die Erbin von Stonewycke zur Welt gebracht hatte – den einzigen Erben, den es je geben würde, ihr leibliches Kind. Der Kampf hatte bereits begonnen, als sie erkannte, daß sie für die rechtmäßige Stellung ihrer Tochter würde kämpfen müssen. Und diesen Kampf konnte sie nicht wegen einer momentanen Gefühlsbewegung aufgeben.

Sie drückte die Klinke hinunter. Die Tür ging auf.

Atlanta trat ein und blieb verblüfft stehen. Sie hatte James immer für pedantisch gehalten, aber dies hier war ein komplettes Chaos, und das in einem Raum, der sein Allerheiligstes war. Bücher, Papiere, Landkarten, Zeitschriften, Aktenmappen, Schwerter, Pistolen und Kästen – neben anderem Zubehör aller Art –

türmten sich in wildem Durcheinander auf. Ob er hier überhaupt tatsächlich arbeitete, erschien zweifelhaft. Der Raum wirkte nicht wie ein Arbeitszimmer, sondern eher wie eine Rumpelkammer, in der alles mögliche aufbewahrt wurde.

Aber sie hatte ein Werk zu verrichten. Sie schob also ihren anfänglichen Schrecken über das Durcheinander beiseite und fing sofort an zu suchen, froh, daß ihr Vordringen in James' Reich bei dieser Unordnung wenigstens nicht auffallen würde. Sie ging zu dem Schreibtisch, warf einen Blick darauf und begann, die verstreut liegenden Papiere durchzusehen. Dann sah sie sich im Raum um. Wenn auf dem Schreibtisch nichts zu finden war, würde sie ihre Aufmerksamkeit auf die Schubfächer im Schreibtisch, von denen es nicht wenige gab, und auf den Schrank konzentrieren müssen. Wahrscheinlich würde die Zeit nicht reichen, um jedes Schubfach gründlich zu durchsuchen, zumal sie nicht genau wußte, was sie eigentlich zu finden hoffte. Dieses Zimmer war in einem so verheerenden Zustand, daß man eine Ewigkeit brauchen würde, um alles Material sorgfältig zu sichten.

Noch einmal wandte sie sich dem Schreibtisch zu. Und wenige Augenblicke später wurde ihre Mühe belohnt, und sie brauchte keine weiteren Papierberge mehr zu durchwühlen. Auch der Schrank konnte ruhig seine Geheimnisse behalten. Sie hatte gefunden, was sie brauchte: eine kleine Notiz nur, eilig hingekritzelt, in einem losen Haufen Geschäftspapiere. Sie war offensichtlich auf den Tisch geworfen und dann aus Unachtsamkeit mit anderen Papieren zugedeckt worden. Als Atlanta sie las, fragte sie sich, wie es nur kommen konnte, daß James diese Notiz nicht vernichtet hatte. Vermutlich war sie zusammen mit anderen Papieren angekommen, denn die beiden Männer arbeiteten ständig zusammen an irgendwelchen finanziellen Arrangements.

Atlanta las, und ihre Hand, die den Zettel hielt, wie ihr ganzer Körper, bebten vor Empörung. Ihr war gesagt worden, Falkirk habe darum ersucht, daß sein Sohn George Maggie besuchen, ja, ihr sogar den Hof machen dürfe. Anfangs war sie nach ihrem ersten Besuch auf Kairn recht entmutigt gewesen, aber die weiteren Besuche hatten sich als wesentlich herzlicher erwiesen, und sie söhnte sich mehr oder weniger mit der Tatsache aus, daß George häufig kam, wenngleich sie von dem eingebildeten jungen Mann nicht sonderlich begeistert war. Er war ein so geschickter Schmeichler, daß es sogar ihr selbst manchmal schwerfiel, nicht auf ihn hereinzufallen. Maggie schien seine Anwesenheit anfänglich Spaß zu machen. Aber seit Atlanta von Maggies wahren Gefühlen für Ian erfahren hatte, war Falkirks ständige Präsenz zu einer echten Plage geworden. Atlanta hätte es nie für möglich gehalten, daß James so heimtückisch sein könnte, seine eigene Tochter als ein Mittel zum Zweck zu benutzen, um seine geschäftlichen Ambitionen zu verwirklichen.

Aber die Worte auf der Notiz ließen darüber wenig Zweifel übrig. Man konnte den Abschluß eines Geschäfts mit einem Pferd besiegeln – als ein Symbol der Freundschaft vielleicht. Aber seine eigene Tochter als Tauschobjekt für irgendwelche finanzielle Leistungen anzubieten? Mit leidenschaftlichem Zorn las Atlanta:

Ich freue mich über den erfolgreichen Fortgang Ihrer Geschäfte und bin zuversichtlich, daß unsere kleine Abmachung auch in Zukunft unsere Zusammenarbeit zu beiderseitigem Vorteil sicherstellen wird. Mein Sohn hat bei Ihrer Tochter Feuer gefangen und versicherte mir, daß die Heirat bald bekanntgegeben wird. Daraus ersehe ich, daß meine Investition sowie mein Vertrauen in Sie gut angelegt waren. Wie gesagt, ich werde gewiß mit Freuden noch weitere Investitionen erwägen, wenn die Hochzeit erst einmal über die Bühne gelaufen ist. Aber – das Wichtigste zuerst, wie ich es immer sage.

Ihr ergebenster Falkirk

Atlanta steckte den Zettel in die Tasche, knallte die Tür hinter sich zu und eilte den Korridor entlang in glühendem Zorn. Nie wieder würde sie sich noch einmal so weit erniedrigen und James' Zustimmung zu gewinnen versuchen. Er hatte sein Recht verwirkt, der Ehe seiner Tochter seinen Segen zu geben. Er hatte alles verwirkt, was er an Vaterrechten je besessen hatte!

Sie ging schnurstracks ins Wohnzimmer, schloß die Türe hinter sich zu und setzte sich hin, um alles noch einmal zu überdenken.

Daß diese Entdeckung die ganze Situation in einem völlig anderen Licht erscheinen ließ, darüber bestand jetzt kein Zweifel mehr. Falkirks immer häufigere Besuche und seine langen Gespräche unter vier Augen mit James wie auch die wiederholten Besuche, die James auf Kairn machte – alles entpuppte sich als Teil eines großangelegten, durchtriebenen Planes! Als sie damals den Verkauf von Braenock verhindert hatte, hatte sein verrohter Geist einen anderen Weg gefunden und benutzte jetzt nicht mehr nur ihr Land, sondern sogar seine eigene Tochter, um ans Ziel zu kommen.

Aber sie würde es verhindern ... irgendwie!

Als die Glut ihres Zorns sich nach und nach in kalte, stille Wut verwandelte, kam Atlanta zu der Schlußfolgerung, daß nur eine Alternative übrigblieb. Um James' hinterlistigen Plan zu durchkreuzen, mußte sie handeln, wenn auch nicht sehr schnell, so doch aber mit absoluter Entschlossenheit. Sie dachte über die Konsequenzen ihrer Erwägungen nach und verankerte den Entschluß fest in ihren Gedanken. Dann erhob sie sich, legte das Dokument des Verrats in eine Schublade und ging mit entschlossenem Blick und festen Schrittes aus dem Zimmer.

Maggie und Ian saßen bereits im Speisesaal zu Tisch. Atlanta hatte den Gong zum Essen überhört, aber ihr Magen war auch zu verkrampft, um Hunger zu spüren.

Ihr Gesichtsausdruck ließ ihre leidenschaftlichen Gefühle erkennen.

»Mutter ... was hast du denn?« fragte Maggie erschrocken.

Atlanta schloß die Tür hinter sich, schickte das Mädchen, das bei Tisch bediente, hinaus und begann, die richtigen Worte suchend, auf und ab zu gehen. Ian sah Maggie fragend an, sagte aber nichts.

Nach einigen Minuten sprach Atlanta. »Ich weiß nicht, wie ... Es ist so schwer, die Worte dafür zu finden, was ich euch jetzt sagen muß –« Sie blieb kurz stehen und begann wieder auf und ab zu gehen. Dann atmete sie tief ein und fing wieder an zu sprechen.

»Es gibt gewisse Umstände, von denen ich jetzt eben erfahren habe ... Es hat sich einiges ereignet, was euch beide, deinen Vater, Maggie, und ... sogar die Zukunft von Stonewycke beeinflussen wird.«

Sie schwieg wieder und holte tief Luft, denn ihr Herz schlug immer noch heftig. »Maggie«, fuhr sie schließlich fort und blickte dabei auf ihre Tochter, »du hast mir gesagt, daß ihr einander liebt.«

Maggie schlug die Augen nieder und wurde rot.

»Ian, vergeben Sie mir, daß ich so freiheraus rede. Aber es sind Dinge vorgefallen, die mich zwingen, dieses Gespräch zu führen. Sie werden es gleich verstehen. Ich muß Sie fragen, Ian, ja, ich habe die Pflicht, Sie und meine Tochter zu fragen. Ist das, was Maggie mir erzählt hat, wahr?«

Ian warf Maggie einen Blick zu, ergriff ihre Hand und wendete seinen Blick wieder auf Atlanta.

»Ja, das stimmt, sofern ich für Maggie mit antworten kann, Lady Duncan. Ja, wir lieben uns.«

»Wie steht es mit dir, Maggie?« fragte Atlanta.

Maggie nickte.

»Und haben Sie über Heirat gesprochen?«

»Ja«, erwiderte Ian.

»In diesem Fall werde ich Sie zur Eile drängen müssen«, sagte Atlanta, »auch wenn es überstürzt erscheinen mag.«

Ians Gesicht zeigte große Verwunderung. »Was genau möchten Sie damit sagen, Lady Duncan? Daß wir unsere Verlobung bekanntgeben sollen?«

»Viel mehr als das, Ian. Ich lege Ihnen nahe – wenn es Ihnen mit Ihren Absichten wirklich ernst ist –, daß Sie unverzüglich heiraten. Zum baldmöglichsten Zeitpunkt.«

Ihre drängenden Worte erschütterten ihre beiden Zuhörer so sehr, daß sie verstummten.

»Mutter ...« Maggie war fassungslos und wußte nicht, ob sie weinen oder lachen sollte.

»Aber es gibt doch noch so vieles zu bedenken«, stammelte Ian, »unsere Familien ... Eine angemessene Verlobungszeit ...«

»Für das alles bleibt keine Zeit mehr«, erklärte Atlanta, »ich habe doch gesagt, daß sich manches Unvorhergesehene ereignet hat. Sie müssen mein Wort dafür nehmen, wenn ich sage, daß höchste Eile geboten ist.«

»Aber ich verstehe nicht ...« fiel Maggie ein, »was wird Vater dazu sagen?«

»Maggie«, sagte Atlanta mit grimmiger Entschlossenheit, »dein Vater hat sein Mitspracherecht in dieser Angelegenheit verwirkt.«

»Wie meinst du das?«

»Dein Vater hat uns alle hintergangen, und wir müssen unverzüglich und ohne sein Wissen oder seine Zustimmung handeln!«

Im Raum wurde es totenstill. Jeder war jetzt mit den Gedanken beschäftigt, die ihn bedrängten.

»Ich glaube Ihnen, Lady Duncan«, sagte Ian schließlich, »und ich schätze das Vertrauen, das Sie in mich setzen, indem Sie wünschen, daß Ihre Tochter meine Frau wird. Aber ich muß daran denken, was für Maggie das Beste ist. Ich möchte auf keinen Fall übereilt handeln, wenn sie sich noch nicht ganz sicher ...«

»O Ian«, rief Maggie, »ich bin mir ganz sicher! Ich liebe dich.«

»Wenn Sie warten«, warf Atlanta ein, »könnte alles verloren

sein. Glauben Sie mir, es ist in Maggies bestem Interesse, wenn Sie sofort handeln.«

»Gewiß«, sagte Ian, »ich kann es auch kaum erwarten, Maggie zu heiraten. Ich liebe sie. Aber ich möchte nicht, daß sie in die Ehe gedrängt wird.«

»Meine Tochter hat keine Alternative«, sagte Atlanta ernst. »Wenn Sie zögern, wird sie möglicherweise nie Ihre Frau werden können.«

Die jungen Leute sahen Atlanta stumm an.

»Verstehen Sie denn nicht? Ich wollte es Ihnen nicht sagen. O Maggie, ich will nicht, daß du noch mehr verletzt wirst!«

»Mutter, Mutter ... was ist es denn?«

»O Maggie ... dein Vater – hat – dein Vater hat George Falkirk sein Wort gegeben, daß er dich ihm zur Frau geben wird.«

Wie betäubt schaute Maggie auf Ian.

»Das ist die Wahrheit«, sagte Atlanta. Sie ließ sich erschöpft auf einen Stuhl sinken und sagte nichts mehr.

»Kein Wunder, daß er sich so dreist und selbstsicher benommen hat«, meinte Ian schließlich. »Das erklärt ja alles.«

Atlanta nickte.

»Dann haben Sie recht. Uns bleibt keine andere Wahl. Aber wie ..., was sollen wir denn tun?«

»James hat vor, in zwei bis drei Wochen wieder nach Glasgow zu fahren. Er wird dort mehrere Tage bleiben. Das wird die günstigste Zeit sein. Mit Falkirk werde ich schon fertig. Ich werde Sie über alle Entwicklungen auf dem laufenden halten. Ihr beide könnt dann wegfahren – Fraserbourgh wäre günstig. Dort gibt es einen alten, freundlichen Pastor. Sie können wieder auf Stonewycke sein, bevor James heimkehrt. Und dann wird er einen frischgebackenen Schwiegersohn haben.«

»Und wenn er es herausfindet?«

»Darüber werden wir uns Gedanken machen, wenn es so weit ist. Vorläufig muß es genügen, daß Sie meinen Segen haben.«

EINE UNERWARTETE BEGEGNUNG

Tage vergingen, eine ganze Woche verstrich, dann zwei. Die Besuche des jungen George Falkirk setzten sich fort. Schließlich konnte Maggie seine Gegenwart kaum noch ertragen. Das gute Wetter blieb beständig, doch Ian und Maggie beschränkten sich auf kurze Augenblicke, um miteinander zu sprechen, wenn keine Gefahr bestand, daß James sie überraschen würde, und wagten es nicht, zusammen auszureiten. Ian ärgerte sich über Falkirks Anwesenheit, verhielt sich aber dennoch ruhig und wartete geduldig ab. Maggie hatte den dringenden Wunsch, ihrem Vater alles zu sagen, alles frei auszusprechen, fürchtete sich aber um Ians willen vor den Folgen. Aber auch Ian selbst wäre eine offene Aussprache lieber gewesen als der heimliche Plan. Am Ende gaben sie beide dennoch nach und ließen sich von Atlanta überzeugen, daß es besser sei, damit bis nach der Trauung zu warten, wenn James keine Macht mehr haben würde, sie zu hindern.

Maggie wagte nicht einmal, ihrem Vater offen in die Augen zu sehen aus Angst, sie könnte sich verraten. James begann Atlanta Fragen zu stellen, warum Maggie immer so schlechter Stimmung und so wortkarg sei. Mahlzeiten wurden zu einer Qual: Maggie saß stocksteif und schweigsam da. Ian versuchte, Konversation zu machen, aber darauf reagierte James sauer und vereitelte alle diesbezüglichen Anstrengungen. Die Zuneigung, die James für Falkirk entwickelte, wurde immer augenfälliger. Schließlich fing er an, Ian zu fragen, wann er denn die Absicht habe, nach London zurückzukehren. Ian wich geschickt aus: »Ist denn dein Monat noch nicht um?« fragte James einmal unverblümt. Ian lachte und meinte, er habe nicht geglaubt, daß ihm der Norden so gut gefallen werde, worauf James etwas über ein Ausnutzen der Gastfreundschaft murmelte und verstummte. Aber sein Gesicht drückte heftiges Mißfallen aus.

Ein Tag nach dem anderen verstrich. Sturmwolken tauchten eines Morgens am Himmel auf, und Maggie erklärte, sie werde ausreiten, bevor es zu regnen anfange. Ian wartete noch eine Zeitlang, um keinen Verdacht zu erregen, und entschuldigte sich dann auch. Er verließ das Haus durch eine andere Tür und folgte Maggie zu den Ställen. Sie war gerade dabei, Raven zu satteln.

»Ich weiß nicht, wie lange ich dieses ganze Versteckspiel noch durchhalten kann«, brach es aus Ian heraus. Die innere Spannung hatte sich bei ihm ins Unerträgliche gesteigert. »Ich bin nicht sicher, ob wir richtig gehandelt haben, auf den Rat deiner Mutter zu hören. Wir sollten deinem Vater sagen, wie es zwischen uns steht, und die Konsequenzen auf uns nehmen.«

»Ich habe ja versucht, Mut dafür aufzubringen«, meinte Maggie stockend, »schon mehrere Male.«

»Wir können nicht so weitermachen.«

»Es war immer nicht der richtige Augenblick.«

»Aber verstehst du denn nicht? Es wird nie einen richtigen Augenblick geben! Ich muß ihm sagen, daß ich dich liebe und will, daß du meine Frau wirst. Und dann werde ich Falkirk sagen, daß er verschwinden soll!«

Die Schärfe seiner Worte tat weh, und Maggies Augen füllten sich mit Tränen. Ian merkte, daß er seine innere Spannung auf sie abgeladen hatte. Sanft legte er ihr die Hand auf die Schulter.

»Ich liebe dich, Maggie«, sagte er zärtlich. »Alles, was ich will, ist nur, daß er es erfährt.«

Maggie wischte sich rasch über die Augen.

»Verzeih mir«, sagte Ian.

Maggie zog den Sattelgurt fest, steckte ihn durch die Messingschnalle und führte Raven zur Tür. »Ich muß mir alles noch einmal genau überlegen«, sagte sie. »Ich weiß, was Mutter sagt. Aber ich möchte es ihm trotzdem sagen. Doch ich brauche Mut, um ihm entgegenzutreten. Es kann sein, daß es mehr Kraft kosten wird, als ich im Augenblick habe.«

»Aber Maggie, warum läßt du nicht mich es ihm sagen? Ich kann seinen Zorn ertragen. Ich muß es tun, es ist meine Verantwortung.«

»Nein, Ian ... ich bin es, die es tun muß.«

Warum sie so darauf bestand, daß sie es James sagte, wußte Maggie selbst nicht genau. Aber sie mußte irgendwie unter Beweis stellen, daß sie sich nicht mehr an ihre kindliche Beziehung zu dem Vater gebunden fühlte, sondern daß sie als eine erwachsene Frau auf eigenen Füßen stehen und ihm freimütig entgegentreten konnte.

Ian blieb stehen und sah zu, wie sie sich leichtfüßig in den Sattel schwang. *Bedauert sie diesen hastigen Entschluß?* fragte er sich. Als könne sie seine Gedanken lesen, sah Maggie ihn an und lächelte beruhigend. Aber ihre Kehle blieb wie zugeschnürt, und sie konnte kein einziges Wort herausbringen. Wie sehr sehnte sie sich danach, vom Pferd herunterzuspringen und Ian in die Arme zu laufen, damit der Mann, den sie liebte, sie ans Herz drückte! Aber sie verschloß dieses Verlangen in ihrem Innern – dieses Mal jedenfalls –, gab Raven die Sporen und ritt schnell die Straße hinunter.

Sie hatte kein bestimmtes Ziel und ließ ihr Tier durch die Gegend galoppieren, einfach irgendwohin. Wenn sie sich die Zeit genommen hätte, ein Ziel zu bestimmen, dann hätte sie wahrscheinlich den Strand gewählt, denn während des Sturms war die Flut immer besonders großartig in ihrer beängstigenden Gewalt. Aber statt dessen trug Raven sie südwärts. Vielleicht suchte Maggies Seele in ihrem Kummer unbewußt den herben Trost der öden Moorlandschaft. Der Anblick des rauhen Landes könnte ihr vielleicht die Stärke geben, die sie jetzt brauchte. Hatte Digory nicht einmal gesagt, daß Gott ein Herz für Braenock hätte?

Während der Regen noch ausblieb, verdoppelte der Wind seine Kraft und fegte jedes vertrocknete Blatt, jeden losen Zweig vom Land. Er schlug Maggie wie mit einer riesigen Peitsche ins Gesicht, doch in ihrer gegenwärtigen Verfassung empfand sie es als eine Ermutigung, daß es jenseits ihrer eigenen Schwachheit solche gewaltigen Kräfte gab.

»O Gott!« rief sie klagend aus – und tatsächlich, nur der Allmächtige hätte sie bei dem lauten Heulen des Sturms noch hören können – »O Gott ... hilf mir, das zu tun, was ich tun muß! Und das zu tragen, was ich tragen muß! Hilf mir, ihm entgegenzutreten, auch wenn er mich nie geliebt hat! Und jetzt wird er mich dafür hassen, was Ian und ich tun werden.«

Sie ritt weiter. Der Wind schlug wütend gegen das Pferd und seine Reiterin, ihr Haar flog wild im Sturm, Tränen strömten ihre Wangen hinunter, als sie darum kämpfte, die peinvollen Erinnerungen ihrer Kindheit und der späteren Zeit im Gebet zusammenzufassen. Dann tastete ihre Hand, wie so oft in letzter Zeit, nach ihrem Hals, um den greifbaren Beweis für Ians Liebe zu berühren. Sie zog das Medaillon ein wenig höher, fuhr mit dem Finger über die zarte Kette, die Berührung löste nur noch mehr Schmerzen in ihr aus.

»Lieber Gott ... warum werde ich gezwungen, zwischen meinem Vater und meinem Ehegatten zu wählen? Ich wünschte mir doch nur, daß Vater mich lieb hat. Aber jetzt werde ich es nie erleben. Er wird mich hassen, und meinen Mann auch. Ihn sogar noch mehr als mich. Lieber Gott ... wie soll ich das ertragen?«

Der Wind peitschte aus jeder Richtung auf sie ein. War das eine Antwort auf ihr Gebet? War es eine schroffe Ablehnung? Raven kämpfte sich weiter den Felsengrat hinauf, und Maggie schloß wegen des stechenden Windes die Augen. Aber der Schrei ihres Herzens war so eindringlich, daß er die Naturgewalten noch an Intensität übertraf.

»O Gott, hilf mir!« Mehr brachte sie nicht heraus.

Und dann auf einmal! Eine plötzlich eintretende Stille riß Maggie aus ihren Gedanken. Sie brachte Raven zum Stehen und machte die Augen auf. Totale Ruhe. Nichts regte sich.

Aber fast so schnell wie der Wind sich gelegt hatte, heulte er von neuem los und nahm seine Bemühungen wieder auf, Maggie aus dem Sattel zu werfen. Maggie saß jedoch einige Sekunden regungslos auf ihrem Pferd und fragte sich, ob der kurze Augenblick der Stille nicht aus ihr heraus gekommen sei. Was war das noch, was Digory ihr über das stille, sanfte Sausen erzählt hatte?

War diese plötzliche Stille die sanfte Stimme Gottes gewesen, die ihr sagte, er sei mit ihr? Wollte Gott ihr Kraft geben und ihr versichern, ihre Zukunft sei in seinen Händen?

Für sie gab es nur diese eine Deutung: Daß Gott ihren Schrei wirklich gehört und ihr in diesem kurzen Augenblick der Stille versprochen hatte, ihr zu helfen, wie sie ihn gebeten hatte.

Der Sturmwind raste mit unverminderter Wucht über sie hinweg, aber in ihrem Herzen war eine große Ruhe entstanden. Plötzlich standen Hector und Stevie Mackinaw vor ihrem inneren Auge. Die Vorstellung, dem eisigen Wind für eine Viertelstunde zu entfliehen, der Gedanke an ein warmes Feuer und vielleicht noch eine Tasse heißen Tee – das alles erschien ihr sehr verlokkend. Vielleicht würde es ihr auch helfen, ihre Gedanken in den Griff zu kriegen, bevor sie nach Stonewycke mit seinen Spannungen zurückkehrte.

Sie wendete sofort und trieb Raven voran. Ihrer Schätzung nach war es noch eine Meile bis zu dem Cottage von Mackinaw.

Doch der heftige Wind und der Wirrwarr in ihren Gedanken bewirkten, daß sie ihren Weg verfehlte. Plötzlich zeichneten sich vor ihr die Granitblöcke der alten Piktenruine ab. Und dort, angebunden an einen knorrigen Baum, standen zwei Pferde, von denen eins unverkennbar der goldbraune Hengst von George Falkirk war.

Von Falkirk gesehen zu werden war das letzte, was sich Maggie im Augenblick wünschte, aber die Neugierde trieb sie näher heran. Es war niemand zu sehen. Maggie schloß daraus, daß die Männer – wer immer der zweite von ihnen sein mochte – sich in der Höhle befanden, die von Felsblöcken umgeben war. Wenn dies so war, dann würden sie Maggie weder sehen noch – wegen des Windes – hören können. Was hatten sie nur dort zu tun – so spät am Tag und auf dem Land, das ihrem Vater gehörte? Sie konnte es sich überhaupt nicht vorstellen. Aber ihr Sinn für Spannung und Abenteuer war geweckt und verdrängte vorläufig ihre Gedanken an ihren Vater. Sie band Raven an einem niedrigen Busch fest und schlich sich langsam zu den beiden Pferden.

Sie nahm einen geraden Weg, bis sie etwa dreißig Meter von den Pferden entfernt war. In der hereinbrechenden Dämmerung konnte sie unten in der Felsspalte die Gestalten ausmachen. Sie kroch etwas näher heran, wobei sie sich so weit wie möglich hinter den Granitblöcken versteckt hielt. An dem Punkt angekommen, wo es steil zum Moor hinabging, blieb sie hinter einem Felsbrocken stehen und spähte vorsichtig hinunter.

Zwei Männer waren unten zu sehen. Einer von ihnen war eindeutig Falkirk, der sich gerade über einen Haufen frisch angeschaufelte Erde beugte. Der andere hockte auf den Knien mit dem Rücken zu Maggie und schwang abwechselnd eine Hacke und eine Schaufel, um das Loch zu vergrößern, das sie offenbar in dem gegenüberliegenden Gemäuer aushoben.

Der Wind hatte sich ein wenig beruhigt, übertönte aber immer noch ihre Stimmen. Maggie wagte nicht, näher heranzugehen und strengte sich an, etwas von der Unterhaltung mitzubekommen.

»Anders geht es nicht«, sagte der fremde Mann.

»... zu auffällig ...« war ein Bruchstück der Antwort von Falkirk.

»... wird uns schlecht ergehen ... des Lairds ... zu stehlen ...«

»... gehörte den Pikten ... und nicht ihm ...«

»Ob es den Pikten gehörte oder nicht ...« sagte der Mann auf den Knien, dessen Gesicht Maggie nicht sehen konnte, »er wäre bestimmt nicht erfreut ... sein Land ...«

»Könntest recht haben ... lenkte Falkirk ein, » ... kann es nicht riskieren ... jetzt entdeckt wird ...«

»... brauchen mehr Pferde ... besorge noch zwei ...«

»... heute ... zu spät ... nicht länger warten ... schon zu lange gewartet ...«

»... wird sicher regnen ...«

»Gib mir keine Widerworte!« schrie Falkirk. »Das ist die beste Zeit. Niemand wird dich sehen.« Jetzt konnte ihn Maggie gut hören. Er richtete sich auf und drehte sich so, daß er Maggie auch hätte sehen können. Sie schlüpfte schnell unter den Schutz des Felsens.

»Wir machen jetzt, daß wir hier wegkommen!«

Zusammen schoben sie etwas, das wie eine schwere Truhe aussah, unter die Felsen, so daß sie nicht mehr zu sehen war, und machten sich auf den Weg zu ihren Pferden. Aber bevor sie auf die Pferde gestiegen waren, war Maggie schon zu Raven gerannt, auf deren Rücken gesprungen, hatte ihr die Sporen gegeben und war etwa siebzig Meter entfernt hinter einem niedrigen, mit Gebüsch bewachsenen Hügel in Deckung gegangen. Aber diese Vorsichtsmaßnahme war überflüssig gewesen, denn die beiden Verschwörer hatten nicht einmal in ihre Richtung geblickt, so eilig hatten sie es, den stürmischen Windböen zu entfliehen.

Maggie ließ den Gedanken an einen Besuch bei Mackinaws fallen, und sobald die beiden Männer außer Sichtweite waren, machte sie kehrt und ritt heimwärts. Falkirk hatte bestimmt nichts Gutes im Sinn. Weder wußte sie, was er dort gefunden hatte, noch wußte sie, ob sein Fund wirklich ihrem Vater gehörte.

Doch eines war gewiß. Dieses Land gehörte zum Stonewycke-Anwesen und war so gut ihr Eigentum wie das ihres Vaters. Sie konnte diese Burschen nicht einfach gewähren lassen, zumindest nicht, bevor sie wußte, was sie gefunden hatten.

Sie mußte schnell entscheiden, was zu tun war. Den Bruchstücken der Unterhaltung hatte sie entnommen, daß einer der Männer vorhatte, Braenock Ridge noch am gleichen Abend oder in der Nacht aufzusuchen.

Als sich Maggie ihrem Zuhause näherte, erinnerte sie sich, warum sie überhaupt weggeritten war. Die Ereignisse auf Braenock erschienen ihr auf einmal nicht mehr so dringlich, als sie daran dachte, welch eine schwere Aufgabe vor ihr lag. Sie konnte nicht warten, bis Ian und sie verheiratet waren, um es ihrem Vater zu sagen. Sie war eine erwachsene Frau. Ein innerer Entschluß drängte sie, jetzt Stellung zu beziehen. Sie mußte ihm einfach von Ian erzählen – heute abend noch. Sie hatte Angst bei dem Gedanken an eine solche Konfrontation. Aber sie wußte auch, daß sie jetzt die Kraft empfangen hatte, die sie dafür brauchte.

FALKIRK WIRD DREIST

Panik stieg in Maggie hoch, als sie den goldbraunen Hengst vor den Ställen stehen sah. Falkirk mußte sich von seinem Begleiter irgendwo im Tal getrennt haben und auf dem schnellsten Wege hierher geritten sein.

Sie stieg ab und führte Raven gemächlich in den Stall, da sie sich wünschte, die unvermeidliche Begegnung so lange wie möglich hinauszuschieben. Wahrscheinlich war er jetzt im Haus und trank mit ihrem Vater ein Glas Brandy. Sie ließ die Zügel los und begann die Stute abzusatteln.

»Ah, zurück von dem Ritt durch Wind und Wetter, was?« ertönte eine Stimme aus dem Innern des Stalles.

Maggie gab einen leichten Schrei von sich und wandte sich um. »Sie haben mich aber erschreckt!« sagte sie mit schwankender Stimme.

»Das war ganz gewiß nicht meine Absicht, Lady Margaret«, antwortete George Falkirk betont freundlich. »Der Stallknecht hat mir gesagt, Sie seien ausgeritten, und da habe ich beschlossen, hier auf Sie zu warten.«

»Mein Vater wird sich gewiß sehr freuen, Sie zu sehen ...«

»Ich bin nicht gekommen, um Ihren Vater zu besuchen, Margaret«, erwiderte Falkirk in vertraulichem Ton. »Diesmal wollte ich nicht ins Haus gehen und mit ihren Eltern, Dienstboten oder gar mit Ihrem Gast um Ihre Aufmerksamkeit wetteifern. Ich dachte, ich hätte hier eine bessere Möglichkeit, allein mit Ihnen zu sprechen.«

»Wieso allein?« fragte Maggie.

»Ach, kommen Sie, Margaret«, sagte Falkirk. »Sie wollen mir gewiß nicht erzählen, Sie wüßten nicht, warum ich Sie besuchen komme. Doch ganz bestimmt nicht, um mit Ihrem Vater zusammenzusein, oder?«

»Ich fürchte, ich verstehe nicht, was Sie meinen.«

»O Margaret!« Sein sanfter Ton täuschte kaum über die dreiste Selbstsicherheit hinweg, die er an den Tag legte. Die Entdeckung auf Braenock Ridge war ihm derart in den Kopf gestiegen und gab ihm so sehr das Gefühl, er sei so bedeutend und erfolgreich, daß er sich nur mit Mühe zurückhielt, ihr die ganze Sache zu erzählen. Wie konnte sie nur ihre Zeit mit diesem lächerlichen Duncan verschwenden, wo doch der zukünftige Earl von Kairn und Stonewycke leibhaftig vor ihr stand? Darüber hinaus würde er bald über eigenen Reichtum verfügen. Wie konnte sie nur so desinteressiert tun? Er zweifelte nicht im geringsten daran, daß sie sich nach ihm sehnte. Er mußte ihr lediglich helfen, ihre Mädchenängste zu überwinden, weiter nichts.

»Margaret«, sagte er, »Sie sehen so reizend aus mit Ihrem vom Wind zerzausten Haar und den vom schnellen Ritt geröteten Wangen« – er ging auf sie zu und streckte seine Hand aus, um ihr Haar zu berühren.

»Mr. Falkirk, bitte!« Maggie trat einen Schritt zurück, mehr verärgert als ängstlich.

»Margaret«, sagte er mit einem drängenden Klang in der Stimme, »ich habe jetzt lange genug darauf gewartet, daß Sie zur Vernunft kommen. Es ist Zeit ...«

»Daß ich zur Vernunft komme?« unterbrach Maggie. »Was, bitte, meinen Sie damit?«

»Sie wissen sehr wohl, was ich meine. Es muß Ihnen doch bekannt sein, daß unsere Eltern miteinander über uns gesprochen haben.«

»Mir ist nichts dergleichen bekannt!«

»Dann ist es an der Zeit, daß Sie es erfahren. Was denken Sie, was meine Besuche und meine Worte der Zuneigung sonst bedeuten sollen?«

»Da habe ich überhaupt keine Ahnung.«

»Margaret, verstehen Sie denn nicht? Es wird Zeit, daß wir definitive Pläne machen. Ich möchte Sie haben, Margaret. Ich will Sie heiraten.«

»Bitte ... nein«, sagte Maggie und wich noch einige Schritte zurück.

Er trat näher an sie heran. »Wir haben den Segen Ihres Vaters, Margaret. Sie brauchen nur ein Wort zu sagen, und die beiden Anwesen, Kairn und Stonewycke –«

»Nein ... nein – ich – kann nicht. Ich ...«

»Kann nicht! Was soll das, Margaret! Tun Sie doch nicht so naiv. Ich weiß, daß auch Sie mich haben wollen. Ich kenne Sie. Ich habe die Liebe in Ihren Augen gesehen.«

Er rückte immer näher und drückte Maggie schließlich gegen die rauhe Wand von Ravens Box.

»Mr. Falkirk«, fing Maggie wieder an, »ich ... ich will Sie

nicht heiraten. Es tut mir leid, wenn Sie gegenteilige Schlüsse gezogen haben.«

Ihre Augen suchten verzweifelt nach einer Möglichkeit zu entkommen, aber Falkirks Arm blockierten ihr auf beiden Seiten den Fluchtweg.

»Ich sagte, daß ich es Ihren Augen angesehen habe, Margaret«, behauptete er, ohne sich um ihre Proteste zu kümmern, »ich weiß, wie Liebe aussieht.«

»Sollten Sie das wirklich gesehen haben, Mr. Falkirk ...« Maggie atmete tief ein und versuchte mit aller Kraft, die Worte gelassen auszusprechen, die sie ihm gern ins Gesicht geschrien hätte. »Sollten Sie das wirklich gesehen haben, dann möchte ich mich entschuldigen. Möglicherweise haben Sie mir tatsächlich meinen verliebten Blick angesehen. Aber dieser Blick galt nicht Ihnen.«

Diese Worte trafen Falkirk wie ein Schlag. Leichte Röte überflog sein Gesicht, und seine Stimme schwankte einen Augenblick lang. Aber er hatte sich rasch wieder in der Gewalt.

»Ach so, ich bin wohl nicht gut genug für die große Lady? Wollten Sie damit sagen, daß Sie lieber Ihre Gunst diesem Schuft von einem Verwandten schenken –«

Wenn Falkirk darauf gehofft hatte, Maggie für sich zu gewinnen, indem er ihren Verlobten beleidigte, dann verfehlten seine taktlosen Worte in jeder Weise ihr Ziel.

»Wagen Sie nicht, in dieser Weise von Ian zu sprechen!« schrie Maggie, deren Zorn schließlich über ihre Angst vor Falkirk die Oberhand gewann.

»Ach, so ist das also, was?« stieß er wütend hervor, während seine Hände Maggie immer mehr einengten und schließlich ihre Schultern umklammerten. Dann lachte er auf, immer noch im Glauben, daß sein brutaler Charme jedes leicht zu beeindruckende Mädchen überzeugen könne. »Du wirst ein anderes Liedchen singen, wenn du erst einmal einen richtigen Mann probiert hast!«

Er riß sie an sich und preßte seine Lippen mit Gewalt auf ihren Mund. Sie wehrte sich verzweifelt, aber seine Hände hielten sie in eiserner Umklammerung fest.

»Bitte, nicht ...« rief sie, aber sein leidenschaftlicher Atem erstickte ihre Schreie.

Danach gab er sie wieder frei. Ihre Hand flog gegen seine Wange und klatschte so kräftig darauf, daß ihre Handfläche zu brennen anfing. Sein Gesicht rötete sich unter der Ohrfeige.

Falkirk schwankte rückwärts, wie betäubt von der demütigenden Erkenntnis, daß Maggie ihn verachtete. Dann kroch ein bösartiges Grinsen über sein Gesicht, während er sich wehleidig die Wange rieb.

»So sieht also die Sache aus!« sagte er und grinste über das ganze Gesicht. »So wird hier gespielt! Also gut, meine kleine bezaubernde Erbin, ich will dir einmal zeigen, wie sich ein starker Mann anfühlt!«

Dann preßte er seinen Körper gegen den ihren. Seine Arme umklammerten Maggies Gestalt wie ein Schraubstock. Hart und leidenschaftlich drückte er seine Lippen auf ihren Mund. »Nur keine Sorge«, keuchte er, »es wird dir schon gefallen, wenn du einmal gelernt hast, worum es bei der Liebe geht.« Er küßte sie immer und immer wieder.

Panik ergriff Maggie. Mit beiden Händen stemmte sie sich gegen seine Brust, versuchte ihn abzuschütteln, doch aller Widerstand schien sinnlos zu sein gegen seine übermächtige Kraft.

»Digory!« schrie sie. Aber Falkirk lehnte sich gegen sie und erstickte ihren Schrei.

»Vergiß ihn! Ich habe ihn weggeschickt.«

Mit letzter Kraftanstrengung stieß Maggie ihn von sich, wand sich aus seiner Umklammerung und taumelte zur Tür. Falkirk griff nach ihrem Ärmel, und das Tuch ihrer Jacke riß mit einem häßlichen Laut. Betroffen starrte sie auf ihren Ärmel und dann auf Falkirk, außer sich vor Zorn darüber, was er getan hatte. Er ließ sie los und trat einen Schritt zurück.

»Ich komme wieder«, sagte er drohend, »und mach dir ja nichts vor, Margaret, ich werde dich heiraten – mit oder ohne dein Einverständnis.« Er drehte sich auf dem Absatz um und lief hinaus.

Maggie sank auf die Erde und brach in Tränen aus. Als einige Minuten später Digory den Stall betrat, weinte sie immer noch. Er hörte sie herzzerreißend schluchzen und eilte zu ihr. »Lady Margaret!« rief er erschrocken. »Ist es Ihnen schlecht, mein Kind?«

Sie schüttelte den Kopf, brachte aber kein Wort über die Lippen. Schließlich würgte sie ein einziges Wort heraus: »Ian!« Digory verstand und rannte so schnell ihn seine arthritischen Beine trugen, aus dem Stall. Bald kam er zurück, mit Ian an seiner Seite. Ian lief zu Maggie, die immer noch am Boden lag, und sein Gesicht wurde aschfahl. Es wurde ihm schwindlig vor Schreck, als er ihren bebenden Körper berührte. Er kniete sich neben sie auf den Boden und legte seine Arme um sie.

»Was ist passiert?« fragte er leise.

Sie versuchte zu antworten, aber ihre Worte wurden durch heftige Schluchzer erstickt.

Ian bemühte sich, sie zu beruhigen und warf Digory einen fragenden Blick zu.

»Ist das wegen des Gentlemans, mein Kind?« fragte Digory.

»Welcher Gentleman?« fragte Ian scharf. Zorn stieg in ihm hoch.

»Mr. Falkirk«, erwiderte Digory, »vor ein paar Minuten war er noch hier – er ritt gerade weg, als ich hier hereinkam.«

Plötzlich verstand Ian, was sich abgespielt haben mußte. Jetzt bemerkte er auch Maggies abgerissenen Ärmel, und auf einmal war es ihm klar, warum sie so haltlos weinte.

»Maggie ... fragte er. »Ist er es gewesen?«

Maggie nickte.

»Ian sprang auf. »In welcher Richtung ist er geritten, Digory?«

»Ich weiß es nicht genau, Sir, aber ...«

»Ian, nein!« rief Maggie. »Bitte geh nicht ... bitte!«

»Ich bringe diesen elenden Schuft um!« schrie er.

»Nein, Ian!« flehte Maggie und versuchte aufzustehen.

Aber Ian hatte sich bereits auf Ravens Rücken geschwungen, die noch mit ihrem Sattel dastand.

»Ian, Ian, so können wir es nicht machen!« rief Maggie ihm nach. Aber er war schon außer Hörweite.

Maggie ließ sich wieder auf die Erde sinken und lehnte sich wie betäubt gegen die Mauer. Angst und Dunkelheit überkamen sie, und für einen Augenblick entglitt es ihrem Bewußtsein, daß Digory bei ihr war.

Allmählich fühlte sie, wie Digorys Hände sie liebevoll aufzurichten versuchten. Dann hörte sie, wie von ferne durch einen Nebel, daß seine sanfte Stimme immer wieder Worte sagte, deren Sinn ihr entging. Ihr erster Gedanke war, daß er sie zu trösten versuche. Doch dann wurde ihr auf einmal bewußt, daß er betete, gütige Worte voller Mitgefühl und heilender Kraft.

Langsam löste sich die Spannung in ihr, und die Tränen hörten auf zu fließen. Aber mit der Entspannung ihrer Seele wurde auch ihr Verstand wieder wach.

»Ich muß ihn aufhalten!« rief sie.

»Alles zu seiner Zeit, Kind«, sagte er besänftigend, »alles zu seiner Zeit.«

»Wir haben keine Zeit! Wir müssen ihn stoppen!« Ihre Stimme hallte durch den stillen Stall.

»Aber, aber, Kind«, versuchte er sie zu beruhigen, »der Junge wird schon nichts Böses anstellen. Er wird sich nur ordentlich mit Falkirk raufen – alle jungen Männer tun das.« Dann setzte er laut und mit heftiger Empörung, die man von ihm gar nicht gewohnt war, hinzu: »Und das geschieht dem jungen Teufel ganz recht!« Aber sofort taten ihm seine Worte wieder leid. »Verzeih mir, Herr«, sagte er, »aber er hat es wirklich nicht besser verdient!«

»Aber Ian könnte etwas geschehen! Falkirk hatte blanke Wut in den Augen, als er ging.«

»Ich meine, Ihr Verwandter kann sehr wohl auf sich selbst aufpassen!«

»Falkirk wird wiederkommen, ich weiß es!« sagte Maggie, ohne Digorys Trostversuche wahrzunehmen.

»Dann wird der Nichtsnutz aber mit dem ganzen Duncan-Clan zu kämpfen haben!« rief Digory. Sein Hochlandblut war in Wallung geraten, und er fühlte sich, als sei er der Oberste in der Familie, in deren Dienst er sein Leben verbracht hatte.

Maggie, jetzt wieder ganz zu sich gekommen, konnte endlich klar sehen. Wenn sie wirklich das war, was alle ihr schon ihr Leben lang gesagt hatten, nämlich die Erbin von Stonewycke, dann war es für sie jetzt an der Zeit, daß sie entsprechend dieser Berufung handelte. Ian konnte sie nicht helfen, jedenfalls nicht im Augenblick. Aber vielleicht gab es etwas anderes, was sie tun konnte – etwas, das Falkirks listige Pläne durchkreuzen und ihn vielleicht auch dazu bringen würde, sie für immer in Ruhe zu lassen.

Sie sprang auf, ihre Kräfte belebt durch die neue Aufgabe.

»Digory«, befahl sie, »sattle zwei Pferde. Und führe auch ein Arbeitspferd aus dem Stall – und Säcke. Wir werden einige brauchen.«

»Ich glaube nicht, daß wir noch rechtzeitg in die Stadt kommen werden ...«

»Wir wollen nicht in die Stadt, Digory«, unterbrach Maggie ihn.

Der Stallknecht blickte verwundert auf seine junge Herrin und fragte sich, ob vielleicht die ganze Aufregung für sie nicht doch ein wenig zuviel gewesen war.

»Mach doch schnell!« rief Maggie und ging schon selbst dran, die nötigen Vorbereitungen zu treffen.

Zwei Stunden später stapften die drei Pferde, schwer beladen, wieder durch die eisernen Tore von Stonewycke. Sie hatten ihr Unternehmen unter dem Schutzmantel der Dunkelheit erfolgreich ausgeführt. Der Regen war noch immer ausgeblieben, nur der stürmische Wind erschwerte ihnen das Vorankommen. Ihr mühsamer Weg war fast beendet. Hinter dem Haus, da wo sich der kleine Garten mit der Mauer befand, blieben die Pferde stehen. Digory und Maggie nahmen den Tieren die schweren Säcke ab, die sie auf ihrem müden Rücken den ganzen weiten Weg nach Hause geschleppt hatten. Sie waren in strammem Galopp zu den Granitblöcken von Braenock Ridge geritten, hatten die Entfernung in der halben Zeit zurückgelegt und die Ruine noch menschenleer vorgefunden. Maggie hatte die Stelle mühelos wiederfinden können und sich mit Hilfe ihres treuen Dieners eiligst ans Werk gemacht.

Der Weg zurück war langsamer, aber deswegen nicht leichter für die braven Lasttiere mit ihrer schweren Ladung. Nachdem die Säcke abgeladen waren, führte Digory die Pferde in den Stall, während Maggie schon damit anfing, ihren Fund in die kleine Laube in dem Gärtchen hinter der Mauer zu verfrachten, wobei sie sorgsam achtgab, daß niemand sie dabei beobachten konnte. Die Laube wurde so gut wie nie benutzt und war stark mit allen möglichen Gewächsen überwuchert, sie würde ihren Fund solange vor Falkirk und ihrem Vater verborgen halten, bis sie ein besseres Versteck gefunden hatte. In der Rückwand der Laube befand sich ein Riß, und Maggie dachte, er sei wie geschaffen für diesen Zweck. Es blieben natürlich noch viele Schwierigkeiten zu überwinden, aber sie würde sie schon irgendwie bewältigen, wenn Ian erst einmal wieder da war. Zumindest hatte sie den Fund Falkirks hinterlistigem Zugriff entzogen.

Als Maggie den Gartenschlüssel in ihre Tasche steckte, begann sich ein Plan in ihren Gedanken zu formen. Wahrscheinlich wäre ihr bei genauerem Nachdenken die Torheit ihres Ansinnens klargeworden. Aber in ihrer verzweifelten Lage und nach der Erregung durch die Ereignisse des Abends schien es ihr der einzige Weg zu sein: Falkirk würde in dieser Nacht mit seinem Komplizen – wer immer das auch war – zu der Piktenruine reiten und feststellen, daß der Fund nicht mehr da war. Am Morgen würde sie ihm eine kurze Botschaft senden: Wenn er den Schatz je wieder zu Gesicht bekommen wolle, müsse er ihre Bedingungen akzeptieren, von denen die wichtigste war, daß er nie wieder seinen Fuß auf Stonewyckes Land setzte.

Bei Tageslicht besehen mochte ihr Plan kindisch erscheinen. Denn nach sorgfältigem Erwägen wäre sie wahrscheinlich nicht bereit gewesen, den Schatz, der so lange Zeit auf ihrem Land verborgen gelegen hatte, wieder herzugeben. Aber in diesem Augenblick drehten sich ihre Gedanken nur noch darum, wie sie Falkirk für immer loswerden konnte. Kein Preis schien ihr zu hoch, um ihr Glück mit Ian zu sichern.

Oh, wenn Ian nur zurückkam, damit sie ihm alles erzählen könnte! Er wüßte sicher, was zu tun sei.

Unterdessen betrat Maggie das Haus durch eine selten benutzte Seitentür und eilte, immer noch ungesehen, die Treppen hinauf, um einen sicheren Platz für den Gartenschlüssel zu finden.

Ein wenig später, in ihrem Zimmer, ging sie unruhig vor dem Fenster auf und ab und lauschte angestrengt nach draußen, um zu hören, ob Ian zurückgekommen sei. Sie versuchte zu beten, aber ihr gequälter Sinn konnte kein zusammenhängendes Gebet formen. In ihrem Innern herrschten Angst und Verwirrung. Auf Braenock Ridge, vor ein paar Stunden erst, da hatte sie sich so zuversichtlich in ihrem Entschluß gefühlt. Aber jetzt war alle Zuversicht verflogen. Das Bild ihres Vaters stieg vor ihrem inneren Auge auf, und unwillkürlich griff ihre Hand nach dem Medaillon an ihrem Hals ...

Aber das Medaillon war nicht mehr da!

Wogen der Verzweiflung schlugen über ihr zusammen. War dies die furchtbare Antwort, vor der sie solche Angst gehabt hatte? Wieder einmal hatte sie etwas verloren, was ihr kostbar war. Und konnte es denn etwas anderes bedeuten, als daß auch der Geber des geliebten Gegenstandes ihr ebenfalls entrissen werde?

Maggie versuchte sich mit aller Gewalt zu erinnern. Wo konnte sie es nur verloren haben? Auf Braenock Ridge hatte sie es noch gehabt. Konnte das Kettchen sich in etwas verfangen haben und gerissen sein, als sie mit Digory gegraben hatte? Und wenn es so war, konnte sie es wagen, zurückzugehen, um es zu suchen? *Oh, wo ist es bloß?* jammerte sie.

Und warum war Ian noch nicht zurückgekehrt?

DER KAMPF

Die Schatten der Abenddämmerung waren schon fast dem Dunkel der Nacht gewichen. Raven schoß pfeilschnell die Talstraße entlang in Richtung Süden.

In seiner Wut stieß Ian unentwegt seine Hacken dem Tier in die Weichen. Weit entfernt davon, daß die Meilen bis nach Kairn seine Erregung abgekühlt hatten, wurde sein Zorn nur noch schärfer und brennender. Nicht ahnend, daß Maggie – wenn auch in einer ganz anderen Sache – zur gleichen Zeit in der gleichen Richtung wie er unterwegs war, konnte er in seinem inneren Aufruhr nur das Bild vor sich sehen, wie sie zusammengekrümmt im Stall dalag. Die Erinnerung an ihr krampfhaftes Schluchzen peinigte ihn. *Ich hätte bei ihr sein müssen,* dachte er, *ich hätte es verhindern können.*

Seine eigenen selbstsüchtigen Worte der Enttäuschung klangen ihm noch in den Ohren. Er hatte nur an sich gedacht. Nie hätte er zulassen dürfen, daß sie allein wegritt! Voll Angst und Schuldgefühle trieb er Raven voran.

Falkirk hatte sich abscheulich benommen! Ob er von dem Verlöbnis gewußt hatte oder nicht, er hatte sich wie ein Ungeheuer aufgeführt. Aber der Schurke würde dafür büßen müssen! Noch bevor die Nacht zu Ende war, würde Ian ihn in die Knie zwingen. Er brauchte keine Waffe. Mit seinen bloßen Händen würde er Falkirk beibringen, wie sich ein Gentleman zu benehmen hat!

Er war noch nie auf Kairn gewesen. Als er die Bäume erreichte, die die Auffahrtsstraße auf jeder Seite säumten, ließ er Raven etwas langsamer traben. Er konnte kaum die Umrisse der Bäume erkennen, aber er wußte, daß er sich dem Anwesen näherte. Bald tauchte vor ihm die Silhouette des Hauses auf, ebenfalls dunkel, bis auf einige schwach erleuchtete Fenster. Ian brachte Raven erst unmittelbar vor den Stufen, die zum Eingang führten, zum Stehen, ließ sich blitzschnell von ihrem Rücken hinuntergleiten, sprang die Stufen hinauf und fing an, wie wild an die Tür zu trommeln.

Man ließ ihn lange warten. Er hämmerte pausenlos an die Tür. Schließlich wurde sie geöffnet.

»Wollen Sie mit Ihrem Klopfen die Toten aufwecken?« schalt die Frau, die allem Anschein nach die Haushälterin sein mußte.

»Ich suche Falkirk!« schrie Ian. Die Frau wich einen oder zwei Schritte zurück, als wolle Ian sie angreifen.

»Der Laird wird schon zu Bett gegangen sein«, erwiderte sie, unbeeindruckt von seinem wütenden Ton.

»Den jungen Falkirk!«

»Er ist nicht hier.«

»Wo ist er denn?«

»Woher soll ich das wissen?«

»Ich sage Ihnen doch, daß ich ihn suche!«

»Und ich sage Ihnen, daß mir sein Aufenthaltsort nicht bekannt ist!« Sie war schon drauf und dran, ihm die Tür vor der Nase zuzuschlagen, doch schnell wie der Blitz stellte Ian seinen Fuß dazwischen und starrte sie wütend an.

»Der junge Laird kommt und geht wie es ihm paßt«, stammelte sie, nun doch etwas eingeschüchtert von diesem wilden jungen Mann, der sich nicht durch ihre Schroffheit einschüchtern ließ. »Heute früh ist er nach Port Strathy geritten ... Ich glaube ...«

Aber Ian hatte bereits genug gehört.

Er drehte sich auf dem Absatz um, ließ die Frau mit ihrem unvollendeten Satz in der offenen Tür stehen, stürzte die Stufen hinunter, sprang auf Ravens Rücken und galoppierte, erbarmungslos mit den Absätzen auf das Tier einschlagend, in rasendem Tempo davon – denselben Weg, den er gerade gekommen war.

Auf dem langen Ritt zurück nach Port Strathy kühlte sich seine leidenschaftliche Wut, die er anfangs verspürt hatte, etwas ab, aber an ihre Stelle trat harte Entschlossenheit. Was freilich, wenn Falkirk nicht dort war, wo er ihn vermutete? Doch seine Sorge war unbegründet. Der goldbraune Hengst war vor dem Eingang des Wirtshauses festgebunden, wohin Falkirk geritten war, um sein Glück bei der Schatzsuche am Moor zu feiern und um die Demütigung, die ihm durch Maggies Abfuhr widerfahren war, im Alkohol zu ertränken.

Ian überkam erneut ein gewaltiger Zorn. Er stieg rasch ab und ging auf den Eingang zu, ohne sich viel um das Anbinden von Raven an den Hakenpfosten zu kümmern.

Drinnen hatte Falkirk bereits die Grenze zur totalen Trunkenheit überschritten. Eine unselige Mischung von Begeisterung und tiefer Niedergeschlagenheit ließ ihn abwechselnd laut und ausgelassen erscheinen – wobei er mit den Männern Witze riß und auf ihr Wohl trank –, dann fiel er unvermutet in dumpfes Brüten, bereit, jeden im Raum ohne ersichtlichen Anlaß zum Kampf herauszufordern und ihn windelweich zu schlagen. Es drängte ihn, seine Niederlage auf Stonewycke dadurch wettzumachen, daß er seine Männlichkeit vor aller Augen bewies. Es juckte ihm förmlich in den Fingern, jeden Farmer, der dumm genug war, sich ihm zu stellen, mit seinen Fäusten zu bearbeiten. Denn der junge Laird verstand sich auch aufs Boxen und hatte schon an der Universität überdurchschnittliche Fähigkeiten im Ring gezeigt. Die Einheimischen brachten es jedoch fertig, sein Geschimpfe über ihre Stadt bis hin zu den Frauen erfolgreich zu ignorieren, so daß er es nicht schaffte, einen von ihnen zu einer Schlägerei zu provozieren. Die Tatsache, daß es ihm nicht gelang, jemanden zu reizen, zusammen mit der Wirkung von Queenies Drinks, versetzten ihn schließlich in eine derart explosive Gemütsverfassung, daß bereits der geringste Anlaß genügt hätte, ihn wieder gewalttätig werden zu lassen.

Und dann geschah es. Er führte gerade wieder das Glas an den Mund, als die Tür mit einem lauten Knall aufgerissen wurde.

»Falkirk!« schrie Ian. »Kommen Sie raus!«

Falkirk drehte den Kopf in die Richtung, aus der die Forderung kam, und ein bösartiges Grinsen verzerrte seine Züge.

»Das soll wohl ein Witz sein, Duncan«, lallte er, erhob sich langsam und torkelte auf Ian zu.

»Sie werden dafür bezahlen, was Sie getan haben!«

»Aha, Sie mimen wieder einmal den Ritter, was?« erwiderte Falkirk und überspielte geschickt das zittrige Gefühl in seinen Knien.

»Wenn Sie es hier drin haben wollen, dann soll's mir auch recht sein.«

»Oh, Sie sind also darüber verärgert, daß ich die kleine Blume ein bißchen zerdrückt habe«, fuhr Falkirk fort. Der Alkohol machte ihn selbstsicher, obwohl unter diesen Umständen gar kein Grund für seine Selbstsicherheit vorhanden war. »Aber nein, das ist es nicht, was Sie wurmt«, höhnte er zynisch und verzog verächtlich das Gesicht. »Sie sind einfach ein schlechter Verlierer.«

Aber diese Worte waren sehr unklug. Denn sie fegten alle Beherrschung, die Ian noch in sich hatte, beiseite, und die ganze Wucht seines Zorns entlud sich. Er trat zwei Schritte auf seinen

Gegner zu, der immer noch nicht ganz begriff, in welcher Situation er sich jetzt befand.

Als Falkirk Ian auf sich zukommen sah, öffnete er noch einmal den Mund und lallte: »Was, du blöder Hund ...«

Aber noch bevor er den Satz vollenden konnte, traf ihn Ians Faust mit aller Kraft mitten ins Gesicht. Falkirk taumelte rückwärts, wie betäubt, hielt sich an einer Bank fest, faßte sich an die Lippe und fühlte, wie langsam Blut herausquoll.

»Du Schuft!« kreischte Falkirk wie von Sinnen. »Dafür wirst du mir büßen, du widerlicher Schuft!«

Ernüchtert durch den Schmerz und den Anblick des eigenen Blutes sprang er auf Ian zu und begann, mit wohlgezielten Hieben auf ihn einzuschlagen. Seine Erfahrung im Boxen kam ihm dabei gut zustatten; Ian fühlte sich plötzlich gegen die Wand geschleudert und spürte einen stechenden Schmerz über dem rechten Ohr, von dem dann ebenfalls Blut über seine Wange hinunterfloß.

Aber er war nicht hergekommen, um sich lediglich gegen Falkirks Angriffe zu verteidigen. Denn auch er verfügte über beachtliche Erfahrungen im Boxen, wenn auch nicht von der Universität, so doch von den Straßen Londons her. Er schlug, ohne sich noch länger zurückzuhalten, zurück, griff Falkirk mit der Wucht der gerechten Empörung an und schlug mit den Fäusten wütend auf ihn ein. Sie fielen beide gegen einen Stuhl, der dabei zu Bruch ging, und dann auf den Boden.

Die Männer in der Gaststätte standen hingerissen da und begnügten sich damit, zuzuschauen. Nicht allzuoft hatten sie das Vergnügen, einer so fantastischen Vorstellung beizuwohnen. Außerdem hatten sie schon lange genug davon, Falkirks unverschämtes Benehmen und sein unflätiges Gerede zu ertragen. Queenie freilich wollte nicht tatenlos zusehen, wie ihre neuen Tische und Stühle von zwei Raufbolden zu Kleinholz geschlagen wurden. Sie rannte, so schnell es ihre füllige Gestalt zuließ, zu ihren Gästen und begann die Zuschauer zu bedrängen, doch etwas zu unternehmen. Da sich keiner von ihnen von der Stelle rührte, warf sie sich selbst in die Mitte der Schlacht.

»Ihr verfluchten Kerle!« schrie sie. »Ihr könnt euch meinetwegen gegenseitig umbringen, wenn ihr wollt, aber nicht in meinem Haus!«

»Packt sie!« wandte sie sich erneut an ihre Kunden. »Raus mit ihnen, bevor mein Wirtshaus in Trümmern liegt!«

Die Kämpfenden versuchten, Queenie zur Seite zu drängen.

Aber einige Männer schalteten sich bereits ein. Sie rissen Ian von Falkirk weg, der gerade eine Tracht schmerzhafter Hiebe auf den Schädel erhalten hatte. Falkirk erkannte sofort seinen Vorteil, sprang schnell auf und verpaßte Ian einen rachsüchtigen Hieb in die Rippen. Ian brach auf dem Boden zusammen, während einige der Männer versuchten, ihm wieder aufzuhelfen.

Unter Schmerzen griff Falkirk nach seinem Hut und torkelte nach draußen. Ian stieß seine Helfer beiseite und stolperte ebenfalls auf die Tür zu.

»Ich bringe dich um!« brüllte er. »Hörst du mich, Falkirk? Wenn du sie noch einmal anrührst, bringe ich dich um!«

Eine kleine Gruppe von Männern stand nach dieser Schlägerei immer noch sprachlos beieinander. Aber Queenie, eifrig bemüht, die Gemüter zu beruhigen und die Atmosphäre des Friedens in ihrem respektablen Lokal wiederherzustellen, eilte an Ians Seite.

»Ich habe keine Ahnung, was der Kerl Ihnen angetan hat«, sagte sie, »aber eins weiß ich sicher, daß er es nie wieder tun wird.«

Sie führte Ian, der sich in einem Zustand der körperlichen und seelischen Erschöpfung befand, zurück in die Gaststube an einen Tisch. »Er hat es ohne Zweifel verdient!« setzte sie resolut hinzu, um vor allen Anwesenden endgültig einen Strich unter die Sache zu ziehen.

»Setzen Sie sich mal schön hin«, sagte sie in einem Anflug von rauher Zärtlichkeit. »Sie brauchen jetzt etwas Ordentliches zu trinken.«

Sie holte eine Flasche von ihrem besten Scotch hinter der Theke hervor und schenkte ihm ein Glas voll ein. »So, das wird Ihnen wieder auf die Beine helfen!«

Langsam setzten sich die Männer wieder auf ihre alten Plätze. Einige halfen Quenie, die Möbel wieder richtig hinzustellen und die Scherben wegzuräumen. Schließlich setzte das Gemurmel der Gespräche wieder ein. Ian saß wie benommen da. Die Stimmen um ihn herum klangen wie ein fernes, verworrenes Rauschen. Selbst Queenies freundliche Worte registrierte er nur vage in seinem Bewußtsein. Alle Kräfte, die in ihm geschlummert hatten, waren jetzt verpufft. Die Energie, die ihn zu dieser gewaltigen Anstrengung angetrieben hatte, war weg, und sein Körper sackte völlig zusammen.

Das einzige, wozu er noch fähig zu sein schien, war, sein Glas an die Lippen zu führen und den Whisky hinunterzukippen.

Er winkte Queenie zu, und sie goß ihm noch einmal ein.

DIE LIEBENDEN WERDEN ENTDECKT

Maggie eilte aus ihrem Zimmer, als sie Hufgeklapper hörte.

Es war schon sehr spät, aber ans Schlafen war bis jetzt nicht zu denken gewesen. Sie lief die Treppen hinunter, froh, daß das lange Warten endlich vorbei war, und hoffte verzweifelt, es sei Ian und nicht Falkirk, der seine Drohung wahrgemacht hätte und wiedergekommen sei.

Sie hatte vergessen, ihren Mantel überzuwerfen, und der kalte Wind blies durch ihren leichten Rock, als sie nach draußen trat. Leise stahl sie sich über den dunklen Hof zu den Ställen. Als sie hineinspähte, war aber die Dunkelheit noch undurchdringlicher als draußen.

»Ian ... Ian ... bist du es?« flüsterte sie.

Die Geräusche, die beim Absatteln eines Pferdes entstehen, wurden unterbrochen, und Ian trat aus dem Schatten hervor. Sie konnte sein Gesicht kaum sehen, aber es war ihr genug, daß er da war.

«Ian ... Oh, du lieber Gott!« rief Maggie. »Du bist ja verletzt!« Vorsichtig streckte sie die Hand aus und berührte sein blutig verschmiertes Gesicht.

Er nahm ihre Hände und legte ihre Arme um sich.

»Ich habe mir solche Sorgen gemacht ... Ich hatte solche Angst ...«

»Du brauchst dir keine Sorgen mehr zu machen, mein Herz.«

»Hast du ... ihn denn gefunden?«

»Ja. Und er wird dir nicht wieder weh tun.« Die Kälte seiner Stimme jagte Maggie wieder Angst ein. Seine Worte klangen so absolut. Und sie konnte riechen, daß er getrunken hatte.

»Ian, während du weg warst ...« Sie versuchte es ihm zu sagen, brach aber wieder ab. »Ian«, sagte sie einige Sekunden später, »ich weiß jetzt, wie wir ihn uns vom Leibe halten können.«

»Sprich jetzt nicht, Maggie ...« fiel er ihr mit leiser, unnatürlicher Stimme ins Wort. »Halte mich nur fest. Ich brauche das so nötig.« Er mühte sich, seinen Blick auf Maggies kaum erkennbares Gesicht zu konzentrieren, aber alles verschwamm ihm vor den Augen. »Er wird uns nicht mehr belästigen.«

»Wie kannst du so sicher sein? Ian ... was ist passiert?«

»Nicht jetzt, Maggie, nicht jetzt.«

Seine Stimme ließ Maggie unwillkürlich erschauern.

»Ich möchte den gestrigen Abend vergessen«, sprach er weiter, »und du mußt mir dabei helfen. Nimm mich nur in den Arm und halte mich fest.«

Das tat sie dann auch. Für einige Momente gab es für die beiden Liebenden nichts anderes mehr auf der Welt als sie selbst. Noch waren sie gezwungen, ihre Liebe vor anderen zu verbergen. Und bevor sie auch nur die Chance hatten, ihre Liebe öffentlich zu bekennen, drohten Mächte von außen, sie zu zerstören und sie voneinander zu reißen. Aber jetzt, in diesen Augenblicken verschwiegenen Glücks, nahmen sie selbst die Gerüche von Pferden und Heu nicht mehr wahr; der heulende Wind, das leise Knarren der Stalltür, die unter dem Aufprall des Windes hin- und herschwankte – alles das rückte in weite Ferne, verschwand aus ihrer Wahrnehmung. Es gab nur ihre Liebe für sie, diese eine sichere und unerschütterliche Realität, die Wahrheit, an der sie sich festhielten, als sie einander innig umarmten.

So hörten sie auch die Schritte nicht, die sich auf dem gepflasterten Weg näherten, und sahen das Licht der Sturmlaterne erst viel zu spät.

»Ach so ist das!« donnerte eine Stimme, die sie beide nur allzugut kannten. »So werde ich also für meine Freundlichkeit belohnt!« Lebenslanger Haß gegen alles, was von den Landsburys abstammte, vibrierte in der Stimme von James Duncan.

Die beiden fuhren auseinander und starrten entsetzt auf den Mann, als wären sie Diebe, die er beim Stehlen seiner Wertgegenstände auf frischer Tat ertappt hätte. Die Ereignisse des Abends waren so aufregend gewesen, daß sie James fast vergessen hatten. Maggie hatte auch ihren Entschluß, ihm alles zu sagen, gänzlich vergessen.

»Vater –« begann sie.

James ignorierte sie und wandte sich statt dessen an seinen Neffen, dessen Vater er so verabscheute. »Was hast du als Erklärung vorzubringen, Duncan?« schnauzte er zornig.

Ian machte einen Schritt vorwärts. Trotz der Schmerzen, die er von Falkirks Schlägen spürte, stand er voll aufgerichtet da. Er war heute nacht schon einmal einem Feind entgegengetreten. Er würde sich auch von einem weiteren Widersacher nicht so leicht einschüchtern lassen, selbst wenn es Maggies Vater war.

»Ihre Tochter und ich lieben uns«, antwortete er mit unerschrockener Gelassenheit.

»Liebe!« spottete James und grinste voller Verachtung. »Was weißt du von Liebe, du elender Sohn eines Betrügers!«

»Wir hatten vor, es Ihnen zu sagen ...«

»Mir zu sagen«, brüllte James. »Aber ihr wußtet doch wohl, daß ich es niemals erlauben würde! Und ich werde es auch nicht! Um nichts in der Welt!«

»Es war nicht unsere Absicht, Sie um Erlaubnis zu bitten«, sagte Ian fest. »Ob Sie Ihre Zustimmung geben oder nicht, das ändert nichts an unserer Liebe zueinander. Wir wollten nur, daß Sie es von uns selbst zuerst erfahren.«

»Du elender Lump!« schrie James, kochend vor Wut. Der unverschämte Halunke forderte ihn doch wahrhaftig offen heraus!

»Es tut mir leid, Sir«, fing Ian wieder an, »wir hofften ...«

»Mach, daß du hier verschwindest! Du wirst meine Tochter nie wieder zu Gesicht bekommen!«

»Vater, du mußt uns anhören!« flehte Maggie.

»Halt den Mund, Margaret!« befahl James. »Geh sofort ins Haus. Mit dir werde ich später reden.«

»Bitte, Vater!« Maggie gab nicht nach, »bitte, höre dir an, was wir zu sagen haben.«

»Was, du unverschämte Göre? Zum Donnerwetter, ich sage dir ...«

»Nein, Eure Lairdschaft!« Ian verlor schließlich doch noch die Fassung. »Sie werden mit meiner Verlobten nicht in einem solchen Ton reden. Sie können ihr nicht mehr befehlen, was sie zu tun und zu lassen hat.«

»Was?« schrie James. »Du ... Welches Recht hast du? Bei Gott, wenn ich noch ein junger Mann wäre, würde ich dich eigenhändig durchprügeln und hinauswerfen! Und jetzt raus, du Scharlatan, ich befehle dir ...«

»Nein!« Ian sprach laut und klar. »Sie können uns nichts befehlen. Wir werden heiraten!«

Die Worte hingen wie ein Sprengkörper in der Luft, bereit zu detonieren. James starrte ungläubig auf das kühne Paar vor ihm, so als hätte er die beiden noch nie gesehen.

Langsam erstarrte sein Gesicht zu einer eisigen Maske. Als er endlich sprach, hörte sich das wie ein ferner Donnerschlag an, der den Einschlag eines Blitzes ankündigte.

»Ich weiß nicht, mit welchem üblen Trick du mich hinters Licht führen willst«, sagte er. »Aber das eine weiß ich: Bevor du mich fertig machst, werde ich dich fertig machen. Ich werde dich vernichten. Und was dich angeht, du Schlampe von einer Tochter, komm mir ja nicht wieder unter die Augen, solange du solche abscheulichen Lügen vorbringst, nur um dich herumtreiben zu können!«

Maggie brach in Tränen aus.

»Wir haben gehofft, wir könnten vernünftig mit Ihnen reden«, versuchte es Ian noch einmal. »Wir wollten Ihren Segen haben.«

»Meinen Segen!« James spie das Wort wie bittere Galle aus. »Nichts werdet ihr bekommen, hörst du mich, Duncan ... Gar nichts! Und du wirst auch nie meine Tochter bekommen. Sie wird George Falkirk heiraten. Genau das wird sie tun. Und du wirst dich zum Teufel scheren!«

»Ich versichere Ihnen, Sir«, sagte Ian und bemühte sich mit aller Kraft, seinen aufsteigenden Zorn unter Kontrolle zu halten, »daß wir heiraten werden – mit Ihrer Zustimmung oder ohne sie.«

»Und du denkst, daß das irgendeine Bedeutung hat?«

»Sie können überhaupt nichts daran ändern.«

»Wie dumm du doch bist! Diese sogenannte Ehe wird, wenn ich erst einmal alle meine Beziehungen habe spielen lassen, keinen Pfifferling wert sein! Und ich habe Beziehungen, verlaß dich drauf! Ich werde dich samt dieser Ehe in die Erde stampfen!«

Ian öffnete den Mund, um zu antworten, zögerte aber.

Auf einmal stand ihm seine Verzagtheit unverhüllt im Gesicht. Eine innere Stimme flüsterte ihm zu, daß James doch noch gewinnen könne, daß seine Worte keine leere Drohung seien. Die ganze Last der Ereignisse dieses Abends stürzte auf ihn ein. Die rasenden Schmerzen im Kopf, der Alkohol in seinem Blut und James' Beschimpfungen bedrängten erbarmungslos sein Gemüt.

»Ich warne dich noch einmal, Duncan. Wenn du versuchst, mir meine Tochter durch eine sogenannte Heirat wegzunehmen«, James sprach das Wort »Heirat« mit Abscheu aus, »dann wird diese Ehe innerhalb von zwei Tagen annulliert sein – so, als wäre sie nie geschehen. Ich werde meinen Willen durchsetzen. Margaret wird George Falkirk heiraten!«

Ian nahm nur Bruchstücke aus diesem abstoßenden Gefühlsausbruch wahr: »... annulliert ... nie geschehen ... George Falkirk heiraten!«

»Nein!« schrie er völlig außer sich. »Nie wird sie George Falkirk heiraten! Ich werde es niemals zulassen!«

Er stolperte an James vorbei und aus dem Stall hinaus. Draußen war es so finster, daß er so gut wie gar nichts sehen konnte. Er wußte nicht, wohin er gehen, was er tun sollte. Tief in seinem Innern kam sein altes Wesen hoch und schrie: »Nur weg von hier! Fliehe von Stonewycke! Fliehe aus Schottland!«

Der Regen, der so lange erwartet worden war, setzte endlich ein und prasselte auf Ian hernieder, als er in das trostlose Dunkel der Nacht hinauslief.

IM DUNKEL DER NACHT

Der Regen prasselte so heftig auf das alte Granitgemäuer, als wolle er das tausendjährige Gestein zermalmen und die massiven Felsbrocken zu Staub machen.

Eine Gestalt fluchte laut im Dunkeln und spuckte auf die Erde.

»Dieser dreckige Hund!« keifte der Mann. »Denkt, er kann mich übers Ohr hauen, was? Mich um meinen Anteil zu betrügen!«

Er trug einen zerfetzten Wollmantel und war bereits bis auf die Haut durchnäßt. Nun mußte er die bittere Feststellung machen, daß seine ganze Mühe umsonst gewesen war. Der leere Holzkasten sprach nur eine allzu deutliche Sprache.

»Er denkt sich wohl, er kann tun, was er will, weil er ein Gentleman ist ...« murmelte er drohend. »Meint, ich würde mich schon zufrieden geben ... Das könnte Ihnen so passen, mein feiner Earl! Keine Bange, ich werde meinen Teil schon kriegen!« geiferte er gierig und trat mit dem Fuß nach der alten Holzkiste. Das morsche Holz zersplitterte unter seinem Schuh. »Vielleicht kriege ich sogar alles!«

Er zog einen Dolch mit einem rohen Holzgriff aus seinem Gürtel. Das Metall blitzte im Dunkeln bösartig auf. Er prüfte die Klinge mit dem Finger. »Soll er es nur versuchen, mich zu belügen! Er wird dafür bezahlen ... ja, das wird er!«

Er stieg auf sein Pferd und ritt schnell davon. Er dachte schon gar nicht mehr daran, daß er selbst ja auch mit der Absicht des Verrats eine Stunde vor der ausgemachten Zeit zu der Ruine gekommen war. Es war ihm gänzlich entfallen, daß auch er geplant hatte, seinen Partner auszutricksen und sich mit der Beute davonzumachen, bevor dieser überhaupt auftauchte. Aber selbst wenn er an seine eigenen hinterlistigen Absichten gedacht hätte, wäre es ihm nicht allzu schwer gefallen, sein Gewissen davon zu überzeugen, daß er irgendwie eine größere Berechtigung hätte, den Schatz zu bekommen. Der Laird mit der vornehmen Sprache besaß ja bereits mehr Reichtümer, als er in seinem Leben je verzehren würde, und hatte gewiß keine zusätzlichen Schätze nötig. Und außerdem, sagte er sich, war er selbst jahrelang von solchen

Adligen herumgeschubst worden – alles für einen Apfel und ein Ei. »Hochwohlgeborene Gauner!« knurrte er.

Haß und Empörung stiegen in ihm hoch und steigerten sich mit jedem Hufschlag.

Er peitschte erbarmungslos auf sein Pferd ein und trieb es den Felsgrat hinunter, über die dunklen Felder und zu der Straße, die durchs Tal führte. Als er sie erreichte, riß er das Pferd scharf nach links um, schlug ihm wütend die Hacken in die Weichen, trieb es zu noch wilderem Galopp an und war bald zwischen den südlich liegenden Hügeln verschwunden.

Der geschwärzte Himmel wurde nur eine Spur heller, als der Morgen graute. Die dunklen Wolken ließen nur eine Andeutung von Licht zu, gerade genug, um anzuzeigen, daß der Sonnenaufgang schließlich doch noch kommen werde.

Ian lehnte sich mit seinem ganzen Gewicht gegen die Türe von »Zu Wind und Wellen« und hämmerte mit der Faust gegen das harte Eichenholz. Völlig durchnäßt, mit Schlamm bespritzt und mit angetrocknetem Blut im Gesicht sah er wie ein Raufbold von den Straßen Londons aus. Seine vornehme Kleidung hing wie Fetzen an seinem entkräfteten Körper – das Symbol einer verlorenen Schlacht. Als eine verärgerte, verschlafene Queenie Rankin einige Augenblicke später die Tür aufschloß, hob er eine blutverschmierte Hand zum Gruß, konnte aber nur wirres Zeug stammeln.

»Ich ... ich brauche ...«

»O mein Gott!« rief Queenie aus, deren Zorn über die Störung mitten in der Nacht durch den Schock seines Anblicks sich sofort in ein Nichts auflöste. Noch beunruhigender als seine zerlumpte Kleidung war der leere Blick in seinen Augen, der zu besagen schien, das Leben bedeute ihm nichts mehr, weil er etwas getan hatte, was nicht wiedergutzumachen war.

»Wie sehen Sie denn aus!« polterte sie los. »Sie werden sich ja den Tod holen in diesen nassen Sachen!«

Sie führte ihn zum Kamin und drückte ihn sanft auf einen Stuhl. »Setzen Sie sich hier ans Feuer.«

Sie kauerte sich hin und fing an, in der verlöschenden Glut des Kaminfeuers herumzustochern, blies kräftig hinein und legte einige Stücke trockenes Eichenholz darauf. Sie bearbeitete die Kohlen so lange, bis sie wieder anfingen zu lodern. Als das Feuer schließlich zu ihrer Zufriedenheit knisterte, stand sie wieder auf und meinte: »Ich bin gleich wieder zurück!« und lief in die Küche.

Sie kam wieder mit einer Schüssel voll Wasser, in das sie einige Tropfen aus einem bestimmten Glasfläschchen hinzugefügt hatte, und legte Ians Hand hinein. Er zuckte heftig zusammen und zog die Hand weg, aber sie legte sie wieder behutsam in das beißende Heilbad.

»Das ist aber ein ganz schön tiefer Schnitt, den Sie hier haben«, sagte sie, »Sie müssen Ihre Hand lange drin lassen, oder sie entzündet sich.«

Ian sagte nichts, sondern schloß nur die Augen und zog die Luft scharf ein. Der Schmerz brachte ihn allmählich wieder in die Realität zurück. »Wissen Sie, ich habe früher mal einen jungen Kerl gekannt«, plauderte sie munter drauflos, in der Hoffnung, Ian ein wenig abzulenken, »der hate nur einen klitzekleinen Schnitt an der Hand. Er hat ihn nicht richtig saubergemacht, und ehe man papp sagen konnte, hatte er die ganze Hand verloren. Man mußte sie ihm glatt abschneiden, jawohl. Jetzt hat er einen Haken – das ist bei Gott wahr! Schon einmal jemand mit einem Haken statt Hand gesehen? Das ist ein grausiger Anblick, das können Sie mir glauben, und diese Augen hier haben schon so ziemlich alles gesehen, was es zu sehen gibt.«

Ian ließ es also zu, daß Queenie seine Hand versorgte und dachte, sie komme einer mitfühlenden Mutter so gleich, wie es eben unter diesen Umständen nur möglich war.

Wie kann nur ein Gentleman wie Ian zu solchen Verletzungen kommen? dachte Queenie. Das war ihr völlig unbegreiflich. Er hatte doch alles, was er sich nur wünschen konnte. Warum manövrierte er sich nur in solche Schwierigkeiten hinein?

Und doch fühlte sie sich zu diesem armen Jungen hingezogen. Er hatte sie mit einer Höflichkeit behandelt, die unter seinesgleichen nur sehr selten anzutreffen war, und es war für sie selbstverständlich, daß sie sich jetzt seiner annahm.

»Was hat Sie an einem so ekligen Morgen nur rausgetrieben?« fragte sie.

»Ich weiß nicht«, sagte er tonlos, »ich war schon draußen.«

»Nun, Sie sollten jetzt auf Stonewycke sein, wo man Sie richtig versorgen würde.«

»Nein!« sagte Ian aufgebracht. »Nicht Stonewycke ... ich kann nicht ...«

»Aber, aber, ein hübscher Junge wie Sie wird doch gewiß nicht mit einem Haken herumlaufen wollen! Lassen Sie die Hand im Wasser!«

»Ich wußte nicht, wo ich sonst hingehen sollte als zu Ihnen.«

»Na, machen Sie sich man keine Sorgen. Ich werde Ihnen helfen so gut ich kann. Aber ich habe keine Kleider für Sie. Mein Mann war viel kleiner als Sie – ist eine Woche, nachdem dieses Haus hier fertiggeworden ist, tot umgefallen. Ich kann es selbst immer noch nicht glauben. Seine Sachen würden Ihnen niemals passen.«

Als seine Hand schließlich gereinigt war, und sie ihm eine Tasse heißen Tee eingeschenkt hatte, führte Queenie Ian nach oben. Sie zog ihm die Kleider bis auf die Unterwäsche aus, half ihm ins Bett und deckte ihn mit vielen Wolldecken zu.

»Er muß jetzt einmal ordentlich schlafen«, murmelte sie und zog sachte die Tür hinter sich zu.

Ian schlief. Vielleicht war der Schlaf das, was sein Körper brauchte. Aber seine Seele konnte keine Ruhe finden. Als er einige Stunden später aufwachte, war sein schmerzender Körper immer noch wie zerschlagen, und eine düstere Vorahnung lag wie ein Druck auf seinem Herzen.

Träume hatten den Schlaf, in der er sich geflüchtet hatte, gestört, – Träume, chaotisch und verworren, erfüllt von Terror und Unbekanntem mit bösen Vorahnungen, von denen er nicht genau sagen konnte, worum es dabei ging. Er ritt schnell wie der Wind, aber nicht auf Ravens Rücken, auch nicht auf Maukins, sondern auf einem mächtigen Roß von großer Kraft mit roten, glühenden Augen. Sein Fell war schwarz, und sein langer Schweif wehte im Wind, als es in riesigen Sprüngen über das Moor setzte – mit einer Geschwindigkeit, derer kein normales Pferd fähig war. Dann war er auf einmal von Heidekraut umgeben, das sein Herz so mit Freude erfüllt hatte, als er es mit Maggie zum erstenmal sah. Aber jetzt fühlte er keine Freude – nur Einsamkeit und Verlassenheit. Plötzlich lag eine Gestalt vor ihnen. Das Pferd stoppte mitten in seinem wilden Ritt. Ian stieg ab, ging zu dem liegenden Körper hinüber und beugte sich über ihn. Plötzlich sah er zu seinem Entsetzen, daß die lieblichen lila Blüten des Krauts ihre Farbe gewechselt hatten und rot wie Blut aussahen. In panischem Schrekken sprang er auf und wollte schreien, aber er brachte keinen Laut heraus ...

Ian setzte sich mit einem Ruck im Bett auf. Kalter Schweiß stand ihm auf der Stirn. »Gott sein Dank!« dachte er und lehnte sich wieder in die Kissen zurück, immer noch schwer atmend wegen des grausigen Alptraums.

Plötzlich kamen ihm Worte in den Sinn. Waren es Worte aus seinem Traum, oder hatte er sie schon irgendwo gehört? »Wähle, o wähle, Lady Margaret«, sagte er laut, »willst du hierbleiben, oder kommst du mit?«

Was für eine Wahl? fragte er sich, allmählich wach geworden. *Rang jetzt seine liebste Maggie um die Entscheidung?*

Er versuchte seine wirren Gedanken abzuschütteln. Wo hatte er nur diesen Vers gehört?

Dann fiel ihm die alte Ballade wieder ein, die er vor vielen Wochen an jenem friedvollen Abend an dem riesigen Lagerfeuer gehört hatte.

Nein! wollte er schreien. *Das kann nicht sein!*

Er hielt sich die Hände vor die Ohren, als wolle er die Gedanken, die Anschuldigungen, Drohungen und Ängste aussperren.

Aber er konnte ihnen nicht entrinnen. Wenn Maggie tatsächlich darum kämpfte, ob sie sich für ihn oder für ihren Vater entscheiden sollte, wie das Mädchen in der Douglas-Ballade, dann wollte er es wenigstens wissen. Er mußte dieser Entscheidung ins Gesicht sehen. Sollte sie sich gegen ihn entscheiden, konnte er immer noch zurück nach London fliehen. Aber jetzt mußte er zurück und herausfinden, was die Zukunft für ihn bereithielt.

DIE POLIZEI SCHALTET SICH EIN

Wenn Ian an die vergangene Nacht dachte, erinnerte er sich zwar noch an seine Wut, an seinen Schmerz und die bleierne Benommenheit – aber er hatte keine Ahnung, wie er an die kastanienbraune Stute gekommen war. Aber als er etwa eine halbe Stunde vor Mittag aus dem Wirtshaus ins Freie wankte, führte Queenie ihm Maukin entgegen. Das Pferd habe vor dem Haus angebunden gestanden, sagte sie, und während er geschlafen hatte, habe sie es versorgt.

Er blickte die Frau lange an, fassungslos darüber, daß er sich überhaupt nicht erinnern konnte, nach der Rauferei mit Falkirk nach Stonewycke zurückgekehrt zu sein. Dann dachte er an alles, was sie für einen Vagabunden wie ihn an Freundlichkeiten getan hatte, und fragte sich, wie in aller Welt er ihr dafür danken könne.

Es war sonst nicht Queenies Art, viele Gefühle zu zeigen, doch jetzt legte sie ihm mit besorgter Miene ihre fleischige Hand auf den Arm.

»Nun, Sir, wo werden Sie jetzt hingehen, wenn Sie nicht nach Stonewycke zurück können, wie Sie es mir gestern gesagt haben?« fragte sie behutsam, denn sie konnte in seinen Augen einen Ausdruck von trauriger Hoffnungslosigkeit sehen.

»Ich muß zurück«, sagte er mit Entschiedenheit.

Sie sah ihn noch einmal genau an. Er machte jetzt einen etwas besseren Eindruck als vor einigen Stunden. Und seine Kleidung, wenn auch unordentlich, war wieder trocken. Seine Hände zitterten nicht mehr, aber die Wunde an seiner linken Hand sowie der schlimme Schnitt über dem Ohr mußten unbedingt behandelt werden. *Aber ob er diese nötige Behandlung auf Stonewycke bekommen wird?* fragte sie sich.

Ian stieg auf Maukin. Queenie war froh, daß sie so vernünftig gewesen war, das arme Pferd in der Nacht zu versorgen, das sich in einem fast genauso schlimmen Zustand befunden hatte wie sein Reiter. Wo immer er auch während der Nacht mit der Stute gewesen war, es mußte ein langer und beschwerlicher Ritt gewesen sein.

Ian warf Queenie noch einen dankbaren Blick zu, nickte zum Gruß und lenkte sein Pferd Richtung Stonewycke.

Während der Nacht hatte der Sturm sich ausgetobt und das Land in trostloses Grau getaucht. Man konnte wirklich kaum noch erkennen, daß der Sommer gerade erst vorüber war. Ian erinnerte sich, wie er mit Maggie durch das Tal geritten war – die lieblichen, heidebewachsenen Hügel unter ihnen, der tiefblaue Himmel über ihnen. Leichter Wind voll frischer Düfte und Wärme, Maggies Lachen – ihr lächelndes Gesicht erschien vor seinem inneren Auge –, das alles war so neu, so köstlich gewesen. Erst vor so kurzer Zeit – und doch schien es sich in einem anderen Leben abgespielt zu haben, als ihre knospende Liebe noch so freudig und unbeschwert war. Sie hatten ja kaum Zeit gehabt, zu begreifen, daß sie sich liebten, als ihre Gefühle auch schon zerdrückt und ihnen entrissen wurden. Er konnte es einfach nicht mehr glauben, daß es für ihn jemals noch einen Sommer geben würde. Hier, auf diesen Hügeln, auf diesen Feldern hatte er sein höchstes Glück gefunden. Wartete hier auch sein größter Schmerz auf ihn?

»O Gott!« schrie er. »Warum erlaubst du dem Menschen, einen winzigen Augenblick die größte Seligkeit zu erleben, nur um sie ihm wieder zu entreißen? Macht es dir Spaß, unsere Herzen zu brechen?«

Langsam ritt er weiter. Alle Freuden der vergangenen Tage wurden ihm jetzt zur Seelenqual. Alle kostbaren Erinnerungen verwandelten sich in brennende Pein.

Ich wäre lieber gar nicht geboren, als so etwas zu erleben! schrie es in seinem Innern. *Gott, warum hast du mich geschaffen?*

Seine schlechte Laune hatte sich bereits in depressive Gestimmtheit verwandelt, als er sich den Toren von Stonewycke näherte. Selbst wenn Maggie ihn immer noch wollte, was konnte sie gegen die Drohungen ihres Vaters unternehmen? Wenn sie nur weggehen könnten ... weit weg ... nach Amerika! Aber nein, sie würde Stonewycke niemals verlassen wollen. Was sollte er nur machen? James hatte ihn ernstlich bedroht. Allein schon, wenn er sich hier nur blicken ließ, gefährdete er bereits Maggies Sicherheit und Wohlergehen.

Das Tor stand offen. Zwei Pferde, die Ian nicht kannte, grasten vorn auf dem Rasen. Der Impuls, schnell umzukehren und zu fliehen, überkam ihn. Aber er zwang sich, vorwärts zu reiten und näherte sich mit klopfendem Herzen dem Haus. Er stieg ab, band Maukin fest, ging zur Eingangstür und hörte innen sofort Schritte näherkommen, als hätte man auf ihn schon gewartet.

Die Tür wurde geöffnet, und hinter der stummen Gestalt des

Butlers standen James und zwei Männer, die Ian noch nie zuvor gesehen hatte. Die Konfrontation kam schneller als erwartet.

»Du hast tatsächlich die Unverschämtheit!« schleuderte James ihm entgegen. »Daß du es wagst, dich hier blicken zu lassen! Aber ich bin froh, daß du gekommen bist.« Er wandte sich an einen seiner Männer und meinte: »Konstabler, ich glaube, dies ist der Mann, den Sie suchen.«

Einer der fremden Männer trat auf Ian zu. Er war etwas kleiner als er und stämmig und trug einen rauhen, aber gutgeschnittenen Tweedmantel und Wollhosen. Ein buschiger Oberlippenbart zierte sein rundes Gesicht. Seine scharfen blauen Augen ließen keinen Zweifel darüber, daß er klug war, aber es lag auch Güte darin.

»Mr. Duncan?« sprach ihn der Mann an.

Ian nickte.

»Ich bin Angus Duff, der Polizeibeamte aus Culden.«

»Culden?« fragte Ian überrascht.

»Ja, aber mein Dienstbereich erstreckt sich bis nach Strathy.«

Ian antwortete nicht. Er konnte es immer noch nicht zusammenreimen, was diese ungewöhnliche Szene zu bedeuten hatte.

»Ich bin gekommen, um Ihnen einige Fragen zu stellen«, meinte Duff. Der Polizeibeamte war kein Mann, der Leute nach ihrer äußeren Erscheinung beurteilte, aber dieser junge Duncan sah tatsächlich so aus, als seien Probleme aller Art für ihn nichts Ungewöhnliches.

»Und worüber?« wollte Ian wissen.

»Über den Gentleman, der getötet wurde«, erwiderte Duff und beobachtete dabei genau, wie Ian reagierte. »Allem Anschein nach haben Sie beide in der vergangenen Nacht eine Auseinandersetzung gehabt« –

»Getötet?« fragte Ian mit heiserer Stimme. Seine Kehle war auf einmal wie ausgetrocknet, und er bekam die Worte kaum heraus. »Wer?«

»Also kommen Sie jetzt, Duncan«, sagte James mit beißendem Spott. »Wir alle durchschauen Ihre gespielte Unwissenheit. Ich habe dem Konstabler erzählt, daß Sie hier gestern mit blutigen Rachegedanken weggegangen sind.«

»Wer?« wiederholte Ian, der außer seinem rasenden Kopfschmerz kaum noch etwas vernahm.

»Der junge Herr von Kairn«, antwortete der Polizist. »Mr. George Falkirk. Erstochen, mitten in der Nacht, soweit wir es feststellen konnten.«

Ians Gesicht wurde aschfahl.«

»Die Leute in der Stadt sagten, daß Ihre Meinungsverschiedenheiten gestern abend im Wirtshaus mit einer Schlägerei endeten. Es wäre gut, wenn Sie uns sagen würden, wo Sie den Rest der Nacht verbracht haben.«

Ian gab keine Antwort. Für einen kurzen Augenblick überkam ihn der Gedanke, sich umzudrehen und wegzurennen, den Weg, den er gerade gekommen war. Aber seine Beine fühlten sich plötzlich kraftlos an. *Mein Gott,* dachte er, *die Nacht war so verworren. Könnte es möglich sein ... war es denkbar ...*

Er war völlig in Gedanken, als plötzlich sein Blick auf den oberen Treppenabsatz fiel. Dort stand Maggie, blaß, die Augen rot vom Weinen. Sie begann die Treppe herunterzusteigen, aber James rief scharf: »Bleib, wo du bist, Margaret!«

Sie erstarrte.

Dies jetzt ist die Entscheidung, dachte Ian. *Zwischen ihrem Vater und mir. Wähle, o wähle, Lady Margaret, willst du hier bleiben, oder kommst du mit?*

Ian heftete seinen Blick auf die junge Frau, die er liebte. Sein Herz sank, als sie plötzlich, in ängstlichem Gehorsam ihrem Vater gegenüber, nicht mehr weiterging. Er konnte es nicht mit ansehen und wandte seine Augen ab.

Aber neue Hoffnung stieg in ihm auf, als er erneut ihre Schritte auf der Treppe hörte. Langsam kam sie herunter, und mit jedem Schritt schien sie ihrem Vater zu sagen: *Du kannst die Liebe, die ich in meinem Herzen für Ian trage, nicht auslöschen.*

Unten angekommen, ging Maggie geradewegs auf Ian zu und stellte sich an seine Seite. Ihr Vaters sah sie entsetzt an, fassungslos über die Kränkung, daß seine eigene Tochter ihm vor allen Leuten den Gehorsam verweigerte. Aber Maggie ignorierte seinen Blick. *Ich habe mich entschieden, Vater,* schien sie zu sagen, *und ich werde zu dem Mann stehen, den ich liebe.*

»Mr. Duncan«, sagte der Polizist geduldig, »Sie haben meine Frage immer noch nicht beantwortet.«

Ian sah Maggie an. Ihr Vertrauen war alles, was er jetzt brauchte.

»Ich war draußen«, sagte er, »ich mußte über manches nachdenken.«

»Ganz allein?« beharrte der Polizist.

Ian nickte.

»Könnten Sie mir sagen, wohin Sie gegangen sind?«

»Nirgendwohin ... ich war einfach ... draußen. Ich kann mich nicht erinnern.«

Ians Kopf fühlte sich heiß an. Er hatte wirklich keine Ahnung, wo er gewesen war. Die bohrenden Fragen des Konstablers waren ihm unerträglich, denn er hatte keine Beweise, kein Alibi. Aber plötzlich sagte der Polizist: »Nun gut, Mr. Duncan. Ich werde Sie jetzt nicht weiter belästigen. Aber ich möchte später noch mit Ihnen reden.«

»Was«, schaltete sich James ein, »ist das wirklich alles, was Sie jetzt tun werden?«

»Bedaure, Eure Lairdschaft. Aber wir müssen erst noch weitere Untersuchungen anstellen. Wir dürfen unsere Schlüsse nicht zu vorschnell ziehen.«

»Sie wollen ihn nur laufen lassen, weil er der Sohn des Earls von Landsbury ist!« schrie James.

»Eure Lairdschaft«, sagte Duff, verstimmt über Duncans Einmischung, »der Vater des Jungen hat nicht das geringste damit zu tun. Zur richtigen Zeit und wenn alle Fakten ganz klar sind, wird der Gerechtigkeit Genüge getan werden. Und für heute möchte ich Ihnen danken, daß wir in Ihrem Haus sein durften.«

Er wandte sich zu Ian und sagte: »Ich nehme an, Sie haben vor, noch einige Zeit in dieser Gegend zu bleiben?« Aber er wartete Ians Antwort nicht ab, denn seine Worte – wenn auch als Frage formuliert – hatten den Klang eines Befehls. Er und sein Mitarbeiter drehten sich um und gingen zur Tür. Dort angekommen, drehte sich Duff noch einmal um und sagte zu Ian: »Oh ... noch etwas, Duncan. Dieser gräßliche Schnitt, den Sie da an der Hand haben ... Könnten Sie mir vielleicht sagen, woher sie ihn haben?«

Ian warf Maggie einen raschen Blick zu und sah dann wieder auf den Polizisten. »Ich fürchte, ich weiß es nicht, Sir«, sagte er, »es muß irgendwann gestern abend geschehen sein. Wahrscheinlich bei der Schlägerei mit Falkirk. Ich kann mich nicht genau erinnern.«

Duff nickte mit wissender Miene, wandte sich um und verschwand durch die Tür.

Als sich diese hinter den beiden Männern geschlossen hatte, warf James seiner Tochter und Ian einen bösen, drohenden Blick zu.

»Ich habe versucht, dir klarzumachen, was für eine Sorte Mensch da neben dir steht«, sagte er sarkastisch zu Maggie. »So, wie die Sache jetzt steht, willst du einen Mörder heiraten!«

»Ian ist kein Mörder«, sagte Maggie ruhig.

Aber James Duncan kümmerte es wenig, was sie zu Ians Verteidigung vorbrachte. Denn er hatte den Mann, der vor ihm stand, bereits abgeurteilt. Und ob Ian Falkirk getötet hatte oder nicht, übte kaum irgendeinen Einfluß auf seine Meinung von ihm aus. Es kam ihm aber sehr gelegen, daß das Gesetz die Angelegenheit für ihn erledigen konnte. Aber wenn dieser Dummkopf von einem Polizisten nichts unternahm, würde er selbst schon dafür sorgen. Auf welche Weise auch immer, aber er würde diesen Hochstapler vernichten, diesen sogenannten Verlobten seiner übergeschnappten Tochter. Egal, daß es mit Falkirk und damit auch mit dem Geld seines Vaters jetzt aus war. Er würde diesen beiden Idioten schon heimzahlen, was sie ihm angetan hatten.

»Mr. Duncan«, redete James weiter, als hätte Maggie nichts gesagt, »Sie werden meinen Grund und Boden auf der Stelle verlassen! Und Sie werden hier nie wieder erscheinen! Wenn Sie jemals ihren Fuß wieder auf Stonewycke setzen, werde ich es als Hausfriedensbruch ansehen und meine entsprechende Handlungsweise wird folgen. Habe ich mich deutlich genug ausgedrückt?«

Aber es war Maggie und nicht Ian, die ihm antwortete: »Wir werden sofort gehen, Vater.«

»Du, Margaret, wirst nirgendwohin gehen. Du bleibst hier«, sagte James ungerührt, wie einer, der weiß, daß sein Sieg ihm gewiß ist.

»Nein!« schrie sie.

»Zwinge mich nicht, meine Drohung hier und jetzt in die Tat umzusetzen«, sagte James und starrte seine Tochter mit einem eisigen Blick an, so, als wäre sie seine Todfeindin.

Plötzlich hörten sie hinter James Atlantas ruhige und beherrschte Stimme: »Maggie, laß Ian jetzt gehen. Wir werden es schon schaffen. Du wirst bald wieder mit ihm zusammen sein.«

Maggie schüttelte gequält den Kopf. *Ist Ian erst einmal weg*, dachte sie voller Angst, *dann wird Vater irgendeinen grauenvollen Weg finden, uns für immer getrennt zu halten.*

»Es ist am besten so«, sagte Atlanta. »Bald werdet ihr wieder zusammen sein. Ian ... sind Sie bereit, im Frieden zu gehen?«

Ian starrte Atlanta ungläubig an. Konnte es sein, daß der ganze Alptraum schon vorbei war? Aber obgleich er daran zweifelte, so war doch in ihrem festen, unerschütterlichen Ton etwas, das ihm größere Hoffnung und eine tiefere Gewißheit gab, als ihre

Worte allein es vermitteln konnten. Irgendwie glaubte er, daß sie tatsächlich in der Lage war, ihr Versprechen einzulösen.

Ian blickte auf Maggie, und sein Herz schrie danach, sie noch einmal in seine Arme zu schließen. Langsam ging er zur Tür und hatte Angst, daß, wenn er sie nur noch ein einziges Mal ansehen würde, sein Entschluß ins Wanken geräte.

»Ian!« rief Maggie ihm nach. »Ich liebe dich!«

Er drehte sich um und warf ihr einen raschen Blick zu, blinzelte die Tränen weg, mit denen sich seine Augen füllten und stürzte hinaus. Durch die eisernen Tore von Stonewycke trabte Maukin auf die Straße hinaus und immer weiter.

Der Westwind schnitt ihm scharf ins Gesicht. Die wenigen Sonnenstrahlen versuchten die kalte Erde zu erwärmen. Ian richtete seine Augen zum Himmel und war voller Erwartungen für die kommenden Tage. *Vielleicht wird es für uns doch noch einen neuen Sommer geben,* dachte er. Er konnte nur warten und hoffen.

EIN ANGRIFF IM DUNKELN

Stonewycke war für Maggie zu einem Gefängnis geworden. Das, was ihrem Herzen am liebsten und teuersten war, befand sich außerhalb der engen Steinmauern. Sie konnte an nichts anderes mehr denken als nur an Ian – der sich irgendwo befand.

Selbst Raven war für sie so gut wie unerreichar geworden, denn sie wußte genau, käme sie erst einmal in die Nähe des Pferdes, könnte nichts in der Welt sie davon zurückhalten, auf dem schnellsten Weg Ian zu suchen. Es gab nur eins, das sie daran hinderte, ihren Geliebten aufzusuchen: der blanke Haß in den Augen ihres Vaters. Für sie gab es keinen Zweifel darüber, daß er in seinem Vorgehen gegen Ian vor nichts, vor absolut gar nichts zurückschrecken würde.

Deshalb wanderte sie weiter in dem einsam gewordenen Haus umher. Jede Stunde glich einer Ewigkeit, während sie darauf wartete, daß ihre Mutter das von ihr gegebene Versprechen einlöste. Am zweiten Tag nach Ians Weggang hörte sie zwei Diener, die mit Besorgnis von Digory sprachen. Er war am Morgen wie gewöhnlich aufgestanden und hatte mit seinen routinemäßigen Aufgaben begonnen. Aber gegen Mittag fand ihn Sam unerwartet in seinem Stübchen vor. Er saß auf einem Stuhl, starrte mit fiebrigen Augen vor sich hin und hatte Schüttelfrost.

Maggie vergaß an die möglichen Folgen zu denken und lief eilig aus dem Haus und zu den Ställen. Sam hatte Digory geholfen, ins Bett zu steigen und dort fand ihn Maggie, allem Anschein nach schlafend. Als sie leise an seinem Bett stand, überkamen sie angstvolle Erinnerungen an Beth Mackinaw, als sie sie damals so hilflos im Sterben liegen sah.

O Gott, dachte Maggie, *nimm ihn mir jetzt nicht weg!*

Aber es dauerte nicht lange, da zwinkerte Digory mit einem Auge, und ein sanftes Lächeln kräuselte sich um die Lippen des alten Mannes.

»Na, Kindchen«, sagte er mit einer heiteren, wenn auch merklich geschwächten Stimme, »heute kann ich Sie leider nicht so begrüßen, wie es sich gehört.«

»O Digory«, sagte Maggie, »kann ich etwas für dich tun?«

Er schmunzelte. »Es geht mir gar nicht so schlecht. Nur ein bißchen Schüttelfrost, weiter nichts. Ich werde noch aufstehen, um den ›Damen und Herren Pferden‹ da unten ihr Abendbrot zu reichen.«

»Das wirst du ganz bestimmt seinlassen! Ich werde sie selbst füttern, wenn es sein muß. Du mußt schön im Bett bleiben.«

»Sie haben schon genug Sorgen, Kind«, meinte Digory, »auch ohne meine Arbeit für mich machen zu wollen.«

»O Digory!« seufzte Maggie. Eine Flut von Kindheitserinnerungen stieg in ihr auf. Wenn auch die längst vergangenen Tage der Kindheit ihre Nöte und Schmerzen hatten, so erschienen sie ihr jetzt – verglichen mit der Gegenwart – süß und sorglos. Würde sie Ian für jene Zeit der Unschuld wieder hergeben wollen? Ihr Seufzer wurde zu einem Schluchzen, Tränen stiegen ihr in die Augen und liefen die Wangen hinunter.

»Liebes Kind«, flüsterte Digory, »vergessen Sie nie, daß Gott am Ende alles zum Besten wenden wird. Ich weiß, es ist schwer zu glauben, wenn man mitten in Schwierigkeiten steckt. Aber wenn Sie an dieser Wahrheit festhalten, wird sie Ihnen durch die Nöte des Lebens hindurchhelfen.«

Digory redet immer so, als sei Gott gut und freundlich, dachte Maggie. Er sprach von ihm, als sei er sein liebender Vater. Aber der einzige Vater, den sie je gekannt hatte, war kalt, egoistisch und rachsüchtig. Sie wollte so gern glauben, daß Gott ein guter Vater war, wie Digory es sagte. Welches Glück wäre es, einen Vater zu haben, dessen liebende Arme immer warm und offen waren, der zärtlich war und gern vergab!

»Denken Sie daran«, fuhr der Stallknecht fort, »Gott wird Sie nie verlassen. Er liebt Sie und wird alles zum Guten wenden, wenn Sie ihm vertrauen.«

»Ich werde es versuchen«, erwiderte Maggie und bemühte sich, so viel Überzeugung in ihre Worte zu legen, wie es ihr nur möglich war.

Doch Digory kannte Maggie noch besser, als sie sich selbst. Still in seinem Herzen betete er: »O Herr, halte deine Hand über diesem Kind. Laß es nicht aus deiner Hand gleiten, ganz gleich was ihm auf seinem Weg begegnen wird.«

Zu Maggie sagte er dann: »Könnten Sie mir ein wenig aus der Bibel vorlesen, mein Kind? Ich werde dann besser ruhen können.«

Sie schaute sich um, sah Digorys abgenutzte Bibel auf dem

Tisch liegen und brachte sie ihm. Er nannte ihr einige Psalmen, und sie begann sie ihm vorzulesen. Aber die Worte kamen ausdruckslos heraus, und Maggie hörte kaum selber, was sie da las. Die Worte, von denen Digory gehofft hatte, daß sie ihrer bekümmerten Seele Leben zusprechen würden, mußten wohl noch warten, bis sie ihr Werk tun konnten. Aber wie bei dem Bibeltext, den der Pastor seinerzeit bei der Beerdigung von Beth Mackinaw vorgelesen hatte, würde diese Zeit so gewiß kommen, wie der Regen vom Himmel fällt, um die Pflanzen zu tränken. Im Augenblick jedoch bemerkte Maggie von dem himmlischen Regen genauso wenig, wie von dem Eingriff Gottes, mit dem er gerade tief in ihrem Herzen, mitten in ihrer großen Not, eine heilsame »Operation« vornahm.

Bald schlummerte Digory ein. Maggie klappte leise das Buch zu, seufzte tief und erhob sich.

Sie ging die Holzstiege hinunter in den Stall und dann ins Freie. Der Abend warf schon seine Schatten über das Land. Maggie wollte ihrem Vater nicht begegnen, hatte aber auch noch keine Lust, ins Haus zu gehen. Sie wandte sich nach links und ging außen an der Hecke entlang, die den Hof vor dem Haupteingang des Hauses umgab. Sie passierte die kleine Eisenpforte zu dem Gärtchen hinter der Steinmauer und dachte gerade an den Tag, da sie es Ian zum erstenmal gezeigt hatte, als plötzlich eine Hand aus den Büschen herausschoß und derb nach ihr packte.

»Kein Wort, verstanden?« hörte sie das drohende Geflüster einer tiefen Stimme an ihrem Ohr.

Maggie versuchte zu schreien, aber der Laut wurde sofort durch einen harten Griff nach ihrem Mund erstickt. Entsetzt fühlte sie, wie sie ins Gebüsch gezogen wurde, wo sich der Angreifer versteckt gehalten haben mußte.

»Ich werde dir nichts Böses tun, kleines Frauenzimmer!« flüsterte die unbekannte Stimme heiser.

Maggie wand sich und kämpfte, aber die grausamen Hände hielten sie fest. Ihr wurde übel von der Bierfahne, die ihr Angreifer hatte und von dem Gestank, der von seinem ungewaschenen Körper ausging. Sie würgte und versuchte erneut, sich zu befreien.

»Ich werde dir nicht weh tun«, fuhr die Stimme fort, »solange du tust, was ich dir sage. Sieh mal, hier habe ich ein Messer, und ich werde es gebrauchen, wenn du schreist.« Er stieß ihr mit der Spitze der Klinge in den Rücken, und sie zuckte zusammen.

»Also«, flüsterte der Mann heiser, »ich werde jetzt meine

Hand von deinem Mund nehmen. Wenn du brüllst – na ja, das blaue Blut fließt genauso leicht wie jedes andere. Habe ich mich klar ausgedrückt?«

Maggie nickte steif.

Langsam lockerte er seinen Griff und nahm die Hand von Maggies Mund. Aber er senkte seinen Arm nur so weit, daß er ihre Schultern in einer festen Umklammerung halten konnte. Sein übelriechender Atem war ekelerregend, aber Maggie versuchte nicht mehr, sich freizustrampeln, weil er die stahlharte Messerklinge an ihren Rücken gepreßt hielt.

»Ich habe gehört, daß du freundschaftlich mit dem Master Falkirk stehst«, ging er, da sein Opfer nun fest in der Falle saß, zum Geschäft über.

»Ich ... ich weiß nicht, was Sie meinen ...« Maggies schwache Stimme schwankte vor Angst.

»Ihr steckt beide unter einer Decke in der Sache! Das weiß ich!«

»Nein!«

Er lockerte für eine Sekunde seinen Griff und wühlte in seiner Hosentasche. Das Messer blieb an ihren Rücken gepreßt. »Wollen Sie leugnen, daß dies hier Ihnen gehört, Lady?« Er hielt ihr etwas Glänzendes vor die Nase.

Sie zog die Luft scharf ein. »Woher haben Sie das?« rief sie, und ließ außer acht, wie gefährlich ihre impulsive Reaktion für sie war. »Geben Sie es mir!« stieß sie hervor und griff nach dem Medaillon. Sie konnte es nicht ertragen, Ians Geschenk in dieser gemeinen Hand zu sehen. Sie sah, wie es in den Schlamm fiel, und die Hände des Mannes schlossen sich noch fester um sie.«

»Ha-ha!« lachte er höhnisch. »Wo kann denn ein Laird seine Beute besser verstecken, als bei seinem Liebchen?« Er verfiel in scheußliches Gelächter, dem ein Hustenanfall folgte.

»Ich habe Mr. Falkirk kaum gekannt.«

»Komm, Mädchen«, der Mann wurde ärgerlich, »du bist doch nicht so dumm und denkst, du kannst alles für dich allein behalten, he?« Er stieß sie mit Absicht mit dem Messer an, das er immer noch an ihren Rücken hielt, für den Fall, daß sie schreien sollte. »Das kannst du vergessen, du Schlampe! Ich habe meinen Anteil verdient und ich habe vor, ihn mir zu holen ... so oder so. Jetzt rede!«

»Ich weiß nicht, was Sie wollen«, sagte Maggie, aber ihre Stimme zitterte, weil sie nur allzugut verstand, was er wollte.

Konnte sie ihn dazu bringen, ihre Lüge zu glauben?

»Ha! Das glaube ich dir nicht! Du brauchst nicht zu glauben, daß du hier lebend wieder rauskommst, wenn du es mir nicht sagst!«

Sein Zugriff wurde noch brutaler, und sie fühlte, wie das Messer ihre Kleidung durchschnitt.

»*Sie* haben ihn getötet, nicht wahr?« rief sie in plötzlichem Begreifen aus und bemerkte viel zu spät, was sie da gesagt hatte.

Seine Armmuskeln spannten sich einen Augenblick lang vor Schreck und lockerten sich dann wieder.

»Beiße nie die Hand, die dich füttert, sage ich immer«, antwortete er. »Wie ich gehört habe, war es dieser piekfeine Gentleman aus London, der ihn umgebracht hat. Man sagt, er hatte zuvor noch geschworen, ihn zu töten.«

»Ich an Ihrer Stelle ...« begann sie und schwieg still, da sie merkte, daß, wenn sie auch nur andeutete, sie wisse etwas von dem Schatz, sie ihr Leben umso mehr in Gefahr brächte.

»Keine Anschuldigungen mehr, hörst du! Ich und der Laird haben uns kaum gesehen. Und jetzt ... wo ist die Beute?«

»Ich ... ich weiß nicht.«

»Es ist gerade die richtige Woche, um das blaue Blut zu vergießen!« höhnte er. »Ich hoffe, du wirst mit deinem Geliebten vereint werden!«

Plötzlich erleuchtete der Schein einer Laterne den Platz, wo sie standen, und der Griff des Mannes lockerte sich um eine Spur. Maggie stieß ihm ihren Ellbogen in die Rippen und versuchte, mit aller Macht freizukommen. Ein stechender Schmerz durchzuckte ihren Rücken und sie schrie entsetzt auf.

Sie hörte, wie jemand herbeigelaufen kam und sah, wie eine Laterne im Dunklen hin- und hergeschwenkt wurde. Man rief nach ihr. Die widerwärtigen Hände gaben sie plötzlich frei, und sie fiel, halb ohnmächtig, auf die Erde.

»Was haben Sie, my Lady?« rief Sam erschrocken und kniete sich zu ihr hin.

Der Klang seiner Stimme brachte sie wieder zur Besinnung, aber als sie den Mund öffnete, brachte sie keinen Laut heraus. Sie schüttelte den Kopf, streckte die Hand aus nach seiner Hand und zog sich etwas hoch. Sie bebte am ganzen Körper. Und dann fühlte sie wieder den Schmerz im Rücken.

»Ist er weg?« hauchte sie.

»Wer, my Lady?« fragte er. »Ich dachte schon, ich hörte

Stimmen. Ist jemand hier eingedrungen? Ich renne ihm sofort nach!«

»Nein, Sam!« sagte Maggie und griff nach seinem Arm. »Jetzt ist es zu spät. Er ist bestimmt schon über alle Berge.«

Sam half Maggie aufzustehen und hob dann etwas von der Erde auf.

»Sehen Sie hier, my Lady«, sagte er, »gehört das Ihnen?«

Sie riß ihm das Medaillon aus der Hand, als wäre er ein Dieb, umschloß es fest mit ihrer zitternden Faust und rannte zum Haus. Sie erreichte ihr Zimmer, ohne gesehen zu werden und warf sich mit dem Gesicht nach unten aufs Bett. Sie mußte jetzt erst einmal sehr scharf nachdenken.

Wenn sie über das eben Geschehene Bericht erstattete, würde dies Ian von dem Mordverdacht gewiß entlasten. Aber sie wußte auch, daß ihr Vater durchaus in der Lage war, ihren Bericht so zu verdrehen, wie es für seine eigenen Pläne am dienlichsten war. Konstabel Duff schien sehr verständnisvoll zu sein. Aber wenn sie versuchen würde, ihm die Nachricht zukommen zu lassen, wäre es gut möglich, daß James diese Nachricht abfangen würde.

Es blieb ihr einfach nichts anderes übrig, als mit Ian persönlich zu sprechen!

Sie stand vom Bett auf, zog das blutbefleckte Kleid aus und behandelte die kleine Wunde auf ihrem Rücken so gut es ging. Dann zog sie ein frisches Kleid an. Der Schnitt war nur oberflächlich und würde gewiß ohne Komplikationen verheilen, wenn er auch im Augenblick scheußlich weh tat. Dann setzte sie sich noch einmal aufs Bett, um in aller Ruhe ihre verworrenen Gedanken zu sortieren. Aber noch bevor sie auch nur in groben Umrissen einen Plan festgelegt hatte, wie sie vorgehen sollte, überkam sie die Müdigkeit; ihr Kopf sank in die Kissen, und sie schlief fest ein.

VORBEREITUNGEN

Da Maggie schon seit Tagen nicht richtig zur Ruhe gekommen war, schlief sie fast bis zum Mittag durch. Als sie schließlich aufwachte, setzte sie sich im Bett mit einem Ruck auf und stieß eine leisen Schrei aus, als der Schmerz ihren Rücken durchzuckte. Sie griff nach hinten, um zu sehen, was ihr so weh tat, denn in diesem Augenblick waren ihr die Ereignisse der vergangenen Nacht nicht präsent. Aber nach und nach kam wieder Klarheit in ihre Gedanken, und es fiel ihr alles wieder ein. Sie mußte unbedingt Ian sehen, so viel stand fest.

Draußen war der Himmel blau, und die hellen Sonnenstrahlen brachen sich in den Fensterscheiben. Es war ein schöner Tag, so wie das sturmgepeitschte Land ihn wohl verdient hatte. *Aber was nützt ein Tag voller Sonnenschein?* fragte sich Maggie. *Er ist nur eine schmerzhafte Erinnerung an das Glück, das vielleicht nie wiederkommt.* Würde Atlanta es schaffen, sie und Ian wieder zusammenzubringen? Oder war ihre Hoffnung, ihn zu heiraten, nicht mehr als ein flüchtiger Traum?

Wie eine Antwort auf ihre stumme Frage, klopfte es leise an der Tür.

»Maggie«, hörte sie Atlantas willkommene Stimme.

Sie kam mit dem Frühstück für ihre Tochter herein. Aber Maggie stellte es beiseite und sah ihre Mutter eindringlich an.

»Ich muß mich mit Ian treffen«, sagte sie.

»Das wirst du auch, Maggie, wenn die richtige Zeit gekommen ist«, meinte Atlanta. »Dein Vater hat seine Reise nach Glasgow verschoben. Du mußt jetzt einfach warten, bis ...«

»Ich kann nicht warten«, unterbrach Maggie mit Nachdruck. »Es gibt da jemand, der vielleicht Grund gehabt hat, George Falkirk zu töten.«

»Wer ist das?« fragte Atlanta. Wenn sie auch Ian um ihrer Tochter willen gern geholfen hätte, hielt sie es doch für nicht ausgeschlossen, daß er dieses Verbrechen begangen hatte.

»Ich weiß es nicht«, sagte Maggie.

Atlanta blickte ihre Tochter fragend an, als wollte sie sagen: Ist das alles?

»Ich weiß nicht, wie er aussieht«, stammelte Maggie, »aber ...«

Auf einmal wurde es ihr klar, wie unzureichend und vage ihre Vorstellung von dem mysteriösen Angreifer in Wirklichkeit war. Selbst wenn sie alles haarklein berichtete, was sie an dem Abend auf Braenock Ridge gesehen und gehört hatte, wäre sie immer noch nicht in der Lage, den Mann zu identifizieren. Und ihr Bericht könnte Ian nicht von dem Verdacht, der auf ihm lastete, befreien, denn er hatte Falkirk tatsächlich bedroht. Wenn sie das, was sie von dem Schatz wußte, preisgäbe, dann würde sie sich in eine noch größere Gefahr begeben. Mit einem Anflug von Verzagtheit begriff Maggie, daß das Vorhandensein des Schatzes sie und Ian nur noch zusätzlich belastete.

»Ich muß mit Ian sprechen«, wiederholte sie zaghaft.

»Es ist zu gefährlich«, entgegnete Atlanta. »Dein Vater läßt mich nicht aus den Augen. Wegen meiner Worte neulich ist er jetzt doppelt auf der Hut.«

»Aber du glaubst doch gewiß, daß Ian unschuldig ist!«

»Er kann nicht beweisen, wo er gewesen ist«, brachte Altanta vorsichtig ihre Zweifel zum Ausdruck.

»Selbst wenn er Falkirk wirklich getötet hätte«, sagte Maggie verzweifelt, »würde sich für mich nichts ändern!«

»Wärst du immer noch entschlossen, ihn zu heiraten, selbst wenn es dich zur Frau eines Mörders machen würde?«

»O Mutter, ich liebe ihn. Nichts auf der Welt kann das ändern.«

Atlanta brauchte nicht noch weiter bestürmt zu werden. Sie wußte, daß es töricht wäre, etwas gegen Maggies Entschluß zu unternehmen. Es war ihr gleichzeitig klar, daß nicht daran zu denken war, eine Hochzeit zu arrangieren, solange James auf der Lauer lag. Überhaupt zweifelte sie daran, daß sich eine günstige Gelegenheit in der näheren Zukunft präsentieren würde. Es war besser, wenn sie jetzt nachgab und die Fäden weiterhin in der Hand behielt, als wenn sich die beiden Liebenden in ihrer Bedrängnis genötigt sahen, irgend etwas Waghalsiges zu unternehmen. Von einem Treffen zwischen Ian und ihrer Tochter war zur Zeit dringend abzuraten. Alle Vorbereitungen müßten sorgfältig und unter absoluter Geheimhaltung geschehen. Erst dann wäre Maggie in der Lage, Stonewycke sicher und ohne die Gefahr von Verfolgung zu verlassen und fernzubleiben, solange es erforderlich war. Das alles war schwer zu bewerkstelligen. Aber sie konnte die Hoffnungslosigkeit in der Stimme ihrer Tochter nicht länger ertragen. Ganz gleich, was James ihnen androhte – sie konnte ihrer

Tochter nicht das Glück verweigern, nach dem sie sich so verzweifelt sehnte.

»Ich komme bald wieder«, sagte Atlanta. »Ich werde alles arrangieren.«

Atlanta kam am Nachmittag zu Maggie zurück und brachte Neuigkeiten mit. Von diesem Augenblick an nahmen die Dinge ihren Lauf.

Atlanta ließ einen Brief in die Stadt schmuggeln, und bevor zwei Tage um waren, stand eine Besucherin vor der Tür des großen Hauses. Das Dienstmädchen öffnete und sah eine korpulente, grobschlächtige Gestalt vor sich, die nur flüchtig an eine Frau erinnerte und eine harte maskuline Stimme hören ließ.

»Was wollen Sie?« fragte das Dienstmädchen mißtrauisch. In der letzten Zeit hatte es seltsame Vorfälle im Haus erlebt, und dachte nicht daran, einer so merkwürdigen Person besondere Freundlichkeit zu erweisen.

»Mein Name ist Queenie«, sagte die Frau unerschrocken, »und ich muß die Herrin des Hauses sprechen.«

»Was wollen Sie von ihr?« fragte die Magd.

»Ich möchte es ihr nur persönlich sagen«, entgegnete Queenie fest.

Das Dienstmädchen stand einen Augenblick unschlüssig da und beschloß dann, Atlanta zu holen. Aber bevor es sich auf den Weg machte, wies es die Fremde an: »Sie bleiben hier auf der Stelle stehen. Kommen Sie ja nicht ins Haus!«

Minuten später erschien Atlanta. Die Dienstmagd trippelte dienstbeflissen hinter ihr her. Atlanta betrachtete Queenie prüfend: »Ja?« fragte sie. »Worum handelt es sich?«

Queenie trat vor und fühlte sich auf einmal schrecklich befangen, was bislang in ihrem Leben nur wenige Male vorgekommen war. Atlanta war wahrscheinlich die vornehmste Lady, die sie je zu Gesicht bekommen hatte, und in so unmittelbarer Nähe dieser eleganten Frau wurde sie sich ihrer eigenen derben Art besonders schmerzlich bewußt.

»Also, my Lady«, begann sie, »ich habe hier eine Botschaft.« Sie reichte Atlanta den Brief und schickte sich an, so schnell wie möglich wieder zu verschwinden.

»Warten Sie«, sagte Atlanta. »Vielleicht wird es nötig sein, eine Antwort zu geben. Sie überflog den Inhalt des Briefes und wandte ihre Aufmerksamkeit dann wieder Queenie zu. Sie reichte der Wirtin mit einem kurzen »Danke« einen Sovereign.

Aber Queenie nahm das Geld nicht an. »Nein danke, my Lady«, protestierte sie. »Ich habe das nicht des Geldes wegen getan.« Sie trat einige Schritte rückwärts zur Tür. »Ich hoffe nur, Sie können dem armen Jungen helfen.« Sie drehte sich um und ging sehr rasch hinaus.

Atlanta stand einige Zeit bewegungslos da. Dann ging sie langsam auf die Treppe zu.

Sie begab sich aber nicht sofort in Maggies Zimmer, sondern ging erst in ihr eigenes Wohnzimmer. Dort setzte sie sich sogleich an ihren eleganten französischen Schreibtisch und begann verschiedene Dokumente durchzusehen. Sie hatte sie alle schon früher sortiert und geordnet, weil sie damit gerechnet hatte, ein Augenblick wie dieser könne einmal eintreten (wenn sie auch mehrmals dafür gebetet hatte, daß es nicht zu einem solchen Extremfall kommen möge). Selbst jetzt noch, während sie zwei der Dokumente in ein festes, braunes Kuvert legte, versuchte sie sich selbst einzureden, daß eine solche Vorsichtsmaßnahme eigentlich nicht nötig sei. Sollte es dennoch so weit kommen, war noch eine weitere Urkunde da, die sie von den anderen getrennt aufbewahrte. Maggie würde zurückkommen und würde den Kampf um das Land fortführen, dessen war sie gewiß. Aber für den Fall, daß sich dennoch Schwierigkeiten ergaben, wollte Atlanta doppelt sicherstellen, daß James nie in der Lage wäre, das Ungeheuerliche zu tun.

Ja, es war das beste, wenn sie diese Urkunde an einem geheimen Platz aufbewahrte. Sie legte sie in eine Schublade und schloß zu. Später mußte sie ein besseres Versteck dafür finden. Aber jetzt war dafür keine Zeit. Sie hoffte, sie könnte die Existenz dieses Schriftstücks ganz und gar vergessen, so wie es ja beinahe ein halbes Jahrhundert lang vergessen in ihrem Schreibtisch gelegen hatte.

Jetzt war es ihre Aufgabe, an Maggie zu denken. James war fast von Sinnen vor Wut. Ians Leben war in Gefahr – und er war der Mann, den ihre Tochter liebte und heiraten wollte. Atlanta fegte also ihre letzten Bedenken beiseite und sagte sich, daß sie den beiden in jeder nur erdenklichen Weise helfen müsse – um des Glücks ihrer Tochter willen, um Stonewycke willen. Sie erhob sich und ging in Maggies Zimmer.

Sie trat ein, ohne zu klopfen. Die Vorhänge waren wegen der grellen Nachmittagssonne zugezogen, was dem Zimmer eine düstere Atmosphäre verlieh.

»Maggie«, sagte Atlanta eindringlich, »ich habe eine Antwort von Ian bekommen.«

Maggie sprang auf und sah ihre Mutter strahlend und erwartungsvoll an.

»Er möchte gern, daß ich dich heute abend noch aus dem Haus schmuggle. Er sagt, er habe alles vorbereitet.«

»O Mutter!«

Bis jetzt hatte Atlanta mit Dringlichkeit, aber doch gelassen gesprochen. Aber als sie die begeisterte Reaktion ihrer Tochter sah, begannen ihre Lippen zu zucken, und eine Träne quoll aus ihrem Auge und lief die Wange hinunter.

»O mein Baby!« rief sie und drückte Maggie an ihre Brust.

Die beiden Frauen hielten sich umschlungen, wie sie es in den vergangenen Jahren nur allzuselten getan hatten, und weinten, beide von verschiedenen Emotionen bewegt, bis keine Tränen mehr kamen.

Schließlich lösten sie sich wieder voneinander.

»Ich habe deinem Vater ein Schlafmittel gegeben«, sagte Atlanta. »Er schläft jetzt und wird vor dem Morgen nicht aufwachen. Dennoch hast du keine Minute zu verlieren. Er wird zwar nicht wissen, wohin ihr gegangen seid, aber er wird bestimmt so lange Nachforschungen anstellen, bis er es herausgefunden hat. Ihr dürft also nicht länger als zwei bis drei Tage am selben Ort bleiben. Geht nach Aberdeen oder Edinburgh, wenn ihr könnt. In seinem gegenwärtigen Gemütszustand würde James Ian ganz bestimmt etwas antun, wenn er euch finden würde. Ihr müßt also unbedingt wenigstens einen Monat lang wegbleiben. Gebt mir durch die Frau in Port Strathy Bescheid, wo ihr seid. Ich werde euch dann über die Entwicklungen hier unterrichten und euch raten, wann es soweit für euch ist, zurückzukommen.«

»Ja, Mutter.«

»Dein Vater ist halb wahnsinnig vor Zorn. Er meint, Ian sei schuld an Falkirks Tod und damit auch daran, daß seine letzten Machinationen zunichte gemacht wurden. Wer weiß, was er noch alles anstellt? Vielleicht wird er sich an mir rächen. Ich weiß nicht, welche Bosheit im Herzen dieses Mannes lauert. Ihr müßt also damit rechnen, daß ihr unter Umständen sehr lange Zeit wegbleiben müßt. Nimm alles mit, was dir besonders teuer ist. Ich hoffe, daß ich dich in einem Monat wiedersehe, meine Tochter. Aber wenn nicht, dann mußt du vernünftig und besonnen sein. Verstehst du mich?«

Maggie nickte.

»Ich werde bald zurück sein«, sagte Atlanta und ging zur Tür. »Und beeile dich, mein Kind. Ian rechnet damit, daß du innerhalb der nächsten Stunde bei ihm eintriffst.«

Maggie fing an, ihre Sachen zu sortieren und legte von dem, was ihr am wichtigsten war, ein Stück nach dem anderen in eine Reisetasche. Die Sachen, die sie unbedingt brauchte, ließen kaum Platz übrig für die vielen kleinen Erinnerungsstücke an ihr Zuhause und das Land, das sie liebte. Sie blickte auf die große Tapisserie, die ihre Mutter gestickt hatte, und bedauerte, daß sie sie nicht mitnehmen konnte. Doch es war noch etwas Platz in der Tasche für ihre eigene kleinere Reproduktion davon. Recht dürftig, verglichen mit dem Original, dachte sie, aber doch wenigstens eine Erinnerung an ihre Mutter, die sie so liebte. Es war ein seltsamer Aufbruch, aufregend und schmerzlich zugleich. Bald, bald würde sie Ian wiedersehen! Aber es tat weh, die Mutter und das Zuhause verlassen zu müssen.

Als sie ihren Schreibtisch durchsuchte, stieß Maggie unerwartet auf eine kleine Spieldose, die ganz hinten in einem der Schubfächer verborgen lag. Als sie das zierliche Instrument in die Hand nahm, flossen wieder die Tränen. Sie zog sie auf, klappte den Deckel hoch und die süßherbe Melodie eines schottischen Wiegenlieds erklang nach so vielen Jahren wieder in ihrem Zimmer. Während die Spieldose das gefühlvolle Lied unbekümmert weiterspielte, begann Maggie herzzerbrechend zu schluchzen und klappte den Deckel wieder zu. Ihr Vater hatte ihr dieses Geschenk zu ihrem fünften Geburtstag mitgebracht. Die Erinnerung stieg so klar in ihr auf, wie das Bild in einem Kristallspiegel. »Ich habe es selbst für dich in einem der feinsten Geschäfte Londons ausgesucht«, hatte er gesagt. Aber das war auch das einzige Geschenk, das sie je von ihm bekommen hatte. Auch das wußte sie noch ganz genau. *Ja,* dachte sie bitter, *die Erinnerung ist kristallklar. Aber, wie die Reflektion im Spiegel ist sie nichts Reales.*

Maggies erster Impuls war, die Spieldose gegen die Wand zu schmettern, aber sie ließ sie statt dessen zu ihren anderen Habseligkeiten in die Reisetasche fallen. Warum, konnte sie sich nicht erklären, und sie fragte auch nicht danach.

Kurz darauf kam Atlanta wieder.

»Dein Vater schläft jetzt ganz fest«, sagte sie. »Ihr werdet für den Rest des Tages und die ganze Nacht sicher sein.«

Dann hielt sie das Kuvert, das sie vorbereitet hatte, ihrer Tochter hin. »Maggie, ich möchte, daß du dies hier mitnimmst.

Du brauchst es nicht zu öffnen. Vermutlich wirst du es nicht einmal ganz verstehen können, welche Bedeutung dem Inhalt dieses Umschlages zukommt. Aber ich möchte, daß du es hast, für den Fall, daß mir vielleicht etwas zustößt, oder du länger fortbleibst, als wir annehmen. Es gehört dir. Es verbürgt nicht allein dein Recht, hierher zurückzukommen, sondern auch die Sicherheit für das Land, das wir lieben. Ich habe dich lieb, mein Schatz! Gott möge es verhüten, daß ich dich nicht wiedersehe! Das hier wird immer dein Zuhause bleiben, ganz gleich, was geschieht. Verstehst du mich? *Es ist dein Eigentum!* Wenn alles vorüber ist, mußt du wiederkommen. Ich werde auf dich warten!«

»Mutter, ich habe dich auch lieb!« sagte Maggie und umarmte sie wieder. Wieder weinten beide.

Maggie war innerlich zu aufgewühlt, um darüber nachzudenken, was die Worte ihrer Mutter bedeuteten. Sie konnte sich jetzt auf solche Dinge nicht konzentrieren. Nur eines war ihr bewußt: daß Ian auf sie wartete und daß sie den Mann, den sie liebte, jetzt heiraten würde.

Sie schob den Umschlag in ihre Manteltasche. Dann warf sie sich ein dickes, wollenes Cape um als zusätzlichen Schutz gegen die Kälte des Winters, der bald kommen würde.

Atlanta legte mütterlich ihren starken Arm um Maggies Schultern, und zusammen gingen sie hinunter und zu den Ställen. Dort merkte Maggie, daß sie noch von jemand anderem Abschied nehmen mußte. Raven wartete auf sie, fertig gesattelt, und neben ihr stand Digory, der so aussah, als wäre er nie krank gewesen.

»Du siehst schon viel besser aus«, sagte Maggie mit belegter Stimme, die ihre tiefen Gefühle verriet.

»Hab ich's Ihnen nicht gesagt?« gab Digory gepreßt zurück, auch seine Stimme verriet die innige Zuneigung für das Mädchen, das er von einem Baby zu einer jungen Frau hatte heranwachsen sehen.

»O Digory!« rief Maggie, »ich werde dich so vermissen!«

»Ich werde Sie auch vermissen, Kind.«

»Wie werde ich es nur schaffen ohne dich!«

»Oh, das werden Sie schon, Kindchen«, gab er zur Antwort. Tränen strömten über seine faltigen Wangen und glitzerten im Licht der untergehenden Sonne. »Der Herr wird mit Ihnen gehen, und meine Gebete auch. Sie brauchen keinen alten Stallknecht, wenn Sie das alles haben.«

Maggie fand wenig Trost in seinen Worten, obgleich sie ihr lieb und wertvoll waren, weil sie von Digory kamen. Sie versuchte sich seine Stimme ins Gedächtnis einzuprägen, um sie nie zu vergessen.

Sie weinte und ging wieder zu Atlanta hinüber, um sie zum letztenmal in die Arme zu schließen.

»Du wirst mir fehlen, Mutter.«

»Und du mir. Ich werde beten, daß es nicht länger als einen Monat dauern wird.«

»Ich danke dir für alles.«

»Ich wünsche dir, daß du glücklich wirst! Wie gern würde ich diese Freudenzeit zusammen mit dir verleben!«

»Wir werden an dich denken, wenn wir unser Ehegelübde sprechen. Denn du hast es erst möglich gemacht. Ich danke dir. Ich habe dich lieb.«

Maggie bestieg Raven, dankbar dafür, daß sie sich wenigstens von diesem Freund nicht zu trennen brauchte.

Sie warf noch einen letzten Blick auf Digory und ihre Mutter, die Seite an Seite auf dem Hof standen. Dann wendete sie und trieb ihr Pferd vorwärts. Sie zog tief die kühle Luft des Spätnachmittags ein, wischte sich mit der Hand über die Augen und versuchte sich auf die freudige Hoffnung in ihrem Innern zu konzentrieren. So schlimm dieser Abschied auch war, ihre Zukunft lag nicht hier, sondern an der Seite des Mannes, den sie liebte und dem sie sich versprochen hatte. Welches Glück sie im Leben auch finden sollte, es lag in der Zukunft und nicht in der Vergangenheit.

Sie ließ Raven um das Haus Schritt gehen und trieb sie dann zum Trott an, durch die Tore hindurch und die Straße entlang.

Die Sonne begann gerade unterzugehen, als sie die Hauptstraße erreichte, die den Berg hinunter ins Strathy-Tal führte. Ihr Herz begann heftig zu schlagen, als sie Maukin sah. Die kastanienbraune Stute stand in der Nähe der Straße vor einer Baumgruppe und graste friedlich in dem Klee unter ihren Füßen. Maggie sprang von ihrem Pferd hinunter und rannte vorwärts, atemlos vor Freude, endlich Ian zu sehen.

Er saß am Abhang, mit dem Rücken zu ihr, als wagte er nicht zu glauben, daß er sie tatsächlich treffen würde. Sie rannte von hinten auf ihn zu und rief seinen Namen. Er drehte sich um, sah sie lange an, und sein strahlendes Gesicht sagte ihr, daß sie die Erfüllung aller Träume seines Herzens war.

Dann sprang er auf und schlang die Arme um sie. Lange Zeit standen sie ineinander versunken, und keiner wollte diesen unaussprechlich schönen Augenblick des Wiedersehens durch Worte stören.

Schließlich brach Ian das Schweigen.

»Weißt du denn nicht, daß es Unglück bringt, deinen zukünftigen Mann vor der Hochzeit zu sehen?«

Maggie brach in Gelächter aus. »Ich liebe dich!« sagte sie.

»Und ich dich. Und nun, mein schönes Mädchen, was würdest du dazu sagen, wenn wir beide jetzt gehen und heiraten?«

Hand in Hand rannten sie zurück zu Raven und Maukin, die geduldig gewartet hatten. Sie sprangen auf ihre Pferde, schlugen ihnen die Hacken in die Weichen und galoppierten den Hügel hinauf und die ostwärts führende Straße nach Fraserbourgh entlang.

EIN ENTSCHLUSS WIRD GEFASST

Die Sonne war schon lange über den zwei Reitern untergegangen. Die Landstraße lag vor ihnen wie ein sich windender Silberfaden, beleuchtet von dem Halbmond über den Baumkronen. Die Schwierigkeiten und Ängste der vergangenen Tage lagen nun hinter ihnen, und es war ein friedvoller Ritt. Ian und Maggie fühlten sich beinahe wieder so frei und glücklich wie damals als sie über die heidebewachsenen Hügel geritten waren, lachend und erzählend, während ihre Liebe zueinander wuchs und erstarkte. Sie wollten es auch nicht sehen und wahrhaben, daß die herrlichen lila Blüten bereits verblüht waren und das triste Braun der Vegetation ankündigte, daß der Winter mit Riesenschritten herannahte. In ihren Herzen war es wieder Sommer, und alles war frisch und randvoll mit Möglichkeiten.

Maggie schaute zu Ian hinüber. Sein Blick war konzentriert nach vorne gerichtet, auf die dunkel gewordene Straße vor ihnen. Wie sehr sie ihn liebte! Es schien fast unglaublich, nach allem, was sie erlebt hatten, daß sie jetzt tatsächlich unterwegs waren, um sich trauen zu lassen. Und doch – Fraserbourgh war nur noch eine Stunde entfernt!

Ian zog Maukins Zügel an und brachte sie zum Stehen.

»Wir wollen uns etwas ausruhen«, sagte er.

»Ich brauche mich nicht auszuruhen!« rief Maggie.

»Na gut, aber zumindest die Pferde brauchen eine Pause«, lachte er. Wie gut tat es, wieder zu lachen! »Außerdem hat Queenie darauf bestanden, uns etwas zu essen einzupacken. Wir sollten uns auf jeden Fall etwas stärken für das, was vor uns liegt!«

»Du hörst dich so an, als wären wir unterwegs zu einer Beerdigung«, meinte Maggie und schnitt eine lustige Grimasse.

»Sehen denn die Männer nicht ihren Hochzeitstag so? Als den Tod ihrer Freiheit?« Er lachte wieder. Doch dann fügte er in einem ernsten Ton hinzu: »Aber ich befinde mich nicht unter ihnen, Maggie! Für mich fängt mein Leben heute erst richtig an!« Er beugte sich zu ihr hinüber und küßte sie zart auf die Wange.

»Das ist ein neuer Anfang für uns beide, Ian.«

Sie stiegen ab, und Ian fing an, in seiner Satteltasche zu wühlen. Er holte das Paket mit dem Reiseproviant heraus, den Queenie für sie zurechtgemacht hatte.

»Das ist aber merkwürdig«, murmelte er.

»Was ist denn?«

»Mein Dolch – er ist weg. Ich kann mich noch genau erinnern, wie ich ihn zuletzt hierher gesteckt habe ...« Aber seine Stimme brach ab, als die Bilder der schon vergessenen Schrecken wieder in seine Erinnerung eindrangen. Wann hatte er den Dolch dort hineingepackt? Vor einer, vor zwei Wochen? Vielleicht erst vor drei Tagen? Die Dunkelheit verbarg, wie blaß sein Gesicht geworden war.

Maggie hörte das nervöse Schwanken in seiner Stimme und unterbrach fröhlich sein Grübeln: »Wir brauchen ihn nicht! Laß uns doch so essen wie das Bauernvolk!«

Sie führte ihn zu einem trockenen Plätzchen, dicht mit Kiefernnadeln bedeckt und zog ihn neben sich hinunter. Dann machte sie das Paket auf und fand Haferkuchen, Käse und gedörrten Hering vor.

Eine Zeitlang aßen sie schweigend. Dann sagte Maggie: »Sollen wir, nachdem wir in Fraserbourgh waren, nach London gehen?«

»London?« fragte Ian geistesabwesend, wie einer, der mit seinen Gedanken ganz woanders ist. »London war für mich wie ein anderes Leben«, meinte er schließlich. »Ich könnte nie wieder dorthin zurückgehen. Mein Vater würde uns das Leben zur Hölle machen. Meine Zukunft liegt hier ... mit dir.«

»Mein Vater wird es uns auch nicht gerade leicht machen. Wir werden wahrscheinlich für längere Zeit nicht nach Stonewycke zurückkönnen.«

»Eines Tages werden wir es müssen. Ich will nicht, daß wir unsere Ehe auf der ständigen Flucht vor deinem Vater beginnen – und auch dauernd aufpassen müssen, ob er nicht hinter uns her ist. Ich werde ihm die Stirn bieten.«

»Ian«, unterbrach Maggie, »solange ich bei dir bin, bin ich glücklich. Es macht mir nichts aus, wenn wir überhaupt nicht zurückgehen. Ich will nicht, daß du dich in Gefahr begibst.«

»Aber Maggie, wenn wir weggehen, wird es doch so aussehen, als hätte ich Falkirk tatsächlich getötet. Ich muß mich von dem Verdacht befreien.«

»Du bist nicht schuldig«, sagte Maggie mit Entschiedenheit. »Du kannst nie etwas so Schreckliches getan haben.«

Eine Wolke glitt über Ians Gesicht, als zweifle er an sich selbst.

»Maggie«, sagte er stockend, »was, wenn ... Könnte ich ... Wäre das möglich?«

»Nein ..., nein, Ian, mein Lieber«, beharrte Maggie.

»Ich hatte viel getrunken und war so voller Wut ...«

»Bitte, Ian, du darfst nicht so sprechen!«

»Du hast keine Ahnung, wie das gewesen ist«, sagte Ian. »Ich habe diese Nacht schon Hunderte von Malen nacherlebt ... aber ich kann mich trotzdem nicht genau erinnern!«

»Es wird dir schon wieder einfallen«, versuchte sie ihn zu beruhigen. »Dann wird alles wieder gut werden.«

»Aber dann kann es zu spät sein. Bis dahin hat man mich vielleicht schon gehängt!«

»Ian! Sag doch so etwas nicht! Du machst mir Angst!«

»Entschuldige ... das wollte ich nicht.«

»Ian, laß uns doch einfach weggehen, so weit wie möglich! Man wird mit der Zeit den richtigen Mörder schon fassen. Dann wird es für uns ungefährlich sein, zurückzukommen. Aber nicht jetzt, auch nicht irgendwann in der nahen Zukunft.«

»Aber ich kann doch nicht einfach davonlaufen. Verstehst du das denn nicht? Ich muß an meinen Stolz und an meine Ehre denken. Ich muß deinem Vater wie ein Mann entgegentreten. Und auch der Anklage, die gegen mich erhoben wird.«

»Mein Vater ist rasend vor Wut«, sagte Maggie beschwörend, »es hat aber nichts damit zu tun, ob du an Falkirks Tod schuldig bist oder nicht. Wenn wir hier bleiben, wird er versuchen, dir etwas anzutun. Vielleicht sogar auch mir. Ich habe Angst um dich. Ich möchte dich so weit von ihm entfernt wissen, wie es nur irgend geht. Wir können neu anfangen, irgendwo ganz weit weg von hier, wenigstens für eine Zeitlang.«

»Vielleicht hast du recht.« Ian seufzte. »Denn wenn ich mich nicht genau erinnern kann, was geschehen ist, gibt es keine Möglichkeit zu beweisen, daß ich nicht der Mörder bin.«

»Vielleicht doch«, meinte Maggie plötzlich, »vielleicht gibt es einen Weg ...«

»Was meinst du?« unterbrach Ian. »Gibt es noch etwas, das ich nicht weiß?«

»Ich wollte es dir schon früher sagen. Aber es ist so viel passiert, daß es mir fast nebensächlich erschien. Als ich abends in der Nähe des Gärtchens ging, hat mich ein Mann angegriffen ...«

Ian sah sie plötzlich so erschrocken an, daß sie nicht weitersprach.

»Sam hat ihn weggejagt«, versicherte sie ihm. »Dieser Mann und Falkirk hatten sich zusammengetan, um einen Goldschatz aus einem Versteck zu stehlen. Der Kerl dachte, ich hätte das Gold, und hat mich bedroht ...«

»Mein Gott!«

»Aber verstehst du denn nicht? Es muß der Mörder von Falkirk gewesen sein ...«

»Hat er dir wehgetan?« fragte Ian mit Panik in der Stimme, ohne darüber nachzudenken, wieso Maggie überhaupt von dem ganzen Unternehmen wußte.

»Nein ... nur einen kleinen Kratzer ... Ian, verstehst du denn nicht, er muß Falkirk des Goldes wegen getötet haben. Wenn wir nur den Konstabler dazu bewegen könnten auf uns zu hören.«

»Wer war der Mann?«

Maggie schüttelte den Kopf. »Ich weiß es nicht. Ich habe sein Gesicht im Dunkeln nicht sehen können.«

Damit war es mit aller Hoffnung, die Maggies Enthüllungen bei Ian entfacht haben mochten, wieder vorbei. Denn wer würde ihnen die Geschichte von einem gesichtslosen, namenlosen Mörder abnehmen? Und besonders wenn diese Geschichte von der Ehefrau des Verdächtigen stammte? Aber das Wichtigste von allem war: wenn dieser Mann wirklich der Mörder war, dann lief er jetzt frei herum, und konnte ...

Ian sagte plötzlich: »Du hast recht. Wir müssen hier weg! Denn du bist auch in Gefahr. Das ändert alles. Es ist mir jetzt egal, wenn man mich vielleicht für einen Mörder erklärt, weil ich weggelaufen bin. Es macht mir nichts aus, wenn man mich sucht. Ich muß dich von hier wegkriegen!«

Sie schwiegen beide. Die Zeit war gekommen, eine Entscheidung zu treffen. Sie fühlten es beide. Schließlich sagte Maggie leise: »Ich werde mit dir gehen, wohin du willst, es muß nur so weit sein, daß mein Vater uns nicht folgen kann. Ich liebe dich. Wir werden das tun, was du für das beste hältst.«

Ian sprang auf, als wolle er auf der Stelle die Flucht antreten und begann, erregt auf und ab zu gehen. Jeder Gedanke in seinem aufgewühlten Kopf lief in die gleiche Richtung. Aber es war eine gänzlich unmögliche Idee! Maggie hatte zwar weit weg gesagt, aber keiner von ihnen dachte an so weit weg! Und doch, James Duncan war ein einflußreicher Mann, der gewohnt war, seinen

Willen auf Biegen und Brechen durchzusetzen. Er verfügte über große Macht. Wo konnten sie hoffen, seinem Zugriff zu entgehen? Wohin sie auch innerhalb Schottlands gingen, ja, sogar innerhalb Englands, überall könnte er sie finden und Ian wegen Falkirks Tod unter Anklage bringen. Konnte seine eigene Tochter gegen ihn bestehen? Und wie konnte er selbst, der unglückliche, bescheidene und erfolglose Ian Duncan darauf hoffen, die Tochter eines solchen Mannes zu behalten? Und doch – der Gedanke war zu verrückt, zu waghalsig. War Maggie wirklich willens, sich gegen ihren Vater zu stellen und die Verbindungen zu ihrem geliebten Stonewycke ganz abzubrechen? Wäre sie bereit, seinetwegen alles aufzugeben?

Seine Schlußfolgerung blieb trotz allem die gleiche. Wenn ihre Liebe Bestand haben sollte, gab es keine andere Alternative. Aber durfte er sie darum bitten, obgleich er um die große Liebe wußte, mit der sie an diesem Land hing? Und dennoch, er mußte es wagen. Denn er konnte den Gedanken an das andere nicht ertragen, das sonst passieren könnte.

Ian sah Maggie lange tief in die Augen. »Wenn unsere Ehe von Dauer sein soll«, sagte er eindringlich, »dann müssen wir das tun, was du gesagt hast. Wir müssen weit weg gehen, ich meine, sehr weit weg.«

Er schwieg und nahm allen Mut zusammen, um es über die Lippen zu bringen.

»Maggie«, sagte er schließlich. »Wir müssen nach Amerika gehen.«

Maggie erwiderte seine Blick, mit Augen voller Liebe. In dem Augenblick, als er es aussprach, war es bereits beschlossene Sache für sie. Das war wirklich die einzige Möglichkeit für sie. »Ich werde dir folgen, Ian, wohin du auch gehst.«

Ian atmete tief ein. Er hatte nicht bemerkt, daß er den Atem angehalten hatte, in der Erwartung der schrecklichen Antwort, die er hätte bekommen können. »Könntest du das wirklich? Trotz Stonewycke und allem, was du hier so liebst?«

»Ich liebe dich, Ian. Nur das gilt für mich jetzt.«

»Oh, denk doch mal, Maggie! Es war schon immer mein Traum! Ich habe Bücher darüber gelesen. Hast du mir nicht erzählt, daß Mackinaws einen Sohn haben, der ausgewandert ist?«

»Ja, ihr ältester Sohn Drew.«

»Wir könnten so glücklich sein, wenn wir von hier erst einmal weg sind.«

»Es ist so schrecklich weit weg. Aber ich wünsche mir nichts sehnlicher, als bei dir zu sein und daß wir beide miteinander glücklich sind.«

»Maggie«, sagte er und lachte, als er sich zu ihr auf die Erde setzte. »Denk nur, frei zu sein von allen diesen Dingen hier. Wir werden frei sein!«

Er legte seine Arme um sie und küßte sie. Dann drückte er sanft ihren Kopf gegen seine Schulter und streichelte ihr Haar.

»Ich liebe dich.«

Maggie schaute ihm ins Gesicht, und in dem Mondlicht strahlten ihre Augen die große Liebe aus, für die ihre Stimme keine Worte fand.

Zusammen standen sie auf, verstauten ihren Reiseproviant, bestiegen Raven und Maukin und traten den letzten Teil ihrer Reise an.

DER STALLKNECHT UND SEIN LAIRD

Als James am folgenden Morgen erwachte, war es ihm nicht mehr möglich, etwas gegen die Täuschung zu unternehmen, der er zum Opfer gefallen war. Als er mühsam aus dem Bett torkelte, merkte er sofort, daß sein langer Schlaf nicht natürlich gewesen war. Er warf sich seine Kleider um und machte sich wütend auf die Suche, zuerst nach Atlanta und dann nach seiner Tochter. Er fand keine von beiden, obwohl, wenn er etwas sorgfältiger gesucht hätte, er seine Frau weinend in Maggies Lieblingszimmer, dem Tagesraum, hätte entdecken können.

Die Dienerschaft flüchtete sich vor ihm in den sicheren Bereich ihrer jeweiligen Arbeitspflichten. Was ging nur in der Familie vor, der sie dienten? Gewiß, der Herr des Hauses war schon immer ein harter Mann gewesen und sprach gelegentlich eine recht derbe Sprache. Aber in einem solchen Zustand hatten sie ihn noch nie gesehen.

Als sich seine Hausinspektion als erfolglos erwies, stürmte James in die Ställe. Maggie zog sich immer dorthin zu ihren vierfüßigen Freunden und zu diesem Tölpel von einem Stallknecht zurück. James konnte sich nicht erklären, warum er ihn eigentlich all die Jahre behalten hatte.

Niedergeschlagen wie er war, ging Digory melancholisch seinen Aufgaben nach. Seine junge Herrin fehlte ihm sehr. Ohne ihre übersprudelnde Lebensfreude und Vitalität der letzten Zeit hatte alles auf Stonewycke die Farbe verloren. Aber er zwang sich, das zu tun, was zu tun war. Er hatte ja noch einen Herrn, dem er diente.

James fand Digory an einer Werkbank vor, wo er ein kaputtes Pferdegeschirr reparierte.

»Wo sind sie?« brüllte er.

Digory blickte von seiner Arbeit auf und traute seinen Augen nicht. James sah wie ein Wilder aus. Seine Kleider ließen sehr zu wünschen übrig, und sein zerknittertes Hemd stand, entgegen James' sonstiger Gewohnheit, am Hals offen. Sonst nicht schüchtern, beantwortete Digory die Frage seines Herrn diesmal mit Schweigen, aber nur deshalb, weil das, was sich da seinen Augen darbot, sein Herz mit solcher Traurigkeit erfüllte, daß er einfach keine Worte fand.

»Gib Antwort, du elender Mistkerl!« schrie James.

Digory richtete seine Augen auf James und wich keine Handbreit zurück. »Ich weiß nicht, wo das Kind hin ist«, erwiderte er leise und hoffte, daß er nicht noch mehr Fragen beantworten müsse. Aber er wußte tatsächlich nicht mehr, als er gesagt hatte.

»Du dreckiger Verräter!« brüllte James. »Nach allem, was diese Familie für dich getan hat, verrätst du mich noch zu guter Letzt! Na schön, aber ich werde dir schon Respekt beibringen!«

James griff nach einer Reitpeitsche und stapfte wutschnaubend auf den Stallknecht zu. »Wenn ich mit dir fertig bin, wirst du gelernt haben, wem du die Treue zu halten hast, du verlogener Schuft!«

Bevor Digory den Mund aufmachen konnte, traf ihn das harte Leder mit einem lauten Knall am Kopf. Sofort lief Blut in einem dünnen Streifen unter seinem Ohr heraus und den Hals hinunter, während James die Peitsche erneut über die Schultern und die Magengegend knallen ließ. Der Stallknecht stand nur mit gebeugtem Kopf da, unbeweglich, und gab trotz seiner furchtbaren Schmerzen nicht einen einzigen Laut von sich.

»Na, was hast du mir jetzt zu sagen?« rief James und unterbrach die Folter. »Wo ist sie hingegangen? Sage mir alles, was du weißt!«

»Das werde ich, Laird«, antwortete Digory kaum hörbar mit gequälter Stimme. »Alles was ich weiß, ist, daß Ihre Tochter nicht gern weggegangen ist. Sie wünschte sich nichts als Ihre Liebe ...«

»Was, du unverschämter ... Du wagst es ...«

Rasend vor Wut durch die Worte des Knechts unterbrach er seinen Redeschwall von Verwünschungen und ließ die Peitsche noch einmal auf den alten Mann niedersausen.

Der Aufprall ließ Digory in die Knie sinken, fast bewußtlos vor Schmerz. Platzwunden und Striemen quollen unter seiner Kleidung blutig auf. Er neigte den Kopf und sagte kein Wort mehr. Aber er betete in seinem Herzen. Doch diesmal flehte er nicht für die beiden jungen Menschen, die er liebte, auch nicht für die Familie, deren Not ihm so zu Herzen ging. Statt dessen betete er nur einzig und allein für James, für den Herrn des Hauses, der nicht wußte, was er tat, und der zu blind war, die Dinge zu sehen, die direkt vor seinen eigenen Augen geschahen. Dann spürte Digory nichts mehr. Er kam erst am nächsten Tag wieder zu sich.

Als er die Augen aufschlug, blickte er in Atlantas mitleidiges Gesicht. Er befand sich in seiner Unterkunft, im eigenen Bett. Eine Tasse frischer Tee dampfte in seiner Reichweite. Es war klar, daß Atlanta ihn schon eine ganze Weile versorgte, denn ihre Augen blickten müde.

In der Tat, sie hatte bereits die ganze Nacht an seiner Seite zugebracht.

Am gleichen Tag wurde James später auch gesehen, wie er wie ein Wahnsinniger durch Port Strathy ritt. An zwei oder drei Stellen machte er Halt und ritt danach in noch größerer Wut davon. Zuletzt sah man ihn mit zwei anderen Reitern zusammen, beide von fragwürdiger Reputation. Alle drei schlugen wie wild auf ihre Pferde ein und rasten den Hügel hinauf, bogen aber nicht von der Straße ab, als sie Stonewycke erreichten, sondern galoppierten die Küste entlang in Richtung Osten.

IAN UND MAGGIE

Die Sonne drang durch das Fenster mit gebrochenen Strahlen kalten Lichtes. Maggie wandte den Kopf dem Sonnenlicht zu und überlegte, was ihr so eigenartig vorkam. Und dann wußte sie es auf einmal: Am vergangenen Abend waren schwere Regenwolken aufgezogen, und sie hatte sich schon darauf eingestellt gehabt, tagelang keine Sonne mehr zu sehen.

Als nächstes wurde sie gewahr, daß eine schlafende Gestalt neben ihr lag. Die strahlende Sonne war also nicht die einzige Veränderung, die der Morgen mit sich brachte. Würde sie je wieder aus dem Schlaf erwachen, ohne die aufregende Freude, Ian an ihrer Seite zu sehen?

Mit einem tiefen Seufzer der Zufriedenheit lehnte sie sich wieder zurück in die Kissen. Er würde jetzt immer da sein, dessen war sie gewiß. Und alles andere war unwichtig. Wie sehnte sie sich danach, ihn zu berühren. Aber sie wollte es lieber nicht tun, aus Angst, ihn aufzuwecken. Der Ausdruck friedvoller Gelöstheit auf seinem Gesicht war zu schön, um ihn zu stören. *Ob er wohl jetzt träumt?* dachte sie. *Wenn ja, dann sollen es wunderschöne Träume sein.* Selbst im Schlaf spielten seine Arm- und Brustmuskeln voller Kraft. Sie flüsterte ein Gebet für ihn, für sie beide, daß es von heute an nur gute Träume für sie geben möge.

Langsam betrachtete sie ihre Umgebung. Als sie das Haus am Abend zuvor betreten hatten, war es schon dunkel gewesen, aber sie hatte dennoch gleich gemerkt, daß sie keine passendere Atmosphäre für ihre erste Nacht zusammen hätten wählen können. Jetzt, wo sie alles bei Tageslicht sah, wurde sie in ihrer Meinung bestätigt.

Sie waren erst sehr spät am Abend in Fraserbourgh angekommen. Als der Pfarrer auf ihr Klopfen hin die Tür öffnete, zeugten sein erstauntes Gesicht und der Schlafanzug, den er anhatte, deutlich davon, daß er mit ihrem Erscheinen nicht mehr gerechnet hatte. Als sie ihm jedoch ihr Anliegen vortrugen, erhellte sich sein Gesicht, denn nun erinnerte er sich an Ians Brief, den er mehrere Tage zuvor erhalten hatte. Er ließ die beiden Aristokraten, die in ihrer schlichten Reisekleidung gar nicht wie solche aussahen, eintreten und zog sich eiligst zurück. Nach einer Wartezeit, die den jungen Brautleuten wie eine Ewigkeit vorkam, erschien er wieder, diesmal mit seiner Frau und vollständig bekleidet. Die Trauung ging ein wenig eilig vonstatten und fiel dadurch etwas kurz und unfeierlich aus. Sie spiegelte kaum die tiefe Liebe wider, die der Bräutigam und seine junge Braut füreinander empfanden.

Als die Trauung vorbei war, lud das ältere Ehepaar sie zu einer Tasse Tee ein. Dann verabschiedeten sich Ian und Maggie, nachdem sie sich von dem Pfarrer erklären ließen, wie sie zu dem Cottage kommen würden, wo sie sich nun befanden. An dieses Bauernhäuschen, wo sie ihre ersten gemeinsamen Augenblicke als Ehemann und Ehefrau verlebt hatten, würden sie immer mit großer Freude zurückdenken.

Sie hatten ursprünglich geplant, im Gasthaus am Ort zu wohnen, aber da sie spät angekommen waren und auch nicht wußten, daß ein lokales Herbstfest im Gange war, mußten sie feststellen, daß das Haus zum Bersten voll und nicht ein einziges Zimmer mehr frei war. Als sie diese Schwierigkeit dem Pfarrer dargelegt hatten, sagte er ihnen, sie könnten in einem leerstehenden Cottage, etwa vier Meilen vom Ort entfernt, wohnen. Seine Bewohner waren vor einem Monat gezwungen gewesen, ihr Haus auf unbestimmte Zeit zu verlassen, da die Frau an einer Lungenentzündung erkrankt war. Der Arzt meinte, er werde sie zwar nach bestem Vermögen behandeln, aber das kalte, feuchte Klima des Nordens würde so gut wie sicher zu einem Rückfall führen. Er empfahl ihnen daher, den Winter so weit im Süden zu verbringen, wie es ihnen nur möglich war. Sie waren sehr arm, aber die Frau hatte eine Schwester in Liverpool, und mit der großzügigen Hilfe der Gemeinde konnten sie die Reise bezahlen. Der Pfarrer war gebeten worden, auf das Cottage achtzugeben, bis sie im Frühling zurückkämen. Diese schlichte Behausung hatte er dem jungen Brautpaar für den Anfang ihrer Flitterwochen angeboten.

Als sie das dunkle Haus betraten, machte sich Ian sogleich daran, ein Feuer im Kamin anzuzünden. Es war tatsächlich eine sehr bescheidene Bleibe und erinnerte stark an das Cottage der Kruegers, nur daß die gemütliche Atmosphäre fehlte, die Lucy in ihrem Haus geschaffen hatte. Aber so spät am Abend und bei dem Regen, der auf das dichte Strohdach nur so prasselte, interessierte sie kaum etwas anderes als die angenehme Tatsache, daß es zumindest trocken war. Jetzt freute sich Maggie, daß Atlanta darauf bestanden hatte, ihnen eine zusätzliche Wolldecke mitzugeben (»Diese Gasthäuser sind nie warm genug!«). Maggie dachte an ihre Mutter und lächelte. Sie war so froh darüber, daß ihre Beziehung noch kurz vor ihrer Trennung geheilt und gestärkt worden war.

Das warme Feuer, Mutters Decke und was sonst noch an Bettdecken im Haus zurückgelassen worden war, genügte natürlich nicht, um sie gegen die Kälte zu schützen, die mit jedem Windstoß durch die rissigen Wände des Häuschens drang. Aber die beiden Jungvermählten, jeder die Wunder des anderen entdekkend, bemerkten die Kälte nicht. Maggie hatte schon immer davon geträumt, das Kind eines einfachen Bauernehepaares zu sein, ohne alle Ängste und Zwänge, nur mit der Aufgabe betraut, Kinder großzuziehen und ihren Gatten zu erfreuen. Nun konnte sie die Augen schließen und träumen, ihr Wunsch wäre in Erfüllung gegangen.

Ihr Ehegatte ...

Sie konnte es noch kaum fassen, daß sie wirklich verheiratet waren. Wie gut war Gott, daß er ihr diesen wichtigsten aller Wünsche erfüllt hatte! Digory hatte ihr so oft gesagt, daß es immer Hoffnung gab. Sie würde nie wieder die Hoffnung aufgeben, solange es einen Gott gab, der für sie sorgte.

Aber hatte es sich gelohnt? Die bittere Erfahrung, daß der eigene Vater sie zurückgewiesen hatte? Ihr Leben lang hatte es für sie immer so ausgesehen, als würden die Menschen rücksichtslos nur nach der Erfüllung ihrer eigenen Wünsche trachten. Und so hatte sie ihr Herz fest verschlossen in der Absicht, nie wieder einem Menschen zu trauen. Aber indem sie sich von ihrem Vater abwandte, hatte sie auch Atlantas zarte und zaghafte Bemühungen zurückgestoßen. Beide, die Mutter wie die Tochter, hatten dadurch viel leiden müssen.

Doch dann stolperte Ian in ihr Leben hinein, lustig und voller Lachen, und ein Spalt in der Mauer ihrer Abwehr begann sich zu öffnen. Nach und nach verbreiterte sich der Spalt. Es dauerte nicht lange, bis sie begannen, sich ihre Liebe offen zu zeigen. Und auch ihre Mutter und sie öffneten sich wieder füreinander in einer Weise, wie sie es nicht für möglich gehalten hätte.

Maggie schaute zu Ian hinüber.

Ja, dachte sie, *er lehrte mich zum erstenmal glauben, daß menschliche Beziehungen nicht auf Groll und Isolation begründet sein müssen. Er lehrte mich glauben, daß Vertrauen möglich ist und daß ich mich einem anderen öffnen kann, ohne Angst vor Verletzungen haben zu müssen. Ian hatte ihr gezeigt, wie Liebe aussehen kann.*

Ein Teil in ihr wehrte sich immer noch voller Angst vor dem Risiko, wieder von jemandem verwundet zu werden, den sie liebte. Aber Ian liebte sie ja auch. Er würde nie etwas tun, was ihr Schmerzen bereitete. Erst vor ein paar Stunden, als er ihr die Treue versprach, hatte er gesagt: »Ich werde dich nie verlassen oder mich von dir trennen.«

Und Maggie glaubte ihm. Noch vor einem Jahr wäre es ihr unmöglich gewesen, solchen Worten Glauben zu schenken, ganz gleich, wer sie ausgesprochen hätte. Aber sie war gewiß, daß Ian sie liebte. Seine einfache, ehrliche, vertrauensvolle Art hatte alle ihre Zweifel aufgelöst. Seine sanfte Stimme hatte einen so verstehenden, mitfühlenden, besorgten Klang. Und wenn sie auch von seiner üblen Vergangenheit wußte, so hatte er sich doch genauso verändert wie sie selbst. Auch er hatte es gelernt, die Schmerzen der Vergangenheit hinter sich zu lassen und in der Gegenwart zu leben. Zusammen hatten sie darum gekämpft, ihre schmerzerfüllten Erlebnisse zu überwinden, und zusammen waren sie nun bereit, der Zukunft entgegenzutreten, welche Hindernisse auch immer ihnen in den Weg gelegt würden.

Ian regte sich und rollte sich, noch verschlafen, näher zu ihr, und Maggie schaute zu, wie er allmählich wach wurde. Ein Lächeln kam auf seine Lippen, als er in ihre Augen sah.

»Guten Morgen!« sagte er. »Du hast recht gehabt. Kein Bett ist besser, als die Heidekrautmatratzen unserer schottischen Bauern!«

»Was bist du doch für eine Schlafmütze!« scherzte Maggie. »Ich warte schon seit Stunden!«

»Und warum ist dann mein Frühstück noch nicht fertig?« Ian machte zum Spaß ein finsteres Gesicht.

Maggie lachte. »Ach ja, das Frühstück! Diese Kleinigkeit habe ich übersehen. Wir sind jetzt einfache Leute vom Lande. Keine Vorratskammer, keine Dienerschaft ...«

Ian lachte. »Und ich bin der einfache Bauer, der seine Frau nicht einmal mit Nahrungsmitteln versorgt hat, damit sie ihm etwas kochen kann! Komm!« rief er und sprang aus dem Bett. »Laß uns sehen, ob wir in dieser Hütte hier etwas finden können.«

»Deine Frau ...« wiederholte Maggie nachdenklich. »Das hört sich gut an.«

Ian drehte sich um, ließ sich noch einmal neben sie ins Bett fallen und zog sie an seine Brust. »O Maggie«, flüsterte er, »hat denn ein Mensch überhaupt das Recht, so glücklich zu sein?«

»Ja«, wisperte sie, als er sie küßte. Dann sagte sie zögernd: »Nur werden wir auf diese Weise kein Frühstück bekommen.«

»Wer braucht denn hier ein Frühstück?« rief er und küßte sie wieder. »Außerdem haben wir sowieso nichts mitgebracht.«

Sie lachte. »Da sieht man's wieder, daß du in London aufgewachsen bist! Ein wahrer Schotte wüßte, daß reichlich Nahrung um uns herum vorhanden ist, wenn man nur weiß, wo man suchen muß.«

Er lehnte sich auf dem Ellbogen zurück und sagte in schottischem Tonfall: »Na also, meine süße Hochländerin, dann sieh mal zu, daß du für deinen guten Ehemann etwas zu essen beschaffst!«

Sie brach in Gelächter aus. »Wenigstens im Herzen bist du ein Schotte, nicht wahr, mein guter Ehemann?« erwiderte sie in der gleichen Mundart. »Wo in aller Welt hast du dir diesen Dialekt angeeignet?«

»Ach, weißt du, hie und da. Du hast vergessen, daß dein Gatte ein Mann mit vielen verborgenen Talenten ist!«

Sie brauchten nicht lange nach Nahrung zu suchen. Im Garten hinter dem Cottage gab es noch nicht abgeerntete Kartoffeln, Möhren und weiße Rüben. Sie waren zum Teil mit Unkraut überwuchert, aber sie fanden genug, um ihren Hunger zu stillen. Noch bevor eine Stunde um war, brodelte ein Eintopfgericht aus Kartoffeln, Möhren, weißen Rüben und Salz lustig über dem Feuer in dem gußeisernen Topf.

Später, als sie die einfache Mahlzeit zusammen verzehrten, genossen sie jede Minute und prägten sich die gemeinsam verbrachten Augenblicke wie Kostbarkeiten in ihr Herz ein – als herrliche Erinnerungen an ihren ersten Tag als Eheleute, die nie verblassen sollten.

Es war, als hätte ihr Leben in diesem Häuschen aus rauhen Steinen tatsächlich erst begonnen, als hätte es nie eine Vergangenheit gegeben. Und die Zukunft war einfach nur die freudige Fortsetzung dieser glücklichen Gegenwart.

»Ian, so habe ich es mir immer vorgestellt!« Maggie seufzte in tiefer Zufriedenheit. »Und wenn wir nach Amerika gehen, dann könnten wir in einem Häuschen wie diesem wohnen.«

»In Amerika nennt man das ein Blockhaus«, meinte Ian. »So leben die Leute im Westen Amerikas. Es gibt dort so viel Land, daß jeder so viel haben kann, wie er will. Und es ist gutes Land, Maggie.« Seine Augen leuchteten erwartungsvoll auf. »Wir werden neu anfangen und ein neues Leben miteinander aufbauen!«

DAS NEUE LEBEN FÄNGT AN

Nachdem Ian und Maggie diese wichtige Entscheidung getroffen hatten, gerieten sie mit jeder Minute immer mehr in Begeisterung.

»Wie werden wir das ganze arrangieren, Ian?« fragte Maggie.

»Schiffe laufen jede Woche von Aberdeen aus. Eine Passage nach London zu buchen, wird problemlos sein. Von dort können wir auf ein Schiff nach New York umsteigen. Maggie, wir werden es schon schaffen!«

»Der Gedanke, daß wir ganz frei sein werden, ist einfach wunderbar. Aber ich werde Mutter und Stonewycke vermissen.«

»Wir können sie ja noch einmal besuchen, bevor wir fahren. Wir gehen einfach zurück, um uns zu verabschieden.«

»Aber mein Vater?«

»Er kann uns jetzt nichts mehr anhaben. Wir sind verheiratet, Maggie!«

»Aber natürlich!« rief Maggie. »Wie konnte ich das nur vergessen?«

»Ich habe mir schon immer vorgestellt, daß es schön wäre, nach Amerika zu segeln, aber es war eigentlich nie mehr als nur ein Spiel. Aber jetzt können wir wirklich unsere Vergangenheit ganz hinter uns lassen.«

»Wir werden unser eigenes Cottage haben, ich wollte sagen, ein Blockhaus, oder wie immer man es nennt. Ich werde Blumen pflanzen und Gardinen an die Fenster hängen.«

»Genau wie zwei jungvermählte Bauersleute?«

»So ein Leben kommt einem so herrlich friedlich und unkompliziert vor.«

»Aber ich weiß nicht so recht, was ich dort beruflich tun könnte. Ich habe genug Geld, um dorthin zu gelangen. Aber ich bin keineswegs vermögend. Dafür hat mein Vater schon gesorgt. Ich fürchte, du hast einen Nichtsnutz geheiratet ...«

Sie legte ihm den Finger auf die Lippen und schüttelte den Kopf. »Du brauchst nichts weiter zu tun, als nur bei mir zu sein.« Ihr ernster Ton sagte so viel mehr aus als ihre spielerischen Worte. »Ganz gleich, was wir tun und wohin wir gehen, ob wir in Amerika bleiben oder nach Schottland zurückkehren, ob wir wie Könige oder wie arme Bauern leben – ich werde dich immer brauchen. Ich werde mit dir überallhin gehen. Ich liebe dich viel mehr als irgendwelches Land oder irgendein Zuhause.«

»Ich könnte es ja mit der Landwirtschaft versuchen. Dieser Mackinaw in New York wird sicher einem Landsmann helfen, einen Anfang zu machen, wenn ich auch bezweifeln möchte, daß ich für die Landwirtschaft geschaffen bin.«

»Das hört sich ja wunderbar an«, erwiderte Maggie träumerisch, den zweiten Teil seines Satzes völlig überhörend. »Ich bin absolut sicher, daß du einfach alles schaffst, was du dir vornimmst. Und wenn Stonewycke einmal mir gehört, können wir wieder hierherkommen.«

»Wenn es einmal wirklich soweit ist, werden wir vielleicht viel lieber in unserem kleinen Blockhaus bleiben und gar nicht weggehen wollen«, sagte er. »Und außerdem, wird denn nicht Alastair Stonewycke erben?«

»Ich nehme an, daß Alastair den Titel erben und der Marquis sein wird. Aber ich bekomme Stonewycke, glaube ich jedenfalls. Es ist ein wenig verwirrend. Ich glaube, Vater hat noch irgendeinen anderen Besitz, der noch dazugehört. Aber ich blicke da nicht ganz durch und habe es auch nie versucht.« Sie warf den Kopf zurück und lachte. Dann seufzte sie tief auf und meinte: »Wer fragt danach? Solange wir zusammen sind, kann es meinetwegen ruhig die alte Hütte des Hector Mackinaw sein!«

»Vielleicht wären wir dort sowieso glücklicher ...« sagte Ian nachdenklich, aber er vollendete seinen Satz nicht.

Was werden wir vorfinden, wenn wir jemals nach Stonewycke zurückkehren? fragte er sich. *Wird sich James in dem Haß, den er gegen mich empfindet, irgendwann einmal mäßigen? Wird er mich jemals als seinen Schwiegersohn akzeptieren?*

Allein die Zukunft konnte diese Fragen beantworten. Denn jetzt war nicht die Zeit an etwas anderes zu denken als an Freude.

Endlich waren sie eins, jetzt und für immer. Alles andere war unwichtig. Ian konnte sich noch mit deutlicher Schärfe daran erinnern, wie einsam er als Junge gewesen war und wie er so gar nichts gehabt hatte, was ihm Freude machte, was ihm wirklich etwas bedeutete. Maggie hatte das gänzlich verändert. Nie wollte er das wunderbare Gefühl verlieren, daß er zu ihr gehörte, daß er für immer eins mit ihr war.

Er griff nach ihrer Hand und führte sie zart an die Lippen.

»Danke, meine Maggie«, flüsterte er.

»Wofür denn?«

»Dafür, daß du mich liebst. Daß du dich mir geschenkt hast.«

»Ich habe dir nicht mehr gegeben als du mir«, erwiderte sie. »Und das ist es, was unsere Liebe so gut macht. Wir beide sind in einer Weise gewachsen, wie wir es voneinander getrennt nie gekonnt hätten.«

Keiner sprach. Aber Ian wußte, daß sie recht hatte. Diese Liebe würde sie auch in allem, was die Zukunft für sie bereithielt, tragen, denn es war eine Liebe, die nie sterben würde. Nichts anderes war im Augenblick wichtig, als das glückliche Strahlen in den Augen seiner Frau, die sich auf eine gemeinsame Zukunft mit ihm in Amerika freute.

hänssler

Weitere Titel aus der Reihe »hänssler Lese-Erlebnis«

Michael Phillips/Judith Pella

Die Flucht von Stonewycke

Tb., 320 S.,
Nr. 393.854, ISBN 3-7751-3854-4

Der zweite Band der Stonewycke-Serie: Die junge Lady Margaret heiratet heimlich Ian Duncan. Doch der wird als Mörder verdächtigt. Außerdem bedroht ein unheimlicher Fremder Maggies Leben ... Um sich zu schützen, muß Margaret allein nach Amerika fliehen. Fern der Heimat sieht sie einer ungewissen Zukunft entgegen – einer Zukunft von Liebe und Leid ...

Klaus-Bodo Hitzbleck

Wiedersehen in Paris

Tb., 240 S.,
Nr. 393.852, ISBN 3-7751-3852-8

Als Geschäftsführer einer großen Maschinenfabrik tritt Hardo Hartfeld ein schweres Erbe an. Er gerät in eine persönliche Krise und beginnt, am Sinn des Lebens zu zweifeln. Außerdem verliert er Sylvia aus den Augen, eine junge Frau, die ihn fasziniert.
In dieser schwierigen Situation macht er sich auf die Suche nach der Wahrheit. Können die Kraft des positiven Denkens, östliche Meditation oder kosmisches Bewußtsein seine Probleme lösen? Er macht erstaunliche Entdeckungen – und muß aufgrund der sich verschärfenden Lage seiner Firma in Paris untertauchen, wo ihn Spannendes erwartet ...

Bitte fragen Sie in Ihrer Buchhandlung nach diesen Büchern!
Oder schreiben Sie an den Hänssler Verlag, D-71087 Holzgerlingen.